정전正典의 질투

김동리 소설문학외사

지은이

김병길(金炳佶, KIM, BYOUNG GILL)
담양 출생, 연세대학교 국어국문학과 및 영어영문학과 졸업 후 같은 대학 국어국문학과 대학원에서 석사와
박사 학위를 받았다. 연세대학교 교육개발지원센터의 선임연구원으로 재직한 바 있으며, 현재는 숙명여자
대학교 기초교양대학 조교수이다. 저서로는 『역사소설, 자미(滋味)에 빠지다』, 『역사문학, 俗과 通하다』
가 있고, 공저로는 『한국 근대문학과 신문』, 『김동리』, 『정비석 연구』 등이 있다.

정전正典**의 질투** 김동리 소설문학외사小說文學外史

초판인쇄 2016년 9월 20일 **초판발행** 2016년 9월 30일
지은이 김병길 **펴낸이** 박성모 **펴낸곳** 소명출판
출판등록 제13-522호 **주소** 서울시 서초구 서초중앙로6길 15, 1층
전화 02-585-7840 **팩스** 02-585-7848 **전자우편** somyungbooks@daum.net **홈페이지** www.somyong.co.kr

값 27,000원
ISBN 979-11-5905-110-4 93810
ⓒ 김병길, 2016

'꿈을비는마음'과 '솔찬뫼',
내 안의 두 타자에게

정전正典의 질투

김동리 소설문학외사小說文學外史

The Canon of Jealousy: An Unofficial History of DongRee Kim's Novel Literature

김병길

소명출판

아버지 삼남매는 증조부의 그늘 아래서 유년과 청년시절을 보냈다. 조모가 계셨지만 친정에 머무는 날이 더 많았다. 그녀는 청상과부나 다름없는 신세였다. 남편은 삼일만세운동 당시 학생 신분으로 시위를 주도하다 체포되어 대구형무소에서 실형을 살고 나온 후 고향을 등졌다. 그는 대처로 나가 새로운 아내를 맞아 그곳에서도 세 자녀를 얻었다. 태평양전쟁이 발발하고 청년이 된 아버지에게 강제 징집장이 날아들었다. 문중에서는 장손인 아버지를 사지로 보낼 수 없다며 작은 아버지를 대신 보냈다. 작은 아버지는 외삼촌과 보국대로 끌려가 북해도 탄광에서 이태를 지냈고, 외삼촌의 유골함을 들고 귀국했다. 해방이 되었고, 육이오가 터졌다. 북한군의 폭격에 조부는 사망했다. 그의 두 번째 아내에게서 태어난 자녀들이 아버지 집으로 피난을 왔다. 작은 아버지는 고모와 조부의 시신을 수습하러 인천으로 갔지만 빈손으로 돌아왔다. 국립대전현충원 애국지사 특별묘역에 차려진 조부의 무덤은 실은 비어 있다. 전쟁이 한창이던 때 작은 아버지는 빨치산이 되어 입산했다. 국군이 고향 마을에 다시 들어왔다. 아버지는 국군에게 끌려가 작은 아버지의 은신처를 밝히지 않는다는 이유로 고문을 당했다. 똥물로 겨우 일어났으나 평생 후유증에 시달렸다. 작은 아버지는 가족의 설득으로 산에서 주운 삐라를 들고 자수하여 한 해 실형을 살았다. 훗날

사촌 형은 육군사관학교에 지원했다 연좌제에 걸려 합격이 취소됐다. 작은 아버지의 전력을 가족 모두가 전혀 몰랐다는 후문이다. 이 모든 이야기의 마지막 목격자였던 어머니는 지난 해 여름 끝자락에 세상을 달리 하셨다.

한국 근현대사의 굴곡진 사건들을 변곡점 삼아 나열해본 우리 집안의 연혁이다. 이를 두고 '역사의 사사화(私事化)'라 비난한다면 나로서는 기꺼이 그렇다고 말할 수밖에 없다. 어디까지가 공적 역사이고 어디서부터가 한 집안의 과거인지 그 경계선이 나의 시선에는 잡히지 않는다. 한 가지 분명한 사실은 나의 집안사가 이른바 공적 역사의 폭력과 간섭으로부터 단 한순간도 자유로운 시절이 없었다는 것이다. 그렇다고 해서 감히 '역사소설(歷史小說)'의 무대로 이를 소환할 엄두를 낼 수 있겠는가?

'역사소설'은 참으로 역설적인 글쓰기다. 사실(事實)과 허구(虛構)의 만남도 그러하지만, 공동체와 개인의 과거가 공존하는 서사(敍事)라는 점에서도 선뜻 납득하기 어려운 조합이 아닐 수 없다. 역사는 한없이 진중한 신념의 밑돌 위에 세워지기를 요청하는 반면 소설은 끝없이 흥미로운 다음을 요구하며 등 돌리기 십상이다. 그럼에도 역사는 위대한 기록이며 역사소설은 한갓 통속의 얘깃거리라 치부한다면 그 숱한 역사소설의 작가들이 심히 섭섭할 일이다. 생계의 방편으로, 소재의 고갈 탓에, 그도 아니라면 역사가연 하고픈 욕망을 이기지 못해 무수히 많은 작가들이 역사소설계에 발을 들여놓는다 말한다면 반쪽의 진실을 눈 가리는 일일 터다. 단선의 궤적으로 그려낼 수 없는 한국의 근현대 역사소설문학사가 곧 그 물증이다. 그처럼 복잡다단한 속내의 일단을 말

정전(正典)의 질투─김동리 소설문학외사(小說文學外史)

해주는 이가 '김동리'다.

세간에 잘 알려지지 않았으나 김동리만큼 역사소설 창작에 열과 성을 다한 작가도 드물다. 특기할 만한 사실은 그가 장편소설의 본령이라 할 역사소설계에 다수의 단편 역사소설 창작으로 자신만의 독자적인 영역을 개척했다는 점이다. 고대 신라를 배경으로 다양한 인물들의 생애를 이른바 역사적 상상력으로 재구해낸 '신라연작'은 그 대표적인 성과다. 김동리 소설문학에 실로 많은 연구자들이 시선을 두었으나, 이 '신라연작'을 비롯한 그의 역사소설 창작은 늘 뒷전으로 밀려나기 일쑤였다. 대중문학 혹은 통속문학의 간판 격으로 인식되어 온 역사소설의 오랜 굴레가 그의 창작이라고 해서 예외일 수 없었으리라. 이 책은 그 사장된 역사에 대한 전언이다. 그러나 비단 역사소설만이 홀대받았던 것은 아니다. 실로 김동리의 많은 작품들이 잊혔거나 소실되었다. 그동안 연구자들의 노력으로 상당수의 작품이 다시금 세상의 빛을 보게 되었고, 최근 새로운 전집이 발간되기에 이르렀다. 비로소 온전한 김동리 소설문학사를 기술할 수 있는 토대가 마련된 것이다. 자평하건대 이 책은 그 초입에 해당한다. 김동리 소설문학사의 결락을 잇고자 소외된 작품들에 애써 주목한 작업인 셈이다. '김동리 소설문학외사(小說文學外史)'라는 부제를 굳이 첨부한 소이가 여기에 있다.

여기저기 흩어져 있던 김동리의 소설 작품을 찾아 나선 여정은 개인적으로 가슴 떨리는 순간의 연속이었다. 한 작품 한 작품의 발굴이 마치 화수분이라도 얻은 듯한 설렘을 자아냈다. 그러나 화수분이 무엇이던가. 똑같은 물건이 끝없이 나오는 진시황 설화의 '하수분(河水盆)'이 아니던가. 그처럼 김동리의 작품들은 복제 아닌 복제품을 계속해서 쏟

아내 발굴 작업을 한없이 더디게 만들곤 하였다. 이른바 개제(改題)와 개작(改作)의 이본(異本)들로 넘쳐난 것이다. 그 결과 어떤 판본이 진정 작자 김동리가 인정할 최종의 텍스트, '정전(正典)'일까 하는 의구심은 더욱 증폭되었다. 이 책의 제목 '정전(正典)의 질투'는 그 같은 곤혹스러움의 토설이다. 정전을 향한 이본들의 끝임 없는 구애와 이에 가세한 이본들 간의 치열한 경쟁, 그 소리 없는 전장에서 질투는 이본들의 유일한 무기가 된다. 그런 맥락에서 '정전의 질투'는 정전에 대한 이본의 질투이자 정전을 둘러싼 이본 간의 질투를 뜻한다. 백 십여 편을 상회하는 김동리의 소설작품들 가운데 이 질투로부터 자유로운 작품이 오히려 희소하다는 사실은 새삼스럽기까지 하다. 아직 미답지로 남은 텍스트가 존재한다는 이야기이다. 하여 이 책의 결말은 열려 있어야 마땅할 수밖에 없다. 작품발굴로 엮은 네 편의 판본은 전집 혹은 선집 그 어느 곳으로부터도 부름 받지 못한 이본들이다. 필자마저 외면한다면 영영 망각의 텍스트로 남을 안타까움에 이 책에 수록한다.

　스스로 사람들로부터 걸어 나와 홀로 산마루에 주저앉아 보내는 시간이 길어졌다. 길어진 것은 외로움만이 아니다. 의심의 꼬리가 길어지고, 분노의 여운 또한 길어졌으니, 시간은 그렇게 가혹하다. 세상을 알아가는 일이 두려워 한걸음 두어 걸음 물러서면 그리 될 줄 몰랐을까. 허나 어둠이 밀려들기 전 사람들의 마을로 내려갈 것을 안다. 찾아 알려야 할 과거가 거기 아직 남아 있으니 말이다.

　　　　　　　　　　　　　　　이제는 어머니와 다른 세상에서

정전(正典)의 질투―김동리 소설문학외사(小說文學外史)

1부

—

'定本'인가? '正典'인가?

판본의 가면들

『김동리 전집』(민음사, 1992)의 소설 연보에는 1952년 작 가운데 「피난기」라는 작품이 소재 불명으로 언급되고 있다. 2002년 이 작품과 관련한 의미 있는 성과가 있었다. 신영덕이 1953년 3월 31일 발간된 소설집 『해병(海兵)과 상륙(上陸) 제일집(第一輯)』(계문출판사)에 수록된 「풍우 속의 인정」이라는 작품의 발굴 사실을 학계에 발표한 것이다.[1] 작품의 말미에는 "二月六日"라는 부기가 있어 정확한 탈고 시점을 말해주고 있다. 이 작품의 발굴과 관련하여 한 가지 짚고 넘어가야 할 사실은 제목이 '풍우 속의 인정'이 아닌 '폭풍(暴風)속의 인정(人情)'이라는 것이다. 발굴 사실을 전하는 과정에서 연구자가 표기상의 오류를 범한 셈이다. 흥미롭게도 이후 다른 연구자들 역시 원본을 확인하지 않은 상태에서 신영덕이 밝힌 서지 사항을 그대로 추수함으로써 같은 오류를 되풀이해 범했다. 서지 연구의 사소한 실수가 어떻게 확대 재생산되는지를 여실히 보여주는 사례라 할 것이다. 주목할 만한 사실은 「폭풍속의 인정」이 전집의 연보에서 누락된 작품으로 간주되었다는 것이다. 이에 대해 설득력이 있는 주장이 뒤이어 제기되었다. 이희환이 『김동리 전집』의 연보에 올라 있는 소재 불명의 미수록 「피란기」의 개제 및 개작이 「폭풍속의 인정」일 가능성이 높다고 추정한 것이다.[2] 「폭풍속의 인정」의 발표 시점이 전집의 소설연보에 기재된 「피란기」의 발

1   신영덕, 『한국전쟁과 종군작가』, 국학자료원, 2002, 55쪽.
2   이희환, 「김동리와 남한 '국민문학'의 형성」, 인하대 박사논문, 2007, 119쪽.

<그림 1> 「피란기」
(『화랑휘보』, 대한청년단대한금융조합연합회, 1952.5)

표 시기와 1년의 시간차를 갖는다는 점을 고려할 때 그 개연성이 충분해 보였다. 이희환의 추측을 뒷받침할 만한 결정적 단서를 필자가 찾게 된 것은 그야말로 우연이었다.

2011년 필자가 한국전쟁기에 발표된 김동리의 소설 작품 연보를 새롭게 작성하는 과정에서 「피란기」의 실체를 확인하는 일은 풀리지 않는 난제였다. 공공 도서관의 전산망을 통해 온갖 검색을 다 해보았지만 「피란기」는 그 어느 곳에서도 찾을 수 없었다. 그렇게 포기할 무렵 필자가 마지막으로 시도한 방법이 웹문서 검색이었다. 이 역시 성과 없기는 마찬가지였다. 그런데 출처 불명의 문서 중 필자의 시선을 끄는 한 자료가 있었다. '우정사업본부'가 발간한 웹진 『디지털포스트』에 게재된 「난중기(亂中記)에 비춰진 김동리 삶의 편린」이라는 제목의 글이 그것이다. 해당 기사에 따르면 신문기자 '병수'가 족의 피난사를 다룬 「난중기」는 1952년 『체신문화(遞信文化)』 12월호에 발표된 작품이었다.[3] 전집의 소설연보에도 없는 작품이었다. 『디지털포스트』에 소개된 내용은 신영덕이 발굴해낸 「폭풍속의 인정」과 대체

3　김성태, 「난중기(亂中記)에 비춰진 김동리 삶의 편린」, 『디지털포스트』, 우정사업본부, 2010. 2, 22~23쪽.

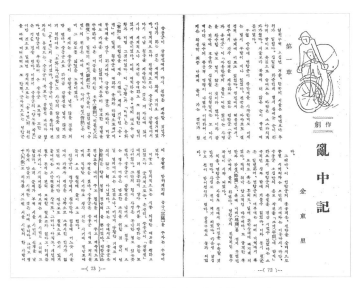

〈그림 2〉「난중기」(『체신문화』, 체신문화협회, 1952.12)

로 일치했다. 그토록 찾아 헤맨 「폭풍속의 인정」의 원본이 「피란기」일 공산이 크다는 확신이 섰다. 남은 과제는 『체신문화』의 해당 호를 확보하는 일이었다. 이를 위해 필자는 『체신문화』가 『디지털포스트』의 전신으로 옛 체신부의 기관지였다는 사실, 『디지털포스트』의 발행기관인 우정사업본부에 해당 잡지가 소장되어 있다는 사실을 추가로 확인했다. 마침내 실체를 접한 「난중기」는 「폭풍속의 인정」과 동일 작품이었다. 재미있는 사실은 앞서 언급한 것처럼 「폭풍속의 인정」이 그러했듯이 이 작품 말미에도 "四二八五年十一月六日"라는 부기가 존재한다는 것이다. 그 차이는 「난중기」의 부기가 최초의 탈고 시점이었던 것과 달리 「폭풍속의 인정」의 경우 개제와 개작 시점의 부기라는 데 있었다.

그러나 딜레마는 두 판본을 비교하는 과정에서 본격적으로 드러나기 시작했다. 「난중기」의 개제 및 개작이 「폭풍속의 인정」이라 말하기 어려운 지점들이 속속 발견되었기 때문이다. 일례로 주인공 '병수'가

15

선편으로 피난을 떠나기 위해 S씨와 의논하는 장면이 「폭풍속의 인정」
에서는 소략하게 처리되고 있다. 또한 「난중기」에서 어린 자식들과 피
난길에 오를 일을 근심하는 '병수'의 장황한 내면 묘사가 「폭풍속의 인
정」에서는 몇 줄의 서술로 대체되어 있다. 이 외에도 적지 않은 손질이
가해진 것을 볼 수 있는데, 무엇보다도 시점의 변화가 특기할 만하다.
「난중기」에서 전지적 시점이었던 것이 「폭풍속의 인정」에서는 일부
일인칭 시점으로 바뀐 예가 대표적이다. 문제는 그와 같은 시점 변경
이 「폭풍속의 인정」에서 삼인칭과 일인칭 시점의 혼용으로 나타나고
있다는 사실이다. 「난중기」의 개작이 「폭풍속의 인정」이 아니라 후자
의 개작이 전자일 가능성마저 재고케 하는 대목이다. 개제 및 개작 과
정에서 범한 작가의 오류라 치더라도 쉽게 납득되지 않는 차이임이 분
명하다. 따라서 「난중기」를 원본(原本)으로 「폭풍속의 인정」을 그에 대
한 정본(定本)으로 확정하는 일이 난망할 수밖에 없었다. 어찌되었던
이때까지만 해도 이희환이 처음 제기했던 추정이 어느 정도 타당성을
갖는다고 필자는 확신했다. 하여 다음과 같은 잠정적 결론을 내렸다.
「폭풍속의 인정」은 「난중기」의 개작이며, 전집의 소설연보에서 거론
된 「피란기」는 다름 아닌 「난중기」의 오기다. 그러던 차에 또 다시 의
미심장한 변수가 나타났다.

　필자가 「난중기」를 대면한지 한 해 뒤 『근대서지』에 다음과 같은 사
실이 보고되었다.

　박태일, 「국방부 정훈매체 『국방』의 문예면 연구—한국전쟁기 정훈문학
　　연구 2」, 『어문론총』 55, 2011.12. 비록 이 글에 작품명과 발표지만 제시되

었지만, 박태일 교수의 도움으로 『국방』 18호(1952.10)에 실린 것을 확인할 수 있었다. 지금 이 잡지는 다른 그 어떤 도서관에도 그 존재가 확인되지 않고 있다. 그리고 「피란기」(상)이 『화랑휘보』 2호, 1953년 5월호에 실린 것도 확인을 해주었다. 호의에 감사드린다.[4]

「대결(對決)」이라는 작품과 함께 「피란기」 상편의 원본을 박태일이 발굴해낸 것이다. 이로써 전집의 소설연보가 「피란기」를 「난중기」로 오기한 것이라는 필자의 추론은 여지없이 무너졌다. '피란기'라는 제목의 텍스트가 실제로 존재했기 때문이다. 이 같은 사실에 덧붙여 김주현은 김동리 탄생 100주년을 기념하는 심포지엄에서 다음과 같은 보충적인 설명을 내놓았다.

　　김병길, 「전쟁의 상흔과 서사적 치유－한국전쟁기 김동리 단편소설의 사실주의」(『문학사상』, 2011.11). 그는 이 글에서 "「피난기」가 다름 아닌 「난중기」의 오기일 가능성"(46면)을 언급하였는데, 「피난기」가 『화랑휘보』(1953.5)에 게재된 것이 확인됨으로 인해 그 가능성은 해소되었다. 「난중기」는 「폭풍 속의 인정」의 원작이다.[5]

위와 같은 근거에 따르면 「피란기」를 개제 및 개작한 작품이 「폭풍 속의 인정」일 가능성이 높다는 이희환의 추정 역시 오류라는 것을 알

4　김주현, 「김동리 소설 「아카시야 그늘 아래서」 외 2편 발굴」, 『근대서지』 제5호, 근대서지학회, 2012, 492쪽.
5　김주현, 「김동리 소설의 자료발굴과 새로운 해석」, 제8회 동리목월문학 심포지엄 자료집 『김동리문학을 재조명한다』, 동리목월기념사업회, 2013, 30쪽.

수 있다. 오히려 박태일의 발굴과 김주현의 보고는 그 반대 사실을 입증해준다. 이에 필자는 세 개의 판본을 비교함으로써 이 작품의 계보학적 전모를 살피고자 박태일 교수에게 원문에 대해 문의했다. 그 결과 제1장과 잡지의 편집후기가 실린 판권지를 제공받을 수 있었다.[6] 전문을 비교할 수 없어 아쉽긴 했으나, 해당 자료만으로도 충격적인 사실을 확인할 수 있었다. 잡지의 출판사항을 보여주는 좌측의 판권지 내용이 그 결정적 증거의 하나다.

花郎彙報 第二號

非　賣　品

韓靑金聯特別團部 團報

檀紀四二八五年五月十日刊

大韓靑年團大韓金融組合聯合會

特別團部　　宣伝部

그 내용을 상세히 살펴보건대, 김주현의 보고에 오류가 있었다는 것을 알 수 있다. 「피란기」 상편의 연재 시작 시점은 김주현이 언급한 1953년 5월이 아닌 1952년 5월이다. 이에 근거하여 발표 시기 순으로 이들 판본을 정리하면 다음과 같다.

「피란기」(『화랑휘보』, 1952.5)

→「난중기」(『체신문화』, 1952.12)

→「폭풍속의 인정」(『해병과 상륙 제일집』, 1953.3)

위와 같은 개제 흐름 속에서 또한 두 차례에 걸쳐 부분 개작이 이루

6　박태일 교수가 찾아낸 『花郎彙報』는 현재까지 그 소장 여부가 보고된 바 없는 희귀자료이다. 이 귀한 자료를 흔쾌히 제공해준 박태일 교수께 감사드린다. 그와 같은 배려가 아니었다면 본 연구는 반쪽짜리에도 미치지 못했을 것이며, 오류투성이 판본 연구의 한계를 고스란히 노정할 수밖에 없었을 것이다.

어졌다. 결과적으로 『김동리 전집』(민음사, 1992)의 소설 연보는 정확한 것이었다. 그러나 앞서 논의한 대로 「난중기」와 「폭풍속의 인정」 두 판본의 낙차를 고려하건대, 어떤 판본을 정전(正典) 텍스트로 확정할 것인가는 여전히 과제로 남아 있다. 전집 소설연보의 기록처럼 「피란기」에 정전의 지위를 부여하는 것이 정당한가? 「피란기」는 단지 최초본으로서 원본(原本)에 불과한 것 아닌가? 「난중기」는 「피란기」에 대한 개작본이며 「폭풍속의 인정」은 그 이본(異本)에 불과한 것인가? 그것이 아니라면 「폭풍속의 인정」은 두 차례의 수정을 거쳐 태어난 정본(定本)인가? 이 가운데 최종적으로 정전은 어떤 판본의 몫이어야 하는가? 이들 질문이 곤혹스러운 것은 바로 정전에 대한 명확한 정의가 우리 안에 준비되어 있지 않기 때문이다.

사전적 정의에 따르면 여러 이본(異本)을 비교하고 교열(校閱)해서 잘못된 곳을 바로잡은 텍스트를 정본(定本)이라 일컫는다. 이 같은 정본(定本)의 면모는 엄밀히 말해 정전(正典)이 갖추어야 할 부분적인 요건에 해당한다. 모든 정전 텍스트가 곧 정본의 요건에 부합하지 않을뿐더러 그럴 필요도 없기 때문이다. 예컨대 하나의 판본만이 존재하는 작품의 경우 정본 논의는 무의미할 수밖에 없다. 정본은 정전 확정을 위한 필요조건일 수는 있으되, 그것이 곧 충분조건일 수는 없다는 이야기다. 정본과 정전은 결코 동의어일 수 없는 것이다.

가장 뒤늦게 발표된 「폭풍속의 인정」을 「피란기」와 「난중기」의 정본으로 간주할 수 없는 이유는 그것이 작가 개입에 의한 개제와 개작의 연장선상에 놓인 텍스트이기 때문이다. 다시 말해 연구자가 오류들을 바로잡은 텍스트가 아니라는 뜻이다. 따라서 이 경우 정본 개념이 논의될 여지는 없다. 정본 작업이 작가의 개입이 배제된 상태에서 제삼의 연구자가 행한 결과물이라 한다면, 정전은 개제 혹은 개작이 종결됨으로써 암묵적인 형태로나마 작가의 최종적인 승인이 이루어진 텍스트라 할 수 있을 것이다.

그러나 적어도 김동리의 창작관행에서 이 같은 정전 정의는 위험스러운 것일 수밖에 없다. 그가 행한 개제와 개작이 단순히 작품의 완성도를 높이기 위한 방향에서만 전개되지 않았다는 사실 때문이다. 밀려드는 청탁을 감당하기 어려워, 발표 매체의 성격을 감안하여, 심지어 할당된 게재 지면의 편집 체제에 맞추기 위해 그야말로 교열 수준에서 김동리는 다수의 작품을 속칭 재활용했다. 그 결과 하나의 작품이 비슷한 시기 여러 지면에 복수의 판본으로 발표된 경우 텍스트 내적 차원에서 그 선후를 따지기 어려운 국면이 발생하기에 이르렀다. 앞서 확인한 「피란기」와 「난중기」, 「폭풍속의 인정」은 그 하나의 사례일 뿐이다. 김동리 소설문학을 대상으로 한 정본 작업이 불가항력에 가까운 난제로 다가오는 이유는 그같은 이본(異本)의 가면들에 정본이 숨어 있기 때문이다. 아울러 이러한 상황은 정본의 후속작업으로서 정전 논의를 원천적으로 무력하게 만든다.

이본(異本)의 구애

개작에 따른 복수 판본의 출현만이 정전 논의의 주요 변수는 아니다. 개작이 아니더라도 시간적 편차를 두고 상이한 매체를 통해 제2의 판본이 등장한 경우도 심심치 않게 목격된다. 이태준의 『황진이(黃眞伊)』가 그 대표적인 예라 할 수 있다. 이 작품이 처음 세상에 모습을 드러낸 것은 1936년 6월 2일부터 동년 9월 4일까지 총 76회에 걸친 『조선중앙일보』 연재를 통해서다. 그런데 이때 작품이 완결되지 못했다. 신문의 휴간으로 연재가 중단된 것이다. 신문에 연재된 총 분량은 상편 33회와 중편 43회였다. 이후 1938년 2월 '동광당서점(東光堂書店)'에서 동명의 단행본으로 출간되면서 완결을 보게 된다. 결과적으로 이태준의 『황진이』에는 신문에 연재된 76회 분량의 판본과 하편을 보충한 1938년 단행본 두 개의 판본이 존재하게 되었다. 완결된 텍스트라는 점에서 보자면 '동광당서점' 간행 단행본을 정본으로 판정할 수 있을 것이다. 그러나 전체 분량 중 3분의 2를 차지하는 최초 판본으로서 신문연재본의 위상을 간과할 수 없다. 애초에 이 작품이 신문연재소설로 기획되고 발표되었다는 사실을 감안할 때, 연재소설 일반의 미학적 특질이 반영된 개별성이 분명 존재하기 때문이다. 이 상이한 자질들을 고려하여 정전 텍스트를 확정해야 한다면, 그 지위는 두 개의 판본 중 어느쪽에 돌아가야 타당한 것인가?

좀 더 복잡한 구도 하에 정전을 향한 판본 간 구애가 벌어진 예도 있다. 이광수와 함께 한국 근대 역사소설계를 실질적으로 주도했던 김동인의 마지막 역사소설이 『을지문덕(乙支文德)』이다. 김동인이 중국의 『삼국지』에 버금가는 역사소설을 써보겠노라는 야심찬 기획 아래 오랜 기간의 준비를 거쳐 집필에 임하였으나 결국 결실을 보지 못한 작품이다. 이 작품의 서지는 현재 정확히 밝혀지지 않았다. 우선 그 연재 지면이 불분명하다. 『김동인 전집(金東仁全集)』(조선일보사, 1987)은 이 작품이 『태양신문』에 1948년 10월부터 1949년 7월 14일까지 연재된 것으로 밝히고 있다. 기존 김동인 문학 관련 연구들 역시 이 서지 사항을 그대로 수용하고 있다. 그러나 『태양신문』은 1949년 2월 25일 창간되었다. 이 사실만으로도 전집과 기존의 서지 연구가 틀렸다는 것을 알 수 있다. 더욱 중요한 사실은 『태양신문』에 연재 자체가 되지 않았다는 것이다.[7] 게재지 및 게재 시기와 관련한 서지 정보 모두 오류인 셈이다. 김동인이 이 작품의 집필을 시작한지 얼마 되지 않아 병을 얻게 되어 두루뭉술하게 마감하게 되었다는 유족의 증언[8]과 '정양사(正陽社)'에서 1951년에 간행한 『동인전집(東仁全集) 제육권(第六卷)』 수록 판본 말미의 "이 「을지문덕」은 저자의 최후의 작품으로서, 저자의 건강이 좋지 못하여 마침내 끝을 맺지 못하고 여기서 중단되었다(一九四九년 六월)"는 부기 등에 근거할 때, 1949년을 전후하여 창작되었다는 사실만은 확실해 보인다. 이후 다른 출판사에서 간행한 동일 판본의 전집에서도 이 부기가 발견된다.

한편 1949년 8월 11일자 『경향신문』에는 「형우출판사(螢友出版社)에

---

7 『태양신문』의 최초 연재소설은 1949년 7월 14일 예고광고 후 20일부터 연재가 시작된 한무숙의 『歷史는흐른다』이다.
8 김광명, 「나의 아버지 김동인을 말한다」, 『대산문화』 35호, 대산문화재단, 2010, 73쪽.

서『을지문덕』발간」이라는 제목의 다음과 같은 기사가 실렸다.

良書出版을 目的 으로 今般 螢友出版社가 發足했는데 陣容은 다음과같으며 첫出版으로 金東仁作「乙支文德」(上・下卷)을 今月末頃에 내놓으리라 한다

위 기사에 따르면,『을지문덕』의 연재가 얼마 남지 않았거나 이미 완결되었다는 것을 알 수 있다. 그러나 '형우출판사' 발간『을지문덕』은 현재까지 발견되지 않았다. 작품이 완성되지 못했기에 출간될 수 없었을 것이다. 현재까지 확인된 사실들을 종합하면 1951년 '정양사' 간행『동인전집 제육권』수록 판본이 가장 이른 텍스트이다.

이 작품은 수차례의 개작 아닌 개작의 과정을 거쳤다. 1944년『야담(野談)』지 4월호(10권 4호)에 그 초안이라 할 만한「분토(糞土)」라는 작품이 '고구려(高句麗) 야담(野談)'이라는 타이틀 아래 발표된 바 있다. 그리고 이를 소설로 풀어쓰고자 한「분토(糞土)의 주인(主人)」이 같은 해 7월『조광(朝光)』에 '역사소설'이라는 타이틀과 함께 게재된다. 그러나 총독부 검열로 한 회 연재되고 만다. 해방 후 김동인은 이를 다시『분토』로 재차 개제하여 1946년 5월호부터『신천지(新天地)』에 '장편역사소설'이라는 타이틀을 목차에 내걸고 연재를 시도한다. 이 역시 어떤 이유에서인지는 모르나 그해 9월호까지 4회 연재에 그치고 만다. 이러한 굴곡진 개제와 연재 중단의 이력을 지닌『분토』를 다시 개제한 작품이 바로『을지문덕』이다. 그러나 그 결과는 앞서 밝혔듯이 끝내 미완이었다.

「분토」(1944) →「분토의 주인」(1944) →『분토』(1946)로 이어지는 창작 궤적은『을지문덕』(1946)의 전사(前史)에 다름 아니다. 그리고 그것은 이

본 아닌 이본들이 경합 아닌 경합을 거쳐 한 편의 작품으로 확대 재생산되는 여정을 고스란히 증언하다. 결코 『을지문덕』은 『을지문덕』만의 텍스트가 아니었던 것이다. 미완이라는 이유만으로 1951년 '정양사' 간행 『동인전집 제육권』 수록 판본 『을지문덕』을 정전 텍스트로 간단히 판정할 수 없는 사정이 이에 있다. 이 작품의 정전을 논의하고자 할 때, 그 전사를 이루는 텍스트 모두가 필히 변수로 계산되어야 할 것이기 때문이다. 그런 의미에서 이들 텍스트들의 정전을 향한 구애는 여전히 응답받지 못한 채 열려 있는 셈이다.

정전 확정 문제와 관련하여 『을지문덕』과는 다른 맥락에서 논란의 여지가 큰 작품이 『백마강(白馬江)』이다. 김동인 역사소설의 대표작 가운데 하나인 『백마강』은 『매일신보』에 1941년 7월 24일부터 1942년 1월 30일까지 연재되었다. 다소 의아스러운 점은 이 작품의 결말이 연재되지 못했다는 사실이다. '소가'며 야마도인들이 결사적으로 '큰길지'의 혈로를 마련하기 위해 신라군에 항전하는 장면과 신라의 정세를 살피기 위해 혈혈단신으로 길 떠나 소식이 끊겼던 '복신'이 주류성에 '풍'과 원병을 얻어 돌아온다는 내용의 대단원이 연재되지 못한 것이다. 약 12회 정도의 연재분에 해당하는 이 작품은 결말은 1952년 '창문사(昌文社)'에서 단행본으로 발간될 때 추가되었다. 덧붙여진 내용을 보건대, 연재가 중단되어야 할 텍스트 내적인 이유는 딱히 발견되지 않는다. 김동인의 생몰 연도가 단행본 출간 한 해 전이었다는 사실로 미루어 볼 때, 이미 그 이전에 작품은 완결되었다는 것을 알 수 있다. 따라서 연재 중단의 사유는 작가 개인의 신상에서 찾아야 할 터, 김동인이 연재 당시 건강상의 문제로 고통 받고 있었던 사실이 그 유력한 배경으로 추측된다.

문필보국(文筆報國)의 일념으로 제일선에까지 황군장병을 위문 갔다가 건강을 해치고 돌아온 김동인은 기억상실에 시달리며 잠시 창작 활동과 멀어진다. 그러던 그가 일제의 부여신궁(夫餘神宮) 건립 시책에 부응하기 위한 일환으로 쓴 작품이 『백마강』이다. 그런 만큼 이 작품의 친일 성향은 대단히 농후하다. 동시에 보는 시각에 따라 노골적인 역사 왜곡의 텍스트라고 평할 수도 있다. 『일본서기(日本書紀)』의 내용을 적극 수용한 흔적이 역력한 이 작품은 연재 광고에서도 밝히고 있듯이 '내선일체의 성지 백제를 배경으로 신체제에 즉응'[9]하기 위해 창작되었다. 내선일체에 바탕한 동근동조론(同根同祖論)을 대전제로 삼은 작품인 것이다. 백제의 찬란한 문화가 바다를 건너 '야마도(大和)'에 미쳐 오늘날의 대일본제국을 이룩한 초석이 되었다는 것과 백제인과 내지의 야마도 사람이 하나의 혈족이라는 것이 김동인이 제시하고 있는 역사적 근거이다. 연재가 종결될 무렵 김동인은 같은 지면에 그와 같은 논리를 다음과 같이 재차 피력한다.

우리들 文壇人이 時局에 기픈 關心을 가지고 內鮮一體로 國民意識을 노펴가게 된것은 滿洲事變以後다 만주사변은 '滿洲國'이 탄생하고 만주국 성립의 감정이 支那事變으로 부화되자 조선에선 '內鮮一體'의 부르지즘이 노피울리고 내선일체의 대행진이 시작된것이다 이번다시 大東亞戰이 발발되자 인제는 '내선일체'도 문제꺼리가 안되엇다 지금은 다만 '일본신민'일 짜름이다 한 天皇

---

9 「新連載夕刊小說『白馬江』」, 『매일신보』, 1941.7.8.

陛下의 아래서 生死를 가치하고 榮枯를 함께할한 백성일뿐이다 '내지'와 '조선'의 구별적 존재를 허락지안는 한民族일뿐이다 歷史的으로 種族을캐자면 다를지 모르나 일본인과 조선인은 지금은合體된 單一民族이다[10]

위의 글에서 보듯 '민족개조론'을 단초로 이광수에 의해 누차 개진되어 온 '내선일체'의 의의를 김동인은 대동아전쟁의 발발을 지켜보며 그 수위를 한 차원 높여 역설한다. '내선일체'가 내지인과 조선인의 차이에서 출발하여 양자가 하나 될 것을 주창하였다면, 이제는 그와 같은 전제마저 부정되고 오로지 일본 신민만이 남게 되었다는 것이 김동인의 판단인 것이다. 그리고 그로부터 내지와 조선이 하나의 민족이라는 결론이 자연스레 유추되는 것을 볼 수 있다. 이는 이광수가 '조선인의 영생의 유일로를 조선인 전체를 일본화 하는 일'에서 찾았던 것과 다르지 않거니와, 김동인은 이를 『백마강』에서 "얼마나장한가 우리 동방인을 동이(東夷)라 해서 업수히 여기는 당태종의 코를 썩것스니 얼마나 장쾌한가"라는 야마도인 '소가'의 입을 빌어 재창한 것이다. 이때 '소가'가 기념비적 승리로 회고하는 그 사건이란 당의 고구려 원정 실패를 가리키는 것이었다. 그 순간 크다라와 야마도는 고구려와 함께 '동방인', 즉 같은 민족으로 역사의 페이지에 등재되기에 이른다.

내선일체와 대동아공영론의 역사적 재현서사라 할 『백마강』은 정전의 확정 문제와 관련하여 흔치 않은 내력을 지니고 있다. 연재가 중단된 후 단행본으로 발간되는 과정에서 결말 부분이 보충된 정황은 앞

---

10 김동인, 「感激과 緊張」, 『매일신보』, 1942. 1. 23.

서 논의한 이태준의 『황진이(黃眞伊)』와 매우 흡사하다. 그러나 그 전후 문맥은 전혀 다르다. 『황진이』의 경우 두 판본의 개별성은 그 발표 매체가 상이한 데서 기인한 결과였다. 따라서 정본 확정의 과정에서 이러한 차이가 주요한 상수가 된다. 반면 『백마강』의 경우 신문연재본과 단행본, 두 판본이 전혀 다른 텍스트 외적인 배경 아래 놓여 있다. 전자에서 후자로 판본의 지형이 전환되는 과정에서 바뀐 일부 표기만을 살펴보는 것만으로도 그 같은 사실을 쉽게 확인할 수 있다.

신문 연재본에서 고대 일본은 '야마도'로, 백제는 '크다라'('그다라'와 혼용)로 호칭되고 있다. 그러던 것이 1952년 '창문사' 간행 단행본에서는 '왜국'과 '백제'로 수정된다. 달라진 정치적 환경이 그와 같은 변화를 초래했다고 말할 수 있을 것이다. 친일성의 흔적을 지워보고자 한 안타까운 노력의 일면일 터다. 그럼에도 불구하고 작품 곳곳에서 이 같은 의식적인 편집자 개입의 손길이 미처 닿지 못한 부분들이 눈에 띈다. '창문사' 판본에 이르러서도 '부여씨(백제 왕실)'와 대비되는 '왜국 황실'이라는 위계 구도가 여전히 남아 있고, 한토(漢土)의 '천자(天子)'에 대해 왜국의 '미까도'가 비교 우위를 지닌 존재로 부각되고 있는 것을 보게 된다. 이처럼 총독부 기관지 『매일신보』 연재란을 당당히 차지했던 제국의 서사는 구태를 온전히 벗지 못한 채 단행본으로의 서투른 변신을 꾀했다. 그런데 놀랍게도 대동아전쟁에서 한국전쟁으로 시대의 파고를 넘는 극적인 순간에 두 판본의 등장 시점이 마치 우연인 듯 조응한다. 이 아이러니의 역사를 기입하지 않고서 『백마강』의 정전을 확정할 수 있겠는가? 정전 확정 작업은 텍스트 내적인 연속성과 불연속성에 일차적으로 주목할 일이지만, 동시에 텍스트 외부와의 상호텍스트성 또한 유심히 살피는 작업이어야 한다는 교훈을 『백마강』의 두 판본에서 새삼 되새기게 된다. 이를 재차 확인해주는 사건을 1942년 3월 1일부터 같은 해 10월 31일까지 만 8개월에 걸쳐 『매일신보』에 연재된 장편역사소설 『원효대사(元曉大師)』와 관련하여 이광수가 보인 친일과 민족에 대한 변증(辨證)의 유전(流轉)에서 찾을 수 있다.

특히 역사소설 창작의 장에서 이광수에게 '민족'은 유동적인 기표였다. 그가 1931년 「여(余)의 작가적(作家的) 태도(態度)」에서 『마의태자(麻衣太子)』와 『단종애사(端宗哀史)』를 두고서 '민족의식과 민족애를 강조'[11]하는 데 창작의 의의가 있었다고 말했을 때의 '민족'은 『원효대사』가 연재되기 두 해 전 "朝鮮人을 天皇의赤子로 日本의國民으로생각하려아니 한것이다. 그리고 朝鮮人을다만 朝鮮人이란 單一한것으로 觀念한것이 根本的인 錯誤엿다"[12]는 말로 조선문학을 반성하던 순간 상상했을 '민족'과 분명 다른 기의를 품고 있다. 후자는 이미 내선일체의 문맥에 놓인 '민족'이었다. 이렇듯 중층의 함의를 지닌 이광수의 '민족'은 1948년 『원효대사』의 단행본 출간에 부쳐 쓴 서문에서 또 다른 기의로 전이된다. "걸앙방아 행세로 두영박을 두들기고 돌아댕기는 원효대사는 우리 민족의 한 심볼이다"[13]라는 진술을 통해 이광수는 '민족'을 조선인의 원형을 가리키는 기표로 다시금 환원시킨다. 그 같은 맥락에서 해방 후 세간의 비난에 변백의 뜻으로 쓴 『나의 고백(告白)』에서 『마의태자』, 『단종애사』, 『이순신』을 두고 "민족정신 밀수입의 포장으로 쓴 것"이랄지

11 이광수, 「余의 作家的 態度」, 『東光』, 1931.4, 84쪽.
12 春園, 「朝鮮文學의 懺悔」, 『매일신보』, 1940.10.1.
13 이광수, 「내가 웨 이 소설을 썼나」, 『元曉大師』, 生活社, 1948, 6쪽.

"원효대사는 내가 친일파 노릇을 하는 중에 매일신보에 연재하였던 것이다. 나는 검열이 허하는 한 이 소설 속에서 우리 민족의 전통적 정신과 영광과 애국심과 민족의식을 그려서, 천황 만세를 부르고 황국신민서사를 제창하지 아니 하면 아니 될 운명에 있는 동포들에게 보낸 것이었다"[14]라는 진술 속의 '민족'은 자기 합리화의 기표로 이미 변신한 '민족'이었다는 것을 알 수 있다.

그동안 일부 연구자들은 이광수 민족담론의 수사학에 내재된 이 같은 차연의 정치학을 간과해왔다. 그 결과 단행본 『원효대사』의 서문 내용을 신문 연재 당시 상황에 이입시켜 읽는 오류를 범했다. 심지어 초기 역사소설에 대한 이광수의 자평을 담은 「여의 작가적 태도」를 식민지 말기에 발표된 『원효대사』에 대입해 읽는 어처구니없는 연구도 있다. 이광수의 역사소설을 민족주의의 자장 안에서 읽고자 한 욕망이 그만큼 컸던 탓이리라. 그러나 그와 같은 단선적인 독해 방식으로는 이광수의 정신적 분열상을 온전히 이해할 수 없을 뿐만 아니라 도리어 그의 불온한 민족주의 담론에 포획될 위험마저 크다. 『원효대사』가 증언하듯 최초본과 수정된 이본 간의 경쟁 못지않게 텍스트 주변 담론들 역시 정전 논의에 필연적으로 개입될 수밖에 없다. 이러한 맥락에서 정전 논의는 최선의 판본을 선별하는 일이 아니라 판본을 둘러싼 담론의 진의를 분별하는 일이라 할 수 있다.

---

14 이광수, 「解放과 나」, 『나의 고백』, 春秋社, 1948, 192쪽.

정전의 존재 이유

　　한국 근현대극문학사에서 기념비적인 작품으로 평가되는 희곡의 하나가 유치진 작 〈마의태자(麻衣太子)〉다. 이 작품의 위상은 그 최초 판본이라 할 〈개골산(皆骨山)〉 발표 당시부터 이미 공고한 것이었다. 익히 알려진 대로 〈개골산〉은 1937년 12월 15일부터 1938년 2월 6일까지 『동아일보』에 '사극'이라는 표제와 함께 '마의태자와 낙랑공주'라는 부제로 연재된 역사극이다. 최초의 신문연재 장막극이라는 점에서 〈개골산〉 연재는 당시로서는 대단히 이례적인 사건이었다. 극 양식의 작품이 장기간에 걸쳐 연재소설란에 연재되었다는 사실 하나만으로 문학사에 뚜렷한 족적으로 남을 일이었기 때문이다. 역사소설이 신문연재소설의 기린아로 각광받던 시대적 분위기가 그와 같은 연재가 가능할 수 있었던 배경의 하나였을 터다. 이에 『동아일보』가 역사소설을 비롯하여 역사담물의 연재 및 게재에 가장 적극적이었다는 사실과 극작가로서 유치진의 문단 지명도가 높았던 점 역시 배후 요인이었다고 할 수 있다. 실제로 신문사가 이 작품의 연재에 거는 기대는 적잖이 컸다.

　　지면을 통해 먼저 대중과 만난 〈개골산〉은 이후 〈마의태자(麻衣太子)－일명(一名) 개골산(皆骨山)〉(전4막급서막(全四幕及序幕))로 개제 및 개작되어 1947년에 발간된 『역사극집(歷史劇集) 자명고(自鳴鼓)』(행문사)에 수록된다. 이 작품집에는 〈자명고〉와 〈마의태자〉 두 편이 수록되었다. 단행본 체제로 묶인 만큼 「자서(自序)」가 첨부되었는데, 이에서 유치진은 〈마의태자〉와 〈자명고〉에서 취한 역사적 기록을 소개함으로써 독자들에게 창작상의 오류에 대한 편달교시(鞭撻敎示)를 요청한다. 사적 전거의 이러한 명시는 역사극만이 갖는 특질을 독자들에게 인지시키려는 노력의 일환으로 취해진 것이었다. 이는 표면상으로 역사 지식이 부족한 독자들을 위한 배려요, 이면적으로는 해당 텍스트에 독자들이 열독으로 답해주기를 바라는 기대감의 표명이었다고 할 수 있다.

〈마의태자〉의 개작은 그 후에도 계속된다. 그 중 1955년 '현대공론사(現代公論社)'에서 발간된 『유치진(柳致眞) 역사극집(歷史劇集) 제일집(第一輯)』 수록 판본이 가장 앞선다. 이 판본은 앞서 1947년에 발간된 『역사극집 자명고』 판형을 모태 삼아 이에 '5막(五幕)'을 첨작한 것이었다. 현재 연구자들 사이에 〈개골산〉의 개작본으로 통용되면서 연구 대상으로 중용되고 있는 텍스트가 바로 이 작품집에 수록된 판본이다. 유치진이 애초에 〈개골산〉을 5막으로 기획하였으나, 신문연재 당시 여하한 사정으로 그 목적을 이루지 못하다가 『유치진 역사극집 제일집』 발간과 함께 빛을 보게 된 것이다. 그렇다면 과연 『유치진 역사극집 제일집』에 수록된 〈마의태자〉 판본은 초본(初本) 〈개골산〉의 정본(定本)이라 할수 있는가? 그 판정에 앞서 반드시 짚고 넘어가야 할 사실이 있다.

〈개골산〉은 『유치진 역사극집 제일집』 발간 이전에 『역사극집 자명고』의 〈마의태자〉 판본으로 개제되어 수록되는 과정에서 심대한 개작을 거친 바 있다. 그간 이 사실이 확인되지 않거나 등한시된 탓에 연구자들은 4막에서 5막으로의 외형적인 변화만을 근거로 『유치진 역사극집 제일집』에 수록된 〈마의태자〉 판본을 개작 판본으로 간주해왔다. 그러나 『역사극집 자명고』의 〈마의태자〉 판본이 〈개골산〉을 전면 수정한 텍스트이고, 이 판본을 『유치진 역사극집 제일집』 수록 판본이 추수한 가운데 새로 제5막을 추가한 것이라 한다면, 지금까지 학계 일반의 통념은 재고되어야 마땅하지 않겠는가? 엄밀히 말해 〈개골산〉의 개작본은 『역사극집 자명고』의 〈마의태자〉이며, 『유치진 역사극집 제일집』의 〈마의태자〉는 『역사극집 자명고』 판본에 1막을 추가한 일종의 첨작본(添作本)에 해당하기 때문이다.

더욱 놀라운 사실은 『유치진 역사극집 제일집』 발간 이후에도 여타 작품집에 빈번히 수록되는 과정에서 〈마의태자〉의 개작이 지속적으로 행해졌다는 사실이다. 그 대표적인 이본이 바로 1959년에 '민중서관(民衆書館)'에서 간행한 『한국문학전집(韓國文學全集) 32 희곡집(戱曲集) 상(上)』에 수록된 〈마의태자(일명 개골산)〉(5막급서막(五幕及序幕))이다. 이 판본은 4년 전 발간된 『유치진 역사극집 제일집』을 부분적으로 손질한 텍스트다. 앞서의 판본과 비교할 때 제5막에서 눈에 띄는 변화가 나타나는데, 개작본이라 해도 무방할 정도의 현저한 차이를 보인다. 또 다른 이본으로는 『유치진희곡전집(柳致眞戱曲全集) 상권(上卷)』(성문각(成文閣), 1971)에 수록된 〈마의태자〉(5막)를 들 수 있다. 이 판본은 앞서의 『희곡집』(민중서관, 1959) 수록 판본과 사실상 동일 텍스트이다. 극히 일부의 표현만이 가감 및 수정되었을 뿐이다. 『유치진희곡전집』은 유치진 생전에 발간된 마지막 전집으로, 〈마의태자〉가 수록된 상권에는 총 14편의 작품이 수록되어 있다. 생의 종점을 예감한 듯한 자서의 내용처럼 유치진은 이 전집을 마지막으로 〈마의태자〉의 지난한 개작을 마감하였다. 『유치진 희곡전집 상권』의 〈마의태자〉 판본이 〈개골산〉으로부터 시작된 창작의 마침표가 된 셈이다.

지금까지 거론한 판본들의 서지 및 그 변이 양상들을 표로 갈무리해 보면 다음과 같다.

판본명	가	나	다	라	마
작품명	史劇 皆骨山 (麻衣太子와 樂浪公主, 四幕 및 프롤로그)	麻衣太子 一名 皆骨山 (全四幕及序幕)	麻衣太子 一名 皆骨山 (全五幕及序幕)	麻衣太子 (一名 皆骨山) (五幕及序幕)	麻衣太子 (五幕)
수록지	東亞日報	歷史劇集 自鳴鼓	柳致眞 歷史劇集 第一輯	韓國文學全集 32 戲曲集 上	柳致眞戱曲全集 上卷
발행처	東亞日報社	行文社	現代公論社	民衆書舘	成文閣
연재 및 발행 시기	1937.12.15~ 1938.2.6	1947.11.30	1955.1.20	1959.12.20	1971.7.10
핵심 변경 사항		・〈마의태자〉로 개제 ・전반적인 표현 수정 ・기존 장면의 삭제 및 새로운 장면 추가	・4막 결말 수정 ・5막 개골산 장면 추가	・판본 〈다〉의 5막 '태자'의 대사를 유민들의 대사로 대체 ・등장인물, 대사, 지문 수정	・지문의 국한문혼용 표기 ・대사 중의 한자 병기를 한글전용으로 전환

　　이렇듯 유치진은 미완의 〈개골산〉에서 〈마의태자〉로의 개제와 함께 제5막을 첨작한 이후에도 생을 마감하기 직전까지 작품을 다듬는 일에서 손을 놓지 않았다. 특히 1959년에 행해진 개작은 이전 판본의 제5막을 전연 다른 국면으로 전환시킨 작업으로서 주목된다. 주인공의 대사를 과감히 소거하여 이를 주변 인물들에게 대리시킴으로써 매개된 갈등 구도를 안출해낸 기법은 유치진의 극작술이 완숙의 경지에 다다랐음을 보여준다. 자신의 역사극을 대표하는 작품이기에 가졌을 남다른 애정이었을 터, 덕분에 〈마의태자〉는 작자 생존 내내 진행형의 개작을 감내해야 했던 작품으로 남게 되었다. 그 자유롭지 못한 숙명이 이 작품을 여전히 열린 텍스트로 구속하고 있다는 사실은 자못 흥미로운 역설이 아닐 수 없다.

　　위와 같은 사실들로부터 필자가 갖게 되는 의문은 어떤 판본의 〈마의태자〉를 연구 대상 혹은 정전(正典)으로 삼아야 하는가이다. 더욱이 무대 공연을 전제한 극작품인 만큼 그 판단이 결코 쉽지 않다. 매 공연 시 사용된 이본이 여럿 존재하는 상황에서 지면 희곡만을 가지고 정전 의 지위 여부를 따지는 것 자체가 애초부터 한계를 노정하는 일일 수밖 에 없기에 더더욱 그러하다. 이와 관련하여 필자는 동료 연구자들의 조 언을 구하고자 극 관련 학회에서 이 작품의 판본 사항에 관해 발표한 바 있다. 그러나 토론을 맡은 동료 연구자로부터 도리어 '정전'에 관한 필자의 견해가 무엇인지를 질문 받았다. 다행히 청중 가운데 한 중견학 자가 필자를 대신해 답변을 내놓았다. 요지인즉슨, 무대공연을 전제한 극문학의 특성상 작가 생전의 마지막 판본을 정전으로 삼아야 하지 않 겠는가라는 것이었다. 그 같은 견해를 접하며 필자가 순간 황망함을 느 낀 것은 정전에 관한 원론적인 논의마저 이루어지지 않은 우리 학계의 현실을 실감했기 때문이다. 수많은 인접 담론들과 종횡으로 교섭하는 문학계의 현 연구 풍토에서 그 출발점이라 할 정전 연구가 이토록 천시 받는 상황이 안타까움을 넘어 참담하기까지 했다. 정본 하나 갖지 못한 채 진행되는 숱한 담론들의 잔치가 이를 파국이 순간 눈에 선했다.

판본의 귀환

필자는 『문학사상』 2004년 10월호에 해방기와 한국전쟁기에 발표 되었으나 원본이 확보되지 않아 전집에서 빠진 김동리의 단편 작품들을 발굴 소개한 적이 있다. 그 가운데 한 작품이 「풍우가(風雨歌)」다. 당시 필자는 이 작품이 1950년 11월호와 1951년 신년호 『협동(協同)』(대한금융조합연합회)에 각각 상·하편이 발표된 것으로 학계에 보고하였다. 그러나 한국전쟁기 김동리 소설 작품의 서지 연구에 관한 논문을 작성하는 과정에서 그것이 오류라는 사실을 뒤늦게 알아 차렸고, 2011년 발표한 논문에서 1951년 11월호와 1952년 신년호로 해당 서지를 바로잡은 바 있다. 그런데 문제는 단순히 서지 정보를 바로잡는 데서 그칠 일이 아니었다. 해당 논문을 쓰면서 관련 자료를 조사하던 중 「풍우가」의 여러 판본을 목격하게 되었기 때문이다.

필자가 「풍우가」의 이본을 처음 발견한 지면은 1952년 1월 6일자 『서울신문』이었다. 「순정기(純情記)」라는 제목의 첫 회를 대면한 순간 이 작품이 시간상으로 「풍우가」를 개제 및 개작한 판본이라는 것을 짐작할 수 있었다. 이를 확인하기 위해 신문을 읽던 중 전혀 예상치 못한 장면이 눈에 들어왔다. 같은 달 14일까지 연재된 이 작품에 '순정기'와 '순정설(純情說)'이라는 두 제목이 쓰인 것이다. '순정기'는 첫 회 연재분에만 쓰인 제목이었다(이하 '순정설'로 칭함). 어찌되었든 「풍우가」와 「순정설」 두 판본이 이본이라는 것은 확실했다.[15] 이로써 이 작품의 개제 및 개작 양상을 추적하는 일이 마감되는 듯했다. 그러나 정작 이 작품의 판본 계보를 밝히는 일은 이때부터가 시작이었다.

1957년 '혜문사(慧文社)'에서 발간된 『향화(香花) 외육편(外六篇)』이라는 단편 작품집에서 「상병(傷兵)」이라는 김동리의 또 다른 단편을 발견

---

15 「傷兵」의 이본 「風雨歌」, 「純情記」는 후일 그 작품명이 재조합되어 활용되는 것을 볼 수 있다. 한국전쟁기 김동리의 유일한 장편소설 창작이었던 『風雨記』가 그것이다.

〈그림 3〉「순정기」(『서울신문』, 1952.1.6)

한 것이 그 발단이었다. 「상병」 역시 앞서 「풍우가」와 「순정설」을 개제 및 개작한 작품이었다. 이와 동시에 1952년 '현암사(玄岩社)'에서 간행한 『걸작소설선집(傑作小說選集)』에도 「상병」이 수록되어 있었다. 이 두 「상병」은 동일 판본이었다. '현암사'에서 발간한 『걸작소설선집』의 판형을 고스란히 가져다 '혜문사'에서 『향화 외육편』이라는 제목 아래 재발간했던 것이다. 이쯤 되면 다소 혼란스럽기는 해도 대체로 판본 간 변화의 흐름이 조망된다고 할 수 있다. 이본이 대략 세 개로 압축되고 최초 판본은 발표 시기를 따질 때 『서울신문』에 연재된 「순정설」로 정리할 수 있을 것이기 때문이다. 그러나 아직 드러나지 않은 이면사가 남아 있었다. 해당 작품집이 이미 한 해 전 '한국공론사(韓國公論社)'에서 발간되었음을 『걸작소설선집』(현암사, 1952)의 서문이 밝히고 있었기 때문이다. 필자는 부디 그것이 이 작품의 확인되지 않은 마지막 판본이기를 바라며 찾아 나섰다. 단서는 출판사 명과 출판 시기였다. 그런데 정작 가장 중요한 작품집 명은 『걸작소설선집』의 서문 어디에서도 확인할 수 없었다. 한 해 전에 출간된 사실을 근거로 유사한 작품집 명이 사용되었을 것이라 추정할 뿐이었다. 한국전쟁기 자료라는 점이 무엇보다도 큰 난관이었다. 전쟁 중에 발간된 단편소설집이 과연 온전히 남아 있을지 자료를 찾는 내내 회의감이 앞섰다. 근 6개월에 걸친 자료 탐색이 행해졌다. 주요 대학도서관 및 공공도서관의 소장 자료, 해당 시기 선행연구는 물론 웹문서에 이르기까지 저인망식 검색을 계속해나갔다.

서문을 근거로 추정컨대, 『걸작소설선집』(현암사, 1952)이 필자가 찾고자 한 작품집과 크게 달라졌을 가능성은 사실 희박했다. 전쟁기임을 감안할 때 단행본 작품집에 수록된 판본에 애써 손질이 가해졌을 리 없기 때문이다. 해서 이쯤에서 이 작품의 서지 연구를 마무리해도 되지 않을까 하는 유혹에 수차례 마음이 흔들렸다. 그때마다 필자를 괴롭힌 것은 다름 아닌 발간 시기였다. 『걸작소설선집』의 서문은 한 해 전이라고만 밝혔을 뿐 정확히 그 시점을 언급하고 있지 않다. 만약 이 사실을 확인하지 않을 경우 「상병」과 「순정설」 가운데 어느 판본이 연대기상 최초본인지를 단정 지을 수 없게 된다. 문제는 그뿐이 아니다. '상병'이 아닌 다른 제목이 쓰였을 수도, 그와 함께 일부 문장이 수정되었을 수도 있지 않은가. 실체를 확인하지 않은 상태로 그 일말의 가능성을 연구자가 앞서 문 닫을 수는 없는 노릇이었다.

그렇게 지난한 시간이 흐르는 가운데 울산대학교 중앙도서관 소장 자료를 검색하던 중 1951년 9월에 발간된 『한국공론(韓國公論) 걸작단편(傑作短篇) 소설특집(小說特輯) 전시호(戰時号) 제삼집(第三輯)』(한국공론사)을 검색 결과로 마주하게 된다. 『걸작소설선집』의 서문에 언급된 작품집이 바로 이 텍스트일 것이라는 확신이 서는 순간 과연 반세기가 훨씬 지난 지금 이 자료가 고스란히 보존되어 있을까 하는 의구심이 밀려왔다. 그렇게 조바심 속에서 며칠 뒤 해당 자료를 극적으로 접할 수 있었

〈그림 4〉『한국공론 걸작단편 소설특집』
(한국공론사, 1951.9)

〈그림 5〉「상병」
(『한국공론 걸작단편 소설특집』, 한국공론사, 1951.9)

다. 결과는『걸작소설선집』과 동일 판본이었다.[16] "現役作家에서 가장 人氣 높은 七氏의 自負作을 얻었다. 모두 各氏의 代表作으로서 我韓國 文壇의 劃期的인 收獲이라 아니 할수 없다"는 편집후기가 말해주듯이 「상병」이 수록된 이『한국공론 걸작단편 소설특집 전시호 제삼집』은 7인의 공동 작품집으로 마련된『한국공론』특집호였다.[17] 이렇게『협동』

16 여담이지만 이 작품집을 확인하고서 한 해 뒤 '현암사'에서 같은 텍스트를 소장하고 있다는 사실을 알게 되었다. 이 작품집의 발간사인 '韓國公論社'가 바로 '현암사'의 전신이었던 것이다. 현암사는 현재『韓國公論』과 그 전신인『建國公論』을 모두 소장하고 있다. 해방기와 한국전쟁기에 걸쳐 발행된 이 잡지는 시사종합지이다. '대구'라는 지방에서 발행된 점도 특기할 만하지만 정치적 격변기가 곧 발행 시기였다는 점에서 본격적인 연구가 필요한 귀중한 자료임이 분명하다. 연구자들의 관심과 연구가 요망된다.
17 이 작품집에는 김동리의「傷兵」외에「趣味와 딸과」(최태응),「서리」(최인욱),「새벽안개」

지 「풍우가」의 발굴로부터 시작된 이본 순례 여정은『한국공론 걸작 단편 소설특집 전시호 제삼집』의 「상병」으로 대단원의 막을 내리는가 싶었다. 그 즈음 미처 예상치 못한 또 하나의 일이 벌어졌다.

우연히 한국잡지박물관 소장 자료들을 검색하다 김동리의 미발굴 작으로 추정되는 작품을 목록에서 확인하게 된다. 1974년『사천군향 우회보(泗川郡鄉友會報)』창간호에 실린 「미리와 그 애인」이라는 작품이 그것이었다. 우연치고는 공교롭게도 김주현 교수가 2013년 계간『동 리목월』여름 호에 발표한 「김동리 소설의 자료 발굴과 새로운 해석」 이란 글에서 이와 동일 제목의 작품을 언급한 바 있다. 그에 따르면 동 명의 작품이 1953년 10월 29일 라디오에서 낭독되었다. 제목의 동일 성만을 놓고 볼 때 라디오 낭독본을 약 20여 년 후 김동리가『사천군향 우회보』에 재발표했다고 추정할 수 있다. 물론 이에는 하나의 가정이 따른다. 라디오를 통해 낭독했을 무렵 이미 개제 및 부분 개작한 판본 을 지면에 발표했으며, 그 원고를『사천군향우회보』에 재수록했을 가 능성 말이다.[18] 어찌되었든 이 작품 역시 「상병」의 이본으로 당당히 그 이름을 등재해야 마땅할 터다. 이로써 현존하는 이본들의 실체가 모두 그 모습을 드러냈다. 김주현은 이 작품의 판본 계보를 "〈풍우가〉 -〈상병〉-〈순정설〉-〈미리와 그 애인〉" 순으로 정리하고 있다.[19] 하지 만 지금까지의 논의에서도 밝혔듯이 단순히 발표 시기만을 준거로 이

(유주현), 「戀情」(유기영), 「戰火」(박영준), 「香花」(장덕조)가 실렸다.
18 『泗川郡鄉友會報』에 수록된 「미리와 그 애인」은『協同』에 연재된 「風雨歌」와 동일 판본임 을 확인할 수 있었다. 동명의 제목을 감안할 때 라디오 낭독본 역시 이와 동일할 것으로 추 정된다.
19 김주현, 「김동리 소설의 자료 발굴과 새로운 해석」,『동리목월』2013 여름호, 동리목월기념 사업회, 71쪽.

작품의 판본 지도를 그리는 데는 한계가 따른다. 게재 시기와 작품명을 함께 고려하여 다음과 같이 세 갈래로 해당 판본들의 계보도를 작성하는 것이 그 전개 흐름을 한눈에 파악할 수 있는 효과적인 방편이된다.

① 「상병」(『한국공론 걸작단편 소설특집 전시호 제삼집』, 한국공론사, 1951.9.)
　　→ 「상병」(『걸작소설선집』, 현암사, 1952)
　　　　→ 「傷兵」(『향화 외육편』, 혜문사, 1957)

② 「풍우가」(『협동』, 1951.11~1952.1.)
　　→ 「순정기」 / 「순정설」(『서울신문』, 1952.1.6~14.)

③ 「미리와 그 애인」(라디오 낭독본, 1953.10.29.)
　　→ 「미리와 그 애인」(『사천군향우회보』, 1974.6.)

결과적으로 필자가 지금까지 행한 판본 탐사는 어떤 판본이 최초본이며, 어떤 판본을 정전으로 추대할 것인지와 같은 새로운 과제를 이본 찾기의 지난한 수고에 대한 보상으로 안겨주었다. 이 복잡다단한 실타래를 풀어나기 위해서는 먼저 지금까지의 행보를 거슬러 가보아야 할 터, '정전' 관련 앞선 논의들에 귀기울여보는 데서 그 구체적인 실마리를 찾을 수 있을 것이다.

초본에서 정전까지

광의의 '정전'은 본래 한 문화권 안에서 높은 가치를 부여받고 보존되고, 계속 재생산되는 텍스트들을 총칭한다.[20] 19세기 철학자 데이비드 런켄(David Runken)에 의하여 문학 정전의 개념이 처음 만들어진 이래 현재는 문학, 철학, 과학의 고전작품을 묶는 길라잡이(Leitfaden)를 의미하기에 이르렀다. 이러한 정전 작품은 시대를 초월한, 수용과 미학적 가치를 지니며, 일반적으로 세계문학, 고전작품 등과 의미를 같이 한다.[21] 특히 학교 교과과정 속에서 공인된 텍스트나 해석 혹은 모방할 만한 가치가 있다고 널리 인정받은 텍스트를 뜻하게 되었다. 한편 협의의 '정전'은 표준적 레퍼토리, 다시 말해 개별 장르 내에서 또는 특정 조직이나 기관에서 고평되어 자주 읽히고 상연되는 작품을 의미한다.[22] 이때 정전이라는 용어는 표준과 기준, 기원을 함의[23]하는데, 이를 다른 각도에서 파울러(Alastair Fowler)의 표현을 빌려 말하자면 '적어도 일정 기간 동안 배타적인 완전성을 누리는 작품들의 집합'을 가리킨다.[24]

본래 정전 개념은 잘 알려진 대로 진본으로서 권위와 규범성을 지닌 종교적 정전에서 비롯되었다. 그랬던 것이 세속적 문학에 확대 적용되

---

20 송무, 『영문학에 대한 반성─영문학의 정당성과 정전 문제에 대하여』, 민음사, 1997, 336~342쪽.
21 정인모, 「정전화와 탈정전화」, 『독어교육』 제43집, 한국독어독문학교육학회, 2008, 278쪽.
22 하루오 시라네·스즈키 토미 편, 왕숙영 역, 『창조된 고전』, 소명출판, 2002, 18쪽.
23 박상진, 「정전 (연구)의 새로운 지평─정전성의 정치학」, 『민족문화연구』 55호, 민족문화연구원, 2011, 3쪽.
24 송무, 앞의 책, 342쪽.

었고, 기성 체제에서 느슨한 합의를 통해 '위대하다'고 간주되는 작품과 작가를 지칭[25]하게 되었다. 이 같은 정전 개념을 전제로 등장한 비평의 한 갈래가 바로 원본비평 또는 원문비평이라고도 불리는 원전비평(原典批評, textual criticism)이다. 원전비평은 본격적인 비평을 위해 바람직한 원본을 찾아 확정하는 예비적이고 실증적인 작업에 다름 아니다.[26] 실증주의적인 역사주의비평에 속하는 원전비평의 목적은 제지술, 인쇄술, 제본술, 필적 감정 등 서지학적 비평을 거쳐 '텍스트'를 확립해 놓는 데 있다. 텍스트의 확정 없이는 본격적인 문학연구란 불가능하다는 이유를 들어 역사주의비평은 텍스트 확정의 중요성을 강조하는 가운데 이를 제일의 전제로 삼는다.[27]

원전비평이란 원본을 베끼는 과정이나 편집 또는 인쇄하는 과정에서 생긴 필사자와 편집자 및 교정자의 오류를 비평가가 원작자와 원작품의 의도를 가장 잘 전달하는 것으로 판단되는 방향에서 확정해 나가는 과정을 말한다. 소프(James Thorpe)는 '신빙성 있는' 원문이나 '저자가 의도한 원문'의 확정을 원전비평의 이상으로 삼을 것을 주장했다.[28] 뒤이어 유사한 맥락에서 바우어즈(Fredson Bowers)는 '한 작가의 텍스트 본래의 순수성(purity)을 회복하는 한편, 판을 거듭함에 따라 항용 생기는 와전(corruption)으로부터 그 순수성을 보존하는 것'을 원전비평의 목표로 규정했다.[29] 이 같은 주장들을 종합해보면, 작품의 진위 여부를 밝혀내고 이상적인 판본으로 복원하는 작업이 원전비평이라는 것을

---

25 조셉 칠더즈·게리 헨치 편, 황종연 역, 『현대 문학·문화 비평 용어사전』, 문학동네, 1999, 100쪽.
26 장도준, 「문학 비평의 역사적 방법」, 『한국말글학』 28, 한국말글학회, 2011, 233쪽.
27 정규복, 「原典批評의 理論과 實際」, 『陶南學報』 7~8호, 陶南學會, 1985, 13쪽.
28 월프레드 L. 게린 외, 최재석 역, 『문학 비평 입문』, 한신문화사, 1994, 16쪽.
29 이상섭, 『문학 연구의 방법―그 한국적 적용을 위한 개관』, 탐구당, 1972, 19쪽.

알 수 있다. 그 구체적인 방법은 작가의 원고나 필사본, 발표지나 출판 과정에서의 오류(誤字)나 탈자(脫字)를 바로 잡고 여러 판본을 대조하거나 작품의 창작 과정과 변형·발전 과정을 연구하는 일이다. 그리고 이에는 다양한 대조와 수정의 결과에 대한 근거 있는 설명이 첨부된다.[30]

그렇다면 원전비평에서 원전(原典)은 어떠한 원칙과 과정을 통해 확정되는가? 이와 관련하여 바우어즈의 논의가 유용한 참조점을 제시해 주고 있다. 먼저 영인본(facsimile)과 교열본(critical text) 문제, 즉 한 원본을 현존하는 그대로 재생하는 것(영인본)이 옳은가, 또는 명백한 오식(또는 오기)의 교정, 수정, 종합을 거친 교열본이 나은가라는 논란과 관련하여 바우어즈는 후자를 지지한다. 둘째로 하나의 텍스트를 옛 맞춤법 그대로 따를 것인가, 또는 현대 맞춤법으로 고칠 것인가라는 현대어본과 구철자본의 문제와 관련하여서는 순수하게 학술적 의도가 아니라면 일반 독자들을 위한 판본에서는 구철자법을 고집할 이유가 없음을 강조한다.[31] 이러한 기본 원칙 아래 바우어즈는 다음의 세부 작업을 원본 확정을 위한 과정으로 제시한다.

① 문서적 증거

→

② 기본 텍스트의 결정

→

③ 상이점들의 대조 조사(collation)

---

30 장도준, 앞의 글, 234쪽.
31 이상섭, 앞의 책, 20쪽.

①은 현존하는 문서들(원고, 초간본, 수정본, 이본 등)을 총망라하여 가장 순수하고 정확한 형태를 확정하는 과정이다. 원고가 부재한 경우 추정본을 작성하게 되는데, 교정, 수정, 보완, 종합의 작업을 통해 최대한 텍스트의 오류를 제거하는 방식으로 이루어진다. 이어지는 ②는 많은 이본 또는 사본들 중에서 결정본의 근거가 될 기본 텍스트를 선정하는 과정이다. 이를 준거로 ③에서는 일정한 기간 동안 출간된 한 작품의 여러 판본들을 모두 조사하여 서로 다른 부분들을 기록해가게 된다.

취급의 가치가 있는 모든 문서들을 다 검토하고 나서는 소위 결정판 (definitive edition)을 준비할 단계에 이른다. 이 단계에서는 우선적으로 이본(異本)들을 납득이 가도록 적절히 처리해야 하는데, 하나 또는 그 이상의 권위본을 선정한 다음 이본들과의 면밀한 대조 조사를 마쳐야 한다. 그리고서는 해당 권위본에 혹시 잘못이 있는가를 검토하여 수정을 가하게 된다. 이때 수정 부분에 대한 타당한 설명이 뒤따라야 한다. 오식 및 오기 등 확실한 오류와 의미상 모호한 부분, 또는 탈락된 부분이 수정의 대상이다.[32] 위와 같은 과학적 노력에도 불구하고, 보다 활용성이 높은 연구 대상 텍스트를 얻게 되는 긍정적 효과에도 불구하고, 결코 완전무결할 수는 없다. 부수적인 것들뿐만 아니라 본질적인 것 (실제 언어상의 독해)에 대해 비평가는 미학적 판단과 함께 '비판적 수정'을 가하게 되는데, 그 기준이 절대적일 수 없기 때문이다.[33]

---

32 이상섭, 앞의 책, 21~22쪽.
33 홍문표, 『현대문학비평이론─비평의 이론과 실제』, 창조문학사, 2003, 103~104쪽.

정전의 두 층위

원전비평에서는 결정판을 얻기까지 복수의 판본을 고려한다. 이 과정에서 판본들의 성격과 관련하여 여러 용어가 거론된다. 예컨대 초본이나 원본, 정본 등이 그것인바, 이에 대한 명확한 의미 규정은 없다.[34] 합의되지 않은 채 난무하는 이들 용어에 대한 구분은 이 책에서 정의하는, 정확히 말해 이 책에서 한정적으로 지시하는 '정전' 개념을 명시적으로 드러내는 데 유용한 방편이 되기 때문이기도 하지만, 논의의 엄정성을 위해서도 필수적이라 할 수 있다. 먼저 '초본(初本)' 혹은 '최초본'은 문자 그대로 연대기상 가장 앞서 공식적으로 인쇄 출판된 판본을 가리킨다. 초본과 혼동될 우려가 큰 '원본(原本)'은 베끼거나 고치거나 번역한 것 등에 대하여 근본이 되는 판본을 말한다. 출판 인쇄 이전에 작가가 손으로 직접 쓴 원고 상태의 판본 역시 이에 포함시킬 수 있을 것이다. 이러한 맥락에서 보자면 초본은 원본과 분명 다르다. 한편 '정본(定本)'은 여러 '이본(異本)'을 비교하고 교열해서 잘못된 곳을 바로잡은 판본을 이른다. 이때 이본은 정본과 다른 판본이라기보다는 상이한 복수의 판본들을 가리킨다고 할 수 있다. 다른 판본을 전제로 한 상대적 개념의 판본인 것이다. 그리고 이 이본 가운데 초본 혹은 여타의 이본을 대상으로 작가가 수정을 가한 판본이 '개작본(改作本)'이다. 개작본은 시기적으로 앞선 판본에 대한 일종의 파생본이라 할 수 있는데,

---

34 김동환, 「초본(初本)과 문학교육―「소나기」를 중심으로」, 『문학교육학』 제26호, 한국문학교육학회, 2008, 279쪽.

이 개작본 역시 복수의 판본으로 존재할 경우 이본으로 지칭되어야 마땅하다. 원전비평에서의 '원전(原典)'은 바로 이들 이본 간의 길항과 교섭에서 배태된 판본에 해당한다. 그렇다면 기준이 되는 본디의 전적(典籍)으로서의 원전과 정전은 같은 것인가? 혹은 차이를 갖는가? 다음의 한 예에서 그 답을 간접적으로 시사 받게 된다.

2001년 권영민은 이인직의 신소설 『혈의누』의 텍스트를 현대문과 원문으로 정리하여 일종의 주석본에 해당하는 교열·해제본 『혈의누』[35]를 발간하였다. 이 텍스트는 광학서포본의 현대문 교열본을 수록한 제1부와, 『만세보(萬歲報)』 연재분과 '광학서포본(廣學書鋪本)' 입력 후 주석을 첨부한 제2부로 구성되어 있다. 때문에 영인본을 찾아 읽지 않더라도 원문을 보는 것과 동일한 효과를 기대할 수 있다. 뿐만 아니라 일반독자들도 쉽게 읽을 수 있도록 배려한 현대문 교열본까지 갖추고 있다는 점에서 그간 원본 및 영인본을 읽을 때의 불편함이 일거에 해결되는 장점을 갖추고 있다. 그러나 적지 않은 문제점 역시 노정하고 있다. 무엇보다도 큰 맹점은 『만세보』 연재분과 '광학서포본'의 원문을 직접 보지 않는 한 제1부에 수록된 현대어 교열본만으로는 결코 원문을 읽는 것과 동일한 효과를 기대할 수 없다는 것이다. 대다수 현대어 표기본들이 그렇듯 자의적 수정과 입력 오류 등으로 인해 오히려 원문을 심각하게 훼손하거나 왜곡한 부분이 있기 때문이다. 이에 더불어 유일하게 원문이 수록된 판본은 문제가 더 심각해서 원문을 대체할 수 있는 자료로 전혀 활용할 수 없다. 이러한 이유에서 강현조는 결국 현재로

---

35 권영민 교열·해제, 『이인직 『혈의 누』: 서울대 인문학연구소 고전총서─동양문학 7』, 서울대 출판부, 2001.

서는『혈의누』의 원문 텍스트를 직접 읽을 수밖에 없다는 결론을 내놓는다.[36]

위와 같은 한계에도 불구하고 권영민의 교열·해제본『혈의누』는 그 자체로 대단히 의미 있는 시도가 아닐 수 없다. 원전 복원을 위한 노력은 물론이거니와 대중적인 판본의 재구성을 꾀한 점에서도 그 가치가 결코 소소하다 할 수 없기 때문이다. 그러나 원전비평에 수반될 수밖에 없는 여러 제한점들을 보여준다는 점에서 그 공과를 세세히 따져볼 필요는 분명 있다. 첫째로 원문과 현대어 교열본을 나열하는 방식으로는 온전한 원전 구성이 불가능하다는 사실이다. 그와 같은 병렬식 편성으로는 곧 판본 간의 차이를 효과적으로 드러낼 수 없기 때문이다.

둘째로 복수의 판본이 존재할 경우 어떤 판본을 원문으로 선정하여 제시할지가 논란거리다.『만세보』연재분과 '광학서포본'의 차이가 명백히 존재하는 상황에서 어떤 판본에 원문으로서의 위상을 부여해야 할지 충분히 사전에 검토되지 못한 것이다.『만세보』연재분과 '광학서포본' 중 후자를 대본으로 삼은 것은 분명하나, 그와 같은 판단의 근거는 어디에도 제시되어 있지 않다. 표기는 물론 어휘, 심지어 내용상 두 판본의 차이가 만만치 않게 큼에도 불구하고 말이다.

셋째로 또 다른 판본이 추가적으로 발견되었을 때, 새로운 판본의 개별성을 기존 교열·해제본에 반영할 방법이 요원하다. 실제로『혈의누』의 경우 첫 번째 개작 때보다 더 큰 수정이 가해진 두 번째 개작본, 즉 '동양서원본(東洋書院本)'이 발굴됨으로써『만세보』연재분과 '광학서

36　강현조, 「『혈의누』의 원전 비평적 연구」, 『우리말글』 41, 우리말글학회, 2007, 228쪽.

포본' 중심의 기존 판본 연구를 원점으로 되돌려 놓았다. 이는 비단『혈의누』만의 문제는 아니다. 연구자들의 시야에 미처 들어오지 않은 다른 작품들의 판본은 무수하다. 다만 연구자들로부터 주목받지 못한 작품의 이본이어서 또는 이본의 존재 자체가 확인되지 않아서 논의 대상에 오르지 못했을 뿐이다.

권영민의 교열·해제본『혈의누』는 원전비평의 결과로서 얻은 하나의 원전이다. 복수의 판본이 병치의 형태로 수록된 한 권의 텍스트가 원전으로 제출된 경우이다. 그러나 앞서 제기된 문제들을 고려하건대, 과연 원전으로 평가할 만한 텍스트인가에 대해서는 의문이다. 기존의 원전 개념에 대한 비판적 수정 차원에서 '정전(正典)' 개념의 도입 필요성이 이로부터 제기된다. 이때의 정전은 기성의 개념과는 다른 층위에서 규정되어야 할 터, 이 책에서 필자는 국민 교육의 대상으로 선택될 만하다고 여겨지는 저자와 글과 같은 의미의 정전이 아닌 한 작품의 여러 이본들을 바탕으로 재구성해낸 제3의 텍스트를 지시하는 개념으로 한정하여 정전이라는 용어를 제안코자 한다. 이러한 정전 개념 하에서는 이본들 간의 위계, 예컨대 초본과 개작본을 비롯한 여러 파생본 간의 우열이 소거된다. 초본은 정전 확정의 출발점이 될 수 있을지언정 기준이 될 수는 없다. 모든 판본들 간의 차이가 오롯이 반영되고, 또한 미발굴 판본의 수용 가능성까지 열려 있는 텍스트로 정의되는 것이다. 그것이 '정본(定本)' 혹은 '정전(定典)'으로 불려서는 곤란한 이유는 결코 '확정(確定)'된 텍스트가 아니기 때문이다. 다만 해당 텍스트가 한 작품의 역사성을 고스란히 증언하게 된다는 점에 주목하여 '정전(正典)'의 지위를 부여하는 것이다. 이에는 '현재의 표준 텍스트'라는 단서가 첨부된다. 그리고 그 작업은 '확정'이 아닌 오류를 바로 잡아 텍스트를 재구성하는 수립의 차원에서 행해지게 된다.

제3의 텍스트를 찾아라!

구체적인 정전화 작업은 다음과 같은 절차와 방법을 통해 실현될 수 있을 것이다. 일차로 작가 개입이 확인된 판본 모두를 대상으로 원문 판본을 선정한다. 시간상의 변화추이를 누적해가는 방식으로 판본의 변화 과정을 효과적으로 드러내기 위한 차원에서 초본(최초 발표 판본)이 원문 판본으로 선정될 필요가 있다. 이때 유의해야 할 점은 초본이 반드시 원본이란 법이 없다는 사실이다. 때로는 출판 인쇄일자가 늦은 판본이 원문으로서의 자격을 갖는 경우도 있다. 따라서 수정 여부를 놓고 판본 간 선후관계를 따져 원문을 결정해야 할 것이다. 일단 원문이 결정되면 이를 모본 삼아 원전비평의 일반적인 작업 방식대로 여타 판본들과의 비교 작업을 행한다. 판본들 간 차이를 발견하고 그 함수관계를 면밀히 검토해나가는 것이다. 그리고 그 결과를 원문 아래 각주 형식으로 기입해나간다. 말하자면 각각의 차이들이 텍스트의 각 부분에 파생시킨 변화를 확인하고, 수정과 개작이 텍스트의 기본 구조 및 성격에 일으킨 변화의 의미를 해독한 후 최종적으로 그것을 편집자 주석본으로 정리해내는 것이다.[37] 작가 개입이 확인된 텍스트들을 대

상으로 작가 개입이 배제된 제3의 텍스트로서의 정전을 상정하는 셈이다.[38]

위와 같은 작업이 항시적 과제로서 종결되기 어려운 이유는 미발굴 판본 때문이다. 대개는 알려지지 않은 판본이 연구자들의 노력에 의해 새로이 발견되나, 때로는 판본의 존재 자체가 알려져 있는 상태에서 정작 그 실체를 확인하지 못한 경우도 있다. 그 대표적인 작품의 하나가 김동리의 「학정기(鶴亭記)」이다. 『한국문학전집』 19(민중서관, 1960)의 작가연보에는 이 작품의 최초 발표 시기가 1959년으로 밝혀져 있다. 이 전집이 1960년에 발간된 사실에 주목하건대, 최초 작품명이 '학정기(鶴亭記)'이고 그 발표 시기가 한 해 전인 1959년임은 분명해 보인다. 한편 『김동리 전집』의 소설연보는 이 작품이 「강수선생(强首先生)」으로 개제된 사실을 밝혀 놓고 있다. 『김동리 역사소설』(지소림(智炤林), 1977)에는 이 개제 판본이 수록되어 있는데, 현재로서는 유일한 판본이다. 초본이자 가상의 이본으로 남아 있는 「학정기」의 미발굴로 이 작품의 정전 수립은 여전히 진행 중인 상태다. 「학정기」의 예에서 알 수 있듯 이 정전 수립을 위해서는 텍스트 발굴이 항시적 과제로 수행되어야 한다. 그리고 이에 근거한 텍스트 풀(pool)을 마련함으로써 이본들의 개제 및 개작, 상호 영향관계를 한눈에 볼 수 있는 계보도의 작성이 요청된다. 이러한 일련의 작업을 통해 정전이 수립될 경우 작품연보를 새로 쓰는 일이 최종의 작업으로 남게 된다. 정전 수립의 문제는 표준적인

---

37 최유찬, 「채만식 장편소설의 신문 · 잡지 연재본과 단행본 비교―『탁류』와 『태평천하』를 중심으로」, 『한국학연구』 47, 고려대 한국학연구소, 2013, 48쪽.
38 이 같은 정전 수립의 방법을 보여주는 예로 필자도 참여한 바 있는 다음의 텍스트를 들 수 있다. 이광수, 김철 교주, 『바로잡은 『무정』』, 문학동네, 2003.

텍스트를 재구성해낸다는 의미에서만이 아니라 한 작품에 대한 총체적인 연구를 위해서도 필수불가결한 작업이다. 그런 의미에서 다소 과장하건대, 정전 수립이야말로 곧 연구의 출발점이자 귀착점이라 할 수 있다.

이본들 간의 경합이 정전의 전제다. 이본 이전의 정전은 없다. 이본들의 치열한 구애 속에서 정전 확정의 판이 차려진다. 정전은 그 사전적 의미로 외전(外典)을 전제로 한다. 내와 외, 중심과 주변부의 이분법을 전제하는 것이다. 정전은 태생적으로 안을 차지하며 중심을 이룬다.[39] 그렇다고 해서 이본들 가운데 하나의 판본을 선택하는 과정이 정전 연구는 아니다. 작가 개입이 확인된 복수 판본의 존재가 정전의 세부 전제인 것이다. 정전이 문제 삼는 텍스트는 오로지 작가의 의도가 반영된 텍스트에 한정된다. 작가 사후의 텍스트는 원천적으로 정전 논의에 오를 수 없다. 즉, 정전 연구는 최초 판본에 대한 혹은 이전 판본에 대한 작가의 의식적 관여로부터 촉발된다. 설령 개작을 통한 이본의 등장이 아니라 하더라도 정전 텍스트가 문제될 수 있다. 가령 발표 매체가 상이하다든지, 미완의 연재본이 추후 단행본 텍스트로 재발표됨으로써 복수의 판본이 탄생한다면 정전 논의는 필히 수면 위로 부상할 것이다. 예컨대 이광수의 『무정(無情)』의 경우 개작이라 할 수 없는 숱한 판본이 경쟁하는 가운데 어떤 판본을 정전 텍스트로 삼아야 할지 묻고 있다.

궁극적으로 정전의 확정은 연구자들에게 주어진 과업이다. 하지만

---

39 박상진, 「정전 (연구)의 새로운 지평─정전성의 정치학」, 『민족문화연구』 55호, 민족문화 연구원, 2011, 42쪽.

엄밀히 말해 정전은 작가와 연구자, 판본들 간 긴장관계의 그물망에 위치해 있다. 작가와 연구자 사이의 합의가 아닌 텍스트 간의 간극을 객관화하는 과정으로서 이본들의 지형도가 정전 확정의 기대지평인 것이다. 그 과정에서 연구자들 간의 논쟁은 이본들 간의 대리전 양상을 띠게 된다. 결국 정전의 지위를 차지하기 위한 텍스트 간 경쟁은 인정투쟁이며, 그 결과 정전은 권력이 된다. 이본들 간의 역학 관계가 곧 권력의 발원지가 되는 것이다.

한편 정전 연구는 판본에 관한 계보학을 기술해가는 과정이다. 정전을 확정하는 과정에서 연구자는 주석을 기입해가는 방식으로 제3의 텍스트를 생산해낸다. 그러한 작업이 계보학적 접근인 것은 이본들 간의 연결성 혹은 연속성에 주목하기보다 차이와 단절을 부감하는 데 힘을 기울여야 하기 때문이다. 따라서 정전 텍스트에는 개작과 개제 및 여러 오류들의 수정 결과가 필연적으로 수합되기 마련이다. 작가가 아닌 연구자의 손에 의해 이본들의 면면이 최종적으로 수렴되는 지점이 정전 텍스트인 것이다. 정전은 이렇듯 이합(離合)이자 집산(集散)이다.

이본들의 존재를 확인하고, 차이들을 노출시키는 작업으로서 정전 수립은 판본들에 대한 평가의 작업이 결코 아니다. 작품에 대한 온전한 이해와 정당한 평가는 정전 확정 이후로 이월된다. 정전을 수립하는 일은 그 전제일 뿐이다. 정전 확정만으로 작품 연구가 완결될 수 없다는 뜻이다. 정전은 정당한 판본이 아닌 정당한 평가를 위해 치러야 할 엄정한 판본 간 다툼에서 살아남은 텍스트이다. 따라서 그 수립 과정은 작품과 독자가 어김없이 만날 수 있도록 산을 뚫고 길을 내는 착산통도(鑿山通道)의 작업이라 할 수 있다.

2부

개작과 소설문학외사

1장

개작과 정전(正典) 텍스트의 수립

한 세기를 넘어선 한국 근현대문학사에서 비평가와 작가로 동시에 활동한 이 가운데 김동리에 비견할 만한 다작의 작가도 흔치 않다. 그간 그의 문학세계에 관한 지속적인 연구의 결과 그 일차적인 결실이 『김동리 전집』(민음사, 1995, 이하 '전집'으로 약칭)으로 빛을 본 바 있다. 그러나 이후 전집 간행 과정에서 빠진 여러 작품들이 발굴되고 작품연보의 여러 오류가 보고되기 시작했다. 잠복해 있던 미해결의 과제가 하나둘 확인되고 있는 셈이다. 이를 두고 성급하게 기존 전집을 폐기하자고 주장할 일은 아니다. 그보다는 그간의 서지 연구 결과를 원점에서부터 재검토할 것을 요구 받거니와, 바로잡은 서지 정보에 근거한 전집 개정의 필요성을 또한 이로부터 시사 받게 된다.

이 장의 논의는 현 단계 김동리 문학 연구의 가장 시급한 과제가 정확한 서지 정리 및 그에 근거한 정전 텍스트의 확정에 있다는 문제의식에서 발로되었다. 이에 대한 효과적인 개진을 위해 먼저 최근 필자가 발굴한 세 편의 김동리 단편 역사소설의 서지 정보를『김동리 역사소설』작품집에 수록된 판본과의 비교를 통해 소개하고자 한다. 김동리 소설문학 텍스트의 서지 연구의 가장 큰 난점은 무엇보다도 여러 이본 텍스트에서 비롯된다. 이는 곧 정전 텍스트 확정의 최대 장애가 되는데, 이 글에서는 크게 세 가지 개제 및 개작 양상을 들어 그 실제적인 난맥상을 확인해 볼 것이다. 그 첫 번째는 김동리의 단편 역사소설 「진흥대왕(眞興大王)」 연작 발굴 사례이고, 두 번째는 개제 및 개작이 가장 빈번하게 행해진 시기로서 한국전쟁기의 「미수(未遂)」와 「상병(傷兵)」 텍스트 사례이다. 그리고 세 번째는 동일 매체와 지면에 발표된 세 편의 작품, 「청자(靑磁)」, 「아가(雅歌)」, 「고우(故友)」의 상이한 개작 양상에 관한 사례이다.

전집의 편집위원들은 「일러두기」에서 "작가가 직접 퇴고하여 단행본으로 간행하였을 경우에는 작가의 의도를 존중하여 개작본을 정본으로 삼았으며, 작품의 제목을 바꾼 경우에도 최종 제목을 우선으로 하였다"[1]고 밝힌 바 있다. 필자는 이러한 관점이 과연 정전 텍스트 확정을 위한 기준으로 타당한가에 대해 기본적으로 회의적인 시각을 갖고 있다. 무엇보다도 작가 개입의 시점에 따라 다를 수밖에 없는 텍스트의 내외적 문맥이 철저히 배제된 편의적 선별이라는 점에서 그러하다. 작가의 인식상의 변화를 연구자, 나아가 독자들이 직시할 수 없을 때 해당 작품은 정전이라는 이름표를 달고 전시된 일종의 화석이 될

---

1   「일러두기」,『김동리 전집』1, 민음사, 1995.

수밖에 없을 것이기 때문이다. 이러한 한계를 지적하기 위한 방편으로 이 글은 결론을 대신하여 김동리 전집 개정을 위한 사전 정지작업의 차원에서 새로운 정전 개념을 제안하고자 한다.

사적 전거성의 강화

김동리 소설 작품 발굴 및 연보 연구에 오랜 기간 심혈을 기울여온 김주현은 김동리의 역사소설 발굴 현황을 다음과 같이 밝힌바 있다.

『김동리의 역사소설』은 총 16편의 소설이 실려 있다. 목록에 따르면, 이들 중 5편이 1950년대에 발표된 작품이고, 나머지 11편은 작품집이 나온 1977년 작품으로 환산된다. 5편이나 1950년대에 창작된 것을 감안한다면, 나머지 12편 중 일부 작품도 50~60년대에 다른 잡지에 발표되었을 가능성이 있다.[2]

결국 11편 중 1편이 오롯이 제 모습을 드러낸 것이다. 1950년대 나온 5편(「악성」, 「원왕생가」, 「여수」, 「수로부인」, 「학정기」)과 더불어 1960년대 나온 「귀국」이 이번에 발굴된 것이다. 비록 작품의 전모가 『김동리 역사소

---

2   김주현, 「떨림과 여운—김동리의 '발굴소설'론」, 『김동리 문학의 원점과 그 변주』, 계간문예, 2006, 103쪽.

설』에 실려 있어 발굴 자체는 큰 의미가 없을 수 있다. 그러나 그것이 「장보고」의 원작이고, 첫 게재지를 확인한 것만으로도 의미가 있다.[3]

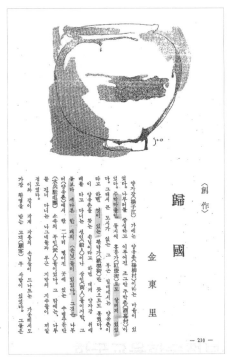

〈그림 6〉「귀국」(『협동』, 1965.11)

그러나 김주현의 위와 같은 설명에는 수정되어야 할 점이 있다. 필자가 현재까지 확인한 바에 따르면, 「검군(劍君)」을 제외한 일명 '신라연작'으로 분류되는 『김동리 역사소설』의 수록작 16편 중 총 13편의 작품이 1950년대에 처음 발표되었다. 나머지 세 편 역시 1950년대에 발표되었을 가능성이 크다. 「장보고(張保皐)」의 경우 1950년대에 처음 발표되었으며, 김주현의 주장과 달리 「귀국(歸國)」(『협동』 21호, 대한금융조합연합회, 1965.11)이 그 원작이 아니다. 이 작품은 1958년 『야담』 5월호에 '역사소설 「청해진대사(靑海鎭大使)―장보고(張保皐)와 정년(鄭年)」'으로 이미 발표된 바 있다. 『김동리 역사소설』은 「귀국(歸國)」이 아닌 「청해진대사―장보고와 정년」 판본을 수록해 놓고 있다. 즉, 「청해진대사―장보고와 정년」의 문장 전반을 손질한 판본이 「귀국」이긴 하나, 『김동리 역사소설』에는 발표

---

3   김주현, 「김동리 소설 「아카시아 그늘 아래서」 외 2편 발굴」, 『근대서지』 제5호, 2012, 498쪽.

시기에서 앞서는『야담』게재 판본이 채택되었던 것이다.

한편「진흥대왕」연작의 경우『김동리 역사소설』에 각각「원화(源花)」,「우륵(于勒)」,「미륵랑(彌勒郎)」이란 제목으로 수록된 작품들의 선행 텍스트에 해당한다. '진흥대왕'이라는 전체 제목을 내건 이 연작은「서장(序章)」과 상편「제일화(第一話) 원화(源花)」, 중편「제이화(第二話) 악사우륵(樂師于勒)」, 하편「제삼화(第三話) 미륵랑(彌勒郎)-미시랑(未尸郎)」으로 구성되어 있다. 게재 지면은『체신문화(遞信文化)』이며,「서장」과 상편은 1957년 9월 제38호에, 중편 10월 제39호에, 그리고 하편은 11월 제40호에 각각 게재되었다. 이를『김동리 역사소설』에 수록된 판본들과 비교한 결과 다음과 같은 사실들이 드러났다.

첫째, 개제 및 판본 변형이 있었다.「진흥대왕」연작의「서장」과「제일화 원화」는 하나의 텍스트로 묶여『김동리 역사소설』에「원화」라는 제목으로 수록되었으며,「제이화 악사우륵」은「우륵」으로,「제삼화 미륵랑-미시랑」은「미륵랑」으로 각기 개제된 것이다.[4]

둘째, 전체적으로 어휘 및 표기법상의 소소한 차이가 감지된다. '설보(立宗)'가 '선마로(立宗)'로, '세보랑(世宗郎)'이 '세마루님(世宗郎)'으로, '임자'가 '그녘' 등으로 수정된 예가 이에 해당한다.

셋째, 아예 내용이 달라진 부분도 있다. 예컨대「진흥대왕」연작의 서두에는『김동리 역사소설』판본과 전혀 다른 서술이 등장한다.「진

---

[4] 필자가 추가로 발굴한 작품들에서도 유사한 사실이 발견된다.「靑海鎭大使－張保皐와 鄭年」이「張保皐」,「情義關(一名「耆婆郎哀話」)」이「耆婆郎」,「旅愁(原題「雙女墳後志」)」가「崔致遠」,「義士金陽」이「金陽」,「國士王巨人－王巨人과 大矩和尙」이「王巨人」,「볼모의 怨恨－實聖과 訥祗」가「訥祗王子」,「良禾娘哀話－張保皐와 閻長」이「良禾」로 각각 개제된 것을 확인할 수 있었다.「會蘇曲」과「願往生歌」는 최초본과『김동리 역사소설』수록 판본의 제목이 동일하다.

<그림 7> 「진흥대왕」,(『체신문화』, 체신문화협회, 1957. 9~11)

흥대왕」 연작의 「서장」 마지막 문장에 해당하는 "저이들이 지금까지 막연히 우리 불도를 우리 진역(震域)에 일으켜 주신 성왕(聖王)이시라고만 생각하고 있었던 거와는 상당히 거리가 있는 듯합니다"[5]가 바로 그것이다. 이는 『김동리 역사소설』의 「원화」 편에 수록되는 과정에서 "그 몇가지 이야기 가운데 스님께서 제일 먼저 손꼽으신 것이 원화(源花)요, 그 다음이 미륵랑(彌勒郎), 우륵(于勒)이 올시다. 그러면 원화 이야기부터 시작하리라"[6]라는 서술로 대체된다.

한편 전집의 소설연보는 1956년에 창작된 「악성(樂聖)」이 「우륵」으로 개제되어 『김동리 역사소설』에 수록되었다고 밝히고 있다. 그러나『체신문화』판본의 발표 시기는 1957년이다. 그 제목 역시 「악성」이 아닌 「악사우륵」이다. 『체신문화』판본이 최초작이 아니거나 전집의 연보가 틀렸다는 말이다. 이 같은 의구심을 풀어 줄 단서가 두 개의 후속 판본에서 발견된다. 그 하나는 1959년 『야담』(희망사) 2월호에 「악성우륵(樂聖于勒)」으로 재발표된 판본이며, 다른 하나는 1963년에 발간된 작품집 『등신불(等身佛)』(정음사)에 수록

---

5   김동리, 「序章」,『遞信文化』, 遞信文化協會, 1957.9, 111~112쪽.
6   김동리, 「源花」,『김동리 역사소설』, 智炤林, 1977, 182쪽.

된 「악성」 판본이다. 이들 네 개의 판본은 제목과 서사 구성 양자에 걸쳐 차이를 보인다. 결과적으로 『김동리 역사소설』은 『체신문화』 판본을 모본으로 채택했다. 전집의 소설연보가 틀린 셈이다.

판본 간 차이와 그 계보에 대한 이해와는 별개로 후일 개별 텍스트로 『김동리 역사소설』에 수록되는 「원화」, 「우륵」, 「미륵랑」을 애초에 「진흥대왕」이라는 제목 하에 기획 연재하게 된 의도가 궁금하지 않을 수 없다. 그 실마리는 이 연작의 「서장」에서 발견된다. 이에서 김동리는 '진흥대왕의 검님 숭상'에 대한 탐구를 연작의 서사적 과제로 표방하고 있다. '검님'으로 상징되는 토속신앙이 상·중·하편의 세 텍스트를 엮는 그물이라면, '진흥대왕'이 그 벼리인 것이다. 그러나 실제로 '진흥대왕'은 이 연작에서 중심인물로서의 위치를 차지하지 못한다. 다만 진흥왕대가 연작의 공통된 시간적 무대일 따름이며, '검님' 신앙은 그 사회문화적 배경일 뿐이다. 물론 세 텍스트는 '준정'과 '남모', '우륵', 그리고 '미륵랑'과 같은 인물들이 대의적 명분과 개인적 사랑 사이에서 갈등한다는 점에서 연애서사로서 유사성을 보이는 것이 사실이다. 그러나 이들 텍스트 간에 서사적 연계성이 존재하지는 않는다. 서사적 층위에서 별개의 텍스트들인 것이다. 「서장」과 상편 「제일화 원화」가 「원화」라는 제목으로 한 데 묶인 점, 그리고 연작 순에 따라 세 텍스트가 독립된 서사로 『김동리 역사소설』에 각기 수록된 사정이 이와 무관하지 않을 터이다.[7]

이처럼 주제적 연관성은 미약하나 미학적 측면에서 보자면, 「진흥

---

7 김병길, 「김동리 역사소설과 동양정신」, 『현대문학의 연구』 38, 한국문학연구학회, 2009, 16~17쪽.

대왕」은 연작의 형태를 취할 만한 서사적 이음새를 내장하고 있는 것
또한 사실이다. 우선 액자구성 방식이 그 첫째가는 증거라 할 수 있다.
김동리는 「서장」에서 "그러면 구체적으로 들어가서 진흥대왕께서는
'검님'을 어떻게 찾으며 어떻게 펴려 했던가. 이 소설의 진의(眞意)도 거
기에 있다"[8]라는 서술로써 이 연작이 하나의 액자 안에 놓여 있는 서사
임을 독자에게 의식적으로 주지시킨다. 내포작가를 문면에 등장시킴
으로써 서사의 큰 틀을 제시하고 있는 것이다. 그리고 이어 다음과 같
은 서술을 통해 속이야기의 실질적인 화자를 내세운다.

> 이 이야기는 『삼국유사(三國遺事)』의 저자일 뿐 아니라 일세의 대덕(大德)
> 이요 일국의 석학이시던 일연선사(一然禪師)의 고제(高弟)로 '나중 국사(寶
> 鑑國師)가 된 혼구(混丘)'가 아직 일연대사 아래서 배우고 있을 때 스승(일연
> 선사)에게서 들은 바를 다른 중들에게 들려준 그대로다.
> 그런데 혼구는 이야기를 시작하기 전에 이렇게 말했다.[9]

이처럼 '혼구'라는 화자의 출현과 함께 바야흐로 속이야기의 전개가
예고되고 있거니와, 전체 서사가 이중의 이야기 틀 속에서 놓여 있음
이 이에서 사전 고지된다. 말하자면 「서장」이 마련해낸 겉이야기와 속
이야기의 틀 안에서 「제일화 원화」, 「제이화 악사우륵」, 그리고 「제삼
화 미륵랑―미시랑」이 펼쳐지는 구도인 셈이다. 당연히 이 세 인물에
관한 속이야기들은 '혼구'라는 동일 화자에 의해 진술됨으로써 통어되

8   김동리, 「序章」, 『遞信文化』, 遞信文化協會, 1957.9, 111쪽.
9   위의 글, 같은 쪽.

고 있다. 다소 작위적으로 보이는 이와 같은 액자구성을 굳이 취한 이유는 무엇일까? '혼구'라는 화자가 실존인물이라는 사실에서 그 답을 찾을 수 있을 것이다. 액자구성은 서사적 개연성을 높이기 위한 방편으로 김동리가 빈번하게 시도한 바 있는 전략의 하나다. 역사소설 독자의 기대 지평 위에서는 사적 전거성이 마땅히 문제될 수밖에 없을 터, 김동리는 액자구성 방식을 통해 이를 보족하고자 했던 것이다. 이때 두 개의 이야기 틀을 매개하는 존재로서 속이야기의 화자가 실존인물일 경우 그 효과는 배가될 것이 분명하다. 『삼국사기』와 『여지승람(興地勝覽)』과 같은 관련 사서의 빈번한 언급 역시 같은 맥락에서 볼 수 있을 것이다.

「원화」, 「우륵」, 「미륵랑」의 최초 판본인 「진흥대왕」 연작의 이와 같은 면모는 개제 및 부분 개작을 거쳐 『김동리 역사소설』에 수록되면서 더욱 강화된다. 그 결정적 변화는 연작에 없던 다음과 같은 관련 기록이 각각의 작품 제목 아래에 덧붙여진 데서 발견된다.

〈眞興王立 (中略) 三十七年 始奉原花 (中略) 一曰南毛一曰俊貞 聚徒三百餘二女 爭娟相妬 (下略)〉(三國史記 眞興王條)[10]

위 인용문과 같은 사료는 『김동리 역사소설』의 여타 수록작들에도 공히 등장하는데, 작품집을 엮는 과정에서 작자가 직접 첨부한 것으로 보인다. 그간의 창작성과물을 하나의 작품집으로 집대성하면서 오롯

---

10 김동리, 「源花」, 앞의 책, 1977, 179쪽.

이 역사소설 텍스트의 집합체임을 드러내고자 사후에 단행된 편집 체제이었을 터다. 그 속사정이야 정확히 확인할 길 없으나, 결과적으로 사적 전거성의 강화라는 효과를 염두에 둔 부분 개작의 대표적인 사례가 「진흥대왕」 연작이라는 데 이의를 제기할 수는 없을 듯하다.

시대가 강제한 의사(擬似) 복제

김동리는 1946년 12월 『백민(白民)』에 단편 「미수(未遂)」를 발표한 바 있다. 그리고 1952년 5월에는 잡지 『희망(希望)』에 「제사(祭祀)」라는 제목의 단편을 발표하였다. 후자는 전자를 개제한 텍스트이다. 그러나 단순 개제라고 보기에는 적지 않은 차이가 두 텍스트 간에 존재한다. 무엇보다도 「미수」에서 「제사」로 개제되면서 일부 서술이 생략된 점을 들 수 있다. 서사의 큰 줄기는 바뀌지 않았으나, 내용 면에서 미세한 변화가 감지된다. 아래 두 인용문이 이를 단적으로 보여준다.

① 노파는 움딸이 사실 장하고 무던한 편이라고도 생각 하였지만 그보다도 그가 이 집에서는 제일 권세잡은 사람이란것을 알고 있었으므로 어쩐지 그의 비위를 거슬르지 않으려고 하였다. 오늘 아침에만 해도, 그 돈 이백원을 선선히 그의 손에 건너주긴 하였지만, 꼭 한가지 딸의 제시 장거리만은 자기가 손수 보아야 하는것을, 뜻에도 없는짓을 부득이 하고 나니, 잊을

래야 잊혀지지도 않고 생각할수록 뼈가 아쁜 것이다. 첫째 저이들이 죽은 딸의 식성을 어떻게 안단말인가. 그 조아하는 쟁복과 생미역과 수시(水柿)들을 다 어떻게 알고 어디가 해 온란 말인가.

금년 여름 '조선독립'이 되면서부터 사위는, 매일 아침에 나가면 밤이 늦어서 도라오고 하느라고 살림 사리에는 정신이 떠난 사람처럼 되어 있으면서도, 그래도 오히려, 섯달 초하로가 성준 에미 제사ㅅ날이란것은 잊지 않은 모양으로, 특히 그 돈 이백원을 자기에게 바로건너주는데는 그만치 사위로서의 요량이 있은것이라고 하겠는데 이것을 몰라주는 움딸이야말로 참 딱하고 민망 하다고 나 할까.

마당을 다 쓸고난 노파는 다시 시렁우의 제기 상자를 내루어 먼지를 닦고 있으려니까 그때야 움딸이 장바구니를 들고 들어온다.[11] (강조는 인용자)

② 노파는 그러나 다른건움 에게다양보하드라도 꼭 한가지 딸의제사장거리만은 자기가 손수보고싶었다 첫째 저의들이 죽은딸의식성을 어떻게 안단말인가 그 좋아하는 생복과 생미역과 홍시들을다어떻게알고 어디가 구해 온단 말인가

마당을 다쓸고난노파는 다시시렁위의 제기상자를 내루어 먼지를 닥고 있으려니까 그때야움딸이장바구니를들고 들어왔다[12]

서술상의 축약 또는 생략을 행함으로써 기대할 수 있는 효과는 보다 속도감 있는 서사 전개에 있을 터, 부분 수정의 숨은 의도를 이에서 짐

11 김동리, 「未遂」, 『白民』, 白民文化社, 1946, 85쪽.
12 김동리, 「祭祀」, 『希望』, 希望社, 1952, 25쪽.

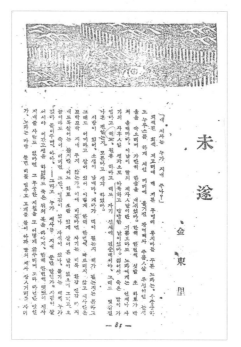

〈그림 8〉「미수」(『백민』, 백민문화사, 1946.12)

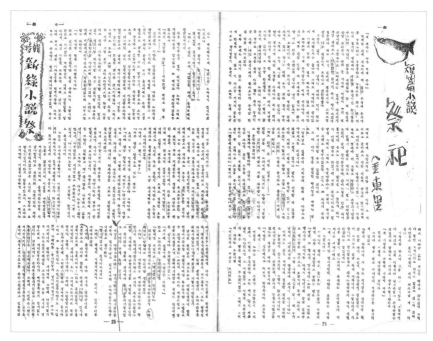

〈그림 9〉「제사」(『희망』, 희망사, 1952.5)

2부_개작과 소설문학외사

작해 볼 수 있다. 이와 함께 창작 시기를 암시하는 「미수」에서의 서술 (인용문 ①의 굵은 글씨)이 「제사」에서 사라진 사실에 근거하건대, 「제사」의 발표 시기가 개작의 직접적인 사유였을 것이라는 추론 역시 힘을 얻는다. 같은 맥락의 또 다른 근거로 「미수」에서 사위가 제사 비용으로 장모에게 '이백환'을 줬던 것이 「제사」에서 '팔백환'으로 바뀐 사실을 들 수 있다.

이 작품의 개작 사례에서 흥미로운 사실은 「미수」 판본이 아닌 「제사」 판본이 '미수'라는 제목으로 전집에 수록되었다는 점, 그리고 전집의 작품 연보에서 「제사」 판본의 존재 여부가 언급조차 되지 않는다는 점이다. 전집에 수록된 판본의 출전은 작품집 『등신불』(정음사, 1963)이다. 그런데 이 작품집에 '미수'라는 제목으로 수록된 판본은 실은 『희망』에 '제사'라는 제목으로 발표된 판본이다. 김동리는 작품집 후기에서 "「근친기(覲親記)」 「미수」 두 편을 넣은 것은, 내가 부산으로 피난가 있을 때, 그곳 형님댁에서 돌아가신 어머님을 나름대로 가만히 추모하는 뜻에서요"[13]라고 말한다. 이러한 그의 술회는 전전(戰前)에 『백민』에 발표했던 「미수」를 전시에 「제사」로 개제하여 『희망』에 재차 발표했던 사실에 대한 기억으로 읽을 수 있다. 정리하면 『희망』과 『등신불』, 그리고 『김동리 전집』의 판본은 모두 같되, 『희망』에 게재되었던 판본의 작품명만 '제사'로 다르다. 결과적으로 『백민』 판본의 제목을 따라 『희망』 판본에 내건 텍스트가 『등신불』에 수록된 셈이다. 그 과정에서 『백민』의 「미수」 판본은 연구자들의 시야에서 사라지고 말았다. 따라

---

13 김동리, 「後記」, 『等身佛』, 正音社, 1963, 365쪽.

서 부러『백민』판본을 찾아 읽는 수고를 하지 않는다면,『희망』에「제사」로 개제 및 개작되어 발표된 판본을「미수」의 원작으로 여기는 사태는 피할 수 없게 된다.

「미수」는 이본이 두 개에 불과해 개제 및 개작의 이력을 역추적하는 일이 그리 어렵지 않은 사례에 속한다. 세 개 이상의 이본이 존재하고, 작품명이 각기 다르며, 심지어 전집의 연보에도 빠져 있는 작품은 발굴이 곧 성과이자 과제가 된다. 특히 한국전쟁기에 발표된 작품은 소실되거나 보존 상태가 대단히 열악하여 서지 연구 자체가 최대의 난제일 수밖에 없다. 전집의 소설연보에 빠져 있는 작품 중 최근 발굴을 통해 그 실체가 드러난「상병(傷兵)」이 그 대표적인 예라 할 수 있다. 필자가 확인한 바에 의하면, 이 작품의 최초 발표 지면은 1951년 9월에 발간된『한국공론(韓國公論) 걸작단편(傑作短篇) 소설특집(小說特輯) 전시호(戰時号) 제삼집(第三輯)』(한국공론사)이다. 이 전시호는 7인의 공동 작품집이었다. 이후「상병」은「풍우가(風雨歌)」로 개제 및 개작되어 1951년 잡지『협동』(대한금융조합연합회) 11월호에 상편이, 1952년 신년호에 하편이 연재된다. 그리고 연이어『서울신문』(1952.1.6~14)에 연재되는데, '순정기(純情記)'와 '순정설(純情說)'이라는 복수의 제목이 내걸렸다. 첫회 연재분에만 '순정기'라는 제목이 사용되고 2회 연재 시부터 '순정설'로 수정된 사실로 짐작컨대, 작자가 애초 염두에 둔 제목은 '순정설'이었던 것으로 보인다. 일종의 편집 오기였던 셈이다(이하 '순정설'로 칭함). 이들 잡지본과 신문연재본 간에는 개작으로 볼 수 있는 차이들이 도처에 존재한다.

한편 이러한 개제 및 개작 상황과는 별개로『한국공론 걸작단편 소설특집 전시호 제삼집』이 1952년 8월 『걸작소설선집(傑作小說選集)』(현암사)으로 재판된 사실이 주목된다. 이 재판 과정에서는 판형 변화 없이 작품집의 타이틀만이 바뀌었다. 이 작품집의 편자는 책의 머리말에 부쳐 이 사실을 다음과 같이 밝히고 있다.

> 이 小說集은 昨年 十月에 月刊 韓國公論戰時號 第三特輯으로서 世上에 紹介된 것으로서 發賣開始 不過 一週餘日에 賣盡되어 再版할 計劃이었었으나 不得已한 事情으로 그만 두게 되었던것을 이제 玄岩社가 이를 單行本으로서 再刊하는것이다.[14]

1957년 이 작품집은 『향화(香花) 외육편(外六篇)』(혜문사)으로 재간되는데, 그 역시 앞선 판형과 동일했다. 세 작품집에 수록된 「상병」 판본의 제목과 내용이 모두 같은 셈이다. 이를 정리하면, 「상병」에 두 갈래의 판본 계보가 존재한다는 것을 알 수 있다. 먼저 발표 시기를 기준하여 『한국공론 걸작단편 소설특집 전시호 제삼집』 수록 텍스트 「상병」을 원작으로 하여 「풍우가」, 「순정설」 순으로 이루어진 개제 및 개작의 계보를 그릴 수 있다. 그리고 「순정설」보다 뒤늦게 출간된 단행본 텍스트들의 또 다른 계보를 상정할 수 있다. 후자 계보의 판본들은 하나 같이 『한국공론 걸작단편 소설특집 전시호 제삼집』 수록 「상병」의 재판이었다.[15] 이러한 사실들은 결국 최초작, 그리고 개제 및 개작 판

---

14 「머리말」, 『傑作小說選集』, 玄岩社, 1952.
15 김병길, 「한국전쟁기 김동리 소설 연구 (1) — 서지 사항 확인과 판본 비교를 중심으로」, 『현대소설연구』, 한국현대소설학회, 2011, 89쪽.

본 간의 판별을 모호하게 만든다. 정전 텍스트의 확정을 미궁에 빠뜨리는 변수들인 것이다.

김동리 소설 창작에 있어 한국전쟁기는 해방 직전 5년(1941~1945), 곧 문단 전체의 암흑기를 제외한다면 상대적으로 창작활동이 가장 저조했던 기간이다. 반면에 작품의 완성도를 높이기 위한 목적에서라고만 보기 어려운 개제와 개작이 가장 빈번하게 행해졌던 때이기도 하다. 「미수」의 예에서도 보았듯이 심지어 전쟁 전에 발표된 작품이 그 대상이 되기도 했다. 이러한 잦은 개제 및 개작은 김동리의 개인적인 창작 관행의 일면이면서 동시에 외적인 제약에서 비롯된 결과이기도 했다. 말하자면 전쟁으로 인해 작가들의 창작 실천이 막다른 골목으로 내몰리던 상황에서 이를 타개할 궁여지책이자 호구지책의 하나로 김동리는 개제를 내세운 개작, 즉 의사(擬似) 창작에 해당하는 자기 복제의 글쓰기를 택했던 것이다.

동일 지면, 상이한 변주

1950년대 대표적인 종합지인 『신태양(新太陽)』에 김동리는 모두 세 편의 단편소설을 발표하였다. 「청자(青磁)」, 「아가(雅歌)」, 「고우(故友)」가 그것이다. 이들 작품은 동일 지면에 발표되었으나, 전집에 수록되기까지의 경로는 달랐다. 1955년 『신태양』 2월에 처음 발표된 「청자」

는 이후 『김동리대표작선집』1(삼성출판사, 1967)에, 1957년 『신태양』4월호에 발표된 「아가」는 작품집 『등신불(等身佛)』(정음사, 1963)에 각각 재수록되었다. 전집은 이들 재수록 판본을 채택했다. 한편 1958년 『신태양』10월에 발표된 「고우」는 여타 작품집에 수록된 이력이 없다. 전집은 이 잡지 판본을 그대로 수록했다. 작품집 재수록을 경험한 「청자」와 「아가」에만 개작의 가능성이 열려 있는 셈이다. 실제로 이 두 작품은 개작되었으며, 그 정도에 있어 큰 차이를 보인다.

「청자」의 경우 『신태양』과 『김동리대표작선집』1 판본 사이에 큰 차이가 있는 것은 아니다. 주인공 '석운'이 자신의 분신처럼 아끼던 도자기들을 피난길에 남겨 두고 갔다 도난당한 사실을 알게 된 후 '나'에게 그 허탈한 심정을 이야기하는 다음의 장면이 양적인 측면에서 가장 크게 손질이 가해진 대목이다.

① "정말이야, 맨 도둑놈들 뿐이야⋯⋯ 내 자기 말야, 그거 모두 어떻게 된 줄 아나? 자네 아직도 모르지?"

"아아니, 그걸 모두 여기 두고 갔던가?"

"다 두고 갔지, 다 두고 갔어. 그런데 어떻게 된 줄 아나? 하나도 없네, 하나도 없어!"

"아아니, 그럼 그 청자병도 없어졌나?"

내가 이렇게 묻자, 그는 갑자기 입을 닫쳐 버리며, 당장 울음보를 터트릴 것 같이 고개를 푹 수그려 버린다.

나도 가슴이 뭉클해지며, 이 심각한 분위기를 어떻게 넘겨야 좋을지 몰라서,

"아아니, 다른 건 다 몰라도 그것만은 가지고 갔어야 하지 않나?"[16]

②“정말이야, 맨 도둑놈들 뿐이야……내 자기 말이야, 그거 모두 어떻게 된 줄 아나? 하나도 없네 하나도 없어!”

“아아니, 다른 건 다 몰라도 그것만은 가지고 갔어야 하지 않나?”[17]

실제 인용문 ①에서 ②로의 수정은 엄밀한 의미에서 개작이라 할 정도의 그것은 아니다. 내용 손실 없이 두 인물 사이의 긴장을 좀 더 고조시키기 위해 불필요한 부분을 삭제하고 대화를 압축한 데 불과하기 때문이다. 물론 이러한 미세한 수정이 작품 전반에 걸쳐 행해졌다면 서사의 면모는 확연히 달라졌을 터이다. 그러나 위에 인용한 대목을 제외한다면 이렇다 할 변개는 보이지 않는다. 일부 표현과 어휘 정도만이 바로잡혔을 뿐이다. 그럼에도 불구하고 작가 개입이 이루어진 만큼 『김동리대표작선집』 1 판본을 최종 텍스트로 채택한 전집의 판단은 수긍되는 바가 없지 않다.

「청자」와 비교한다면 「아가」의 두 판본, 『신태양』과 『등신불』은 한눈에 개작임을 알아 볼 수 있을 정도의 낙차를 보인다.[18] 인물과 배경 설정에서부터 두 판본은 차이를 드러낸다. 이를 단적으로 보여주는 것이 두 판본의 첫 문장이거니와, “장의숙(張義淑)이 A은행 조사부(調査部)

---

16 김동리, 「靑磁」, 『新太陽』, 新太陽社, 1955.2, 211쪽.
17 김동리, 「靑磁」, 『김동리대표작선집』 1, 삼성출판사, 1967, 303~304쪽.
18 「雅歌」와 함께 『等身佛』에 수록된 「당고개무당」에 대해 김동리는 그 「後記」에서 “「巫女圖」와 같은 계열의 민속부면에다 주제를 설정한 작품”으로 분류하고 있다. 그동안 원 발표지 미확인 상태로 남아 있었던 이 작품이 1958년 9월 『小說界』(三中堂) 창간호에 처음 발표되었으며, 『等身佛』에 수록되는 과정에서 손질이 가해졌다는 것을 확인할 수 있었다. ‘당고개무당’의 자살이 곧 두 판본의 공통된 결말이거니와, 개작 과정에서 이 사건을 둘러싼 전후 서술이 바뀐 것을 볼 수 있다. 개작은 극히 일부 서술에 한해 행해졌지만, 극적 효과 면에서 그것이 환기시키는 바는 결코 소소하지 않다.

도서과(圖書科)에 취직하게 된 것은 스물 세살 나던 해 유월 초순께였다"는『新太陽』판본의 서술이『등신불』판본에서 "의숙(張義淑)이 대한공사(大韓公司) 조사부(調査部)에 취직을 하게 된 것은 대학을 졸업하던 해 오월, 나뭇잎들이 꽃같이 피어나고 있을 무렵이었다"로 바뀐 것을 볼 수 있다. 이 같은 변화는 텍스트 전반에 걸쳐 나타나는데,『신태양』판본에서 숫자를 이용한 총 여섯 개의 장 구분이『등신불』판본에서 사라진 사실이 바로 그 가시적 지표이다. 대신『등신불』판본은 이를 빈 행간으로 대체해놓았다. 앞선 판본에서 행해진 서사의 마디 구분을 그와 같은 방식으로 수용한 것이다.

다음의 두 인용문은 모두 '이정수'에 대한 '의숙'의 심리를 묘사한 장면으로 ①은『신태양』판본이고 ②는 이를 수정한『등신불』판본이다.

① 의숙은 이정수가 독신이란 것을 알게 된 뒤부터 한결 더 직장이 달가워졌다. 처음엔 막연히 조용하고 착실한, 학교 교원 타잎의 유능한 직원이거니 했던 것이 같이 지나는 동안에 그냥 '조용하고 착실'할 뿐만 아니라 무언지 다른 사람과는 다른 '깊이'라고 할가, '멋'이라고 할가, 그런 것이 느껴졌다. 그런대도 그것이 무엇인지 깊이 분석을 해 본다거나 따지어 보는 것도 아니었다.[19]

② 의숙의 머리 속에서는 차츰 이 정수가 떠나지 않는 시간이 많아졌다. 아침에 출근을 하면서도 노상 그의 얼굴이 먼저 눈 앞에 어른거리곤 하였

19 김동리,「雅歌」,『新太陽』, 新太陽社, 1957.4, 251쪽.

다. 약간 노리께하고 감으잡잡한 교원 타잎의 조용한 얼굴이 무슨 힘으로
써 그렇게도 그녀의 마음을 곧장 이끌어 내는지 알 수 없는 일이었다. 그 쪽
에서 그녀에게 무슨 수작을 붙인다거나 하는 일은 물론 그녀가 있는 자리
에서 멋들어진 농담 한 마디 하지 않는 언제나 조용하게 앉아 일만 하고 있
는 그의 어느 귀퉁이에 그렇게도 마음이 가는지 헤아릴 수 없는 일이었다.
　처음엔 그냥 착실하고 조용한 사람이거니 했던 것이 그 '착실'과 '조용'이
차츰 헤아릴 수 없는 '멋'과 '깊이'로 그녀에게 애필해 왔던 것이다. 어째서
그것이 '깊이'와 '멋'으로 느껴지는지 그것도 전혀 까닭 모를 일이었다.[20]

　인용문 ①에서 ②로의 수정 과정에서 인물의 심리묘사가 좀 더 상세
해졌다는 점 외에 외견상 큰 변화는 보이지 않는다. 그러나 엄밀히 말
해 개작 텍스트 ②가 최초 텍스트 ①을 단순히 부연하고 있는 것만은
아니다. 전후 서술의 맥락에서 '의숙'의 심리 상태가 ①과 ②에 따라 달
리 해석될 수 있기 때문이다. ①은 '의숙'이 이제 막 '이정수'가 독신이
라는 사실을 알고서 관심을 갖기 시작한 순간에 해당한다. 한편 ②는
'이정수'에 대한 '의숙'의 이성적 관심이 보다 깊이 진전된 상태의 심리
묘사이다. 두 판본 간의 이러한 차이는 텍스트 전반에 걸쳐 나타나는
데, 위 인용문의 경우 상대적으로 그 정도가 미미한 대목에 해당한다.
　『신태양』 판본이 『등신불』에 재수록되는 과정에서 행해진 작가 개
입의 결정적 순간은 주요 사건이 재배치되고 그 시간적 배경이 달라지
는 서사적 결절점들에서 목격된다. 『신태양』 판본에서 '의숙'은 한강

20　김동리, 「雅歌」, 『等身佛』, 正音社, 1963, 107쪽.

에 뱃놀이를 나갔다가 통계과에 있는 친구 '애경'으로부터 '이정수'의 신상에 대해 듣게 된다. '애경'의 말을 통해 '이정수'가 독신이라는 것을 알게 된 뒤부터 한결 '의숙'의 직장 생활은 달가워진다. 그러나 일 년 반이 되도록 두 사람 사이에 아무런 진전도 없던 차에 '조일봉'이 의숙에게 정중한 동석을 청해온다. 이 일련의 사건 전개가 『등신불』 판본에서는 달리 재구성된다. 먼저 '의숙'이 '이정수'의 나이와 가정환경에 대하여 알게 된 것은 입사한지 두어 달이나 지난 뒤다. 그녀의 여학교 동창이자 회사 동료로 등장하는 '예경'을 통해서였다. 그 뒤 한강 뱃놀이에서 두 사람은 같은 회사원끼리의 결혼 문제에 대해 대화한다. '의숙'이 '이정수'의 독신 사실을 알게 되는 시점이 『등신불』 판본에 이르러 뱃놀이 이전으로 바뀐 것이다. '조일봉'이 '의숙'에게 청혼하는 사건 역시 『신태양』에서는 크리스마스 이틀 전이었으나 『등신불』 판본에서는 가을철로 접어든 어느 날로 달라진 것을 볼 수 있다. 이렇듯 「아가」는 이야기 시간의 재배열 및 사건 시점의 재설정, 그리고 대화 중심의 서술 변환을 거쳐 새로운 판본으로 재탄생했다. 명백히 개작된 것이다.

이렇듯 동일 매체, 동일 지면, 그리고 비슷한 시기에 발표된 김동리의 세 단편은 전집에 수록되기까지 상이한 경로를 거쳤을 뿐만 아니라 그 변모 양상과 정도에서도 달랐다. 이는 김동리가 어떤 일관된 원칙 하에 개제 혹은 개작을 행한 것이 아니었다는 사실을 방증한다. 다만 재수록의 경우 어떠한 형태로든 작가 개입의 흔적을 남기고자 했다는 점만은 분명해 보인다. 그 근저에는 선집 혹은 작품집을 엮어내는 일을 창작에 비견할 만한 새로운 담론화 작업으로 바라보는 김동리만의 독특한 작가 의식이 자리하고 있다. 말하자면 재수록을 위한 선별(호출) 자체를 곧 그 소환 시점의 문맥에 해당 작품을 재배치하는 일로 간주하여 제2의 창작으로 행한 것이다. 그러한 의미에서 개제 혹은 개작은 새로운 맥락 설정을 위해 필요한 최소한의 (불가피한) 공정이었다는 것을 알 수 있다.

제3텍스트의 가능성과 한계

「미수」와 「제사」, 그리고 「상병」, 「풍우가」, 「순정설」의 세 판본, 그리고 단편 역사소설 최초 판본의 발굴 사례 등에서 알 수 있듯이 김동리는 개제 혹은 개작의 텍스트를 시간적 편차를 두고 복수의 지면에 발표한 우리 소설문학사에서 흔치 않은 이력을 지니고 있다. 원본이 확보되지 못해 전집에서 빠진 그의 소설 작품 발굴 과정이 지난하고, 또한 어렵사리 찾아낸 텍스트의 위치를 속단할 수 없는 이유가 여기에 있다. 지금까지 논의한 세 양상만 보더라도 개작 여부를 가늠하는 기준이 무엇인지 또는 무엇이어야 하는지에 대해 쉽사리 판단할 수 없다는 것을 알 수 있다. 몇몇 표현이 달라진 정도만으로 개작이라고 단정지을 수 있는가? 원론적인 수준에서 이야기하자면, 개작은 작자의 개입이 이루어진 모든 형태의 수정을 가리킨다고 할 것이다. 좀 더 구체적으로 접근해 서사적 차원의 두 층위, 즉 스토리 층위와 담화 층위에서의 변화를 고려한 기준을 생각해볼 수도 있다. 설령 도식적이고 기계적이라는 비판이 있다 할지라도 그로부터 준거가 마련될 수 있다면, 아쉬운 대로 텍스트 간 변이가 환기시키는 의미는 무엇이고, 김동리는 과연 어떤 의도에서 개작의 수고를 수차례 감행했는가와 같은 의문에 답할 수 있을 터이다.

그러나 이러한 난제를 넘어선다 할지라도 어떤 판본을 해당 작품의 정전으로 판정할 것인가 하는 또 다른 문제가 그로부터 파생된다. 지극히 개방적인 시각에서 '관련 판본들이 모두 정전이다'라고 답할 수도 있겠지만, 상이한 판본들의 속살을 찬찬히 뜯어보노라면 문제가 그리 간단치 않다는 것을 이내 알게 된다. 이는 김동리 소설문학 서지 연구의 당면한 과제이자 기존 연구 성과들이 노정하고 있는 공통의 한계이기도 하다. 전집의 서지를 아무런 의심 없이 추수하는 가운데 진행되고 있는 현 단계의 수많은 연구들이 뼈저리게 반성해야 할 과오인 것이다.[21] 시간상의 선후 문제 혹은 개제와 같은 표면적인 변화를 따지는 데서 나아가 이본들이 놓여 있는 문맥의 차이를 명확히 반영한 정전의 채택만큼 절박한 사안이 어디 있겠는가. 이에 대한 연구자들 간 동의가 이루어지지 않은 상태에서 구습을 반복하는 일련의 연구야말로 지극히 소모적인 성과주의 그 이상의 의의를 갖기 어려울 것이다.

잦은 개작과 그에 따른 복수의 이본을 탄생시킨 김동리 소설문학에 대한 정치한 연구가 요구되는 시점에서 그 제일의 과제는 단연 정전 수립의 문제일 수밖에 없다. 이에 대해 하나의 대안으로 필자가 내놓은 개념이 '제3의 텍스트'이다. 작가 개입이 확인된 판본 모두를 하나

---

21 김병길, 앞의 글, 2011, 90쪽.

로 포괄하게 될 이 재구성 방법은 시기상 가장 앞선 판본을 모본으로 삼아 여타 판본들과 비교하는 것이다. 그럼으로써 판본들의 간 차이가 드러나고 상호텍스트성의 수렴 가능성은 열린다. 역설적으로 작가 개입이 배제된 제3판본으로서의 정전 상정인 것이다. 이를 위해서는 미확인 상태의 작품들에 대한 원본 발굴이 지속적으로 행해져야 하고, 이에 근거한 텍스트 풀이 마련되어야 한다. 그 결과 이본들의 개제 및 개작, 그리고 상호 영향관계를 한눈에 볼 수 있는 일종의 계보도가 작성될 수 있을 것이다. 이러한 일련의 작업을 통해 정전이 확정될 경우 작품연보를 새로 쓰는 일이 최종의 작업으로 남게 된다. 이본의 추가 발굴에 따른 텍스트 풀의 확장과 서지 정보의 용이한 수정이 이처럼 개방된 형태의 작품연보를 얻는 데 전제가 되는 셈이다.

그러나 '제3의 텍스트'로서 이 같은 정전 개념은 그 자체로 한계를 안고 있다. 우선 여러 이본들의 차이를 효과적으로 드러내는 일이 기술적으로 그리 간단치 않다. 일례로 앞서 살펴본 「아가」의 경우만 하더라도 작품 전반에 걸쳐 개작이 행해진 바, 『신태양』과 『등신불』 두 판본의 비교에서 확인된 개작의 흔적을 모두 반영한 제3텍스트의 도출은 결코 만만한 일이 아니다. 가장 손쉬운 방식으로 주석 처리를 생각해볼 수 있겠지만, 해당 작업의 강도 대비 그 경제성에 의구심을 가질 수밖에 없다. 차라리 두 이본을 순차적으로 수록하는 것만도 못할 수도 있다.

두 번째 제한점은 이와 같은 정전 개념이 김동리 소설 문학 텍스트의 특수성에서 도출된 것이라는 사실이다. 유난히 개제 및 개작의 횟수가 많아 여러 이본이 양산되었던 김동리 소설문학의 경우 제3텍스트 개념이 유용한 정전 확정의 방법내지는 준거가 될 수 있을지 모르나, 이를 여타 작가들의 작품에까지 확대하여 적용하기에는 그 보편성에 결함이 있는 것이 사실이다. 김동리 소설문학에 대표성을 부여하는 것 자체가 이미 그 한계를 자인하는 것인지도 모른다. 이러한 제한점에도 불구하고 분명한 사실 한 가지는 '제3텍스트로서 정전' 개념의 상정이 현재 우리가 선택할 수 있는 현실적 대안 가운데 하나라는 것이다. 최소한 「미수」와 「제사」를 하나씩 집어 들고 각자의 해석과 평가에 열을 올리는 촌극은 이로써 되풀이되지 않을 것이기 때문이다.

2장

해방기 정신주의의 성소(聖所)

「劍君」이 놓인 자리

우리는 해방과 한국전쟁 사이, 그 틈새를 흔히 해방기 혹은 해방공간이라 부른다. 혹자에겐 이데올로기의 실험장으로 혹자에겐 비상한 격동기로 읽히기도 하는 이 시기, 지식인들은 그 어느 때보다 격렬하게 역사의 소용돌이에 몸을 내맡긴 채로 반응했다. 작가들 역시 예외는 아니어서 그들의 문학적 대응 또한 다양한 방식으로 행해졌거니와, 이 시기의 문학사적 특질을 논하는 작업이 그리 간단치 않음은 이러한 연유에서다.

해방이 풀어놓은 자유는 '나라 세우기'의 장을 이데올로기의 격전장으로 만들었다. 이데올로기적 대립과 갈등이 지식인의 유일한 존립 방식이 되어버렸고, 급기야 그들이 최후의 생존을 모색하기 위한 방편으로 선택한 것은 역설적이게도 전쟁이었다. 우익을 대표하는 이데올로그로서 김동리에게도 해방기는 문제적인 시공간이었다. 이 시기 그의 작품 도처에 배어 있는 고민의 편린들이 이를 증언한다. '문학가동맹'에 대항하여 결성되었던 '청년문학가협회' 초대 회장으로 김동리 역시 이념 갈등의 한 분화구였던 것이다. 그러나 자의에서든 타의에서든 이념 논쟁의 자장 안에 항시 놓여 있었음에도 불구하고, 그의 일관된 주장은 이데올로기를 넘어선 '인간성 존엄의 옹호'에 바쳐졌다. 그리고 그 구원은 '생의 구경적 형식'을 통해 문학에서 찾아질 것이었다. 그가 과연 문학을 통해 그 궁극에 이르렀는가는 차치하고서라도, 이 시기에 20여 편에 이르는 장·단편 소설을 발표하며 그 같은 지향을 지속적으로 추구하였다는 사실은 부인될 수 없다.

해방 이듬해인 1946년 6월 『서울신문』에 연재한 「윤회설(輪廻説)」을 필두로 1949년 9월부터 1950년에 2월에 걸쳐 『동아일보』에 연재한 장편 『해방(解放)』에 이르기까지의 작품들은 30대 김동리 작품세계의 속살을 고스란히 내보인다. 그러나 해방과 함께 문학 외적인 김동리의 활동이 가장 활발했던 이 시기, 그의 정신사적 편력을 보여주는 상당수 작품들에 대한 본격적인 연구는 사실상 부재하다. 이는 해방기 우익 문단의 거두로서 김동리의 진면목을 이해하는 데 중요한 단서 하나를 빠뜨리는 셈이 된다. 1995년 '민음사'에서 간행된 그의 전집에는 이 시기에 창작되고 발표되었던 작품들이 대다수 결락된 부분으로 남아 있다. 전집의 책임편집자는 원 발표지를 확보하지 못했기에 불가피하게 이들 작품들이 전집 간행에 포함될 수 없었음을 소설연보에서 밝히고 있다. 「검군(劍君)」역시 그 최초 발표지가 알려져 있었음에도 불구하고 원본이 확보되지 못하여 한동안 빛을 보지 못한 작품들 가운데 하나다.

이 작품이 어느 정도의 문학적 성취를 이룬 텍스트인가는 이 글을 비롯하여 앞으로 많은 연구자들에 의해 논의되어야 할 부분이겠지만, 김동리 문학세계의 결손 부위를 채우는 실증적 자료가 확보되었다는 점에서 자료사적 의의가 충분히 지적될 필요가 있다. 이 같은 맥락에서 우선적으로 원본 자료에 대한 확인을 통해 서지상의 오류를 바로잡고자 한다. 「검군」은 『연합신문』 1949년 5월 15일부터 같은 달 27일까지 총 9회에 걸쳐 연재되었다. 그런데 전집의 연보는 마지막 연재 일을 28일로 잘못 밝히고 있다. 「검군」은 김부식의 『삼국사기』 '열전(列傳)' 편에 등장하는 '검군'이라는 실존인물에 관한 기록에서 소재를 취한 작품이다. 『삼국사기』는 '검군'이란 인물의 죽음에 얽힌 사연을 짧은 일화 형식으로 기술하고 있다. 김동리는 작가적 상상력으로 주변적인 서사를 덧댐으로써 이를 개칠한다.

김동리 역사소설의 첫 페이지에 놓이는 「검군」이 그간의 논의에서 여백으로 남아 있을 수밖에 없었던 배경엔, 1977년 12월 '지소림(智沼林)' 출판사에서 첫 출간된 『김동리 역사소설』에 이 작품이 빠져 있다는 사실과 무관해 보이지 않는다. 그러나 '신라에서 취재한 역사소설들'이라 명명하면서 작가가 직접 자서(自序)까지 써서 상재했던 이 작품집에 「검군」이 수록되지 않은 저간의 사정은 쉽게 추리되지 않는다. 다만 『김동리 역사소설』에 등재된 작품들이 1956년 「악성(樂聖)」과 함께 그 이후에 발표된 작품들로 엮인 사실을 놓고 볼 때, 작가 역시 작품집 출간 당시 「검군」의 원본을 확보하지 못했을 것이라는 추측이 가능할 뿐이다.

신라 화랑을 주요 인물 군으로 내세워 그들의 행적을 다룬 일련의 역사소설 창작에 김동리가 깊은 관심을 가지게 된 데에는 그의 백씨 김범부의 영향이 컸던 것으로 보인다. 1954년 김범부는 총 열 명의 화랑에 관한 열전 형식의 『화랑외사(花郞外史)』를 내놓은 바 있다. 그는 이 책 서(序)에서 '육 년 전 기묘동(己卯冬)' 1939년 겨울에 이미 자신의 구술과 이를 받아 적은 조진흠(趙璡欽)의 필기로 탈고가 이루어졌음을 언급한다. 책의 출간이 저자 서명처럼 '光復甲午暮春日', 즉 1954년 봄이었다면 그 여섯 해 전은 1948년 무신(戊申)년이어야 하기에 두 진술 사이에는 구 년여의 시간적 차이가 발생한다. 이러한 불일치가 어디서 기인한 것인지는 알 수 없다. 그러나 한 가지 분명한 사실은 『화랑외사』가 처음 씌어진 시점이 김동리의 「검군」 창작보다 앞선다는 점이다. 「검군」이 발표된 1949년 이전 김범부의 『화랑외사』가 이미 완성되었던 것이다. 김동리의 「검군」이 그의 백씨 김범부의 저술 『화랑외사』의 후속 작업이 아니었을까 추측케 하는 대목이다. 이러한 맥락에서 「검군」을 비롯하여 『김동리 역사소설』에 등장하는 총 열여섯 편의 주인공들이 『화랑외사』에서 다루고 있는 인물들과 겹치지 않는다는 사실 또한 우연으로만 볼 수 없다. 『화랑외사』와 『김동리 역사소설』에 실린 두 사람의 자서는 양 저서 간의 이러한 연계성을 이해하는 데 결정적인 실마리를 제공한다.

① 일찍 金大問의 花郞世紀가 있었다고 三國史記에 明記한바 있거니와 花郞의 史傳이 반드시 金氏의 世紀만이 아닐 것도 짐작할 수 있건만 이제 와서는

어느 것이고 볼 수 없는 터이며 다만 三國史記 三國遺事等의 文獻을 通해서 零落한 記錄을 收拾하는것 뿐이다. 그래서 몇 번이나 花郞世紀를 부지럽시 念誦하다가 역시 별도리 없이 今日에 있어서 花郞精神 花郞生活의 活光景을 描出하려면 역시 說話의 樣式을 選擇해야겠다고 이러한 樣式을 選擇하는 以上은 얼마만한 潤色 演義가 必要한것이라 그리고 본즉 제절로 外史의 範圍에 屬하게되는것이다. 그러나 外史라 해서 荒唐無稽한것은 自初로 警戒할바이오 外史의 意義는 오히려 正史以上으로 活光景을 寫傳하는데 있는 것이다. 그래서 本篇의 筆致는 拙劣하나 그 潤色이라할지 演義라할지가 實錄의 眞面目을 正確하게 活現하자는데 그 本意가 있다는 것을 讀者가 알아주기만 하면 著者는 이것으로서 滿足할 것이다.[1]

② 이와 같이 이 책에 수록된 열여섯 편은, 전체적으로, 신라 사람들의 생활과 감정과 의지와 지혜와 이상과, 그리고 그 사랑, 그 죽음의, 현장을 찾아보려는 나의 종래의 계획에 따라 만들어진 완전히 동일한 기조의 작품들이다. 그것을 굳이 한마디로 표현하라면 '신라혼의 탐구'랄까, '신라혼의 재현'이랄까, 그런 성질일 것이다.

이상이 이 책의 이름을 '신라'라고 붙이게 된 소이다.

여기서 다시 몇 마디 첨부할 말이 있다면 그것은 다음의 두어 가지다.

첫째, 여기 나오는 열여섯 편의 작품은 막연히 신라시대의 이야기를 쓴 것이 아니고 어느거나 다 확실한 역사적 근거를 가졌다는 점이다.

둘째, 위의 열여섯 편의 이야기 내용은 전적으로 상상의 산물이라는 점이다.[2]

1 김범부, 「序」, 『花郞外史』, 해군본부정훈감실, 1954, 2~3쪽.
2 김동리, 『김동리 역사소설』, 智炤林, 1977, 3~4쪽.

2부_개작과 소설문학외사

첫 번째 인용문은 김범부의 글로『화랑외사』의 저술 목적이 화랑정신 및 화랑생활의 활광경(活光景)을 묘출(描出)하는 데 있다고 말한다. 이는 두 번째 인용문에서 보듯이 '신라혼의 탐구'를 의도한『김동리 역사소설』의 자서 내용에 그대로 상응한다.『김동리 역사소설』의 등장인물들이 화랑으로 국한되어 있지 않다는 점을 고려하여 '화랑정신' 대신 보다 포괄적인 '신라혼'이라는 용어가 김동리에 의해 선택되었을 것이라는 사실을 짐작케 하는 것이다. 그러나『화랑외사』에서 다루고 있는 인물들 역시 모두 화랑은 아니다. 김범부 스스로가 언급하고 있듯이 화랑의 명목으로서 전해진 사람만이 아니라 그 정신과 행동이 화랑의 풍격(風格)과 동조(同調)한 것을 유취(類聚)한 물계자(勿稽子)나 백결선생(百結先生) 역시『花郎外史』에 수록될 인물로 발견되었던 것이다. 같은 문맥에서 그는 당대 고구려나 백제에도 그와 유사한 풍류도(風流徒)가 존재했음을 거론한다. 한편 '신라혼의 재현'을 내건『김동리 역사소설』은 이로부터 나아가 보다 확대된 소설세계의 지평을 열어 보인다. 우선 각 편의 주인공들을 보건대, 왕이 되는 인물(석탈해, 눌지왕자)을 비롯해 귀족계급(수로 부인, 원화), 학자(왕거인, 강수 선생), 악사(우륵), 문관(김명, 최치원), 무관(장보고), 승려(김현, 엄장), 화랑(기파랑, 미륵랑), 평민(회소) 등으로 그 신분이 다양할 뿐만 아니라, 주제의식 면에서도 남녀 간의 사랑, 충효, 예술혼, 학자의 도리, 불교에의 귀의 등으로 다채로워짐을 볼 수 있다.

역사(說/話) 문학

김범부의 『화랑외사』와 『김동리 역사소설』 사이의 연관성은 양인의 공통된 서술 태도에서 보다 확연히 드러난다. 화랑의 생활상을 살아 있는 형태로 기록하는 과정에서 설화 양식이 불가피하게 선택될 수밖에 없었으며, 이 같은 양식을 선택한 이상 얼마간의 윤색과 연의가 필요했다는 김범부의 고백은 그의 기술이 정사(正史)가 아닌 외사(外史)로 분류된 배경을 설명해준다. 그리고 이는 『김동리 역사소설』이 '전적으로 상상의 산물'이라는 김동리의 진술로 되풀이되어 나타난다. 외사이나 황당무계한 내용이 될 우려를 시작 단계에서부터 경계했던 김범부의 서술 방식 또한 '막연히 신라시대의 이야기를 쓴 것이 아니고 어느 거나 다 확실한 역사적 근거를 가졌다는 점'을 주지시키고 있는 김동리의 서문 내용과 대체로 일치한다. 김범부 사후 재발간된 『화랑외사』에 김동리가 쓴 발문에서 서술 태도상의 이 같은 상동성을 증거하는 결정적인 진술이 발견된다.

> 『花郞外史』란 花郞에 대한 外史란 뜻이겠지만, 이것을 歷史나 史話로 보기보다는 花郞에 대한 傳記小說로 나는 보고자 한다. 그만큼 史實이나 素材를 그냥 整理하는데 그치지 않고, 더 나아가서, 人物(花郞)의 心境과 思想을 活寫하는 文學的 表現에 특징이 있기 때문이다."[3]

----

3   김동리, 「跋文」, 『花郞外史』, 凡父先生遺稿刊行會, 1967, 197쪽.

'상상적 미장(美粧)에 의한 사실(史實)의 재현'이라 『화랑외사』의 서사적 성격[4]을 잠정적으로 결론짓는다면, 『김동리 역사소설』은 그로부터 나아가 서사적 의장 면에서 완성도를 높인 텍스트라 할 수 있다. 따라서 김동리 역사소설의 소재적 시원은 『삼국사기』 혹은 『삼국유사』에서 찾아질지언정 서사적 모태는 그로부터 찾아질 일이 아니다. 다름 아닌 『화랑외사』가 『김동리 역사소설』을 조형해낸 창작적 거푸집으로 이해되어야 하기 때문이다. 이러한 측면에서 김범부는 비단 김동리 문학세계의 사상적 원류로서뿐만이 아니라 김동리 소설 미학의 본바탕으로 새롭게 조명될 필요가 있다.

"본디 나의 느끼고 생각하는 힘은 天賦의 것이라 하겠지만, 그 方法과 姿勢를 가리켜 준 이는 내 伯氏다"[5]라고 말하며 김동리는 백씨 김범부와의 관계를 사제지의(師弟之義)로 회상한다. 이러한 술회는 역사적 기록의 행간을 상상력으로 채워나간 『화랑외사』가 시현한 사실에 터한 것인바, 김동리는 「검군」 창작을 통해 그에 화답했던 것이다. 역사소설로서는 처녀작인 「검군」의 주인공 '검군'이 화랑이라는 점은 그 연계성을 보여주는 한 징표로 읽을 수 있다. 그리고 「검군」에 이은 1956년의 「악성」, 「원왕생가(願往生歌)」, 「수로부인(水路夫人)」을 계기로 이후 김동리식 역사의 소설화 작업이 본격화되거니와,[6] 결과적으로 김

4 　한편 김범부의 세계관을 파시즘으로 규정하는 김철은 『화랑외사』에 행동주의, 영웅주의, 군사주의, 가족주의, 국가주의, 남성주의, 광적인 반공주의, 신비주의, 정신주의 등 파시즘의 여러 요소들이 풍부하게 함축되어 있음을 지적함으로써 『花郎外史』의 인식론적 배후를 밝히고 있다. 이에 관해서는 다음 글을 참조 바람. 김철, 「김동리와 파시즘」, 『국문학을 넘어서』, 국학자료원, 2000, 49~52쪽.

5 　김동리, 앞의 글, 같은 쪽.

6 　한편 「劍君」과 「樂聖」 사이에 존재하는 칠 년여의 터울은 이와 같은 창작 경향의 연속성에 다소간 의구심을 갖게 한다. 그러나 그 간극은 「劍君」이 발표된 이듬해 발발한 한국전쟁이

범부의『화랑외사』가『김동리 역사소설』의 전범이었음을 알 수 있다.
즉, 설화 양식을 통한 윤색과 연의(演義)의 김범부식 역사 쓰기가 이를
계승한 김동리에 의해 '역사의 소설화'로 전이되었던 셈이다.

그러나 김범부식 역사 쓰기 방식과 이를 전유한 김동리의 글쓰기 사
이에는 엄밀히 말하자면 미세한(심대한?) 차이가 존재한다. 결론부터 말
해『화랑외사』가 '역사의 심미화'[7]를 보여주는 전형적인 예라면,『김동
리 역사소설』은 '역사의 소설화'라 칭할 수 있다.『삼국사기』열전의 '사
다함' 편을 보건대, 진흥왕이 이찬 '이사부'에게 명령하여 가라국을 습
격하게 했다는 기록이 있다. 그리고 신라본기 진흥왕 편에서도 가야가
배반하므로 왕이 '이사부'에게 명해 토벌하게 하고 '사다함'을 그 부장
으로 삼았다는 동일한 내용이 발견된다.『화랑외사』는 이를 가라가 왜
의 수만 대병과 합세해서 신라를 침노했다는 내용으로 뒤바꾸어 놓는
다. 전쟁에 도덕적 명분을 부여하기 위한 자의적인 역사 수정이 행해
지고 있는 지점이다. 한편『화랑외사』의「물계자(勿稽子)」편의 경우 물
계자가 '사치산'[8]으로 들어가 은둔자로서 여생을 보내겠다고 결심하게
된 동기가 두 번의 싸움에 나가 공을 세우고 다침이 없이 돌아왔을 뿐
만 아니라 앞으로는 칼 쓸 일도 없을 것이기에 자신을 추종하여 공적
을 알리려는 사람들의 방문을 피하기 위함에서로 이야기되고 있다. 그
러나『삼국사기』와『삼국유사』는 공히 그가 사체산으로 들어가게 된

라는 가히 충격적인 사건이 가져온 여파의 공백으로 풀이되어야 할 것이다.

7 이는 벤야민이 파시즘 미학의 핵심으로 파악한 '정치의 심미화' 개념에서 차용한 용어이다.
   정치의 심미화란 정치, 사회, 윤리적 가치의 심미적 가치로의 대체를 뜻하는 것인 바, 파시
   즘 미학의 논리로서 '심미화'에 관한 보다 상세한 논의는 다음 책을 참조하기 바람. Andrew
   Hewitt, *Fascist modernism —Aesthetic, Politics, and the Avant-Garde*, Stanford Univ. Press, 1993.
8 『三國遺事』와『三國史記』에는 모두 '사체산(師彘山)'으로 표기되어 있다.

배경을 임금이 위태로울 때 자신의 몸을 바칠 용맹이 없었으니 그 부끄러움 때문에 조시(朝市) 가운데 노닐 수 없었음으로 기록하고 있다. 『화랑외사』에서의 이 같은 윤색이 영웅서사에서 흔히 발견되는 전형적인 수사학적 과유불급임은 물론이다.

김범부는 설화적 연의가 불가피할지라도 실록의 진면목을 정확하게 활현하는 데 『화랑외사』 기획의 본의를 두었지만 사료의 임의적 변개는 『화랑외사』 도처에서 빈번히 행해졌다. 이러한 김범부식 역사의 미학화는 설화적 양식의 선택에서 나아가 주요 인물들에 대한 고도로 심미화(審美化)된 묘사에 이르러 극에 달한다. 음악으로는 악성이며 예술, 학문 , 검술, 정치, 군사 등 어느 하나 정통하지 않은 것이 없는 '백결선생', 적군을 향해 칼을 쓸 때에도 노래 부르고 춤추는 화기를 지닌 '물계자', 항복한 적은 이미 적이 아니요 패전을 했을망정 다 같은 사람의 자식이라는 명분을 걸어 포로들을 방면하는 '사다함' 등 『화랑외사』의 인물들을 견인하는 정신적 요체는 화랑정신으로 통하는 풍류도이다. 사생을 맹세한 친구 '무관랑'이 작곡하고 '사다함'이 가사를 붙인 「식기 전에」, '김유신' 편의 가객 '천관'이 암창하는 「사용애 가락」(망부사), '물계자' 편의 '물계자'가 자신의 칼 이름 '벼락'을 따서 부른 「벼락을 아느뇨」와 세속을 등지며 부른 「사치산 가락」, 그리고 '백결선생'의 「방아 타령」 등 풍류도를 구현하고 있는 노래들은 이를 읊조리는 인물들의 삶 자체를 미화하는 장치로 기능하고 있다. 이러한 미학적 요소의 재배치가 전면화되는 지점에서 『화랑외사』가 지닌 사적(史的) 성격은 일부 소거되거나 희석된다.

한편 김범부가 『화랑외사』에서 영웅적인 인물의 심미적 형상화라는 글쓰기 전략을 구사함으로써 화랑정신의 선양을 목적으로 한 역사 기술을 추구했던데 반해, 『김동리 역사소설』은 소설적 글쓰기에 비교적 충실한 텍스트라 평가할 수 있다. 주요 인물들에 대한 과장된 수사의 남발이 자제되고 있을 뿐만 아니라 인물과 화자 간의 미적 거리 역시 『화랑외사』와 현격한 차이를 드러내며 유지되고 있음을 볼 수 있기 때문이다. 『화랑외사』와 비교할 때 상대적으로 김동리의 역사소설[9]이 사실에 근사한 서술로 다가오는 이유가 여기에 있다. 『김동리 역사소설』에서 이러한 미학적 장치들이 작동할 수 있었던 것은 그가 사료적 모티프를 소설화하는 과정에서 인물 중심이 아닌 사건 중심의 서사 전개 방식을 선택했기 때문이다. 이미 자신의 글이 소설임을 전제한 김동리에게 『삼국사기』 혹은 『삼국유사』의 기록들은 상상력을 통해 변용되고 채색되어야 할 문학적 소재로 비쳤던 것이다. 이렇게 볼 때, 역사적 글쓰기를 지향했던 김범부의 『화랑외사』와 소설적 글쓰기를 지향했던 김동리의 「검군」을 비롯한 역사소설들은 모순되게도 전자의 경우 허구적 성격의 강화로 후자의 경우 사실성을 획득하는 방향으로 전도되었다고 말할 수 있다. 결국 양인의 글쓰기는 역사와 문학 사이의 차연(差延)의 관계를 드러내면서 그 차이는 곧 설화의 세계라는 괄호 안에서 지워지고 말 것이었다. 그럼에도 불구하고 '역사의 심미화'와 '역사의 낭만화(소설화)' 경향은 구분되어 이해될 필요가 있다. '역사의 심미화'가 역사의 사실적 가치가 심미적 가치로 대체되는 국면을

---

9 이 글에서 '김동리 역사소설'이라 함은 「劍君」과 『김동리 역사소설』 집에 포함된 작품에 한정하여 지칭하는 것임을 밝혀둔다. 이는 김동리의 다른 역사소설 작품들과 구별이 필요하다는 판단에서다. 여타의 김동리 역사소설이 논의 범주 안에 포괄될 경우 김범부의 『花郎外史』와의 연관성 문제가 보다 확대된 차원에서 접근되어야 하기 때문이다.

지시하는 것인데 반해, '역사의 낭만화'란 역사를 참조한 소설 쓰기를 의미한다는 점에서 변별되기 때문이다. 루카치에 따르면, 1848년 시민혁명의 좌절 이후 서구 시민계급은 점증하는 부르주아지 사회의 모순과 갈등 앞에서 좌절한 나머지 개인적 영역으로 후퇴함으로써 역사의식을 내면화, 사유화한다. 그리고 그들은 현재의 문제를 과거에 옮겨 놓음으로써 과거를 현재와 동일시하고 역사를 현대화(modernisiert)하려는 성향을 드러냈다. 루카치는 이러한 경향을 역사의식의 주관화 내지 낭만화라고 규정했거니와,[10] 김동리의 역사소설은 역사의 내면화, 개인화, 그리고 현대화라는 측면에서 낭만주의적 역사소설에 가까운 면모를 나타낸다고 할 수 있다. 한편 낭만주의적 역사소설은 당대 현실과는 동떨어진 과거의 역사를 신비롭게 재현하거나 역사적 비유를 통해 현재의 당면 문제에 대한 주관적 견해를 제시한다는 특징을 나타낸다. 이 계열의 역사소설에서는 역사적 사실보다는 작가적 이념의 진실성이 우위에 서게 된다.[11] 정리하자면 '역사의 심미화'를 추구하는 역사소설이 역사를 준거 삼은 글쓰기라면 '역사의 낭만화'를 꾀한 역사소설은 소설 양식에 거처를 마련한 글쓰기란 점에서 차이를 갖는다고 할 수 있다.

----

10 루카치, 이영욱 역, 『역사소설론』, 거름, 1987, 223~270쪽.
11 진정석, 「역사적 기록의 변형과 텍스트의 저항」, 『살림작가연구 김동리』, 살림, 1996, 477~ 478쪽.

왜 설화적 세계인가?

　해방기에 들어 김동리가 발표한 첫 작품은 「윤회설(輪廻說)」(『서울신문』, 1946.6.6~26)이었다. 이원조로 대표되는 좌익계열의 문인들로부터 혹독한 비판적 공세에 시달린 이 작품은 어떤 이유에서인지는 확실치 않으나 이후 어떤 작품집에도 수록되지 않는다. 「두꺼비」(『조광』, 1939.8)와 일종의 연작소설 형태로 쓰인 이 작품에는 해방기 김동리의 현실의식이 주인공 '종우'라는 인물의 입을 빌어 표출되어 있다. 「검군」에 대한 분석을 위해 불가피하게 이 작품에 대한 이해가 전제되어야 하는 것은, 그 소재상 무관한 듯 보이는 두 작품 저변에 김동리의 일관된 현실관이 관류하고 있기 때문이다. 「두꺼비」에 이어 「윤회설」에서도 김동리는 두꺼비 설화를 밑그림으로 한 서사의 얼개를 내세운다. 구렁이에게 스스로 먹힘으로써 구렁이를 자궁 삼아 수많은 새끼를 번식시킨다는 두꺼비 전통설화의 프리즘에 당대 현실을 투영시키고 있는 것이다.

　「두꺼비」에서 '종우'는 결핵을 자초하여 죽음에 다가섬으로써 세태를 한껏 조롱하는 인물이다. 그가 이처럼 자기 파괴의 길로 들어선 데에는 그의 삼촌에 대한 경멸감이 크게 작용했다. 벗들이 대개 전향이란 것을 하게 되어 일시에 생활의 이데아가 뒤집힘을 보고 난 뒤 그는 인생의 모든 허랑한 경영과 아울러 아픈 멍에를 깨닫고 술로 생활을 탕진하던 중에 매음녀 '정희'를 만나게 된다. 이후 '정희'를 구원하는 일을 유일한 생활의 내용으로 삼은 '종우'는 그 뜻에 찬동한 삼촌에게서 돈 몇 천 원을 얻어 그녀를 시골 고향으로 내려 보낸다. 그러나 '정희'는 귀향한지 얼마 되지 않아 카페 여급이 되어 다시 돌아오고 만다. 그녀의 뜻밖의 상경은 '종우'와 삼촌 간의 골 깊은 불신을 가중시키는 계기가 된다. 삼촌의 호의 뒤에 감춰져 있던 진정한 의도가 드러나게 되면서 그가 더욱 더 삼촌을 경멸하게 되었기 때문이다.

일찍이 '종우' 남매가 삼촌을 따라 서울로 이사를 왔을 때만 하더라도 삼촌은 열렬한 민족주의자(소승주의)요 예수교인으로 옥중에서 병사한 '종우' 아버지의 뜻을 이으리라 스스로 다짐하던 이었다. 그러나 근년에 이르러 신문사의 폐간과 학원의 인가 취소를 계기로 삼촌은 소승적 견지에서 활달한 대승적 이상으로 전향을 하게 되었다. 그리고 자신의 전향이 결코 변절이나 이심(二心)이 아님을 강변하며 진실한 대승주의를 조카 '종우'에게 알려 줄 셈으로 '정희' 구원기(救援期)에 선뜻 물질적 원조를 자청했던 것이다. 삼촌의 박애주의(대승주의)를 생각해오던 '종우'로서는 그에 대한 멸시와 반발을 악마와 같은 배짱으로 즐겨 보고픈 심사에서 자신의 몸 안에 잠복해 있는 결핵균을 키워나간다. 삼촌이 집에 돌아오자 더욱 부지런히 피를 토해내는 '종우'에게 각혈은 아편과 같은 희열로 다가왔다. 눈에 보이지 않는 그 어떤 부자연에 대한 조소와 저주로서의 향락, 곧 각혈은 그의 센티멘털리즘 역시 삼촌의 번듯한 위선과 몇 걸음 사이가 아님을 스스로 깨달은 순간 무슨 방법으로든지 그것을 알뜰히 저주하고 모질게 학대해 보고 싶은 경멸감에서 발로되었던 것이다.

「두꺼비」가 허영과 위선으로 점철된 삼촌의 대승주의, 그리고 이를 증오하는 '종우'라는 인물의 감상주의와 자기 모멸감 사이의 갈등 구도를 담고 있다면, 「윤회설」은 주인공 '종우'를 중심축으로 하여 그의 가족과 연인관계에까지 침범해 들어온 이데올로기적인 반목을 서사적 모티프로 삼고 있다. 「윤회설」에는 전편에서 볼 수 없었던 '종우'의 연인 '혜련'이 등장한다. 그녀는 숙전에서 교편을 잡고 있는 이로 '종우'와 공산주의자 '박용재' 사이에서 고뇌하는 인물이다. 해외에서 돌아온 '박용재'는 '종우'의 여동생 '성란'의 남편 '윤씨'와 친구관계에 있는 인물이다. '종우'와 '혜련'이 결혼에 이르지 못했던 것은 '종우'의 오랜 병 때문이기도 하였지만, 그가 고독한 청춘의 삶을 꿈꾸며 결혼에 대한 수의를 거절해왔던 탓이 더 컸다. 거기에 오빠 '종우'의 삶에 과도한 집착을 지니고 있던 '성란'이 적극적인 방해공작을 벌이게 되면서 두 사람의 애정관계에 균열이 생기기 시작한다. 그리고 '혜련'의 정신적 방황은 '성란'의 소개로 '문학가동맹'에 나아가면서 급기야 '종우'와의 이념적 대립으로까지 치닫기에 이른다. 결국 이야기는 두 사람을 떼어놓으려 했던 '성란'의 필사적인 기도에도 불구하고 '종우'와 '혜련'이 결혼식을 치르고서 이튿날 '독립전취국민대회'에 참석하는 장면으로 끝난다.

이러한 의외의 결말에서 알 수 있듯이 「윤회설」은 서사 내적인 개연성 면에서 심대한 취약성을 안고 있는 작품이다. 우선 '성란'이 친구 '혜련'과 오빠 '종우'의 관계를 깨뜨리려 했던 의도가 무엇이었는지 충분히 밝혀져 있지 않다. 이에 대해 김윤식은 '성란'이 피붙이인 '종우'를 그토록 증오가 이유가 그에 대한 왜곡된 사랑 때문이었다는 주장을 내놓는다.[12] 오빠의 병구완을 위해 평생 독신으로 나서겠다는 '성란'의 순정이 이를 용인하지 않은 오빠에 대한 배신감으로 뒤틀린 뒤 이내 원한으

---

12 김윤식, 『해방공간 문단의 내면 풍경』, 민음사, 1996, 138쪽.

로 자라나 무의식 속에 자리잡게 되었다는 것이다. 정신분석학적 측면에서 행한 이 같은 분석이 '성란'이라는 인물을 이해하는 데 비교적 설득력 있는 접근 방식임을 부정하기는 물론 어렵다. 그럼에도 불구하고 오라비인 자신에 대하여 무슨 뼈에 사무칠 원한이 남아 있기에 '혜련'과의 사이에 틈을 내려고 애꿎은 '정희'까지 끌어넣는지 '종우' 스스로가 납득하고 있지 못하는 데서 알 수 있듯이 '성란'이라는 인물이 지극히 비상식적인 인물로 그려짐으로써 이는 서사적 개연성을 심대하게 해치는 요인이 된다. 이미 남편 '윤씨'와 함께 철저한 마르크스주의자가 되어 있었던 그녀가 자신의 권유로 '문학가동맹'에 나오게 된 친구 '혜련'에게 오빠에 관한 거짓을 꾸며서까지 말해야 했던 이유가 석연치 않은 것이다. '혜련'을 통해 오빠의 사상관을 변화시켜 보려는 의도를 품었을 수도 있었던 그녀의 이 같은 행동은 모순적이기까지 하다.

둘째로 '박용재'와 '종우' 사이에서 방황하던 '혜련'이 '종우'의 갑작스런 청혼을 받아들이게 된 배경에 의구심이 생긴다. '종우'가 결혼을 결심하게 된 것은 '혜련'의 내면을 들여다 볼 수 있었기 때문이다. '종우'와 격렬한 사상 논쟁을 벌였던 밤 전해진 '혜련'의 일기에는 아직도 그녀가 '종우'와의 결혼을 기다리고 있음이 고백되어 있었던 것이다. 그러나 '성란'의 영향으로 그리고 '박용재'와의 만남을 계기로 공산주의에 경사되어 있던 '혜련'이 이념적 견해차를 좁히지 못한 상태에서 '성란'이 자기변호에 불과하다고 비난한 '종우'의 결단에 동의할 수 있었던 내막은 행간으로 처리되고 있다. 더군다나 결혼 다음날 '종우'를 따라 우익이 주최한 집회에 간 그녀가 광고가 붙은 지 하루 만에 모여든 수많은 군중을 보며 감탄하는 모습은 차라리 희극적이기까지 하다.

대승주의자임을 자임하는 삼촌에 맞서 「두꺼비」에서는 소승주의자로, 「윤회설」에서는 공산주의자 '박용재'와 동생 '성란'과 대극에 있는 민족주의자로 그려지고 있는 '종우'는 이 시기 작가 김동리의 자화상이 아니었을까? 문학가동맹 세력에 의해 문단이 주도되던 해방 정국의 문단에서 청년문학가협회를 주도적으로 결성하며 우익 문단 세력 결집에 자신의 정치적 행보를 내걸었던 그의 자의식 한켠에는 이렇듯 '종우'와 같은 약자로서의 자위감이 똬리를 틀고 있었다. 이러한 의식은 이 시기를 회상하며 쓴 그의 자전에세이 곳곳에서 발견된다. 그 한 예로 다음과 같은 대목을 들 수 있다.

> 그때만 해도 기고만장한 것은 공산 진영 문인들이요, 우리는 통 시세가 없었다. 신문·잡지 같은 데서도 거개가 공산 진영 쪽에 추파를 보내기가 급급해서 우리에 대해서는 덮어놓고 백안시했다. 이런 판세이니까 현실적으로 뒷받침해 주는 힘도 백도 있을 수 없었다.[13]

김동리가 위와 같은 약자의식을 스스로 위무할 수 있었던 것은 자신이 추구하는 순수문학이야말로 계급주의 민족문학과는 변별되는 진정한 민족문학이라는 자부심과 확신을 가졌기 때문이었다. 이 같은 약자의 논리를 대변하는 아포리즘으로서 두꺼비 설화는 김동리에 의해 현재적 해석을 거치게 된다. 전향이 생존의 유일한 선택으로 강요되던 시기에 씌어진 「두꺼비」, 가족과 연인 관계마저도 반목 상태로 몰아넣

---

13 김동리, 『나를 찾아서』, 민음사, 1997, 232쪽.

는 이데올로기 대립의 「윤회설」이 공히 절망적인 현실 극복의 지혜를 두꺼비 설화에서 모색했던 데에는 이러한 내막이 있었다.

두꺼비 설화 연작과 「검군」을 연관지어 볼 수밖에 없는 연유는 '약자의 정신주의'[14]를 내세워 현실의 한계를 넘어서려 했던 작자 김동리의 초극의 방식이 「윤회설」이 발표된 지 거의 만 3년 만에 발표된 「검군」에서 변주된 형태로 재현되고 있기 때문이다. 언뜻 보아 두꺼비 연작이 당대 현실의 지식인 세계를 형상화하고 있는 반면, 「검군」은 역사적 과거를 배경으로 삼고 있기에 양 텍스트상의 관련성이 쉬 발견되지 않는 것이 사실이다. 이러한 표면적인 차이로 인해 「검군」은 묻혀진 김동리 역사소설의 하나쯤으로, 혹은 해방기 김동리 소설문학의 예외적인 작품으로 치부될 우려가 크다. 그러나 두꺼비 연작이 두꺼비 설화를 인식론적 모태로 하고 있듯이 「검군」 또한 사료(史料)라는 외피를 두르고 있을 뿐 사실상 설화적 세계에 기대고 있기는 마찬가지라는 점에서 이들 작품 간의 혈족적 친연성은 능히 의심되는 바가 있다. 아울러 「劍君」의 주인공 검군과 '두꺼비'계 작품의 주인공 '종우'가 정신주의라는 동일한 동력으로 행위하는 인물임을 확인하게 될 때, 「검군」을 두꺼비 연작과 함께 해방기 김동리의 정신사적 궤적의 연장선에서 보아야 할 근거는 더욱 굳어진다.

'검군(劍君)'은 신라 진평왕 때 사량궁(沙粱宮)의 창예창(唱翳倉) 사인(舍人)이다. 극심한 가뭄에 시달리고 있는 신라 사람들은 초근목피로 겨우 연명하다 겨울을 맞아 아사하는 이가 생겨날 정도로 기아에 허덕였

---

14 김윤식은 죽음을 통한 정신주의적 승리법이라는 약자의 논리가 두꺼비 연작을 관류하는 인식 구도임을 처음으로 지적했다. 김윤식, 「'두꺼비' 3부작의 내력」, 앞의 책, 1996.

다. 상황이 이러하다보니 쌀을 관리하는 창예창의 사인들 다수가 이미 국곡(國穀)을 사취하는 부정을 저지르고 있었고, 또한 주변인들로부터 청탁을 받기도 하였다. 그러나 '검군'은 자신의 처제가 쌀 몇 되 때문에 사랑하는 이를 두고서 홀아비에게 팔려가다시피 하는 상황에서도 그 같은 부정을 스스로 경계한다. 한편 창예창의 다른 사인들은 국곡을 사취하는 과정에서 자신들의 비리를 알게 된 '검군'을 그 공모에 가담시키려 설득한다. 하지만 '검군'은 자신이 추종하며 또 자신을 그 같은 자리에 천거한 '근랑(近郎)'에 대한 의리를 내세워 이를 거절한다. 그러던 와중에 결혼을 앞둔 처제가 결국 자살을 하게 되고, 사헌원(司憲院)에 자신들의 부정을 고발하리라는 불안감에 떨던 '열삼지'들을 비롯한 사인들은 '검군'을 독살할 계획을 세운다. 우연히 그들의 음모를 듣게 된 '검군'은 죽음에 대한 공포를 한층 절감하며 자신의 결정을 두고서 고뇌한다. 결국 '검군'이 선택한 길은 죽음을 통해서 자신의 의(義)를 지켜내는 것이었다. '검군'은 자신의 죽음이 임박한 날 죽은 처제 '정랑'의 약혼자였던 '기악'을 불러 집안의 보검(寶劍)을 건네준다. 그러나 '정랑'이 자살하기 전 그 장검을 팔아 두 사람을 결혼시키고 벗인 '악부'의 병든 부친에게 미음을 쑤어드리려 했지만 그 뜻을 펼치기도 전에 처제의 죽음을 맞고 만다. '기악'이 '보검'을 가지고 떠난 후 '검군'은 자신을 독살할 목적으로 동료들이 준비한 대보름 연회에 참석하기 위해 찾아온 '백령'을 따라 '대하나'의 집을 향해간다. 그리고 얼마 후 웃음을 띠며 죽어 있을 자신의 모습을 상상한다.

『삼국사기』 '열전' 편의 '검군' 일화는 김동리의 「검군」과 내용상 크게 다르지 않다. 『삼국사기』의 기록엔 '검군'이 죽기 전 자신의 정당성을 '근랑'을 만나 말하는 것으로 기록되어 있으나, 김동리의 「검군」에는 '근랑'이 등장하지 않는다. 소설에서 이는 동료 사인 '악부'와의 대화로 대체된다. 소설 「검군」은 『삼국사기』의 '검군' 편의 짧은 일화에 세부적인 상황 설정과 함께 여러 인물들을 등장시켜 주변적인 사건들을 풍부히 덧붙이는 방식으로 서사적 긴장을 한껏 고조시키고 있다. 우선 '검군'을 설득하려는 동료 사인들('대하나'와 수석 사인 '수달')과의 만남을 상세히 묘사함으로써 '검군'의 내적 갈등을 전경화한다. 아울러 처제가 쌀 몇 되 때문에 약혼자가 있음에도 애가 딸린 중늙은이에게 시집가야 할 처지에 내몰려 결국 자살에 이르게 되는 사건을 삽입함으로써 '검군'의 인간적 고뇌를 더욱 증폭시키고 있다. 주제의식과 관련하여 소설 「검군」이 『삼국유사』의 일화로부터 현저하게 나아간 부분은 죽음을 맞기에 앞서 '검군'이 자신의 보검을 죽은 처제의 약혼자였던 '기악'을 불러 건네주는 장면일 것이다. 유언을 대신하는 '검군' 정신세계의 상징물이자 작품의 주제의식이 함축된 객관적 상관물로 보검을 볼 수 있기 때문이다.

인물의 성격 묘사 면에서도 소설 「검군」은 『삼국사기』의 기록에 비해 사실감이 배한다. 후자에서 '검군'은 지극히 단호하고 의지가 굳은 영웅이나 지극히 평면적인 인물로 서술되고 있다. 신념이 확고한 만큼 어떠한 내적 갈등도 틈입할 여지가 없는 인물로 그려지고 있는 것이다. 그러나 소설 속의 '검군'은 자신의 판단과 선택을 두고서 끊임없이 주변 인물들과 갈등하고 내적으로 번민을 거듭한다. 이러한 다기한 갈등 국면은 결과적으로 그의 죽음을 비장미와 숭고미로 치장해내는 소설 미학적 장치가 된다. 사적 기록물과 문학적 창작물 간의 경계의 문제가 결국 사실(事實)의 진위 여부와는 상관없이 인물의 정신적 분열 유무로 귀착되어 달리 표출되고 있는 것이다.

모든 갈등은 대보름달이 하늘 한가운데 와서 신라 서울을 고루 비추고 있을 때쯤 독 섞인 술잔을 곁에 던진 채 웃음 웃는 듯한 얼굴로 '검군'이 쓰러져 누워 있을 순간에 이르러 해소될 일이었다. 죽음의 낭만화라 일컬을 이러한 정신주의적 대응은 이미 「두꺼비」와 「윤회설」에서 시도된 바 있는 모험이었다. 「두꺼비」와 「윤회설」에서 미완에 그치고만 '종우'의 현실 넘어서기가 비로소 「검군」에 이르러 실현된 셈이다. 「두꺼비」에서 '종우'는 삼촌의 대승주의와 본인의 감상주의가 지닌 위선에 맞서 스스로 결핵을 키워가려 했다. 그런 만큼 각혈은 그에게 더 없는 황홀감을 안겨다준 순결한 참회의 변일 수 있었다.

한편 「윤회설」에서 '종우'는 공산주의 이데올로기에 맞서 '혜련'과의 결혼을 실행에 옮김으로써 그 허구성을 비판하려 했다. 인류적 자존을 저주하고 절망하는 것을 현대인의 의무나 자랑인 것처럼 여기는 공산주의를 현대적 타락이요 일종의 우상 중독이라 판단했기에 그동안 자신이 인류적 자존에 대하여 바쳐온 정열을 결혼하기로써 입증해 보이려 한 것이다. 그러나 「두꺼비」와 「윤회설」에서 '종우'가 보여준 '결핵 키워가기'와 '결혼하기'는 '성란'의 지적처럼 실상 자기변호에 지나지 않는 것이었다. 두꺼비 설화라는 밑그림 위에 덧씌워진 '종우'의 행보는 두 작품 모두에서 그 설화적 원형에 충실한 조응을 이루어내지 못한 것이 사실이기 때문이다. 즉, 원형 서사와 이를 응용한 구현 서사의 결합을 헐겁게 하는 간극이 '종우'의 실천계에는 존재한다. 그는 자학과 조소라는 주관적인 대처 방식을 통해 선택을 강요하는 현실에 맞서

2부_개작과 소설문학외사

려 했지만, 이러한 우회적인 비약의 기도에는 관념적 세계로의 자기 기만적인 회귀가 예비되어 있기 마련이다. 그 순간 '종우'란 인물은 결코 구렁이의 제물 되기를 자초하는 두꺼비일 수가 없는 것이다.

「검군」에서 '검군'이 보여준 결단은 이와 선명한 대조를 이룬다. '검군'은 당당히 죽음을 맞이함으로써 현실과의 정면대결을 감행한다. 두꺼비의 죽음이 상징하는 약자의 논리를 체현하고 있는 이는 '종우'가 아니라 '검군'인 것이다. '검군'이 죽음을 각오하며 지켜내고자 했던 가치는 자신이 추종하는 '근랑'과의 의리였다. 그리고 이는 '종우'가 「윤회설」에서 강변하고 있는 정신적 존엄의 다른 이름이다. '검군'은 이 정신적 존엄을 지켜내고자 자신의 죽음을 향해 스스로 걸어들어 갔을 뿐만 아니라 웃음으로써 다가올 죽음을 미리 상상하였던 것이다. 그러한 의미에서 '검군'이 '기악'에게 건네준 보검은 '종우'가 '정희'를 구제하기 위한 방편으로 사용했던 돈, 허위에 찬 대승주의를 조롱하기 위한 방편으로 키웠던 결핵, 그리고 결과적으로 공산주의에 대한 조소의 행위가 되어 버린 결혼에 감히 비견될 수 없는 숭고한 정신의 결정이라 할 수 있다. 보검을 통해 '기악'에게 건네진 고매한 '검군'의 정신이 두고두고 수많은 새끼들로 번식되는 두꺼비의 죽음처럼 사람들에게 번져갈 것이기 때문이다.

'검군' 정신세계의 표상으로서 '보검'은 이렇듯 「두꺼비」와 「윤회설」의 '결핵 키우기'와 '결혼하기'가 현실 호도에 지나지 않는 기만적인 실천이었음을 자인하는 증거이자, 정신주의적 승리의 상징적 매개로서 구렁이에 스스로 먹힌 두꺼비의 주검과 오롯이 상통한다. 따라서 두꺼비 전승설화가 「두꺼비」와 「윤회설」을 잉태한 화두라 했을 때, 「검군」

은 「두꺼비」와 「윤회설」에서 제기된 물음에 답하는 두꺼비 연작의 한 텍스트로 접근되어야 할 필요가 있다. 정신주의적 승리라는 종착역에 다다르기까지의 지난한 '검군'의 정신적 여정이 해방기 김동리의 내면 세계를 빗댄 메타포라는 데 의심의 여지가 있을 수 없는 근거가 여기 에 있다.

유사한 주제의식을 다룬다 할지라도 그 소재와 배경 면에서 상이한 구성 요소를 등장시키는 것은 작가의 창작 지평을 말해주는 것이기도 하려니와, 「검군」에서처럼 유독 그 시공간적 배경을 당대 현실과 괴리 된 과거로 한참이나 거슬러 올라가 설정하게 된 데에는 그럴 만한 이 유가 숨어있을 터이다. 김동리가 취한 뒤틀린 현실과의 대결방식은 약 자의 논리였다. 「두꺼비」와 「윤회설」에서 그것은 설화적 가르침을 원 용하는 김동리만의 독특한 서사 재현 방식으로 표출되었다. 그러나 두 꺼비 연작을 통한 '종우'의 실험이 반증하듯 그 같은 정신주의는 현실 의 경계 밖, 곧 초월적인 시공간상에서 그 거처를 찾지 않을 수 없는 법 이다. 환언컨대 현실 너머의 세계가 상상되고 발견되어야만 하는 것이 다. 설화적 세계로 대표되는 이러한 시공간적 무대가 이미 「무녀도(巫 女圖)」와 「바위」, 그리고 「산화(山火)」와 같은 초기 단편들을 통해 경험 된 바 있는 세계임은 주지의 사실이다. 해방기라는 역사적 격변의 장 에서 김동리 역시 현실정치의 유혹으로부터 초연할 수만은 없었다. 이 데올로기 대립을 정면으로 문제 삼은 「윤회설」이야말로 부정할 수 없 는 증거의 하나다. 그러나 이 작품 역시 두꺼비 원형서사에 의탁해 있 다는 점에서 김동리 문학의 본령이라 할 수 있는 설화적 세계로부터 이탈한 것은 아니었다.

「검군」의 주인공 '검군'은 동료 사인(舍人)들의 치부와 법의 정의 사이에서 이를 조화시킬 수 없음에 비통해 하는 인물이다. 죽음이 한걸음 한걸음 자신의 목전으로 다가드는 순간 그는 이방으로의 도피를 일시 꿈꾼다. 그러나 가족과 벗들을 두고 옳지 못한 일을 행한 바 없는 자신이 신라를 떠나야 한다는 사실을 인정할 순 없었다. 당나라나 고구려로의 피신은 결코 정신적 존엄을 지탱할 수 있는 대안이 될 수 없기 때문이다. 하여 남은 길은 죽음으로써 부정에 맞서는 것뿐이었다. 현실 어디에도 안거할 수 없었던 '검군'이 상상할 수 있는 세계, 그것은 죽음 저편을 향한 현실의 월경(越境)을 뜻했다. 그 같은 '검군'의 심경이 곧 「윤회설」의 발표 이후 쏟아졌던 계급문학론자들의 비판에 맞서 설화적 세계로의 회귀를 결심하던 순간 김동리의 내면풍경이 아니었을까? 즉, 「윤회설」에서 노출된 그의 분열된 현실감각이 「검군」 창작을 통해 정신주의의 승리라는 봉합 과정을 거치는 과정에서 설화적 세계의 원형으로 환원되었던 것이다. 작품의 서두에 구체적인 역사적 배경이 언급되고 있음에도 불구하고 「검군」을 단순히 고전적인 의미에서의 역사소설로 읽을 수 없는 사정이 이에 있다. 「검군」은 결코 진위 여부에 대한 검증이 필요한 과거의 이야기가 아니다. 「윤회설」에서 피력한 정치의식만으로 감당되지 않은 현실의 난맥상을 김동리는 「검군」 창작으로 갈파해내고자 했기 때문이다. 따라서 「검군」은 역사를 초월한 역사 소설로 바라보아야 한다.

죽음으로써 현실과 대결하여 승리하려는 정신주의를 서사로 구현코자 했을 때, 시간의 구속으로부터 풀려난 설화적 세계, 곧 더 없이 친밀한 상상의 과거만큼 유연한 피안의 공간이 찾아질 수 있을까? 이야말로 역사를 이야기함으로써 역사를 넘어 역사를 부정하는 글쓰기의 탁월한 모형이 아니겠는가. 「검군」은 그 부인할 수 없는 물증인 바, 김동리의 역사소설에서 역사란 지워짐으로써 새롭게 재생될 서사의 동기(動機, motive)로 재전유된다. 다른 한편으로 "역사가 부정될 때 현재는 절대적인 것 — 변혁이 불가능하고 따라서 받아들여야 하는 — 이 된다."[15] 그러나 이러한 역사관에 내장된 순환론은 시간의 선조적인 발전관에 매인 근대 역사인식의 한 틀을 부정하는 태도라는 점에서 세심한 탐찰이 필요한 부분이다. 현재의 절대성을 끌어안기 위한 전략으로 소환되는 설화적 세계의 보편성이란 시공간적 좌표를 스스로 지워내는 이야기 방식 탓에 이내 '실체 없음'으로 무화(無化)되기 마련이나, 그같은 지향이 경시될 수 없는 이유는 이 또한 근대 경험의 양상이자 근대성의 발현이기 때문이다. 따라서 설화적 세계라는 스펙트럼을 통해 현실이 되비추게 될 때 파생되는 비틀린 세계 인식의 공과를 따져 보는 데서 「검군」을 다시 읽어야 할 의의를 찾게 된다.

---

15 신형기, 『해방기 소설 연구』, 태학사, 1992, 191쪽. 김동리의 소설이 구체적인 역사성을 사상한 설화가 되거나 현실 문제를 다룰 경우 전망의 폐색을 노정하게 되는 이유로 신형기는 이러한 김동리의 역사관을 지적한다.

초극된 현실

삼촌이 표방하는 대승주의에서 그와 별반 다를 것 없는 자신의 센티멘털리즘을 발견하게 되는 「두꺼비」의 '종우'는 삼촌의 위선뿐만 아니라 자신의 감상주의 역시 멸시의 시선으로 바라보는 인물이다. 능구렁이에게 먹히는 두꺼비 이야기를 듣던 날 처음 경험하게 된 '종우'의 각혈은, 따라서 육체를 경멸함으로써 정신적 순결을 지켜내려는 약자의 논리에서 발의된 상징적 행위로 해석될 수 있다. 이데올로기 반목의 현실을 그린 「윤회설」에서는 이러한 정신주의가 성취해내어야 할 내용으로 '인간성의 자유, 정신적 존엄'이 공표된다. 자본주의의 경제적 계급적 죄악과 모순을 제거하는 동시에 공산주의의 기계적 공식론도 버려야 된다는 종우의 주장이 인간성의 자유와 정신적 존엄의 옹호로 환원되고 있는 것이다. 마르크스주의에 대한 대항 이념으로서 이 같은 '종우'의 모토를 「윤회설」이 발표되었던 같은 해 「순수문학의 진의」라는 제하의 평론에서 김동리는 제3기 휴머니즘론이 지향해야 할 바로 상세히 논한 바 있다.

이 글에서 김동리는 휴머니즘을 순수문학 본질의 기조(基調)로 규정하면서 민족정신이 민족문학의 기본이라 할 때 민족정신이란 민족 단위의 휴머니즘을 의미하며 순수 문학과 민족 문학이 별개일 수 없음을 주장한다. 아울러 민족 단위의 휴머니즘을 세계사적 각도에서 내포하고 있는 것이 순수문학의 문학정신이며 '세계사적 각도'라 함은 세계정신사의 제3기적 휴머니즘에의 지향을 의미하는 것임을 주지시킨다.

이 제3기 휴머니즘의 본격적 출발 지점을 김동리는 동서 정신의 '창조
적 지향'에서 찾거니와, 그로부터 "민족정신에 입각하여 동양적 대(大)
예지의 문학을 수립하고 제3기 휴머니즘의 세계사적 성격을 천명함으
로써 민족 문학이면서 곧 세계 문학의 지위를 확립하는 데 이 땅 순수
문학 정신의 전면적 지표가 있다"[16]는 결론을 도출해내기에 이른다. 김
동리가 주창하는 제3기 휴머니즘이란 '과학'이라는 새로운 현대적 우상
의 출현으로부터 제기된 것으로, 근대의 이성적 인간 정신의 개화(제2기
휴머니즘)가 난만한 과학 시대를 초래한 것은 사실이나 현대 과학정신
의 구경적 발달과 발화의 난숙은 이내 공식주의적 번쇄(煩鎖) 이론과 과
학주의적 기계관을 산출해냄으로써 부정성을 드러내게 되었다는 판
단에 근거하고 있다. 이는 '물질과 정신을 이원화한 서양의 사고방식이
과학에 의한 인간의 기계화라는 위기를 초래했다는 생각에서 서양의
유물·유심의 이분법을 지양하는 초과학적 과학의 바탕 원리로 김범부
가 제시한 음양론'[17]의 재판을 보여준다. 그러나 다른 한편으로 김동리
의 사상 편력에서 김범부의 영향과 함께 일본 근대초극론자들의 영향
또한 존재했으리라 추측케 하는 유사성이 발견된다.[18]

교토학파의 대표적인 논객이었던 고오사카 마사아키의 논의는 근
대 문명의 소외 문제와 관련하여 특히 주목되는 부분이다. 고오사카는
휴머니즘과 기계와의 관계를 설명하면서 인간은 기계를 만듦으로써

---

16 김동리, 「순수문학의 진의」, 『문학과 인간』, 민음사, 1997, 81쪽.
17 신형기, 앞의 책, 188쪽.
18 '근대초극론'이 김동리 당대에 한국의 지식인들 사이에 지대한 영향을 끼쳤음은 주지의 사
    실이다. 최근 이에 대한 연구자들의 관심이 커지면서 산출된 성과들이 적지 않음에도 이를
    수렴하여 이 글에 반영하지 못했음을 고백해둔다.

2부_개작과 소설문학외사

자연을 지배하게 됐지만, 그 때문에 기계로서의 자연에 의해 부정되는 아이러니를 인간 중심주의의 필연적 운명과 비극으로 안게 되었다고 지적한다. 이는 자본주의 체제에 대해서도 마찬가지인데, 인간은 자본주의 체제를 스스로 만들면서도 그것의 노예가 되어가고 있다는 것이 당시 그의 진단이었다. 고오사카는 인간중심적인 근대 유럽은 초월을 상실하여 자기 부정에 빠지려 하고 있다는 문제의식 아래 그 대안을 동양에 남겨진 형이상학적 실재로서 무의 원리에서 찾는다. 새로운 세계 질서는 그야말로 동양적 무, 아니 무(無)적 보편을 체현하는 세계인에 의해 건설될 수 있으며, 건설되어야만 한다는 것이 그가 주장하는 실천적인 근대 초극 방식의 기본 틀이었다.[19] 서양의 몰락을 동양적 대안으로 이해한 김범부의 음양론과 과학주의, 물질주의, 기계주의를 비판하고 이를 초극하고자 한 김동리의 제3기 휴머니즘적 지향이 이와 인접해 있음은 부정되기 어려울 듯싶다.

그렇다면 김동리의 휴머니즘론은 「윤회설」에 그려지고 있듯이 공산주의 이념 비판을 위해 급조된 실체 없는 민족주의의 변형에 불과한 것이었을까? 그것이 김범부가 내놓은 음양론에 닿아 있다는 사실에 근거하여 그 영향 관계에 의혹을 제기할 수 없는 것이라면, 이와 상사한 세계인식을 드러내는 또 다른 일본 근대 초극론자의 사상적 족적 역시 참조될 필요가 있을 것이다.

동양적 휴머니즘을 기반으로 동아시아 협동체를 구상했던 미키 기요시는 1938년 '쇼와연구회'에 가입한 이후 발표한 글들을 통해 관념사

---

19 히로마쓰 와타루, 김항 역, 『근대초극론』, 민음사, 2003, 32~50쪽.

관과 유물사관의 대립을 넘어서는 새로운 사관을 표방한다. 그리고 그 연장선에서 자신이 구상한 동아시아 협동체의 사상적 원리를 모든 기존 이즘(ism)의 배제 혹은 지양으로 규정한다. 즉, '민족주의', '전체주의', '가족주의', '공산주의', '자유주의', 그리고 '국제주의', '삼민주의', '일본주의'에 대해 차례로 검토하면서 이들을 어떻게 변증법적으로 지양할지를 논했던 것이다.[20]

관념사관과 유물사관의 대립을 넘어서는 새로운 역사관에 바탕하여 미키 기요시가 안출하려 했던 동아협동체와 이를 매개한 동양적 휴머니즘은, 유물과 유심의 이분법을 초극하는 새로운 형이상학으로 제시한 김범부의 음양론, 그리고 유물사관의 물질과 유심철학의 정신 모두를 완고한 관념으로 비판하며 인간성의 존엄을 부르짖었던 김동리의 휴머니즘론과 조응점을 형성한다. 김동리의 세계인식의 모태로 의심되는 미키 기요시 사상의 잔영은 1937년부터 잡지 『사상(思想)』에 연재한 「구상력의 논리」에서도 확인되거니와, 미키 기요시는 이 글에서 모든 이원주의의 논리를 통일하여 고유 체계를 세우려는 기획 하에 '형성', '표현', '모양'과 같은 자신의 독특한 모티브들을 점차 공고히 해 나간다. 이러한 그의 역사철학이 집약적으로 서술되고 있는 다음의 인용문은 마치 김동리 문학을 의식한 상태에서 작성된 글인 양 김동리 역사소설 작업과의 자별한 인접성을 보여준다.

역사란 무언가 있었던 것을 개념적으로 재구성하는 것은 아니다. 오히려

---

20 위의 책, 119~145쪽.

역사란 이전의 현실의 현실성을 떨쳐버리는 것이고, 그것을 '존재의 일면인 전혀 다른 범주'로 이끌어가게 되는 것이다. 역사 서술이 만들어내는 상(像)은 새로운, 말하자면 한층 높은 현실이다. 역사적으로 봄으로써 우리들은 과거의 생활을 현재화하는 것이 아니고 오히려 그 현재성을 벗어나게 하는 것이다. 그것을 우리들의 시간으로 살리게 되는 것이 아니고 오히려 그것을 무시간적이게 하는 것이다. 과거의 생활 속에 존속하는 것은 우리들이 어떻게 그것을 명백히 하고 정밀히 조사하고 추체험(追體驗)하려고 노력하더라도 결코 생활(生活)은 아니고 오히려 늘 그 설화(說話)이다. 모든 사건 속에 늘 역사로서 최후에 살아남는 것은 설화이다. 설화는 역사적 전승의 가장 생명적인 형식이며, 그것은 가장 원시적인 형식임과 동시에 가장 궁극적인 형식이고, 가장 오랜 형식임과 동시에 가장 깊은 형식이다. 그것만이 언제든지 작용하는 것으로 과거와 지금을 현실적으로 결합한다. 다만 상(像)으로서, 형으로서, 신화로서만 과거의 인물은 생존한다.[21]

미키 기요시가 말하는 '형(形)'이란 만들어진 것으로서 역사적인 것이고, 역사적으로 변해 가는 것을 뜻하는 바, 이러한 형은 단순히 객관적인 것이 아니고, 객관적인 것과 주관적인 것의 통일이며, Idee(이데에)와 실재(實在), 존재와 생성, 그리고 시간과 공간의 통일을 가리킨다. 이처럼 형성설과 함께 주객합일에 근거한 구상력의 논리가 '자본주의적 기구의 결함과 유물변증법적 세계관의 획일주의적 공식성을 함께 지양하여 새롭고 보다 고차원적 제3세계관을 지향하는 것을 현대 문

---

21 三木清, 한정석 역, 『구상력의 논리』, 경문사, 1991, 49~50쪽.

학정신의 세계사적 본령'[22]으로 삼았던 김동리의 문학관에 투영된 것은 아니었을까? 즉, 형성설과 함께 동아시아 신질서 형성을 위한 실천으로 미키 기요시가 구상했던 인식론적 모형이, 궁극적인 지향에서 동아협동체가 아닌 김동리가 추구했던 동양적 대 예지(叡智)의 문학으로, 동양적 휴머니즘이 제3기 휴머니즘으로 각기 옮겨왔던 것은 아닐까 하는 것이다.

'역사적 전승의 가장 원시적인 형식임과 동시에 가장 궁극적인 형식이고, 가장 오랜 형식임과 동시에 가장 깊은 형식'으로 미키 기요시가 주장한 설화의 세계는 그와 같은 문맥 하에 김동리 문학에서도 선호되었던 무대였다. 즉, 과거의 생활을 현재화하는 것이 아니고 오히려 그 현재성을 벗어나게 하는 것으로서의 역사적 시각은 설화의 형태로 살아남을 터, 이를 통해 김동리 소설의 최종적 지향인 생의 구경은 도달가능한 것이었다. 그렇게 볼 때 「검군」이 그 본격적인 시동을 알리는 기획의 첫 단추가 아니었을까? 이러한 추론대로라면 신라와 해방기, 곧 '과거와 지금을 현실적으로 결합'하는 형식으로서 설화의 세계 「검군」은 현실의 현실성을 떨쳐버린 한층 높은 현실의 역사가 될 수 있다. 그리고 그 순간 과거와 현재를 잇는 역사의 가교 위로 솟구쳐 올라 그 무시간적인 세계의 현현(顯顯)인 「검군」을 통해 김동리가 궁구해내고자 했던 보편적 진리는 두꺼비 설화로 암시되었던 약자의 논리에 무사히가 닿을 수 있게 되는 것이다.

....
22 김동리, 「본격문학과 제3세계관의 전망」, 『문학과 인간』, 민음사, 1997, 95쪽.

"검군 나라를위하여 고발을하소" ○다

"악부사람이 굼주려서오히려제정신을 지니기란극히어려운듯하네

   그리고 수달백령들은 평소나의 친구일세 그밖에네사람도 본시부량하거

나도적질할 위인들은 아니고"

"그렇지만 그쪽에서 불측한짓을하는데야 ……"

"그러니 나도 사헌원을찾어나선적도 없지않어있었네마는 그렇게도 걸

어지지않은걸음을 어떻게걸겠나?가지질않해서 결국못가고말었네"

"그렇지만 그렇게 까닭없이목숨을버린단말인가?"

"……"

"그럼 자네가 몸을 피해야지"

"…………"

"아까 자네 말처럼 고구려나 당나라로 아주 떠나기라도 하던지"

"그것도 여러번 생각해봤지만 내가왜 피해야 된단말인고?내가…"

"그러면 결국 ……"

"결국 죽고싶은것 아니지만 죽기실다고해서 못할짓을 하겠나? 떳〻한 길

이라 생각 된다면 가는데까지가보는게지… 그런데 자네 제쌀 넬 나한테 좀

보내주게"[23]

   절친한 동료 '악부'에게 '검군'은 자신의 고뇌를 이야기하며 그의 고

견을 청한다. '악부'는 동료 사인들의 부정을 사헌원에 고발하라 말하

나 '검군'은 이를 주저한다. '악부'는 '검군'이 까닭 없이 목숨을 버리려

23   김동리, 「劍君」, 『연합신문』, 1949.5.24.

니 차라리 고구려나 당나라로 떠날 것을 권고한다. 그러나 지극히 현실 정치의 논리에 충실한 인물로서 '악부'가 내놓는 답은 '검군'에게 해결책이 될 수 없었다. 동료 사인들이 저지른 부정이 그들의 심성 탓이 아니요 이성을 잃게 한 극심한 굶주림 때문이라 판단한 '검군'으로서는 사헌원을 향한 발걸음도 이방 세계로의 도피도 대안이 될 수 없기는 마찬가지였기 때문이다. 하여 마치 두꺼비가 능구렁이에게 스스로 잡아먹히듯 '떳떳한 길이라 생각된다면 가는 데까지 가보리라'던 길은 순열한 죽음일 수밖에 없었다. 그 순간 유언으로 남은 그의 '보검'을 능구렁이의 주검에 마련된 두꺼비 탄생의 자궁으로 비유컨대, 그것은 「검군」에 웅거하고 있는 정신주의의 성소가 된다.

'검군'의 살신성인을 통해 궁극에 이른 김동리의 정신주의는 이미 「윤회설」에서 그 맹아를 틔운 바 있다. 「윤회설」의 '성란'과 '혜련'은 관념의 세계 안에 갇혀 있는 '종우'의 삶의 태도를 정신주의라 규정하였는데, 실천을 결한 지식인의 자기변호에 불과한 것으로 그녀들의 눈에 비쳤기 때문이다. 그렇다면 '종우'의 정신주의는 어떻게 마련된 것이었나? 그것은 자본주의의 경제적 계급 모순과 공산주의의 경제결정론을 함께 비판하며 인간의 자유와 존엄, 그리고 개성을 옹호한 민족주의로 또 하나의 관념의 성이었다. 민족주의의 옹호로 귀결되는 이러한 비판 방식이야말로 나치나 이탈리아 파시즘의 이데올로기가 거의 대부분 이구동성으로 말하고 있는―자본주의도 사회주의도 모두 물질주의라는 동일한 지반 위에 서 있으므로 사회주의는 현대문명의 폐단을 진실로 구제할 수 없다는, 사회주의나 마르크스주의는 자본주의와 한통속이라는―바와 동부한다. 물질주의에 대한 대안으로서 파시즘이

2부_개작과 소설문학외사

내세우는 '정신주의'가 "실상은 대중의 눈을 사회기구의 근본적 모순으로부터 눈 돌리게 하고, 현실의 기구적 변혁 대신에 인간의 머릿속에서의 변혁, 즉 사고방식의 변혁으로 메우려 한다는 의미를 지니고 있"기에 "애초에 약간의 반자본주의적 색채를 띠고 나타나면서도 결국 독점자본에 봉사하는 역할을 수행한 이데올로기"[24]였음을 상기할 때, 「윤회설」에서 노정된 정신주의자 '종우'의 한계와 뒤이은 「검군」 창작 사이에는 간과되어서는 안 될 문맥이 놓여 있음을 보게 된다. '종우'가 곧 작가 자신의 해방기 자화상을 그린 것이라는 전제가 의심될 수 없는 사실이라면, 정신주의에 기댄 '종우'의 민족주의란 결국 자본주의와 마르크스주의를 둘 다 부정하는 포즈를 취한 파시즘적 민족주의 잠재태라 할 수 있으며, 따라서 위대한 과거 '신라혼'에서 그 같은 정신주의의 정수를 발견한 김동리가 이를 '역사 전승의 가장 생명적인 형식'인 설화적 세계, 곧 「검군」을 통해 설파한 것은 필연적인 수순을 밟아 간 셈이 된다. 그 순간 「검군」 창작은 혼미한 해방기 현실을 짐짓 갈무리할 찬란한 민족사의 재생으로서, 그리고 그와 같은 방식의 현실 초극을 가능케 하는 매개적 상상물로서의 소임을 동시에 부여받게 되는 것이다.

김범부의 『화랑외사』와 『김동리 역사소설』, 그리고 두꺼비 연작과 「검군」 사이에 걸쳐 있는 인식론적 계보의 지형도를 온전히 그려내는

---

24 마루야마 마사오, 김석근 역, 「일본 파시즘의 사상과 운동」, 『현대정치의 사상과 행동』, 한길사, 1997, 77~78쪽. 인격을 물질보다 상위에 두는 정신주의의 견지에서의 이러한 비판 방식의 일단은 1920~1930년대 일본 파시즘 운동의 주요한 인물 가운데 한 사람인 오오카와 슈메이의 주장에서도 확인된다. 일본 파시즘의 한 특질로서 정신주의적 태도에 관해서는 다음의 글을 참조하기 바람. 김철, 「김동리와 파시즘」, 『국문학을 넘어서』, 국학자료원, 2000.

작업이 그 자체로 새로운 역사의 재구임을 실증하는 데 지금까지 이 글은 먼 길을 돌아왔다. 그 결과 「검군」을 다시 읽는 일이 김동리의 해방기 정신사에 외삽되었을 무수한 담론들을 추리하는 과정에 다름 아니라는 사실을 인정하기에 이르렀다. 이로써 「검군」을 다시 읽어야 할 이유는 명백해졌다. 「검군」 창작에 얽힌 난마가 해방기 우리 근대의 맨 얼굴이요, 이를 감추고자 성소(聖所)로 추대된 정신주의가 여전히 우리 시대 민족주의에도 살아남아 번식을 멈추고 있지 않기 때문이다. 이 정신주의의 실체 없음을 실체화하는 비판적 인식만이 민족주의 극복의 첫걸음이라는 사실을 새삼 자각하게 되는 대목이다.

3장

망각된 한국전쟁기의 서사

    이 장에서의 논의는 한국전쟁기에 창작되고 발표된 김동리의 소설 작품들의 서지 사항을 확인 및 정리하고 여러 판본들의 차이를 비교하는 데 목적이 있다. 김동리는 다작의 작가인 동시에 다수의 개작을 통해 자신의 소설 미학적 완성도를 지속적으로 높여간 작가로 알려져 있다. 그의 이러한 창작 관행에서 한국전쟁기는 다소 예외적인 시간이었다. 우선 해방 직전 5년, 즉 1941~45년까지 문학적 암흑기를 제외한다면 상대적으로 창작활동이 가정 저조했던 기간이다. 반면에 작품의 완성도를 높이기 위한 목적에서라고 보기 어려운 개제와 개작이 가장 빈번하게 행해졌던 때이기도 하다. 심지어 전쟁 전에 발표된 작품에 대한 개제 혹은 개작이 이루어지기도 했다. 일례로 1946년 『백민(白民)』(백민문화사) 12월호에 처음 발표된 「미수(未遂)」의 개제를 들 수 있다. 김동리는 이 작품을 1963년에 발간한 창작집 『등신불(等身佛)』에 수록하며 그 후기에서 "「근친기(覲親記)」, 「미수(未遂)」, 두 편을 넣은 것은, 내가 부산으로 피난가 있을 때, 그곳 형님댁에서 돌아가신 어머님을 나름대로 가만히 추모하는 뜻에서요"[1]라고 말한다. 전전(戰前)에 창작된 사실이 분명한 해당 작품을 두고 이와 같이 회상한 이유가 궁금해진다. 그 답은 1952년 『희망(希望)』(희망사) 5월호에서 발견된다. 바로 『백민』에 발표했던 「미수」를 이 잡지에 「제사(祭祀)」로 개제하여 실었던 사실을 김동리가 기억해낸 것이다.

김동리 소설문학에 관한 연구에서 이 기간이 특별한 의미를 갖는 데는 또 다른 이유가 있다. 이데올로기의 격전장이었던 해방기의 특수한 정치적 상황이 남북 간의 물리적 충돌로 전화된 순간이 바로 한국전쟁이다. 김동리는 해방공간에서 우익문단의 실질적인 올그였기에 한국전쟁기 그의 문학적 대응은 그 자체로 큰 관심사가 아닐 수 없다. 굳이 그와 같은 이력이 아니더라도 전쟁이라는 극한의 상황에서 작가들의 문학적 생산 활동은 평시와 분명 다를 수밖에 없을 터, 당시 순수문학을 대변하던 그의 행보에 귀추가 주목되는 것은 당연하다. 이렇듯 한국전쟁기는 김동리 문학세계에서 중대한 결절점의 하나임을 부인하기 어렵다.

한국전쟁기에 창작되고 발표된 김동리 소설 작품들에 관한 기존 서지 연구에서 드러난 오류들을 바로잡기 위해 이 글이 시발점으로 삼은 것은 민음사 간행 전집이다. 이를 기준으로 각각의 텍스트 변천사를 면밀히 역추적하여 텍스트 간 차이를 논구하고자 한다. 편의상 작품별로 독립된 논의를 전개할 것인 바, 소제목으로 제시될 작품명은 현재까지 확인된 가장 이른 시점의 판본 제목을 사용했다.

---

1 김동리, 「後記」, 『等身佛』, 正音社, 1963, 365쪽.

「P一等兵」

　1951년 4월 초판이 발행된 『문단육십인집(文壇六十人集) 승리(勝利)를 향(向)하여 제일집(第一輯)』에 수록된 작품이다. 글의 말미에 부기된 '三月二十日'이 그 집필 시기를 말해준다. 실제 학도병으로 전투에서 부상당한 'P일등병(一等兵)'이 증언하는 전장의 참혹함이 주된 내용이다. "安東附近에서 永川方面으로 밀릴때의 그苦戰이란 말할수없는것이었다고한다"[2]는 서술에서 알 수 있듯이 서술자인 '나'의 질문에 'P일등병'이 답하는 인터뷰 형식의 글로서 완결된 한편의 소설 작품이라 하기에는 다소 무리가 있다. 길이만 놓고 보자면 '장편소설'의 범주에 포함시킬 수도 있을 것이다. 그러나 본래 '풍자적인 짧은 이야기'로 정의되는 '장편소설'과는 성격상 차이가 있다.

　이 작품이 수록된 텍스트는 전시판 '전우위문문집(戰友慰問文集)'으로 소설집이 아닌 문집이었다. 그런 만큼 다양한 성격의 글이 수록되었다. 육십 인에 이르는 필자 역시 시인, 소설가에서 대학교수에 이르기까지 다채로운 것을 볼 수 있다. 이 같은 주변 사실과 배치되게 이 텍스트를 단편소설의 맹아로 볼 수 있는 여지 역시 존재한다. 서사적 글쓰기라는 점이 우선 그러하거니와, 같은 해 9월에 발표된 단편 「상병(傷兵)」에 등장하는 상이군인 모티프가 이 텍스트와 결코 무관해 보이지 않는다. 실제로 이 작품은 한국전쟁기 김동리의 서사물 가운데 시기적

2　김동리, 「P一等兵」, 『文壇六十人集 勝利를 向하여 第一輯』, 全國共産主義打倒聯盟, 1951, 92쪽.

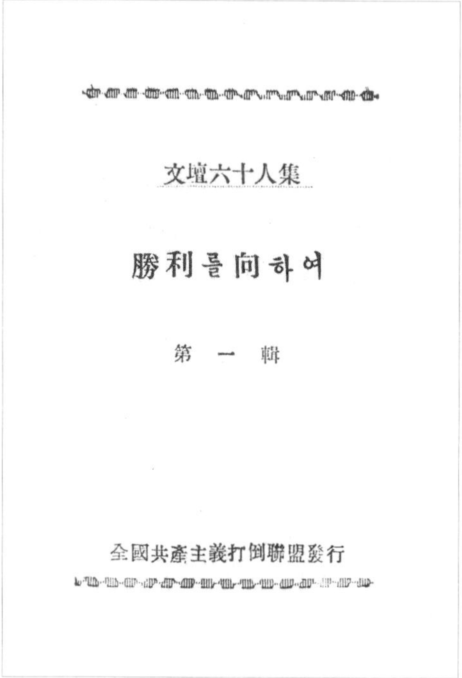
文壇六十人集

勝利를向하여

第 一 輯

全國共產主義打倒聯盟發行

〈그림 10〉『문단육십인집 승리를 향하여 제일집』
(전국공산주의타도연맹, 1951.4)

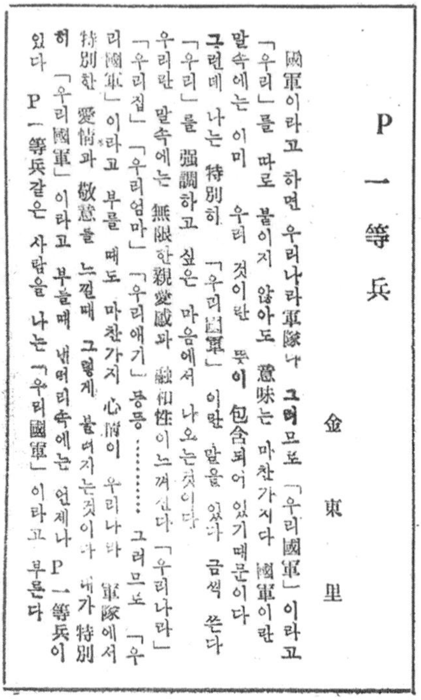
P 一等兵

金東里

國軍이라고 하면 우리나라軍隊나 그러므로 「우리國軍」이라고
「우리」를 따로 붙이지 않아도 意味는 마찬가지다 國軍이란
말속에는 이미 우리 것이란 뜻이 包含되어 있기때문이다
그런데 나는 特別히 「우리國軍」이란 말을 잇자금 쓴다
「우리」를 强調하고 싶은 마음에서 나오는것이다
우리란 말속에는 無限한親愛感과 融和性이느껴진다「우리나라」
「우리집」「우리엄마」「우리애기」등등………그러므로 「우
리國軍」이라고 부를 때도 마찬가지 心情이 우리나라 軍隊에서
特別한 愛情과 敬意를 느낄때 그렇게 불려지는것이다 내가 特別
히 「우리國軍」이라고 부를때 내머리속에는 언제나 P一等兵이
있다 P一等兵같은 사람을 나는「우리國軍」이라고 부른다

〈그림 11〉「P일등병」(『문단육십인집 승리를 향하여 제일집』, 전국공산주의타도연맹, 1951.4)

으로 가장 맨 앞자리를 차지하고 있다. 비록 소품에 불과하지만 전쟁을 정면으로 문제 삼고 있다는 점만으로도 장르적 판별을 떠나 이 시기 김동리 소설 연구에서 반드시 거론해야 할 텍스트인 것이다.

「어떤 相逢」

현재까지 확인된 이 작품의 최초 발표 지면은 1951년 5월 25일 발행된 『사병문고(士兵文庫) 2 단편소설집(短篇小說集)』(육군본부정훈감실)이다. 같은 해 김동리의 세 번째 창작집 『귀환장정(歸還壯丁)』(수도문화사, 1951)에는 「상면(相面)」이란 제목으로 개제되어 실렸다. 이때 제목만이 바뀐 것이 아니라 작품 도처에 손질이 가해졌다. 서사의 얼개는 크게 달라지지 않았으나 적지 않은 차이가 나타난다. 우선 시공간적 배경 변화에 따라 분절된 4개의 장 구분을 들 수 있다. 개작의 흔적이 역력한 서술 또한 전체적으로 추가되었다.

〈그림 12〉 『사병문고 2 단편소설집』
(육군본부정훈감실, 1951.5)

일례로 다음과 같은 부분이 새로이 삽입되었는데, 아들 '봉호'를 면회 가기 위해 여비를 빌리는 순간 '석규'의 내면을 서술한 내용이다.

그돌려 쓰는 데라고 하는 것이 곧 양생원 한테서지만, 그러나 그 양생원도 그것이 나중 나올 데가 빤한 농사 미천이기 때문에 안심하고 해마다 돌려주는 게지 석규 한 사람의 이름이나 얼굴을 믿고 주는 것은 아니다.[3]

이처럼 「어떤 상봉(相逢)」은 보다 상세한 심리 및 상황 묘사를 통해 현실감을 높이는 방향에서 「상면」으로 개작되었다. 그 결과 문체 면에서 간결함이 떨어지고 사건 전개 역시 다소 느슨해지는 손실을 피해갈 수 없게 되었다. 일부 장면 혹은 표현이 생략되거나 간략해진 것이 그 직접적인 요인이다. 이 작품이 군인 신분의 아들과 면회 간 아버지 사이에 감도는 미묘한 심리 관계를 통해 전시체제의 일단을 포착하고 있다는 점을 감안한다면, 이 같은 차이는 가볍게 볼 수 없는 변개이다. 전쟁에 대한 비판의식이 개작과 함께 강화된 것이라 볼 수 있기 때문이다.

이후 이 작품은 작품집『꽃이 지는 이야기』(태창문화사, 1978)에 「어떤 상봉」으로 재수록된다. 그 원 텍스트는 「상면」이 아닌 「어떤 상봉」이었다. 그리고『김동리 전집』2(민음사, 1995)는 이 작품을 「어떤 상봉」으로 수록했다. 전집 간행 당시『귀환장정』에 실린 텍스트가 참조되지 않은 탓에 개작의 내용이 반영되지 못한 것이다. 작품 제목과 관련하여 한 가지 흥미로운 사실이 창작집『귀환장정』의 후기에서 발견된다. 김동리는 이 글에서 해당 작품집에 실린 네 편 가운데 「귀환장정」과 함께 「어떤부자(父子)」라는 작품이 1951년에 씌어졌다고 말하고 있다. 작품집『귀환장정』에 수록되기 전 「상면」이 「어떤부자」라는 제목으로 다른 지면에 발표되었다는 언급이다. 이때 「어떤부자」는 곧 「상면」을 지칭하는 것으로, 그것이『사병문고 2 단편소설집』에 실린 「어떤 상봉」의 제목을 잘못 기억하여 술회한 것임을 알 수 있다. 이처럼 개제와 개작을 거듭한 이 작품에 대해 김동리는『귀환장정』의 후기에서 "父子間

---

3   김동리, 「相面」,『歸還壯丁』, 首都文化社, 1951, 32쪽.

이나 兄弟間이나 또는 相思間이나, 그러한 사이의 사람과 사람이 한번 맞나 본다는 것, 그것도 하로 밤을 같이 있다든가 그런 것도 아니요, 다만 十五分間이나 三十分間 쯤 담장 밑이나 객주집 같은데서, 맞나보고, 헤인다는 것, 그 十五分이나 三十分을 가지기 위하여 能히 世界를 버릴 수도 있다는 이야기"[4]로 소개한 바 있다.

「歸鄕附壯丁」

이 작품이 『신조(新潮)』(신조사) 1951년 6월호에 처음 발표되었을 당시 그 제목은 「귀향장정(歸鄕壯丁)」이었다. 작품 말미에 '四월 六일'이라는 시간이 부기되어 있는 것으로 보아 잡지 발간 두 달여 전에 탈고된 것으로 추정된다. 그리고 약 6개월 뒤에 김동리의 세 번째 창작집 『귀환장정』에 「귀환장정」이라는 제목으로 개제되어 수록되는데, 「후기(後記)—소편(所編) 4작(四作)에 대(對)하여」에서 밝히고 있는 탈고 시점은 '今年봄', 즉 1951년 봄이다. 이 후기에 부기된 '辛卯 十一月 日 釜山에서 著者 志之'는 이 작품집의 편집 시점과 출간 지역을 말해주고 있다.

제이국민병 문제를 소재로 전쟁의 허구성과 그 이면을 날카롭게 들추어내고 있는 이 작품의 원명은 앞서 언급한대로 「귀향장정」이었다.

....
4   김동리, 「後記」, 『歸還壯丁』, 首都文化社, 1951, 149쪽.

창작집 제목이 『귀환장정』으로 내걸리면서 이후 '귀향장정' 대신 '귀환장정'이 공식 제목으로 통용되기 시작한 것이다. 『김동리 전집』 2에는 앞의 두 텍스트 중 어느 하나가 아니라 『김동리대표작선집』 1(삼성출판사, 1967)에 수록된 판본이 채택되었다. 그 결과 전집의 소설연보는 발표지와 발표일을 각각 '신조', '1951.6'로 밝히면서 정작 작품 제목은 '귀환장정'으로 표기하는 오류를 범하고 말았다.

『신조』에 발표된 「귀향장정」과 창작집 『귀환장정』의 「귀환장정」, 그리고 『김동리대표작선집』 1에 실린 「귀환장정」 간에는 제목 이외에 표현상의 차이가 발견된다. 우선 첫 번째 텍스트에서 한자로 표기되었던 단어가 두 번째 텍스트에서 일부 한글로 바뀐다. 그런가 하면 표현상에서도 미세한 변화가 나타난다. 세 번째 텍스트는 두 번째 텍스트를 전반적으로 추종하고 있지만, 또 다른 차이를 보여준다. 다음의 인용문들에서 이러한 차이들을 단적으로 확인할 수 있다.

① 그들은 본래 같은 안양서 왔다고는 하지만, 의권은 안양읍에서 자전거포를 가지고 있었고, 상복은 읍에서 한 시오리나 떨어진 곳에서 그의 三촌의 포도원의 원정(園丁) 노릇을 하고 있었으므로, 얼굴은 서로 몇 번본듯했으나, 정말 알게 된 것은 역시 훈련소에 들어와서였다.[5]

② 그들은 본래 같은 안양서 왔다고는 하지만, 의권은 안양읍에서 자전거포를 가지고 있고, 상복은 읍에서 한 시오리나 떨어진 곳에서 그의 삼촌의

---

5   김동리, 「歸鄕壯丁」, 『新潮』, 新潮社, 1951.6, 59쪽.

포도원에서 일을 하고 있었으므로, 얼굴은 서로 몇 번 본듯 했으나, 말하게 된 것은 역시 훈련소에 들어와서였다.[6]

③ 그들은 본래 같은 안양서 왔다고는 하지만, 의권은 안양읍에서 자전거 포를 가지고 있었고, 상복은 읍에서 한 시오 리나 떨어진 곳에서 그의 삼촌 의 포도원에서 일을 하고 있었으므로 얼굴은 서로 몇 번 본 듯했으나, 가깝 게 된 것은 역시 훈련소에 들어와서였다.[7]

개작이라고까지는 할 수 없으나 작자의 개입이 충분히 의심되는 지 점들이다. 눈여겨보아야 할 사실은 최초 발표지『신조』와 창작집『귀 환장정』의 본문에서 모두 두 차례에 걸쳐 '귀환장정'이 아닌 '귀향장정' 이라는 표현이 등장한다는 것이다. 작자가 애초에 의도했던 작품명이 '귀향장정'이었음을 짐작케 하는 대목이다. 그러나 내용을 살펴보면 이 제목이 적절치 않다는 것을 알 수 있다. 두 주인공 '의권(義權)'과 '상 복(相福)'이 김해의 장정대기소에서 제대하여 향하는 곳은 피난지 부산 이다. 고향 안양은 이미 적 치하에 들어갔기에 가족들이 모두 남쪽으 로 내려왔다는 풍문에 의지하여 김해에서 가까운 부산으로 길을 잡은 것이다. 이러한 서사적 흐름에서 보자면, 그 제목으로 '귀환장정'이 옳 다. 작자 역시 이 점을 뒤늦게 인식하고 개제했으나 정작 본문의 표현 까지는 손보지 못했던 것이었으리라. 창작집 판본을 부분 손질하여 수 록한 것으로 보이는『김동리대표작선집』1에서 이는 한 곳만 수정된

---

6   김동리,「歸還壯丁」,『歸還壯丁』, 首都文化社, 1951, 15쪽.
7   김동리,「歸還壯丁」,『김동리대표작선집』1, 삼성출판사, 1967, 170쪽.

다. 그러던 것이 『김동리 전집』 2에 이르러 두 곳 모두 '귀환장정'으로 바로잡힌다.

「스딸린의老衰」

〈그림 13〉「스딸린의노쇠」(『영남일보』, 1951.6.7)

한명환이 한국전쟁기 대구경북지역 신문들에 실린 연재소설들을 발굴해냄으로써 처음 그 존재가 알려지게 된 작품이다.[8] 1951년 6월 7일자부터 18일까지 총 8회에 걸쳐 『영남일보(嶺南日報)』에 연재되었다. 소

8   한명환, 「한국전쟁기 신문소설의 발굴과 문학사적 의의―전시 대구경북지역 신문소설을 중심으로」, 『현대소설연구』 20호, 한국현대소설학회, 2003, 135~136쪽.

련이 한국전쟁에 개입하게 된 내막에 대한 노쇠한 스딸린의 내면의식이 그 주요한 내용이다. 3차대전을 일으킬 각본을 가지고 장비가 열악한 중국을 한국전쟁에 끌어들이나, 항공모함과 원자탄을 지닌 영국 해군력과 미국 공군력의 막강함에 스딸린은 위기감을 느낀다. 김동리는 "지금스딸린은 커피한잔을거진다마시어간다 여기서우리는 제○○호 특수데레비존을 그의대뇌(大腦)속을비치어보기로한다"[9]라는 서술로써 스딸린의 내면에 대한 상상적 형상화를 시도한다. 이어 일인칭시점과 삼인칭시점의 서술을 일시 교차시키는가 싶다가 이내 연재 3회부터 8회까지 스딸린의 내면독백만으로 작품을 완결 짓는다.

한명환은 이 작품의 창작 배경을 1·4후퇴 직후 전세가 암울한 가운데 후방의 사기를 북돋우려 한 취지에서 찾는다. 그리고 김동리 소설 창작 경향을 생각할 때 꽤 새롭고 획기적인 정치군사적 전략을 내포한 단편소설이라는 점을 들어 그간의 반정치적인 문학론과 정면으로 배치되는 성격의 소설로 분류한다. 그러나 그와 같은 기획 의도를 충분히 감당하기에는 작가의 역량 면에서 역부족이었다고 말한다. 그리고 순수 또는 본격을 표방하면서 '신당(神堂)으로의 도피'를 모색해온 김동리가 구체적 이념 현실과 조우하였을 때 발생한 실패작이라는 점에서 연구적 가치가 높다고 평가한다.[10]

김동리 소설문학의 계보에서 차지하는 이 작품의 위치에 관한 한명환의 설명은 비교적 타당하다고 판단된다. 그러나 미완의 작품인가에 대해서 필자는 다소간 회의적인 견해를 갖고 있다. 이에 대해 김주현

9　김동리, 「스딸린의老衰」, 『嶺南日報』, 1951.6.7.
10　한명환, 앞의 글, 136쪽.

은 "대호평리에 연재 중인 김동리 씨 작 「스탈린의 老衰」는 작자의 부득이한 사정으로 연재를 중지하게 되었다"[11]는 신문사의 사고와 '스탈린의 뇌리에 비친 삼차전의 구상'이 나오지 않는 한 작품이 끝날 리 만무하다는 의견을 내놓았다. 그러나 해당 사고는 어디까지나 작품 내적으로 더 이상의 서사 전개에 따른 연재가 불가능한 상황에서 내린 신문사의 사후적인 해명일 뿐이다. 기 연재된 내용에 근거하여 서사 내적인 논리를 따져보았을 때, 그리고 해당 소재에 대한 작가적 역량을 고려했을 때, 더 이상 장편으로 연재되기 어려운 작품이라는 것을 알 수 있다.

우선 연재 1회분에 나타난 '스딸린의 뇌쇠(腦衰)에 비췬 삼차전(三次戰)의 구상(構想)'라는 부제를 유심히 볼 필요가 있다. 장 제목이 아닌 단순 부제라는 점에서 이 작품의 전반적인 내용이 이에 압축내지는 함축되었다고 할 수 있을 것이다. 실제로 총 8회의 연재분은 이 부제에 온전히 충실한 내용으로 구성되어 있다. 부제에 충분히 값하고 있는 것이다. 또 하나 '장편소설'이 아닌 단순 '연재소설'이라는 타이틀이 내걸렸다는 사실이다. 처음부터 장형의 연재물로 기획되지 않았다는 것이다. 이를 뒷받침하듯 이 작품의 연재에 앞서 장형의 신문연재소설 앞에 예고되게 마련인 연재광고가 발견되지 않는다.

이 작품의 연재 중단과 관련하여 연재 마지막 회와 같은 지면에 실린 「원자폭탄(原子爆彈)은 이미 발물(發物) 미원자과학자(美原子科學者)가 언명(言明)」이라는 제목의 기사가 눈길을 끈다. 1·4후퇴 후 원자탄을

---

11 「社告」, 『嶺南日報』, 1951.6.22.

미국이 사용하여 전쟁을 승리로 이끌 것이라는 국민적 기대감에 부응하기 위한 차원에서 실린 기사임을 알 수 있다. 결과적으로 김동리가 그와 같은 당시의 분위기를 「스딸린의노쇠」라는 소설 창작을 통해 고무시킨 것이다. 따라서 이 작품이 부제를 통해 예고한 내용 그 이상의 서사전개를 애초에 기획했다고 보기는 어렵다. 지극히 시의적인 소재로써 시대적 요구에 편승한 문학적 생산활동이었던 셈이다. 이러한 목적의식성 탓에 이 작품이 미학적 결함을 지닌 실패작으로 귀결되었다고 말한다면, 정당한 평가일 수 있다. 그러나 그것이 곧 미완 혹은 중도하차작으로 볼 근거가 될 수는 없는 노릇이다.

「傷兵」

「상병(傷兵)」은 전집의 소설연보에 아예 빠져 있는 작품이다. 현재까지 확인된 바에 의하면, 이 작품의 최초 발표 지면은 1951년 9월에 발간된 『한국공론(韓國公論) 걸작단편(傑作短篇) 소설특집(小說特輯) 전시호(戰時号) 제삼집(第三輯)』(한국공론사)이다. "現役作家에서 가장 人氣 높은 七氏의 自負作을 얻었다. 모두 各氏의 代表作으로서 我韓國文壇의 劃期的인 收獲이라 아니 할수 없다"는 편집후기가 말해주듯이 「상병」이 수록된 이 전시호는 7인의 공동 작품집으로 꾸며졌다. 이후 「풍우가(風雨歌)」로 개제 및 개작되어 1951년 잡지 『협동』(대한금융조합연합회) 11월호에 상편이, 1952년 신년호에 하편이 각각 연재되었다. 그리고 연이어 『서울신문』(1952.1.6~14)에 연재되는데, '순정기(純情記)'와 '순정설(純情說)'로 제목이 달랐다. 첫 회 연재 시에만 '순정기'라는 제목이 사용된 사실로 미루어 볼 때, 작자가 염두에 둔 제목은 '순정설'이었던 것으로 보인다. 편집자의 실수로 잘못 표기된 것이다 (이하 '순정설'로 칭함).

이와 별개로 『한국공론 걸작단편 소설특집 전시호 제삼집』이 1952년 8월 『걸작소설선집(傑作小說選集)』(현암사)으로 재판되면서 「상병」은 또 한 번 지면화된다. "이 小說集은 昨年十月에 月刊 韓國公論戰時號 第三特輯으로서 世上에 紹介된것으로서 發賣開始 不過 一週餘日에 賣盡되어 再版할 計劃이였었으나 不得已한 事情으로 그만 두게 되었던것을 이제 玄岩社가 이를 單行本으로서 再刊하는것이다"[12]라는 편자의 말에서 알 수 있듯이 이때 작품집의 타이틀만이 바뀌었다. 1957년 이 작품집이 『향화(香花) 외육편(外六篇)』(혜문사)라는 제목으로 재간되었을 때 역시 같은 판형이 쓰였고, 따라서 수록작명은 「상병」으로 동일했다.

전시하 남녀 간의 사랑을 다룬 이 작품은 상이군인이 된 약혼자, 그리고 그와의 결혼을 두고 주저하는 여인 간의 갈등이 중심 모티프이다. 최초본인 「상병」의 경우 상이군인의 육체적, 정신적 상처에 초점을 맞춘 제목이다. 이를 개제한 「풍우가」는 '風雨'로 상징되는 전시 상황에 주목한 제목임을 알 수 있다. 한편 두 남녀의 순수한 사랑이 작품의 주제라는 측면에서 보자면 '순정설'이라는 신문 연재본의 제목 역시 나름 타당한 측면이 있다. 이 같은 일련의 개제를 둘러싼 작자의 의도를

---

12 「머릿말」, 『傑作小說選集』, 玄岩社, 1952.

정확히 추정할 수는 없으나, 하나의 작품을 다른 지면에 발표하는 과정에서 취해진 불가피한 선택으로 보인다. 예컨대 신문 연재본의 제목 '순정설'의 경우 통속적 재미를 추구하게 마련인 신문소설로서 대중성을 의식한 개제라는 것을 알 수 있다. 따라서 이러한 개제 역시 개작의 한 부분으로 볼 여지가 있다.

공동 작품집과 잡지 연재본, 그리고 신문 연재본 사이에는 적지 않은 차이가 있다. 먼저 공동 작품집과 잡지 연재본은 7개의 장으로 이루어져 있으며, 두 텍스트의 분장 지점이 일치한다. 다만 잡지 연재본의 경우 제5장이 상편과 하편에 걸쳐 있는 점이 다를 뿐이다. 신문 연재본은 이를 총 9회에 걸쳐 나누어 연재했다. 잡지 연재본의 일부 내용이 신문 연재본에서 빠진 것을 제외할 때, 장과 회의 구분은 잡지 연재본의 제4장까지와 신문연재본 4회까지가 대체로 일치한다. 그러다 결혼 문제를 두고 '미리'와 갈등하는 '석운'의 심리묘사 부분에서부터 잡지 연재본의 분장은 신문 연재본의 분회와 달라진다. 두 중심인물 사이의 갈등이 표면화되는 대목을 보다 긴장감 있게 처리하려 한 데서 발생한 변화로 추정된다. 다음의 인용문에서 이들 세 텍스트의 분장과 개작 양상에 따른 차이를 한눈에 확인할 수 있다.

① 미리의 말이 채 맺어지기 전에 그 불꽃이 일듯한 두 눈으로 미리의 두 눈을 뚫어지게 드러다 보고있던 석운은 돌연히 의자에서 엉둥이를 갱충 솟구처 올닐듯 하며

"누구를 위해서요?"

하고 호령하듯 소리를 질렀다.

그러나 미리는 석운의 이 돌발적인 무서운 행동에 눈썹도 하나 까딱하지 않고 선채 침착한 목소리로

"당신을 위해서 …… 당신을 지키기 위해서 …… 저 그렇게 생각했어요 ……"

역시 외치듯이 또렷한 목소리로 말했다.

그는 이때 처음으로 석운에게 '당신'이란 말을 썼다.

"……"

석운은 어느듯 고개를 푹 수그리고 있었다. 그리고는 조용히 그것을 좌우로 한번 돌렸다.[13]

② 그러나 석운은 오래 동안 고개를 숙으린채 묵묵히 앉아 있었다. 그는 조용히 고개를 들자 의외로 쌀쌀한 비웃는듯한 눈으로 미리를 노려보고 있었다.[14]

미리는 석운의 이 격동적인 몸짓에, 그러나 눈썹도 하나 까딱하지 않았다.

"석운씨를 위해서 석운씨를 지키기 위해서 …… 저 그렇게 생각 했어요 ……"

미리는 침착한 목소리로 이렇게 말했다.

"………"

석운은 어느듯 고개를 푹 숙으리고 있었다. 그리고는 조용히 그것을 좌우로 한번 돌렸다.[15]

13 김동리, 「傷兵」, 『韓國公論 傑作短篇 小說特輯 戰時号 第三輯』, 韓國公論社, 1951.9, 210~211쪽.
14 김동리, 「風雨歌 (上)」, 『協同』, 大韓金融組合聯合會, 1951.11, 140쪽.
15 김동리, 「風雨歌 (下)」, 『協同』, 大韓金融組合聯合會, 1952.1, 148쪽.

③ 그러나 석운은 오래동안 고개를 숙으린채 묵묵히 앉아 있었다. 그는 조용히 고개를 들자 의외로 쌀쌀한 비웃는듯한 눈으로 미리를 노려보고 있었다.[16]

① 「상병」→ ② 「풍우가」→ ③ 「순정설」, 즉 공동 작품집 → 잡지 연재본 → 신문 연재본 순의 흐름에서 개제 및 부분 개작 양상의 특징적 국면이 목격된다. 보다 간결해지는 서술상의 변화는 중심인물들 간 갈등을 고조시키는 효과로 나타나고 있다. 물론 작자가 실제로 이를 계산해 넣고서 행한 것이지 해당 지면의 구속성, 곧 잡지와 신문이라는 한정된 지면 요건에 맞추기 위해 행한 손질인지는 알 길이 없다. 하지만 공동 작품집의 「상병」에서 여주인공 '미리'가 '석운'과의 결혼을 결심하며 "'명성 타이피스트 학원'의 학생이 되었"던 것이 잡지 연재본과 신문 연재본에서 "'명성 타이프라이트 학원'의 학생이 되었"던 것으로 바뀐 사실에 주목하자면, 단순히 외부 요인 때문에 수정한 것으로는 보이지 않는다.

16　김동리, 「純情說」, 『서울신문』, 1952.1.10.

「남으로 가는 길」

전집의 소설연보에 「남로행(南路行)」으로 기재된 작품의 개제작으로 추정된다. 지금까지 확인된 바에 의하며 『중등국어』 I ~ II에 실린 판본이 시기상 가장 앞선다. 이 판본 이후에 다른 지면에 재수록된 바 없으며, 전집 간행 과정에서도 빠졌다. 전집의 소설연보에서는 그 창작 시기를 1951년으로 밝히고 있으며, 작품명은 '남로행'이다. 1952년 '대한문교서적주식회사'에서 간행한 교과서에는 '남으로 가는 길'이란 제목으로 실렸다. 김주현은 「남으로 가는 길」이 '남로행'을 풀어 쓴 제목으로 전제하는 가운데 이 작품을 전쟁소설로 규정하거니와, 전쟁 상황에서 자기의 역할과 소임에 충실한 '김영근'이라는 순경의 묘사를 통해 참다운 인간상을 제시하고자 한 작품으로 파악하고 있다.[17]

이 작품이 교과서에 수록되었다는 사실은 그 이전에 발표된 바 있음을 자연스럽게 전제한다. 즉, 「남으로 가는 길」에 앞서는 판본이 있다는 것이다. 전집의 소설연보가 증언하고 있듯이 그 텍스트는 교과서 판본보다 한 해 앞선 1951년에 '남로행'이라는 제목으로 지면화되었을 공산이 크다. 이에서 한 가지 분명한 사실은 본문의 개작까지는 몰라도 최소한 개제는 확실하다는 점이다.

---

17 김주현, 「떨림과 여운―김동리의 미발굴 소설 찾아 읽기」, 『작가세계』, 세계사, 2005 겨울, 77쪽.

「우물과 감나무와 고양이가 있는 집」

이 작품은 1952년 6월 『공군순보(空軍旬報)』 17~18호에 처음 실렸다.[18] 이후 1979년 작품집 『꿈 같은 여름』에 「우물과 고양이와 감나무가 있는 집」으로 제목의 어순이 바뀌어 수록되었다. 전집의 연보는 이 작품을 동화로 분류하여 앞의 작품집에 수록된 사실을 밝히고 있다. 어린 '나'의 시선에 비친 누님의 삶을 몇 개의 삽화로 그린 이 작품의 주요한 배경은 한국전쟁이다. 누님의 남편, 곧 '나'의 매형은 해군 장교로 전쟁의 풍화 속에서 전사한다. 휴전이 되고 환도했을 때 중학 삼학년이 되어 있었던 나는 늙은 사돈댁 마누라와 함께 어린 조카를 키우며 살고 있는 누님과 눈물로 재회하나 이내 그 집을 뛰쳐나오고 만다.

김동리는 '소년 소녀 소설집' 『꿈 같은 여름』(자유문화사, 1979)에 이 작품을 수록하며 「책 뒤에 붙이는 말」에서 아동문학의 요건을 다섯 가지로 밝힌 바 있다. 그 가운데서도 특히 "동화에서 꿈과 환상을 존중할 것은 물론, 소설에서도 현실적인 가치 의식보다 시적 정서와 분위기를 중시할 것(내용면에서)"[19]이라는 세 번째 요건이 눈길을 끈다. 이와 같은 아동문학론에도 불구하고 전쟁이라는 창작 시기와 관련하여 현실 상황을 온전히 외면할 수 없었던 사정을 이 작품은 극명하게 보여준다.

---

18 신영덕, 「1950년대 공군 기관지 소설의 담론 양상」, 『한중인문학연구』 19호, 한중인문학회, 2006, 323쪽.
19 김동리, 「책 뒤에 붙이는 말」, 『꿈 같은 여름』, 자유문화사, 1979, 221쪽.

「한내마을의 傳說」

「한내마을의 전설(傳說)」은 현재 확인된 바에 따르면, 1952년 12월에
발간된 『농민소설선집(農民小說選集)』1(대한금융조합연합회)이 그 최초 발
표 지면이다. 이 텍스트의 말미에는 "壬辰 十一月", 즉 1952년 11월이
라는 부기가 표기되어 있다. 이로써 그 창작 시점을 알 수 있다. 탈고
시점과 출간 사이에 약 한 달여의 간극이 있는 것으로 보아 해당 선집
이 최초 발표 지면일 가능성이 높다. 그러나 이 작품이 실린 텍스트가
'농민소설선집'이라는 사실은 그와 같은 판단에 주의를 요한다. 우선
김동리 외 6인 작가들의 작품을 대상으로 한 선집이라는 점이 시사하
는 바, 이에는 기존 작품 가운데 선별하였다는 사실이 자연스럽게 전
제된다. 물론 특정 주제에 근거하여 기획된 선집이기에 그에 부합하는
작품을 새롭게 창작하여 실었을 수 있다. 결과적으로 두 가지 가능성
이 모두 열려 있는 셈이다. 지면을 달리하여 게재할 때 으레 개제 혹은
부분적인 개작을 감행했던 김동리의 창작 관행을 생각한다면, 이 작품
또한 예외로 보기 어려울 것이기 때문이다.

이 작품은 1957년 『단편사인집(短篇四人集)』(우생출판사)에 「정씨가(鄭
氏家)의 계보(系譜)」로 개제되어 수록된다. 그리고 다시 작품집 『등신불
(等身佛)』(정음사, 1963)에 「한내마을의 전설」로 재수록된다. 『김동리 전
집』2는 그 출전을 작품집 『등신불』로 밝히고 있다. 이에서 한 가지 의
문스러운 점은 『농민소설선집』1에 부기되었던 "壬辰 十一月"이 『단편
사인집』에서 사라졌다가 작품집 『등신불』에 수록된 판본에서 다시 발

견된다는 사실이다. 이에 근거하여『등신불』에 수록된 판본의 저본이
『농민소설선집』1에 실린 동일 제목의 텍스트였을 것이라는 추정이
가능하다. 그 같은 차이들을 괄호 치고 볼 때, 이 작품은 개작이라 할
만한 변화를 겪지 않았다.

이 작품은 낙동강 지류 다평강이 바라보이는 한내 마을을 배경으로
쇠락해가는 '정진삿댁' 집안의 내력을 다루고 있다. 돌개바람으로 상
징되는 해방 전후의 정치적 격변과 당시 농촌 현실의 틈새에서 신분의
벽에 부딪히는 남녀의 사랑이 그 대강의 줄거리다. 한국전쟁기에 씌어
졌으나 전쟁 발발 직전이 시간적 배경인 이 작품은 '농민소설선집'이라
는 발표지 성격에 부합하는 주제의식을 바탕에 깔고 있다.

「避乱記」

신문기자 병수 가족의 피난사를 다룬「피란기(避亂記)」는 1952년 5월
『화랑휘보(花郎彙報)』에 게재된 작품이다. 이후 같은 해 12월에『체신
문화(遞信文化)』에「난중기(亂中記)」로 개제되어 재발표되는데, 작품 말
미에 "四二八五年十一月六日"이란 기록이 있어 이 작품의 개제 및 수정
시점을 정확히 말해주고 있다. 이어 이 작품은 1953년 3월 31일 발간
된 소설집『해병(海兵)과 상륙(上陸) 제일집(第一輯)』(계문출판사)에「폭풍
(暴風)속의 인정(人情)」으로 또 한 번 제목이 바뀌어 수록된다. 재미있는

사실은 이 판본에도 작품 말미에 "二月六日"라는 부기가 등장한다는 점이다. 이들 부기가 각 텍스트의 개제 및 개작 시점을 명확히 알려주고 있는 셈이다.

이 세 판본 중 「난중기」와 「폭풍속의 인정」 두 판본을 비교하는 것만으로도 개작이라 판정할 만한 차이가 발견된다.[20] 우선 「폭풍속의 인정」에는 '아버지와 그아들들'이라는 부제가 새로 첨부되었다. 둘째로 '병수'가 선편으로 피난을 떠나기 위해 S씨와 의논하는 2장의 내용이 「폭풍속의 인정」에서 소략해진 것을 볼 수 있다. 넷이나 되는 어린 자식들을 데리고 기차를 이용해 피난길을 떠날 일을 걱정하던 '병수'의 내면 심리가 「난중기」에서 장황하게 묘사된 것과 달리 「폭풍속의 인정」에서 이는 단 몇 줄로 처리되고 있는 것이다. 피난 여정의 어려움에 관한 내용이 5장에서 다시 반복된다는 점을 감안하여 사건의 속도감 있는 전개를 위해 개작 과정에서 압축한 결과로 보인다. 3장에도 역시 유사한 손질이 가해졌다. 그 결과 「폭풍속의 인정」의 2장과 3장은 다른 장과 비교했을 때 분량 면에서 심한 불균형을 나타낸다. 작자의 의식적인 수정이 가해졌음을 여실히 확인할 수 있는 대목은 다음과 같이 주어가 바뀐 부분, 즉 시점이 변화된 지점이다.

① 차개 위에나 눈 구덩이 속에나 **그가** 가는 곳까지는 끄을고 가야할 무혁이를 **그는** 버리고 가는 것이 아닌가.

'나도 시골 갈테야, 우리 시골 참 멀어,'

20　박태일 교수가 찾아낸 『花郎彙報』의 「避亂記」 전문은 아직 공식적으로 공개되지 않았다. 때문에 세 판본에 대한 온전한 비교와 그에 따른 판본 간 계보 작성이 현재로서는 불가능 하다.

하며 조금도 절실하지 않게 싱글벙글 하던 무혁의 얼굴이 눈 앞에 어른거
려 살아지지 않았다.

　기차는 또 여기서 언제나 떠날는지 삼십분이 지나고 한시간이 지나야 꿈
직일 것 같지도 않았다. **그는** 감각을 잃은 팔 다리를 한십분간이나 주물른
뒤 기차를 내렸다.[21]

　② 차개 위에나 눈 구덩이 속에나 **내가** 가는 곳까지는 끄을고 가야 할 무
혁이를 **나는** 버리고 가는 것이 아닌가.

　'나도 시굴 갈테야 우리 시굴 참 멀어'

하며 조금도 절실하지 않게 싱글벙글 하던 무혁이의 얼굴이 눈 앞에 어른
거려 살아지ㅅ 않았다.

　기차는 여기서 또 언제나 떠날는지 삼십분이 지나고 한시간이 지나야 꿈
적일 것 같지도 않았다. **병수는** 감각을 잃은 팔 다리를 한 십분이나 주물은
뒤 기차를 내렸다.[22] (강조는 인용자)

　첫 번째 인용문은 「亂中記」의 한 부분으로 전지적 시점에서 '그', 곧
주인공 '병수'의 내면이 그려져 있다. 한편 두 번째 인용문 「폭풍속의
인정」에서는 이 부분이 일인칭 시점에서 서술된다. 두 인용문에서 초
점인물은 모두 '병수'이고, 서술 대상은 그의 심리다. 따라서 서술 시점
이 독자와 근거리에 있는 두 번째 인용문이 더 자연스럽게 읽힌다. 의
도적인 수정이 가해진 증거로 볼 수 있는 대목이다. 그러나 문제는 두

21　김동리, 「亂中記」, 『遞信文化』, 1952. 12, 91~92쪽.
22　김동리, 「暴風속의 人情」, 『海兵과 上陸 第一輯』, 啓文出版社, 1953, 288쪽.

번째 인용에서 '병수'라는 삼인칭 주어가 곧 뒤따라 나온다는 데 있다. 이 같은 시점의 혼용이 작자의 의도 혹은 실수의 결과인지는 분명치 않다.[23] 그도 아니라면 「난중기」의 개작이 「폭풍속의 인정」이 아니라 후자의 개작이 전자일 가능성을 열어두어야 할 것이다. 텍스트 전체에 걸쳐 양자의 차이가 파생시키는 효과를 면밀히 검토하는 것 외에 달리 뚜렷한 판정 방법이 있어 보이지 않는다. 「피란기」의 전문이 공개되어 세 판본에 대한 비교가 행해질 때, 판본 간 개작의 흐름이 조망되면서 위와 같은 의문이 해소될 수 있음은 물론 연이은 개작에 대한 보다 객관적인 평가가 가능할 수 있을 것이다.

「風雨記」

한국전쟁기에 시도된 김동리의 유일한 장편소설 창작이 「풍우기(風雨記)」이다. 1953년 7월 『문화세계(文化世界)』(희망사) 창간호에 제1회 '제일장(第一章) 훈풍(薰風) 일화(一話) 악수(握手) 및 이화(二話) 다방(茶房) 『삼림(森林)』'이 연재되었고, 이어 8월호에 2회 '삼화(三話) 상봉(相逢)'이, 9월호에 3회 '제이장(第二章) 세우(細雨) 일화(一話) 뚝섬놀이'가, 1954년 신년호에 4회 '삼화(三話) 편시질'이 연재되었다. 이어 2월호에는 5회 '이

---

23 신영덕, 『한국전쟁과 종군작가』, 국학자료원, 2002, 56쪽.

화(二話) 오녀급(吳女給)−오녀사(吳女史)', '삼화(三話) 「사장(社長)」 교섭(交涉)', '사화(四話) 만년필(萬年筆) 장수', '오화(五話) 준(俊)의 경례(敬禮)'가 연재되었다. 이후 잡지 발간이 중단되면서 「풍우기」는 미완고로 남게 되었다.

그러다 1958년 『희망』 5월호부터 이 작품이 다시 연재된다. 연재 첫 회에는 다음과 같은 편집자 설명이 덧붙여져 있다.

> 「風雨記」는 數年前 本社에서 發行했던 『文化世界』에 六回까지 連載하다가 事情에 依하여 中斷되었던 것이다. 그러나 「風雨記」가 갖는 讀者의 要求와 그 作品의 完結을 못본것은 아까운 일이기 때문에 本誌가 繼續 連載하기로 한다. 金東里先生의 完熟한 筆致를 期待하시라.

이어 1958년 6월호에 2회가 연재되었다. '연재소설'이라는 타이틀 아래 잡지 창간 단계에서부터 기획된 것으로 보이는 이 작품은 연재 중단으로 그 전모를 확인할 수는 없게 되었다. 연재분을 보면 아나키스트 '서세호'라는 인물을 중심으로 펼쳐지는 남녀 간의 사랑과 갈등이 서사의 골격을 이루고 있다.

이 작품을 한국전쟁기 김동리 소설문학에 관한 논의의 장에서 거론하는 데는 몇 가지 제한점이 있다. 우선 연재 시기가 첫 회를 제외하고 모두 정전 이후에 쓰였다는 사실이다. 전후문학의 범주에 속한다는 주장이 이에서 제기될 수 있다. 연재분의 시간적 배경이 해방기라는 점도 문제된다. 연재가 계속되었다면 그 무대가 한국전쟁기로까지 이어졌을지 모르나, 그것은 어디까지나 추측일 따름이기에 논외일 수밖에 없다. 무엇보다 미완성작이라는 지적을 피하기 어렵다.

김동리는 「풍우기」 이전에도 '급류(急流)'라는 제목으로 다른 두 작품을 연재하다 중단한 적이 있다. 첫 번째 『급류』는 1949년 4월호부터 7월호까지 『조선교육(朝鮮敎育)』에 총 4회가 연재되다 잡지 폐간과 함께 중단되었다. 두 번째 『급류』는 잡지 『혜성(慧星)』에 1950년 2월에서 5월까지 총 3회가 연재되었다. 한국전쟁 이후에도 김동리는 잡지 『지성(知性)』에 장편 『아도(阿刀)』(1971~1972)를 총 6회 연재하다 잡지 폐간과 함께 중단한 바 있다. "한국적 정신의 지주가 되어 온 우리 민족 고유의 얼을 찾아 보는 일이 내 본래의 문학과제였읍니다. 이번 「아도」에서 나의 오랜 주제가 가장 바람직하게 완성되어지기를 바랄 뿐입니다"[24]라는 각오가 무색하게 김동리는 이를 미완의 작품으로 남겨 두었다. 그리고 이 작품의 연재가 중단된 그해 『서울신문』에 장편역사소설 『삼국기(三國記)』를, 이태 뒤엔 그 후편 『대왕암(大王巖)』을 『매일신문』에 각각 연재했다. 공교롭게도 장형의 잡지 연재소설은 미완으로 끝난 반면 이 두 편의 신문연재소설은 완결을 보았다. 물론 『현대문학』에 장기 연재된 『사반의 십자가(十字架)』(1955~1957)와 같이 잡지에 연재하여 완결을 본 예도 없지는 않다. 이렇듯 김동리의 장편소설 연재는 해당 지면의 운명과 궤를 같이 하는 경향을 보인다. 「풍우기」 역시 그와 같은 선상에 놓여 있는 텍스트이다. 4회 연재분만으로도 연재소설 특유한 선정성과 통속성이 감지되는 바, 김동리가 이 작품의 연재에 강한 열의를 가졌으리라 보기 어려운 것도 사실이다.

---

24 「『阿刀』 연재 광고」, 『知性』, 월간지성사, 1971.11, 223쪽.

「對決」

　「살벌(殺伐)한 황혼(黃昏)」으로 알려져 있던 작품이다. 최근 박태일이 1952년『국방(國防)』10월호에 게재된「대결(對決)」의 발굴 사실을 알렸고, 이후 김주연이 그 내용이「살벌한 황혼」과 같다는 것을 확인하였다. 해당 보고에서 김주연은 김동리의 네 번째 창작집『실존무(實存舞)』(인간사, 1958)에 수록된「살벌한 황혼」과 그 초본에 해당하는「대결」사이에 개작본이 존재할 가능성을 제기한다. 그 단서는 곽종원이 1953년『신천지(新天地)』5월호에 쓴「6·25동란 이후의 작단 개관」이란 글에서 두 차례나 이 작품을 '살벌한 애정'으로 칭한 사실이다. 이에 근거하여 김주연은「대결」이「살벌한 애정」으로 개제되어 1952년 11월 이후 1953년 4월 이전 잡지에 한 차례 더 실렸을 것으로 추정한다.[25]
　「살벌한 애정」의 존재 여부를 간접적으로 유추해 볼 수 있는 단서가 창작집『실존무』후기에 다음과 같이 기록되어 있다.

　　『巫女圖』『黃土記』『歸還壯丁』, 그리고 다음이 이『實存舞』다. 네번째 創作集이다. 이 책에 들게된 열 한편 가운데,「驛馬」「아들三兄弟」「狂風속에서」세편 만이 事變(六, 二五)前의 것이요, 남저지 아홉편은 모두「六·二五」뒤의 것들이다. 거기서도「殺伐한黃昏」한편 만이 避難地(釜山)에서 씌어진 作品이고, 그 다음은 모두 還都 뒤의 所産이다.[26]

25　김주현,「김동리 소설의 자료 발굴과 새로운 해석」,『동리목월』12, 동리목월기념사업회, 2013 여름호, 49~50쪽.

위에 언급된 김동리의 기억이 정확하다면 곽종원이 거론한 「살벌한 애정」은 「살벌한 황혼」을 잘못 거론한 것으로 판단된다. 문제는 그 시기인데, 김동리의 진술에 근거하자면 김주현이 「살벌한 애정」 개제 시기로 추정한 1952년 11월에서 1953년 4월 사이가 유력해 보인다. 그러나 해당 판본이 확보되지 않은 현재로서는 그 어느 것 하나 단언할 수 없다. 다만 이 작품을 1954년에 처음 발표된 것으로 밝히고 있는 전집의 소설연보는 분명 재고될 필요가 있다. 피난지 부산에서 발간된 잡지 및 신문 자료가 제대로 보존되지 못한 탓에 아직까지 그 원문을 확인하지 못한 점이 아쉬움으로 남는다. 텍스트 자체가 소품이어서 크게 주목받지 못한 점도 그 한 이유일 것이다.

김동리는 「실존무」, 「밀다원시대(蜜茶苑時代)」, 「광풍(狂風)속에서」와 함께 이 작품이 자신의 작품계보에서 '역사적 현실'을 다룬 것에 속한다고 밝힌 바 있다. 작자의 이러한 성격 규정대로 유엔군 연락장교 '윤주호' 중위의 급박한 동선을 따라가며 그의 눈에 비친 서울 시내의 참혹한 풍경을 실시간으로 중개하듯 그린 「대결」은 이 시기 김동리 소설 가운데 가장 사실성이 돋보이는 작품이다.

---

26 김동리, 「後記」, 『實存舞』, 人間社, 1958, 280쪽.

남은 쟁점

한국전쟁기 김동리 소설문학은 대체로 설화적 시공간을 향해 열려 있는 그의 일반적인 소설 무대를 생각할 때 예외적인 경우에 해당한다. 전시라는 급박한 특수 상황이 현실에 대한 즉자적인 대응을 종용한 직접적인 요인이었을 터다. 김동리는 명목상 종군작가로서 이름을 올리긴 하였으나, 실제 전투에 종군하지는 않았던 것으로 알려져 있다. 때문에 한국전쟁기 김동리의 소설 창작에는 숨 가쁜 전장이 주요한 무대로 등장하지 않는다. 대신 후방 지역을 배경으로 피난살이의 고달픔이나 전장에서 돌아온 병사들이 겪게 되는 상흔이 주요한 모티프로 다루어진다. 이 시기 김동리의 소설 창작을 전쟁의 승리를 독려하는 이데올로기 서사가 아닌 일상적 현실에 밀착해 있는 사실주의적 재현의 결과물로 평가할 수 있는 근거가 여기에 있다. 일개 피난민으로서 전쟁의 풍파에 휩쓸릴 수밖에 없었던 작가의 개인적 상황에서 비롯된 한계일 것이다. 그것은 결과적으로 거대 역사의 행간에 묻히게 마련인 미시사의 생생한 증언으로 남았다. 이에는 전쟁이 무차별적으로 양산한 폭력에 대한 강렬한 비판이 내재해 있다. 고통스러운 상처에 대한 정직한 고백이 행해질 때 비로소 서사가 치유력을 발휘하게 된다는 깨달음이 실천되고 있는 것이다. 엄밀한 기록보다는 개연성 있는 허구를 추구한 작가 정신이 이에서 빛을 발한다. 이는 한국전쟁기 김동리의 소설문학을 온당히 평가하는 데 작품의 문학적 완성도를 논하는 일과는 별개로 반드시 기억되어야 할 사실이다.

한국전쟁기 김동리 소설 문학의 이 같은 경향에 대한 본격적인 서사 분석을 위해서는 먼저 다음과 같은 사안들이 그 전제로 논의될 필요가 있다. 첫째로 「P일등병」을 소설로 보는 것이 타당한가라는 물음에 답해야 할 것이다. 시, 소설, 수필, 평론에 이르기까지 다양한 장르를 넘나들었던 김동리의 창작 영역을 감안하더라도 이는 대단히 이례적인 글쓰기에 해당하기 때문이다.

둘째, 개제를 거듭해가며 약간의 시간적 간격을 두거나 동시에 다른 지면에 발표된 작품들의 개작 시점에 관한 탐찰이 요청된다. 「어떤 상봉」, 「상병」, 「피란기」, 「대결」 등이 그 대상이다. 비록 게재 시점은 이 글을 통해 밝혀졌다고 하나 그 시간적 편차가 미미한 점을 고려하면, 게재순이 곧 최초 창작과 개제 혹은 개작 시점에 그대로 상응한다고 단정할 수 없기 때문이다. 실제로 발표 시기만을 놓고 보면 「상병」에서 「풍우가」와 「순정설」의 순으로 개제 및 개작된 듯하나, 이후 출간된 단행본에 가장 앞서 발표된 「상병」과 같은 판형의 판본이 두 차례에 걸쳐 수록됨으로써 이를 의심케 한다. 과연 어떤 텍스트를 대상으로 개제 및 개작이 이루어졌고, 그 결과물이 어떤 텍스트인지가 모호한 것이다. 그 정황이 정확히 드러날 때, 비로소 개제 및 개작에 대한 문학적 평가가 내려질 수 있을 뿐만 아니라 거기에 개입된 작자의 의도 역시 파악될 수 있을 터다.

셋째, 이 글에서 밝힌 각 작품들의 최초 텍스트 서지에 대한 추가적인 검증이 이어져야 한다. 일례로 필자는 「한내마을의 전설」의 최초 발표 지면을 1952년 12월에 발간된 『농민소설선집』1(대한금융조합연합회)로 추정했다. 그러나 기존에 발표된 작품 가운데서 수록작을 선별하게 마련인 선집의 특성상 그에 앞서 지면화되었을 가능성 역시 충분하다. 특히 창작 시점을 나타내는 『농민소설선집』 1의 부기 "壬辰 十一月"이 『단편사인집』(우생출판사, 1957)에서 사라졌다가 이후 작품집 『등신불』 (정음사, 1963)에 다시 등장함으로써 그 같은 의혹을 증폭시킨다. 아울러 전집의 소설 연보에 1951년 작으로 기록되어 있는 「남로행」이 1952년 「남으로 가는 길」로 개제되어 『중등 국어』 Ⅰ~Ⅱ에 수록된 것이라는 추측을 확인하는 일이 과제로 남아 있다. 「스딸린의노쇠」 사례가 시사 하듯 자료 접근의 어려움으로 인해 여전히 미답지로 남아 있는 작품들 의 발굴이 항시적 과제로 열려 있어야 할 것이다.

넷째, 총 4회 연재에 그친 「풍우기」를 한국전쟁기 김동리 소설 문학 연구의 범주에 포함시킬 것인가 하는 문제이다. 이 시기 유일한 장편 으로 기획된 이 작품의 첫 회 연재가 공교롭게도 1953년 정전 바로 직 전에 이루어졌기 때문이다. 이러한 사실에 더하여 미완으로 그 전모를 알 수 없다는 점이 논란을 가중시킨다. 아직까지 원 발표지가 확인되 지 않은 「살벌한 황혼」 역시 「풍우기」와는 다른 차원에서 문제되는 작 품이다. 앞에서 확인하였듯이 작자는 이 작품이 전쟁기에 창작되었다 고 언급한 바 있다. 하지만 그 최초 발표 지면과 시점이 객관적으로 검 증되었다고 할 수 없는 현재로서는 「흥남철수(興南撤收)」, 「청자(青磁)」, 「밀다원시대(蜜茶苑時代)」 등과 함께 한국전쟁을 배경으로 한 전후문학 의 범주에서 논의될 수밖에 없다. 원문의 확보가 절실한 이유가 여기 에 있다.

이와 같은 문제들의 해결은 또 다른 쟁점들을 파생시킨다. 우선 판 본 간의 차이를 두고 어디까지를 개작으로 볼 것인가 하는 난제가 기다리고 있다. 몇몇 표현이 달라진 것을 가지고 개작이라고 단정 지을 수 있을 것인가? 원론적인 수준에서 이야기하자면, 개작은 작자의 개입이 이루어진 모든 형태의 수정을 가리킨다고 볼 수 있으나, 좀 더 적극적인 의미에서 개작을 논하자면, 서사학적 차원에서의 두 층위, 즉 스토리 층위와 담화 층위에서의 변화가 있다면 개작으로 간주할 수 있을 것이다. 또한 그 같은 변이가 환기시키는 의미는 무엇이고, 김동리는 어떤 생각에서 그러한 수고를 수차례 감내했던 것인가 순차적으로 논의되어야 한다. 설령 이러한 의구심들이 해소된다 할지라도 어떤 텍스트를 해당 작품의 정전으로 판정할 것인가 하는 문제는 여전히 연구자들을 괴롭히게 될 것이다. 물론 열린 시각에서 '그 모든 판본들이 곧 정전이다'라고 답할 수도 있다. 허나 상이한 판본들의 속살을 찬찬히 뜯어보노라면 문제가 그리 간단치 않다는 것을 이내 알게 된다. 일반적으로 개작 여부를 판정하고, 텍스트의 선후를 밝히는 일이 정전 확정의 필수 선행과제로 인식되어 왔다. 필자는 이러한 암묵적인 전통과 다른 각도에서 '제3의 텍스트로서의 정전'이라는 개념의 도입을 앞서 제안하였다. 최초본과 개작본의 구분을 넘어 작가의 개입에 의한 수정이 확실한 텍스트 모두를 포괄하여 그들 간의 차이와 상호텍스트성을 반영한 제3의 텍스트를 정전으로 상정하자는 것이 그 골자였다. 분명한 사실은 이러한 물음에 명쾌한 답변을 내놓을 수 없다 하더라도 이 시기 김동리의 소설 문학의 성격을 밝히는 작업은 반드시 행해져야 한다는 것이다. 기존의 의문에 답함으로써 새로운 과제를 스스로 끌어안는 것이 연구자의 숙명이라 한다면, 한국전쟁기 김동리의 소설문학은 그렇듯 피할 수 없는 대결에 있어 호적수임에 틀림없다.

〈표 2〉한국전쟁기 김동리 소설연보

작품명	최초 발표지	최초 발표 시기	비고
P一等兵	『文壇六十人集 勝利를 向하여 第一輯』(全國共産主義打倒聯盟)	1951.4	·掌篇小說
어떤 相逢	『士兵文庫 2 短篇小說集』(陸軍本部政訓監室)	1951.5	·「相面」(『歸還壯丁』, 首都文化社, 1951.12) ·「어떤 相逢」, (『꽃이 지는 이야기』, 泰昌文化社, 1978) ·「어떤 상봉」, (『김동리 전집』 2, 민음사, 1995)
歸鄕壯丁	『新潮』(新潮社)	1951.6	·「歸還壯丁」(『歸還壯丁』, 首都文化社, 1951.12) ·「歸還壯丁」(『김동리대표작선집』 1, 三省出版社, 1967) ·「歸還壯丁」(『김동리 전집』 2, 민음사, 1995)
스딸린의 老衰	『嶺南日報』	1951.6.7~18	·총8회 연재
傷兵	『韓國公論 傑作短篇 小說特輯 戰時号 第三輯』(韓國公論社)	1951.9	·「風雨歌」(『協同』, 大韓金融組合聯合會 1951.11 / 1952.1) ·「純情記」/「純情說」(『서울신문』(1952.1.6~14) ·「傷兵」(『傑作小說選集』, 玄岩社, 1952.8) ·「傷兵」(『香花 外六篇』, 慧文社, 1957)
남으로 가는 길	『중등국어 Ⅰ~Ⅱ』(대한문교서적주식회사)	1952	·「남로행(南路行)」의 개제작으로 추정
우물과 감나무와 고양이가 있는 집	『空軍旬報』 17~18호	1952.6	·「우물과 고양이와 감나무가 있는 집」(『꿈 같은 여름』, 자유문화사, 1979)
한내마을의 傳說	『農民小說選集』 1 (大韓金融組合聯合會)	1952.12	·「鄭氏家의 系譜」(『短篇四人集』, 友生出版社, 1957) ·「한내마을의 傳說」(『等身佛』, 正音社, 1963) ·「한내마을의 전설」(『김동리 전집』 2, 민음사, 1995)
避亂記	『花郎彙報』(大韓靑年團大韓金融組合聯合會)	1952.5	·「亂中記」(『遞信文化』, 遞信文化協會, 1952.12) ·「暴風속의 人情—아버지와 그 아들들」(『海兵과 上陸 第一輯』, 啓文出版社, 1953.3)
風雨記	『文化世界』(希望社)	1953.7~1954.1	·4회로 연재 중단
對決	『國防』(國防部)	1952.10	·「殺伐한 黃昏」(『實存舞』, 人間社, 1958) ·「살벌한 황혼」(『김동리 전집』 2, 민음사, 1995)

3부
|
신라, 불교, 그리고 역사소설

1장

신라연작의 탄생과 전개

　현 단계 김동리 문학 연구의 가장 시급한 과제로 이 책은 정확한 서지 정리 및 그에 근거한 정전 텍스트의 확정의 문제를 앞서 제기하였다. 그 구체적인 문제 해결의 한 시도로서 이 장에서는 김동리의 '신라연작' 역사소설의 최초 텍스트들을 기점 삼아 판본 간 계보도를 작성하고자 한다. 실제로 신라연작 작품들의 경우 그 최초 판본이 최근까지도 확인되지 않은 상태였다. 때문에 서지 연구는 미답지나 다름없었으며, 후속 연구 역시 불완전한 형태로 진행되었던 것이 사실이다. 따라서 이들 작품의 발굴과 판본 비교 연구는 김동리 문학 연구 전반의 차원에서 의미 있는 작업이 아닐 수 없다. 그 의의는 신라연작에 관한 선행연구사를 살펴보는 것만으로도 충분히 납득된다.

　그동안 김동리의 신라연작은 여러 연구자들에 의해 수행되어 왔다. 김동리 역사소설에 관해 본격적인 연구를 개시한 이는 진정석[1]이다.

그는 신라연작 중 「여수(旅愁)」를 중심으로 김동리 문학의 기본적 인식 소인 낭만주의적 태도가 실제 창작 과정에서 어떻게 유지되고 변형되는지, 그 구체적인 양상을 밝히고자 했다. 진정석의 연구가 있은 이후 『김동리 역사소설』(지소림, 1977)이 『소설 신라열전』(청동거울, 2001)으로 재출간되면서 이에 박덕규[2]와 문홍술[3]이 해제를 겸한 텍스트 분석의 글을 동시에 발표하였다. 박덕규는 이 글에서 16편의 신라연작을 성격 별로 분류 및 분석하면서 이들 텍스트를 신라 전체의 문학적 재현으로 평했다. 특히 그는 신라연작에서 발견되는 공통의 서사적 특질을 추출해내는 데 주력하였다. 등장인물의 성격과 모티프, 서사의 배후로서 종교 및 사상적 특질 등이 그 주요한 논점들이었다. 한편 김주현[4]은 '화랑'에 초점을 맞추어 김동리 역사소설의 기원을 고찰하였다. 비단 역사소설뿐만이 아니라 김동리 문학사상의 연원 자체가 '화랑'에 대한 문학적 형상화와 사상적 탐색에 있다는 판단에서였다. 이 글에서 김주현은 김정설이 저술한 것으로 알려진 『화랑외사(花郎外史)』와 김동리의 신라 연작 간의 영향관계에 대해 주목한다. 비슷한 시기에 필자 역시 김동리 역사소설의 원류라 할 「검군(劍君)」 분석을 필두로 김동리가 신라연작에 임하게 된 배경에 관한 연구를 진행하였다.[5] 아울러 필자는 해당 글에서 신라연작의 전반의 담화적 특질을 근거로 김동리의 역사인식

---

1   진정석, 「역사적 기록의 변형과 텍스트의 저항−김동리의 역사소설에 대한 한 고찰」, 『살림 작가연구 김동리』, 살림, 1996.
2   박덕규, 「21세기에 만나는 신라 천년의 인물들」, 『소설 신라열전』, 청동거울, 2001.
3   문홍술, 「신, 인간, 자연의 합일을 지향하는 설화소설」, 『소설 신라열전』, 청동거울, 2001.
4   김주현, 「김동리 문학사상의 연원으로서의 화랑」, 『語文學』 77, 한국어문학회, 2002.
5   김병길, 「해방기, 근대 초극, 정신주의−김동리의 「劍君」을 찾아 읽다」, 『한국근대문학연구』 5, 한국근대문학회, 2004.

을 설명하고자 했다.[6]

소설미학적 문제에 주목한 이들 논의와는 달리 곽근[7]의 경우 신라
연작의 사상적 배경에 보다 적극적인 관심을 표했다. 김동리가 충효,
평등, 예술, 신앙정신을 신라정신의 요체로 판단하고 신라연작에서 이
를 탐색했다는 것이 그의 판단이다. 이에서 나아가 방민화는 신라연작
의 여러 단편들을 각론 차원에서 분석했다. 주로 유불선의 종교적 관
점에서 해당 텍스트를 분석한 그의 연구는 개별 작품에 대한 미시적 접
근을 보여준다.[8] 그런가 하면 장편 연재소설로까지 연구 외연을 넓힌
경우도 있다. 허련화는 1970년대 들어 김동리가 신문에 연재한『삼국
기(三國記)』와『대왕암(大王巖)』을 상·하편 연작으로 전제하는 가운데
이를 문학사회학적 관점에서 접근하고 있다. 신라의 삼국통일이라는
역사적 사건의 소설화 방식과 그에 내재해 있는 김동리의 작가의식을
탐찰함으로써 연재 당시의 시대적, 정치적 상황과의 연관성에 주목하
고 있는 것이다.[9] 이외에도 조회경,[10] 이동하,[11] 신정숙[12] 등이 김동리

6 김병길,「김동리 역사소설과 동양정신」,『현대문학의 연구』38, 한국문학연구학회, 2009.
7 곽근,「김동리 역사소설의 신라정신 고찰」,『新羅文化』24, 동국대 신라문화연구소, 2004.
8 방민화,「불이사상과 보살적 인간의 동체대비심 발현−김동리의「최치원」을 대상으로」,
  『문학과 종교』15, 한국문학과종교학회, 2010;「「김현감호설화(金現感虎說話)」의 소설적
  변용 연구−김동리의「호원사기(虎願寺記)」를 중심으로」,『문학과 종교』14, 한국문학과종
  교학회, 2009;「신라인의 사랑의 미학과 선비 정신−김동리의「강수 선생」을 대상으로」,
  『한중인문학연구』30, 한중인문학회, 2010;「「水路夫人」 설화의 소설적 변용 연구−김동리
  의「水路夫人」을 중심으로」,『한중인문학연구』27, 한중인문학회, 2009;「김동리의「원왕생
  가(願往生歌)」에 나타난 원효의 정토사상(淨土思想) 연구」,『문학과 종교』11, 한국문학과
  종교학회, 2006;「김동리의「미륵랑」에 나타난 화랑과 미륵신앙의 상관성 연구」,『한국문
  학이론과 비평』45, 한국문학이론과비평학회, 2009.
9 허련화,「김동리의 장편역사소설『삼국기』와『대왕암』연구」,『한국현대문학연구』31, 한
  국현대문학회, 2010;「김동리 소설의 현실참여적 성격 연구」, 서울대 박사논문, 2007.
10 조회경,「김동리 소설 연구」, 숙명여대 박사논문, 1996.
11 이동하,『金東里−가장 한국적인 작가』, 건국대 출판부, 1996.

문학 연구의 각론으로 단편적이나마 신라연작의 성격에 대해 거론한 바 있다.

이렇듯 꽤 오랜 기간에 걸친 김동리 신라연작의 연구사는 대체로 그 창작 동기 및 배경, 그리고 작품 속에 나타난 불교적 세계관과 화랑정신의 성격을 탐색하는 데 초점이 모아졌다. 말하자면 작가론과 주제론에 경사되어 온 것이다. 물론 역사소설이니만치 작가의 창작관과 그에 내재된 역사의식에 관한 논의는 필요하고, 또한 반드시는 해명되어야 할 사항임에 분명하다. 그러나 이들 선행연구는 지나친 연구방법상의 편향성과 함께 다음과 같은 치명적인 문제점들을 공통적으로 노정하고 있다.

첫째, 최초 판본 텍스트를 분석 대상에 포함시키지 않음으로써 해당 텍스트의 콘텍스트를 간과하고 있다.

둘째, 검증되지 않은 전집의 소설연보를 추수함으로써 잘못된 서지 정보의 유포 및 확산에 일조하고 있다.

셋째, 개개 작품들의 개제 및 개작 양상에 관한 고려가 전무한 상태에서 『김동리 역사소설』 수록 판본을 정전 텍스트로 전제 및 활용하고 있다.

넷째, 주로 1950년대에 창작된 단편과 1970년대에 연재된 장편을 기계적으로 연결시키는 논의 구도를 취하고 있다.

한마디로 연구의 필요조건에 해당하는 일차자료의 확보와 이에 대한 검증 절차가 생략됨으로써 발생한 제한점들이라 할 수 있는 사안들이다.

---

12 신정숙, 「김동리 소설의 문학적 상상력 연구」, 연세대 박사논문, 2011.

최초 판본 및 이본의 서지

김동리의 신라연작에 포함시킬 수
있는 작품은 단편 17편, 중편 1편, 장
편 3편이다. 총 17편의 단편 중 첫 번
째 작품인 「검군」의 경우 최초 판본
이 발굴된 이래 충분한 논의가 이루
어졌다. 미완으로 연재 중단된 장편
『아도(阿刀)』와 신문에 연재된 『삼국
기』, 『대왕암』 역시 최초본을 바탕으
로 한 서지연구가 행해진 바 있다. 그
러나 『김동리 역사소설』에 수록된 16
편의 단편과 근래 발굴된 중편 「아
시량기(阿尸良記, 아리랑기) ─ 일명아시
량국흥망기(一名阿尸良國興亡記)」는
그간 서지사항이 미제로 남아 있었
다. 필자가 지금까지 밝혀낸 이 17편

〈그림 14〉 『김동리 역사소설』(지소림, 1977)

의 최초 판본 및 이본들의 서지사항을 발표 시기 순으로 정리해보면 다
음과 같다.

17편 중 현재까지 최초 판본이 밝혀지지 않은 작품은 「학정기(鶴亭
記)」가 유일하다. 이 작품은 『김동리 역사소설』에 「강수선생(强首先生)」
으로 개제돼 수록되어 있는데, 『한국문학전집(韓國文學全集)』19(민중서

최초 작품명	판본 구분	수록명	수록지(발행처)	게재 시기
旅愁(여수) 〈原題「雙女墳後志」〉	최초 판본	旅愁(여수)「原題「雙女墳後志」」	『野談』(希望社)	1957.7.1
	기타 판본	旅愁－原題〈雙女墳後志〉	『實存無』(人間社)	1958
		旅愁－原題「雙女墳後志」	『韓國文學全集』19(民衆書館)	1960
		旅愁－原題「雙女墳後志」	『金東里代表作選集』1권 (三省出版社)	1967
		旅愁－原題「雙女墳後志」	『韓國短篇文學大系』4 (三省出版社)	1969
		旅愁－原題「雙女墳後志」	『金東里選集』(語文閣)	1970
		旅愁－原題「雙女墳後志」	『韓國三大作家全集』7 (三省出版社)	1970
		崔致遠	『김동리 역사소설』(智炤林)	1977
		旅愁	『史談』(希望出版社)	1986.2
昔脫解(석탈해)	최초 판본	昔脫解(석탈해)	『野談』(希望社)	1957.9.1
	기타 판본	半月城에서	『地方行政』(大韓地方行政協會)	1965.1〜3
		昔脫解－새뚝과 阿老公主	『泗川郡鄉友會報』(在京泗川郡 鄉友會)	1975.1
		昔脫解	『김동리 역사소설』(智炤林)	1977
眞興大王 序章, 「第一話 源花」	최초 판본	眞興大王 序章,「第一話 源花」	『遞信文化』(遞信文化協會)	1957.9.25
	기타 판본	源花	『김동리 역사소설』(智炤林)	1977
眞興大王 「第二話 樂師于勒」	최초 판본	眞興大王「第二話 樂師于勒」	『遞信文化』(遞信文化協會)	1957.10.25
	기타 판본	樂聖于勒(악성우륵)	『野談』(希望社)	1959.1.1
		樂聖	『等身佛』(正音社)	1963
		樂聖	『金東里代表作選集』1 (三省出版社)	1967
		樂聖	『韓國三大作家全集』7 (三省出版社)	1970
		于勒	『김동리 역사소설』(智炤林)	1977
願往生歌(원왕생가)	최초 판본	願往生歌(원왕생가)	『野談』(希望社)	1957.10.1
	기타 판본	願往生歌	『等身佛』(正音社)	1963
		願往生歌	『김동리 역사소설』(智炤林)	1977
水路夫人(수로부인)	최초 판본	水路夫人(수로부인)	『野談』(希望社)	1957.11.1
	기타 판본	水路夫人	『韓國歷史小說全集』8 (乙酉文化社)	1960
		水路夫人	『김동리 역사소설』(智炤林)	1977

眞興大王 「第三話 彌勒郎-未尸郎」	최초 판본	眞興大王「第三話 彌勒郎-未尸郎」	『遞信文化』(遞信文化協會)	1957.11.25
	기타 판본	彌勒郎	『김동리 역사소설』(智炤林)	1977
情義關(정의관) 一名「耆婆郎哀話」	최초 판본	情義關(정의관) 一名「耆婆郎哀話」	『野談』(希望社)	1957.12.1
	기타 판본	耆婆郎	『김동리 역사소설』(智炤林)	1977
阿尸良記(아리랑기) 一名阿尸良國興亡記	최초 판본	阿尸良記(아리랑기) 一名阿尸良國興亡記	『野談』(希望社)	1958.1.1
	기타 판본	興亡秘史 阿尸良記	『傑作野談選集 上卷』(希望社)	1960
國士王巨人(국사왕거인) -王巨人과 大矩和尙	최초 판본	國士王巨人(국사왕거인) -王巨人과 大矩和尙	『野談』(希望社)	1958.3.1
	기타 판본	王巨人	『김동리 역사소설』(智炤林)	1977
青海鎭大使(청해진대사) -張保皐와 鄭年	최초 판본	青海鎭大使(청해진대사) -張保皐와 鄭年	『野談』(希望社)	1958.5.1
	기타 판본	歸國	『協同』 21호(大韓金融組合聯合會)	1965.11
		張保皐	『김동리 역사소설』(智炤林)	1977
義士金陽(의사김양)	최초 판본	義士金陽(의사김양)	『野談』(希望社)	1958.6.1
	기타 판본	金陽	『김동리 역사소설』(智炤林)	1977
良禾娘哀話(양화랑애화) -張保皐와 閻長	최초 판본	良禾娘哀話(양화랑애화) -張保皐와 閻長	『野談』(希望社)	1958.7.1
	기타 판본	良禾	『김동리 역사소설』(智炤林)	1977
		良禾娘哀話	『史談』(希望出版社)	1986.3
볼모의 怨恨(원한) -實聖과 訥祗	최초 판본	볼모의 怨恨(원한)-實聖과 訥祗	『野談』(希望社)	1959.2.20
	기타 판본	訥祗王子	『김동리 역사소설』(智炤林)	1977
會蘇曲(회소곡)	최초 판본	會蘇曲(회소곡)	『野談』(希望社)	1959.2.20
	기타 판본	會蘇曲	『김동리 역사소설』(智炤林)	1977
鶴亭記	최초 판본	「鶴亭記」(추정)	?	1959(추정)
	기타 판본	强首先生	『김동리 역사소설』(智炤林)	1977
悲緣	최초 판본	悲緣	『鐵道』(鐵道協力會)	1964.6.25
	기타 판본	虎願寺記	『김동리 역사소설』(智炤林)	1977

관, 1960)의 작가연보에는 이 작품의 최초 발표 시기가 1959년으로 밝혀
져 있다. 『한국문학전집』이 1960년에 발간된 사실에 주목하건대, 최초
작품명이 '학정기'이고 그 발표 시기가 한 해 전인 1959년임은 분명해
보인다. 그러나 해당 판본을 아직 확인하지 못한 상태이기에 단언키는

어렵다. 지속적인 발굴 노력이 필요한 부분이다.

『김동리 역사소설』에 「호원사기(虎願寺記)」로 수록된 작품의 선행 판본 역시 그간 최초 판본에 관한 서지 정보가 알려진 바 없었다. 그러던 차에 최근 1964년 6월 『철도(鐵道)』(철도협력회)에 발표된 「비연(悲緣)」이 바로 해당 텍스트라는 사실을 필자가 확인했다. 그러나 「비연」이 과연 「호원사기」의 최초 판본인가라는 의문이 완전히 해소된 것은 아니다. 다른 작품들의 최초 판본이 모두 1950년대에 발표된 것과 달리 「비연」의 발표 연도가 1964년이라는 사실, 그리고 「호원사기」 판본과의 차이가 크다는 사실이 여전히 그와 같은 의구심을 품게 한다. 현재로서는 「비연」 이전 선행 판본의 존재 가능성을 전면 배제하기는 어려울 듯하다.

한편 최근에 발굴된 「아시량기(아리랑기)－일명아시량국흥망기」의 경우 신라연작 가운데 유일한 중편으로 이 작품의 서지정보와 관련하여 몇 가지 눈여겨 볼 사항이 있다. 그간 원본이 확인된 바 없으며, 김동리의 개인 창작집에도 수록된 바 없는 작품이다. 「아호량기(阿戶良記)」라는 단편이 1959년에 발표되었으나 그 소재가 알려지지 않았다는 『김동리 전집』(민음사, 1995)의 소설연보만이 유일한 관련 정보였다. 그러나 전집 소설연보의 「아호량기(阿戶良記)」는 실재하지 않는 작품이며, 이는 「아시량기(아리랑기)」의 오기였다는 사실이 금번 발굴로써 드러났다. 그리고 '일명아시량국흥망기'라는 부제가 붙었다는 사실 또한 원본 확인 결과 새롭게 밝혀졌다. 뿐만 아니라 발표 시기도 1959년이 아닌 1958년이라는 것을 알 수 있었다.

연작의 분화

판본 간 비교 분석을 통해 개작 양상을 살펴보면 크게 세 가지 유형 분류가 가능하다. 그 첫 번째 흐름은 연작에서 개별 작품으로의 분화 과정이다. 1957년 『체신문화(遞信文化)』(체신문화협회)를 통해 발표된 「진흥대왕(眞興大王)」 연작이 이에 해당한다. '진흥대왕'이라는 제목을 내건 이 연작은 「서장(序章)」, 상편 「제일화(第一話) 원화(源花)」, 중편 「제이화(第二話) 악사우륵(樂師于勒)」, 하편 「제삼화(第三話) 미륵랑(彌勒郎)–미시랑(彌勒郎)」으로 구성되어 있으며, 『김동리 역사소설』에 수록된 「원화」, 「우륵」, 「미륵랑」의 최초 텍스트에 해당한다.

이 중 1957년 9월 『체신문화』 제38호에 실린 「서장」, 「제일화 원화」는 하나의 텍스트로 묶여 『김동리 역사소설』에 「원화」라는 제목으로 수록되는데, 이 과정에서 개제 및 판본 변형이 이루어졌다. 전체적으로 어휘 및 표기법상에서 두 판본 간의 소소한 차이가 발견된다. 예컨대 '설보(立宗)'가 '선마로(立宗)'로, '세보랑(世宗郎)'이 '세마루님(世宗郎)'으로, '임자'가 '그녈' 등으로 수정된 것을 들 수 있다. 아울러 내용상의 개작도 극히 일부이지만 행해졌다. 일례로 『체신문화』 판본의 '서장' 마지막 문장에 해당하는 "저이들이 지금까지 막연히 우리 불도를 우리 진역(震域)에 일으켜 주신 성왕(聖王)이시라고만 생각하고 있었던 거와는 상당히 거리가 있는 듯합니다"[13]가 『김동리 역사소설』 판본 「원화」로 옮

---

13 김동리, 「序章」, 『遞信文化』, 遞信文化協會, 1957.9, 112쪽.

겨지면서 "그 몇가지 이야기 가운데 스님께서 제일 먼저 손꼽으신 것이 원화(源花)요, 그 다음이 미륵랑(彌勒郞), 우륵(于勒)이 올시다. 그러면 원화 이야기부터 시작하리라"[14]라는 서술로 대체된 것을 볼 수 있다.

한편 「진흥대왕」 연작 중 「제이화 악사우륵」(『체신문화』, 체신문화협회, 1957.10.25)은 『김동리 역사소설』에 「우륵」으로 수록되기까지 다소 복잡한 판본 변화를 겪는다. 먼저 「악성우륵(樂聖于勒)」으로 『야담(野談)』(희망사, 1959.1.1)에 개제 수록된 후 다시 「악성(樂聖)」으로 개제되어 작품집 『등신불(等身佛)』(정음사, 1963)과 『김동리대표작선집』 1, 『한국삼대작가전집(韓國三大作家全集)』에 수록되었다. 그리고 최종적으로 「우륵」으로 또 한 차례 개제되어 『김동리 역사소설』(지소림, 1977)에 수록되기에 이른다. 이들 총 여섯 개의 판본은 제목도 다를 뿐만 아니라 서사 구성 면에서도 큰 차이를 보인다. 게재 시기만을 놓고 따져보면 『체신문화』(「악사우륵」) → 『야담』(「악성우륵」) → 『등신불』(「악성」) → 『김동리대표작선집』(「악성」) → 『한국삼대작가전집』(「악성」) → 『김동리 역사소설』(「우륵」) 판본 순이다. 문제는 판본 간 내용상의 변화가 위의 연대기와 일치하지 않는다는 데 있다. 『김동리대표작선집』 1과 『한국삼대작가전집』 판본은 『등신불』 판본과 동일한데, 『김동리 역사소설』에는 바로 이 판본이 수록되었다. 반면 『야담』 판본은 이들 판본과 현저한 차이를 보인다. 따라서 『체신문화』 판본의 개작이라 할 『야담』 판본이 고려되지 않은 가운데 『김동리 역사소설』에 『체신문화』 판본을 모본 삼은 『등신불』 판본이 채택되었다는 것을 알 수 있다. 그리고 그 과정에서

---

14 김동리, 「源花」, 『김동리 역사소설』, 智炤林, 1977, 182쪽.

3부_신라, 불교, 그리고 역사소설

첫 번째 판본인『체신문화』게재의「제이화 악사우륵」과 마지막 판본인『김동리 역사소설』의「우륵」사이에 앞서『체신문화』판본의「서장」,「제일화 원화」와『김동리 역사소설』판본「원화」사이의 차이와 유사한 어휘 및 표기법상의 손질이 가해진 것을 볼 수 있다. 아울러 다음과 같이 극히 일부 서술상의 수정도 목격된다.

① 진흥대왕께서는 불도(佛道)를 일으키시는 한편 고유(固有)한 국풍(國風)을 숭상하여 다시 풍월도(風月道)를 일으키시려고 원화(源花)를 두었다가 실패를 보시게되었다는 **이야기는 앞에 말씀드린 바와 같습니다.**"[15]

② 진흥대왕(眞興大王)께서는 불도(佛道)를 널리 펴는 한편, 고유(固有)한 국풍(國風)을 숭상하여 다시 풍월도(風月道)를 일으키려고 원화(源花)를 두었다는 **이야기는 여러 스님들께서도 이미 잘 알고 계시겠지요.**"[16] (강조는 인용자)

위 인용문 ①과 ②의 굵은 글씨로 표기된 부분에서 보듯 개별 작품으로 분화되면서 연작의 성격을 직접적으로 드러내던 서술이 일부 바뀐 것이다. 이처럼「제이화 악사우륵」은『김동리 역사소설』에 수록되면서 독립된 텍스트로 재탄생했다. 그러나 '혼구'라는 화자와 '동료승'이라는 청자의 담화 구도가 후자의 판본에서도 유지된다는 점에서 연작으로서의 성격이 온전히 사라졌다고 보기는 어렵다.

---

15 김동리,「第二話 樂師于勒」,『遞信文化』, 遞信文化協會, 1957.10, 108쪽.
16 김동리,「于勒」, 앞의 책, 1977, 198쪽.

마지막으로 「진흥대왕」 연작의 세 번째 텍스트인 「제삼화 미륵랑 미시랑」(『체신문화』, 체신문화협회, 1957.11)은 「미륵랑」으로 개제되어 『김동리 역사소설』에 수록된다. 이 작품은 앞서의 두 연작과는 달리 판본 간에 특별히 개작이라 할 만한 차이가 존재하지 않는다. 『김동리 역사소설』에 수록되는 과정에서 극히 일부의 어휘와 표현만이 바뀌었을 뿐이다.

이와 같이 「진흥대왕」 연작은 개제 및 부분 개작과 함께 세 편의 단편으로 분화됨으로써 『김동리 역사소설』에 각기 「원화」, 「우륵」, 「미륵랑」으로 최종 수록된다. 그 과정에서 다음과 같은 사료가 첨부되었다.

〈眞興王立(中略) 三十七年 始奉源花(中略) 一日南毛一日俊貞 聚徒三百餘二女 爭娟相妒(下略)〉(三國史記 眞興王條)[17]

이 같은 관련 사료가 『김동리 역사소설』에 수록된 모든 작품들의 제목 아래 공통적으로 제시되어 있거니와, 역사소설에서만 볼 수 있는 독특한 담화적 의장이 아닐 수 없다. 기간의 창작적 성과를 결산한 작품집이었기에 그러한 편집이 가능했을 터, 역사적 전거를 서사의 신뢰 기반으로 삼는 역사소설 특유의 독자 견인 전략을 이에서 목격하게 된다.

----

17 김동리, 「源花」, 위의 책, 217쪽.

3부_신라, 불교, 그리고 역사소설

서술의 재배치 및 개작

1957년『야담』지에 발표된 「석탈해(昔脫解)」는『김동리 역사소설』에 수록되기까지 각기 다른 제목으로 여타 잡지에 수록된 전력이 있다. 현재까지 확인된 바에 따르면 총 네 개의 판본만이 존재하는데, 다른 두 판본으로 먼저 1965년『지방행정(地方行政)』(대한지방행정협회) 1월호에서 3월호까지 3회에 걸쳐 연재된 「반월성(半月城)에서」가 있다.[18] 그리고 다른 한 판본은 1975년『사천군향우회보(泗川郡鄕友會報)』(재경사천군향우회) 신년호에 게재된 「석탈해 – 새뚝과 아로공주(阿老公主)」이다. 기이하게도『김동리 역사소설』에는 이 판본이 아닌 발표 시기상 앞서는 「반월성에서」가 최초 발표 제목인 '석탈해'를 내세워 수록되었다. 『야담』 판본을 1965년『지방행정』에 「반월성에서」로 개제하여 발표하는 과정에서 김동리는 개작을 단행한다. 서술자가 고향 경주의 반월성에 들렀을 때『삼국사기』에 나오는 '표공(瓢公)'의 후손을 만나는 장면이 작품의 서두에 덧붙여진 것이다.[19] 작가의 개인적 경험을 액자식 구성의 겉이야기로 삽입하여 서사의 얼개를 중층화 한 셈이다. 그러나

---

18 「昔脫解(석탈해)」가 「半月城에서」로 개제되어『地方行政』에 실렸다는 사실이 최근 학계에 보고되었다(김주현,『김동리 소설 연구』, 박문사, 2013, 438쪽). 그런데 「半月城에서」가 「昔脫解(석탈해)」의 개제에서 그치지 않고 새로운 내용의 추가와 함께 액자식 서사구조로 개작되었다는 사실은 이에서 언급되고 있지 않다. 아울러 「半月城에서」의 수록지『地方行政』의 발행기관이 '大韓地方行政協會'가 아닌 '韓國地方行政協會'로 잘못 밝혀져 있다.

19 경주를 무대로 삼은 이러한 내용이 추가된 탓에 후일『泗川郡鄕友會報』에는 특정 지역색을 제거한 「昔脫解 – 새뚝과 阿老公主」 판본이 투고되었던 것으로 보인다. 그리고『김동리 역사소설』에는 개작한 「半月城에서」 판본을 여타 역사소설 작품들처럼 인물 명을 중용하여 '昔脫解'라는 제목으로 수록하였을 터다.

『김동리 역사소설』판본의 속이야기에 해당하는『야담』판본의 최초 서사는 바뀌지 않았다. 몇몇 어색한 표현이 바로잡아지고, 등장인물 명이 '아로공주'에서 '아효공주'로 수정되는 등 교열 수준의 손질만이 가해졌을 뿐이다.『야담』판본 말미에 '탈해'의 출생연도와 관련하여 첨부되었던 주에 "새뚝 …… 李丙燾博士의 昔脫解에 대한 풀이에 依據(三國史記 譯註參照)"가 추가된 것도 같은 맥락에서 볼 수 있다. 이렇듯 서사상의 전면적인 수정이 아닌 새로운 내용을 단순 추가한 이 작품은 「회소곡(會蘇曲)」, 「원왕생가(顧往生歌)」, 「수로부인(水路夫人)」과 함께 최초 발표 제목을『김동리 역사소설』에 그대로 가져다 쓴 텍스트 군에 속한다.

한편 「진흥대왕」 연작의 중편 「제이화 악사우륵」(체신문화협회, 1957. 10)의 경우『야담』(희망사, 1959.1)에 「악성우륵(樂聖于勒)」으로 개제되어 재발표되면서 앞선 「昔脫解(석탈해)」와는 정반대의 개작을 거쳤다. 최초 판본인『체신문화』텍스트가 '일연'의 제자 '혼구'라는 인물을 겉이 야기의 화자로 내세워 액자식 구성을 취한 것과 달리 개제 및 개작된『야담』판본은 겉이야기 구조를 제거하고서 이를 전지적 작가 시점으로 대체해 놓고 있다. 그 단적인 예로 최초 판본의 마지막 서술 문장이 "어느 편이 옳은지 그것은 여러 스님네들이 짐작해서 판단 하십쇼 나무아미타불 나무관세음보살"[20]이었던 데서 "이런 이야기들로 미루어 보아 대체로 이 지이산 속에 숨었을 것이라고 짐작함이 좋겠다"[21]로 바뀐 것을 들 수 있다. 그 결과 직접적인 내용 변화는 아니나 서술 순서의

----

20 김동리, 「第二話 樂師于勒」, 『遞信文化』, 遞信文化協會, 1957.10, 119쪽.
21 김동리, 「樂聖于勒」, 『野談』, 希望社, 1959.1, 52쪽.

재배치, 그리고 부분적인 문장 표현 및 어휘상의 수정이 『야담』 판본에 나타나고 있다. 또한 등장인물의 이름도 일부 수정되었다. 예컨대 '우륵'의 연인이자 그의 외삼촌의 딸인 '염정(艶貞)'이 '나미(那未)'로, '우륵'의 어머니 '이슬부인(伊瑟夫人)'이 '구슬부인(具瑟夫人)'으로 바뀐 것이다.

『야담』(희망사, 1958.3)에 처음 발표된 「국사왕거인(國士王巨人)―왕거인(王巨人)과 대구화상(大矩和尙)」은 『김동리 역사소설』에 「왕거인」으로 개제되어 수록된 작품이다. 현재까지 확인된 바에 따르면 두 개의 판본이 존재하나 그 차이는 결코 소소하지 않다. 일례로 '진성여왕'으로부터 '새뇌가'의 수집을 명받은 '대구화상'과 '왕거인'이 그 일의 실행을 놓고 일시 갈등하는 장면이 상세히 서술되는 형태로 개작된 점을 들 수 있다. 왕과 문란한 관계를 맺고 있던 각간 '위홍'이 불의한 요구를 해오자 이를 거절한 '왕거인'과 그 일이 궁극적으로 중생을 위한 것임을 강조하는 '대구화상' 사이의 대화가 『김동리 역사소설』 판본에 새로이 삽입됨으로써 나타나게 된 결과다. 아울러 해당 대목에 '왕거인'의 내적 갈등에 관한 장황한 묘사가 덧붙여졌다. 이 외에도 일부 어휘 및 표현이 바로잡히거나 다듬어진 것을 확인할 수 있다.

「의사김양(義士金陽)」 역시 『야담』 게재와 『김동리 역사소설』 수록 두 판본만이 확인되었는데, 전자의 판본이 후자에 수록되면서 「김양(金陽)」(『야담』, 희망사, 1958.6)으로 개제되었을 뿐만 아니라 문장 표현에서부터 서술 내용까지 재배열된 것을 볼 수 있다. 심지어 새로운 내용이 추가되기까지 했다. 기록적 사실관계에 근거한 서사 얼개만이 같을 뿐 새롭게 쓴 작품이나 다름없을 만큼 상당한 개작이 행해졌다. 특히 주요 인물의 성격이 다르게 형상화되고 있거니와, 주인공 '김양'과 '배훤

백' 사이에 오고가는 대화의 갈등 장면이 이를 잘 보여준다. 역사소설인 이상 이 같은 개작이 단순히 소설적 완성도를 높이기 위한 차원에서만 행해지지는 않았을 터, 역사적 인물에 대한 작가의 달라진 평가역시 개작 과정에 부수되게 마련이라는 사실을 알 수 있는 대목이다.

서술상의 전면적인 수정이 행해진 또 하나의 대표적인 사례가 『김동리 역사소설』에 「호원사기(虎願寺記)」라는 제목으로 수록된 작품이다. 현재 이 작품의 최초 판본은 1964년 『철도』(철도협력회) 6월호에 발표된 「비연(悲緣)」으로 추정된다. 이 텍스트는 『삼국유사』의 '김현감호(金現感虎)' 감통설화를 소재로 이를 역사적 사건과 결부시키는 형태의서사 구도를 취하고 있다. 그러나 세부 내용에 있어 판본에서 나타나는 차이는 단순 개제가 아닌 개작으로 보아야 마땅할 정도로 크다. 어휘와 표현상의 수정은 물론이거니와, 다음과 같이 아예 문맥 자체가달라진 서술이 다수 발견된다.

① 한편 김주원과 그를 미는 사람들이 이러한 불평과 반감을 품고 있다는사실은 신왕인 원성왕(元聖王—敬信)과 그의 측근자들에게도 알려졌다. 특히 그(경신)를 적극적으로 왕위에 추대했던 이찬 세강(世强)들은 이 기회에김주원의 무리를 그대로 둘수 없다고 수군거렸다. 만약에 그들 (김주원 일파)이 반란을 일으키기라도 하면 큰 일이요, 더욱이 그것이 성공되는 날엔 자기들은 대역죄로 몰리기 마련이었기 때문이었다. 그들은 신왕을 배알하고
"그와 같이 딴 마음이 있는 사람에게 시중이란 대직을 맡기는 것은 나라의 전도로 보아서도 위험천만한 일인 줄 아뢰오"
하고 충렴이 아뢰자 세강도

"옳은 말인줄 아뢰오"

하고 맞장구를 쳤다.

여기서 왕은 김주원에게 주려던 시중의 자리를 세강에게 주기로 하였다.[22]

② 신왕은 이러한 불평들을 일소하기 위하여 김주원 계열에게도 관직을 안배한다는 원칙을 세우고, 이 원칙에 따라 일찍이 김주원을 받들던 이찬 제공에게 시중이란 대직(大職)을 주었다. 그러나 이 일이 처음부터 경신(현왕)을 받들던 사람들의 반발을 사게 되었다. 처음부터 경신을 받들던 사람들이라고 하면 충렴(忠廉)과 세강(世强)이 그 대표자들이었다. 본디 그들은 충렴이 상대등으로 된다면 세강은 시중이 되리라고 믿고 있었다. 그런데 충렴은 예상대로 상대등이 되었으나 시중의 자리는 제공에게 빼앗긴 것이다.

신왕을 배알하고

"제공과 같이 첨부터 딴 마음이 있었던 사람에게 시중이란 대직을 맡기는 것은 나라의 전도로 보아서도 위험천만한 일인 줄 아나이다."

하고 충렴이 아뢰자 세강도

"옳은 말인 줄 아나이다."

하고 맞장구를 쳤다.

여기서 왕은 제공에게 주려던 시중의 자리를 세강에게 주기로 하였다.[23]

표면적 주제로 '김현'과 '호임'의 비극적 사랑을 내세우고 있는 이 작품은 왕권 계승과 그로 인한 신분적 갈등 및 대립이라는 당대의 역사

---

22 김동리, 「悲緣」, 『鐵道』, 鐵道協力會, 1964.6, 107쪽.
23 김동리, 「虎願寺記」, 앞의 책, 1977, 319~320쪽.

현실적 문제를 이면의 주제로 다루고 있다.[24] 작자 김동리는 이 이면
의 주제의식을 부감시키기 위한 방편으로 남녀 간의 전기적(傳奇的) 사
랑을 소설적 허구로 차용했던 것이다. 실제로 이와 관련하여 『三國史
記』에는 "이찬(伊飡) 병부령(兵部令) 충렴(忠廉)에게 관작을 수여하여 상
대등(上大等)으로 삼았다. 이찬 제공(悌恭)을 시중(侍中)으로 삼았다가 제
공을 파면하고, 이찬 세강(世强)을 시중으로 삼았다"[25]라는 기록이 전
해진다. 이러한 전거에 대한 재확인을 통해 김동리는 최초 판본에서
범한 인용문 ①과 같은 서술의 오류를 인용문 ②와 같이 바로잡았다고
볼 수 있다. 말하자면 역사적 상상력에 기반한 해석상의 오류를 최소
화함으로써 사적 전거성에의 충실을 기한 셈이다.

표현 및 어휘상의 교열

「여수(旅愁) – 원제 「쌍녀분후지(雙女墳後志)」」는 1957년 『야담』(희망사)
7월호에 처음 발표된 이래 『한국삼대작가전집』(삼성출판사)에 수록되기
까지 김동리 단편 역사소설의 대표작으로 여러 작품집에 수록된 이력
을 지니고 있다. 이 과정에서 개제 혹은 개작은 행해지지 않았다. 그러

---

24 방민화, 「「김현감호설화(金現感虎 說話)」의 소설적 변용 연구–김동리의 「호원사기(虎願寺
    記)」를 중심으로」, 『문학과종교』 14, 한국문학과종교학회, 2009, 54쪽.
25 김부식, 상고사학회 편저, 『三國史記 新羅本紀』, 고대사, 2008, 348쪽.

다 『김동리 역사소설』에 수록되면서 「최치원(崔致遠)」으로 개제되기에 이른다. 이 과정에서 제목만이 아니라 문장 표현에 있어서도 일부 수정이 가해졌다. 전체 서사의 흐름이 바뀌었다고 할 정도는 아니기에 이를 근거로 개작 판정을 내리기는 어려우나 몇몇 대목은 눈에 띄는 변화를 보여준다. 예컨대 액자식 구성의 겉이야기 화자가 자신의 작품을 두고서 『야담』 판본에서 '「화랑의 후예」'로 언급했던 것이 『김동리 역사소설』 판본에서는 '「화랑 이야기」'로 바뀐 것을 들 수 있다. 소설로서의 허구성이 강화된 일면일 것이다.

한편 극히 부분적인 수정이 작품 전체에 지대한 영향을 미친 예도 심심치 않게 발견된다. 「수로부인(水路夫人)」(『야담』, 희망사, 1957.11)이 그 대표적인 경우에 해당한다. 이 작품은 『야담』에 처음 발표된 이후 일부 표현이 수정된 상태에서 『한국역사소설전집』 8(을유문화사, 1960)에 수록되었다. 흥미로운 사실은 『김동리 역사소설』 판본이 이를 모본 삼았으면서도 그 결말의 한 문장을 아래와 같이 전혀 새로운 문맥을 띠도록 수정하였다는 것이다.

① 전하는 말에 그것은 이효거사가 월명과 수로의 미진한 회포를 풀어주기 위한 것이라고도 하고, 또는 수로부인의 미달한 경계를 깨우쳐주기 위한 것이라고도 합니다. 어느 쪽인지는 분명히 모르지만 아무튼 이효거사가 두 분께 이렇게 말한 것은 사실인듯 합니다.

"선남선녀(善男善女)에게는 속계(俗界)와 같은 절제가 없는 것이오. **두 분이 하고자 하면 잠자리를 함께 해도 구애됨이 없을 것이오.**"

거사가 이렇게 말했을 때 월명은 잠자코 피리를 내어 불었고, 수로부인은

얼굴을 조금 붉혔다고 합니다.[26]

② 전하는 말에 그것은 이효거사가 월명과 수로의 미진한 회포를 풀어주기 위한 것이라고도 하고, 또는 수로부인의 미달한 경계를 깨우쳐주기 위한 것이라고도 합니다. 어느 쪽인지는 분명히 모르지만 아무튼 이효거사가 두 분께 이렇게 말한 것은 사실인듯 합니다.

"선남선녀(善男善女)에게는 속계(俗界)와 같은 절제가 없겠으나, **두 분께서 하고자 하는 일은 피리와 춤과 노래밖에 없을 줄 믿으오.**"

거사가 이렇게 말했을 때 월명은 잠자코 피리를 내어 불었고, 수로부인은 얼굴을 조금 붉혔다고 합니다.[27] (강조는 인용자)

굵은 글씨의 인용 부분에 주목하건대, ①이 다소 선정적인데 반해 ②는 풍류적 색채를 강하게 띠고 있는 것을 보게 된다. 예술과 종교의 연을 통해 맺어진 '월명대사'와 '수로부인'의 사랑을 다룬 위의 두 판본은 이렇듯 상이한 여운을 남기는 결말을 각기 취함으로써 판본 간 차이를 여실히 드러낸다. 읽기에 따라 중심인물들의 관계를 달리 해석할 수 있는 여지가 그로부터 파생된다는 점에서 적지 않은 함의의 개작이라 할 것이다.

「수로부인」처럼 복수의 판본으로 분화된 또 다른 작품으로 「청해진대사(青海鎭大使)─장보고(張保皐)와 정년(鄭年)」(『야담』, 희망사, 1958.5)이 있다. 이 작품은 「귀국(歸國)」(『협동』, 대한금융조합연합회, 1965.11)으로 개

---

26 김동리, 「水路夫人」, 『韓國歷史小說全集』 8, 을유문화사, 1960, 401쪽.
27 김동리, 「水路夫人」, 앞의 책, 1977, 80~81쪽.

제되어 재발표되는데, 이후『김동리 역사소설』에 수록되는 과정에서 「장보고」로 또 다시 개제된다. 기이하게도『김동리 역사소설』에는 「청해진대사-장보고와 정년」의 문장을 부분적으로 손질한 「귀국」이 채택되지 못했다. 발표 시기에서 앞서는 「청해진대사-장보고와 정년」이『김동리 역사소설』에 그대로 수록된 것이다. 그러나 세 판본 간 차이가 경미하여 단순 개제 이상의 의미를 찾기는 어렵다.

김동리의 신라연작 가운데 다소 예외적인 작품이 「아시량기(阿尸良記, 아리랑기)-일명아시량국흥망기(一名阿尸良國興亡記)」(『야담』, 희망사, 1958.1)이다. 그 발표 시기가 1950년대라는 점, 그리고 발표지가『야담』이라는 점에서 여타 신라연작과 유사한 맥락에 놓여 있으나, 중편이라는 점에서 차별성을 갖는다. 이후 이 작품은『야담』의 발행사 '희망사'가 그간 해당 잡지에 발표된 여러 장르 및 양식의 작품들 가운데 일부를 선별하여 상·중·하 세 권의『걸작야담선집』를 발간하였을 때, 상권 『걸작중편구인집(傑作中篇九人集)』에 「흥망비사(興亡秘史) 아시량기(阿尸良記)」란 제목으로 수록된다. 이 과정에서 일부 표기법이 달라지고 장(章) 제목은 그대로인 상태에서 화(話) 제목이 소거된다. 개작이 아닌 개제 수준의 판본 차이가 이에서 발생했다고 할 수 있다.

한편 판본 간 변화를 거치며 어휘와 표현만이 수정된 작품들도 다수 있다. 「불모의 원한(怨恨)-실성(實聖)과 눌지(訥祇)」(『야담』, 희망사, 1959.2)를 개제한 「눌지왕자(訥祇王子)」(『김동리 역사소설』)가 그 한 예로, 수정 과정에서 오히려 오자 표기가 발생하는 문제점이 드러나기도 했다. 「회소곡(會蘇曲)」(『야담』, 희망사, 1959.2) 역시 동일 제목으로『김동리 역사소설』에 수록되면서 소수의 어휘와 표현이 바뀌거나 수정되었다. 문제는 그 과정에서 일부 내용이 생략되는 문제가 발생했다는 사실이다. 이 외에도 「원왕생가(願往生歌)」(『야담』, 희망사, 1957.10), 「기파랑(耆婆郞)」으로 개제된 「정의관(情義關) ─ 일명 「기파랑애화(耆婆郞哀話)」」(『야담』, 희망사, 1957.12), 그리고 「양화(良禾)」로 개제된 「양화랑애화(良禾娘哀話) ─ 장보고(張保皐)와 염장(閻長)」(『야담』, 희망사, 1958.7)이 『김동리 역사소설』에 수록되는 과정에서 어휘와 표현에 부분적인 손질이 가해졌다.

일찍이 김동리는 창작집 『실존무(實存舞)』(인간사, 1955)의 「후기」에 부쳐 자신의 역사소설 창작의 구도를 피력한 바 있거니와, 신라연작은 그 하나의 기획으로 실행된 것이었다. 그러나 그러한 야심이 자신이 선언한 '본격문학'의 본령에 진입한 성과로까지 이어졌다고 보기는 어렵다. 일련의 신라연작 역사소설 창작은 본격문학과 대중문학의 접점을 찾기 위한 실험으로서의 성격이 짙다고 평하는 편이 오히려 사태의 진실에 가까울 것이다. 소재의 빈곤을 극복하기 위한 방편으로 다수의 작가들이 역사에 눈 돌렸던 것처럼 김동리에게도 역사는 접근하기 용이한 서사의 원천이었음이 분명하기 때문이다. 물론 고대 신라에 관한 탐색과 고찰이 김동리의 평생 과업이었던 것만은 부인할 수 없는 사실이다. 자신의 숱한 창작 무대로 택한 고향 경주는 찬란했던 고대 신라를 고스란히 품은 공간으로서 그 과거를 문학적으로 재현하는 일은 김동리 스스로가 찾은 천직이었다. 그러나 신라연작을 통해 김동리가 자신에게 걸었던 웅대한 최면과 실제로 거둔 창작 성과는 별개의 문제일 수밖에 없다. 잡지 『야담』 편집자의 다음과 같은 후기를 곰곰이 새겨보아야 할 이유가 여기에 있다.

「볼모의 怨恨」은 金東里선생이 새로운 각도에서 대중지(大衆誌)에 시도(試圖)하는 향기(香氣)높은 문학작품(文學作品)으로 여러분의 독서의욕(讀書意慾)을 충분히 채워줄 것을 의심치않습니다.[28]

무려 12편의 중·단편 신라연작이 발표된 지면이 대중적인 역사 읽을거리를 표방했던 『야담』이었다는 사실을 감안할 때, 위에 인용되고 있는 편집자의 상찬은 거슬러 읽어야 마땅하다. 굳이 그 같은 경로를 통해 유추하지 않더라도 김동리의 신라연작이 대중의 입맛을 고려한 글쓰기로 문학적 성취도 면에서 여타 작품들에 뒤처진다는 것은 대다수의 작품이 자인하고 있는 사실이다. 그렇다고 해서 동일 작품을 수차례 다른 지면을 통해 발표하고, 그때마다 이를 수정하여 『김동리 역사소설』로 수렴시킨 그 지난한 개제 및 개작의 이력까지 과소평가될 수는 없을 터다. 물론 숱한 개제와 개작이 순수하게 작품의 완성도를 높이기 위한 의도에서 행해졌다고는 볼 수 없다. 어떤 면에서는 밀려드는 여러 지면의 청탁에 새로운 창작으로 매번 답할 수 없었던 상황에서 행한 궁여지책이었다고 보는 편이 진실에 가까울 수 있다. 그럼에도 불구하고 서사적 얼개의 재배치와 첨작에서부터 어휘 및 표현의 사소한 수정에 이르기까지 신라연작에 쏟은 그 열정의 결실은 엄연한 실체로 존재한다. 지속적인 개작을 통해 문학적 완성도를 높여 갔던 그의 창작 관행이 비단 신라연작에서만 확인되는 것은 아니되, 그 전력이 값진 이유는 역사와 문학이라는 상호 모순적인 글쓰기로서 역사소설

---

28 「엮고 나서」, 『野談』, 希望社, 1959. 2, 270쪽.

창작의 지향이 무엇이 되어야 하느냐에 답하려는 실천적 작가의식이 이 연작에 오롯이 담겨 있기 때문이다. 단언컨대 개작 과정에서 사적 전거에 대한 정확한 검토를 재차 반복하고, 이를 하나의 소설 담화 형식으로 수용한 글쓰기는 한국의 근현대 역사소설사에서 쉽게 찾아보기 어려운 사례로 김동리의 치열한 작가정신의 일면이 아닐 수 없다.

2장

동양정신의 구현으로서 역사 소설 쓰기

　현재와 다른 타자의 시간에 속한다는 의미에서 과거는 역사소설의 미적 대상이 된다. 그러한 이유에서 역사소설 창작은 현재를 해체하는 하나의 통로가 될 수 있다. 새로운 것에 대한 강렬한 욕구가 과거를 열렬히 회고하는 방식으로 나타났던 근대의 양면성이 이러한 역사소설을 발명하게 된 내막일 것이다. 역사소설은 완결된 시간을 가정한다. 즉, 인공적인 서사의 시간 위에 서서 현실을 조망하려는 근대의 욕망이 역사소설에 내장되어 있는 것이다. 역사소설이 담아내는 시간의식은 소급적이고 회고적이면서 동시에 현재적이고 경우에 따라 미래를 선취한 인식 틀을 보여준다. 이 시간에 대한 투사적 효과가 곧 역사소설의 정치학이다.

　일반적으로 역사소설의 이야기 시간과 담화적 시간 층위 사이의 이질성은 작가의 역사의식 혹은 역사관을 매개로 봉합된다. 그 결과 현재가 과거에 입사(入射)되는 것이 아니라 과거가 현재에 외삽되는 상황이 빈발한다. 일찍이 김동리는 이를 '제3인간주의'를 통해 피력했다. 제3인간주의론의 결어라 할 그의 '동양정신'은 이러한 역사의식의 표상이었다. 서구의 문명사 비판에 가까운 김동리의 제3인간주의론은 관념성과 추상성을 벗어나지 못한 논의였으나, 동양정신의 탐구로까지 확대된 그 외연은 그의 역사소설 창작이 민족서사 쓰기를 넘어선 기획이 될 것임을 예고한다. 이러한 이유 때문에 제1세계 외부에서 이를 비판한 제3세계적 근대성으로 김동리의 소설문학을 한정해 온 기왕의 지배적 관점은 교정될 필요가 있다. 제3세계 문화를 대항적인 것으로 각인할 경우 서양에 대한 투쟁을 제외한다면, 그런 문화에 다른 무엇이 존재하는가라는 문제는 쉽게 간과되고 말 것이기 때문이다. 뿐만 아니라 만약 제3세계 문화의 주된 관심이 서양의 지배에 대한 저항이 아니라면 어떻게 할 것인가라는 물음에 답하기 어려울 수밖에 없다. 현재 지배적인 제3세계 문화의 독해, 즉 제3세계의 서양에 대한 대항적인 타성(他姓, alterity)만을 강조하는 해석으로는 파악할 수 없는 의미 작용의 과정이 거기에는 분명 존재한다.[1]

김동리의 역사소설 창작은 서구적 근대성의 한계를 목도함으로써 촉발되었던 만큼 단순히 그 비판에 그치는 작업만은 아니었다. 실제로 김동리는 그 비판적 대안을 역사소설 창작을 통해 시연해보였다. 이것이 이 장에서 논의하고자 하는 바다. 그간의 연구들은 김동리의 역사소설을 지극히 통속적인 텍스트로 폄하함으로써 이러한 사실을 의식

---

1 레이 초우, 정재서 역, 『원시적 열정—시각, 섹슈얼리티, 민족지, 현대중국영화』, 이산, 2004, 93쪽.

적으로 외면해왔다. 김동리 문학관의 요체라 할 제3인간주의론과 관련하여 번다한 논의를 펼쳐왔음에도 불구하고, 정작 그 실증적 텍스트라 할 역사소설 텍스트들에 대한 검증에는 소홀했던 것이다. 이 장의 논의는 김동리의 정신적 성소라 할 신라를 배경으로 씌어진 단편 역사소설 텍스트들의 담화적 특질을 분석하는 데 목적이 있다. 그리고 이를 바탕으로 서구적 근대성에 대한 비판적 대안으로 그가 주창했던 동양정신이 과연 무엇을 말하는 것이었던가를 확인해보고자 한다.

제3인간주의와 역사

해방 이전 김동리가 처음으로 역사소설 창작내지는 그 미학적 특질에 대해 관심을 갖게 된 계기는 김동인과의 만남이었던 것으로 보인다. 「산화(山火)」가 『동아일보』 신춘문예에 당선된 것을 계기로 김동리는 1936년 당시 잡지 『야담』을 주관하고 있던 김동인과 첫 대면을 하게 된다. 김동리는 이때를 떠올리며, 그 당시 자신은 창작(소설)과 야담이라면 비교를 하는 것만 해도 문학에 대한 모독같이 생각했다고 술회한 바 있다. 야담을 비하적인 시선으로 바라봤던 김동리는 김동인에게 "같은 사람이 소설도 쓰고 야담도 쓸 때, 문장에 있어서는 별 차이가 없겠지만 인물의 성격을 창조한다거나 하는 점"에서는 전혀 다르지 않느냐는 견해를 밝힌다.[2] 인물 성격의 창조와 같은 미학적 문제를 준거로 역사소설과 야담을 변별한 김동리의 이 같은 관점은 이후 그의 역사소설 창작에서 사적 근거에 입각하여 인물을 창조하려는 의식적인 노력으로 나타난다.

이러한 배경 아래 역사소설계에 발을 들여놓은 김동리는 1958년 네 번째 창작집으로 발간한 『실존무(實存舞)』의 「후기」를 통해 자신의 창작 작업의 조감도를 제시한다. 이 글에서 그는 역사소설뿐만 아니라 등단 이후 발표한 자신의 모든 작품들의 창작 경향을 유형화한다. 아울러 1950년대까지의 주요한 창작 실천의 흐름을 개괄하는 동시에 향후 그의 문학적 과제를 어디에 둘 것인가에 대해서도 다음과 같이 예고한다.

여기 든 열 한편의 作品은 그 어떤 統一된 基準에 依하여 묶어진 것은 아니다. '統一된 基準'과는 相關 없이 될수 있는대로 多樣하게 엮어 보려 한 것이다. (이것은 나의 다른 作品集에서도 언제나 그랬지만) 이에 그 色彩나 趣意를 좇아 갈래를 노놔 보면, 「實存舞」 「密茶苑時代」 「狂風속에서」 「殺伐한黃昏」이 나의 作品系譜에서는 '歷史的 現實'을 다룬 것에 屬하고, 「靑磁」 「아들 三兄弟」가 '人間性의 實驗係에 屬하고, 「驛馬」 「진달래」가 '鄕土的 情調(詩情係)에 屬하고, 그리고 끝으로 「旅愁」 「龍」 「木工요셉」 세편이 歷史小說이다.

내가 나의 歷史小說 가운데서 特히 이 세편을 함께 넣은 데는 理由가 있다. 「旅愁」의 主人公 「崔致遠」과, 「龍」의 主人公 「姜太公」과, 「木工요셉」의 主人公 요셉은 내가 着手하여 있는 '第三人間主義 (또는 新人間主義)의 第二, 第三, 第四, 舞臺인 古代新羅 古代中國 古代유대의 三個東方地區를 各各 背景으로 한 人物들이기 때문이다.[3]

2   김동리, 「自傳記」, 『趣味와 人生』, 문예창작사, 1978, 278~279쪽.
3   김동리, 「後記」, 『實存無』, 人間社, 1958, 281쪽.

김동리는 제3인간주의(신인간주의) 이념이 표방되는 무대에 따라 자신의 소설세계를 제일, 제이, 제삼, 제사로 대별한다. 제일의 무대라 함은 근대내지 현대 한국을, 제이 무대는 고대 신라, 제삼 무대는 고대 중국, 그리고 제사 무대는 고대 유대를 가리키거니와, 이때 제일 무대와 나머지 세 무대 사이에는 시간적 간극이 존재한다. 제일 무대가 당대적 현실인 반면 나머지 세 무대는 과거의 세계인 것이다. 김동리는 제일 무대를 배경으로 한 소설을 다시 주제적 측면을 고려하여 세분화하는데, 그 첫째가 '역사적 현실' 계열의 소설이요, 둘째가 '인간성의 실험' 계열 소설이며, 셋째가 '향토적 정조' 계열의 소설이다. 특기할 만한 사실은 제이, 제삼, 제사 무대를 배경으로 한 작품들만을 김동리가 역사소설로 칭하고 있다는 점이다. 김동리는 '역사적 현실' 계열의 소설들이라 할지라도 제일 무대에 속하는 이상 역사소설의 범주 안에 포함시키지 않는다. '역사'보다는 '현실'에 강조점을 두고서 '역사적 현실' 계열의 소설사적 위치를 가늠한 결과다. 이에는 현재진행중이거나 혹은 과거의 사건이라 할지라도 당대적 시점에서 경험적으로 인지되는 경우 역사성을 내포할 수는 있으되 객관적 역사로 승인될 수 없다는 생각이 담겨 있다. 김동리에게 그러한 사건은 '역사적 현실'이란 이름으로 일시 지칭될 수 있는 의사(擬似) 역사태에 불과할 따름이다. 일정한 시간적 거리의 확보를 역사소설의 전제 요건으로 이해했던 김동리 창작관의 일단을 이에서 확인할 수 있다.

　　김동리가 문학의 제3인간주의를 본격적으로 표방한 것은 해방 이듬해인 1946년 「순수문학의 진의」라는 제하의 평론을 통해서였다. 그러나 제3인간주의가 창작 실천으로 구현되기 위한 청사진이 이때 마련되었다고 보기는 어렵다. 제3인간주의의 일환으로 김동리가 역사소설에 관한 창작 계획을 의식적으로 세우게 된 때는 그의 네 번째 창작집『실존무』가 상재된 1958년 이전으로 추정된다. 「검군(劍君)」과 6년여의 시간적 거리가 있는 「마리아의 회태(懷胎)」(1955)가 그 신호탄이라 할 수 있다. 김동리는 『실존무』의 후기에서 「여수(旅愁)」와 「용(龍)」, 「목공 요셉」을 수록하게 된 배경을 설명하는 가운데 이들 작품의 주인공들이 제3인간주의의 제이, 제삼, 제사 무대를 대표하는 인물들임을 거론한다. 이는 김동리 역사소설 창작이 제3인간주의 이념의 탐색을 위해 사전 계획된 수순임을 말해준다. 이후 김동리 역사소설의 전개는 이들 세 작품에서 정초된 창작 방향을 토대로 연작의 형태를 띠고서 진행된다.

김동리는 현재와 명확히 변별되는 과거사로서의 역사만을 역사소설 창작의 주 무대로 상정했다. 따라서 역사와 문학적 세계와의 모순, 즉 양자의 길항관계를 어떠한 형태로든 정립하는 일은 김동리가 해결해야 할 역사소설 창작의 선행 과제였다. 신라에 관한 단편 역사소설을 집대성한 『김동리 역사소설』의 서문에서 김동리는 회고적 문체로 다음과 같이 이에 대해 답하고 있다.

이와 같이 이 책에 수록된 열 여섯 편은, 전체적으로, 신라 사람들의 생활과 감정과 의지와 지혜와 이상과, 그리고 그 사랑, 그 죽음의, 현장을 찾아보려는 나의 종래의 계획에 따라 만들어진 완전히 동일한 기조의 작품들이다. 그것을 굳이 한마디로 표현하라면 '신라혼의 탐구'랄까, '신라혼의 재현'이랄까, 그런 성질일 것이다.

이상이 이 책의 이름을 '신라'라고 붙이게 된 소이다.

3부_신라, 불교, 그리고 역사소설

여기서 다시 몇마디 첨부할 말이 있다면 그것은 다음의 두어 가지다.

첫째, 여기 나오는 열 여섯 편의 작품은 막연히 신라시대의 이야기를 쓴 것이 아니고 어느거나 다 확실한 역사적 근거를 가졌다는 점이다.

둘째, 위의 열 여섯 편의 이야기 내용은 전적으로 상상의 산물이라는 점이다.[4]

역사적 근거에 기초했다는 점과 상상적 산물이라는 점은 김동리가 자신의 역사소설 창작 원리를 설명하는 핵심 명제다. 상호 충돌하는 이 두 원칙을 접주시킨다면, '상상적 미장(美粧)에 의한 사실(史實)의 재현'이 될 것이다. 허구적 상상은 기록적 사실들 사이의 틈새를 채우는 데 더없이 유용한 문학적 자질일 수 있다. 그러나 이때 사실과 상상 사이에 결코 해소될 수 없는 긴장이 발생한다. 아울러 역사적 근거가 역사소설의 필수 요건이어야 한다는 논리대로라면 역사소설 창작은 미적 자율성을 일정 부분 양해해야 하는 글쓰기가 되고 만다. 김동리가 '신라혼의 탐구'와 '신라혼의 재현'을 창작 목적으로 동시에 천명한 사실은 이러한 딜레마와 무관하지 않아 보인다. 순전히 문학적 상상력의 산물임을 표방할 경우 야담과의 구분이 모호해질 수밖에 없으며, 역사적 전거성을 강조할 경우 역사 기술과의 차이를 드러내기가 용이치 않을 것이기 때문이다. 김동리가 '탐구'와 '재현'을 동시에 겨냥하여 역사에 관한 자신의 글쓰기를 규정한 이유가 여기에 있을 터다.

----

4   김동리, 『김동리 역사소설』, 智炤林, 1977, 3~4쪽.

역사 전유의 미학적 형식

김동리가 '신라혼의 탐구'와 '신라혼의 재현'을 그 목적으로 내건 역사소설 창작은 제3인간주의의 제이 무대에 해당한다. 「검군」이 그 원류에 해당하는 작품이라 할 수 있으나, 역사소설 창작 기획을 공식적으로 밝힌 『실존무』 후기를 근거로 본다면, 그 본격적인 시발은 1957년 발표한 「여수(旅愁)—원제 「쌍녀분후지(雙女墳後志)」」, 「원왕생가(願往生歌)」, 「수로부인(水路夫人)」, 그리고 「진흥대왕(眞興大王)」 연작의 창작이라 할 수 있다. 이후 이들 작품을 한 데 모은 『김동리 역사소설』[5]의 중심인물들은 도달할 수 없는 아름다움과 예술의 향기, 운명적 사랑이 내포한 비극적 모티프의 주인공들이라는 점에서 공통된 면모를 지닌다.[6] 그리고 이러한 인물들이 펼치는 이야기는 남녀 간의 애정 문제를 축으로 호국 충정이나 불교적 정신을 실천하는 주제의식으로 귀결되고 있다.[7]

이와 더불어 유사한 형식미학적 특질을 공유하고 있다는 점에서 이들 작품의 계통성은 더더욱 선명하게 드러난다. 우선 다수의 작품이 액자구성을 취하고 있다는 점을 그 특징으로 꼽을 수 있다. 그리고 역사적 실존인물을 이야기의 화자로 내세우거나 복수의 사료적 전거를 바

---

5   김동리, 『김동리 역사소설』, 智炤林, 1977. 이 장에서는 이 작품집에 수록된 판본과 해당 작품명을 바탕으로 논의를 전개할 것이다. 이하 「작품명」, 『김동리 역사소설』, 쪽수로 표기한다.
6   진정석, 「역사적 기록의 변형과 텍스트의 저항—김동리의 역사소설에 대한 한 고찰」, 『살림작가연구 김동리』, 살림, 1996, 488쪽.
7   박덕규, 「21세기에 만나는 신라 천년의 인물들」, 『소설 신라열전』, 청동거울, 2001, 8쪽.

탕으로 서사를 재구성하는 방식, 그리고 가상의 텍스트를 제시함으로써 서사의 개연성을 높이는 방식 등이 그 세부 기법으로 동원된다. 이를 통해 김동리는 이야기의 과거가 아닌 과거의 이야기, 즉 역사를 더욱 역사답게 만드는 작업에 역사소설의 위상을 둠으로써 역사를 전유하려는 욕망을 실체화했다. 따라서 『김동리 역사소설』 서문에 피력된 그의 역사소설 창작관은 이 같은 미학적 실험을 결산하는 차원에서 행해진 사후적 논평으로서의 성격이 짙다.

실존인물을 이야기의 화자로 내세운 예는 「우륵(于勒)」, 「원화(源花)」, 「수로부인(水路夫人)」, 「미륵랑(彌勒郎)」 등이다. 이들 작품은 서사적 연계성을 가지고 있지는 않으나, 공통의 화자가 등장한다는 측면에서 연작 형태의 텍스트 군을 형성한다. 김동리는 이들 작품에서 실존인물로 알려진 '일연'의 제자 고제 보감국사(寶鑑國師) '혼구'라는 인물의 발굴에 주목한다. 그리고 그를 가공된 이야기꾼에 위치시키는 서사적 배치를 구사한다.

소승(小僧—寶鑑國師 混丘)이 저의 스님(일연선사)에게서 들은 이야기를 그대로 말씀 드리죠.

그런데 수로부인에 대한 이야기가 왜 그렇게 많으며, 또 왜 그렇게 기이한 이야기를 많이 낳게 되었는지, 그것은 소승도 똑똑히 말씀드릴 수가 없읍지요. 아무튼 날 때부터 죽을 때까지 모두 이야기로 되어 있으니깐요. 그럼 날 때 이야기부터 시작하기로 하겠습니다.[8]

---

8 「水路夫人」, 『김동리 역사소설』, 80~81쪽.

앞의 인용문에서 보듯이 '혼구'는 삼국유사의 저자인 스승 '일연선사'의 말을 빌어 사료에 기록되지 않은 이야기를 전할 것임을 서두에서 밝히고 있다. 역사적 사료와 소설적 허구 사이에 걸쳐 있으면서 그 경계를 지우는 한편 이질적인 세계를 교차시키는 역할이 그에게 부여되고 있는 것이다. 그는 겉이야기의 등장인물이자 속이야기의 화자로서 두 세계를 가로지르는 존재이다. 즉, 중심 서사가 펼쳐지는 무대공간으로서 과거(속이야기의 인물들이 활동하는 세계)와 이를 구현하기 위한 현재의 담화 공간(동료 승들에게 속이야기를 전하는 세계)에 화자와 작중인물로 각기 분하여 등장하는 것이다. 따라서 혼구가 등장하는 연작들에는 대개 이질적인 세 층위의 세계가 다음과 같이 계층화되어 나타난다.

①그러면 구체적으로 들어가서 진흥대왕께서는 '겸님'을 어떻게 펴려 했던가. 이 소설의 진의(眞意)도 거기에 있다. 이 이야기는 『삼국유사(三國遺事)』의 저자일 뿐 아니라 일세의 대덕(大德)이요 일국의 석학이시던 일연선사(一然禪師)의 고제(高弟)로 '나중 국사(寶鑑國師)가 된 혼구(混丘)가' 아직 일연대사 아래서 배우고 있을 때 스승(일연선사)에게서 들은 바를 다른 중들에게 들려준 그대로다.

그런데 혼구는 이야기를 시작하기 전에 이렇게 말했다.

②제가 스님(일연대사)께 진흥대왕이 어떠한 분이십니까 하고 물었더니 스님께서는 한참 생각하고 나시더니, 진흥대왕이 어떤 분이신지를 알려면 다음의 몇가지 이야기를 잘 연구해보라고 하셨습니다. 그 몇가지 이야기 가운데 스님께서 제일 먼저 손꼽으신 것이 원화(源花)요, 그 다음이 미륵랑

(彌郞郞), 우륵(于勒)이 올시다. 그러면 원화 이야기부터 시작하리라.

③ '원화'가 무엇이냐 하면 우선 글자 그대로 '꽃의 근원'이라고 해야 하겠
지요. 그러나 이 '꽃'은 나뭇가지에 피는 꽃이 아니고 사람에게서 피는 꽃을
두고 이르는 말입니다.[9]

인용문 ①에서처럼 작가와 독자가 직접 소통하는 첫 번째 층위, ②와
같이 혼구와 그의 동료 승들이 겉이야기의 화자와 청자로 등장하는 두
번째 층위, 그리고 혼구가 속이야기의 화자로 분하고 동료 승들을 내포
청자로 가정하는 ③의 세 번째 층위가 그것이다. 일명 '혼구 연작'에 해
당하는 작품들은 모두 이 같은 담화 구조를 띠고 있다. 이는 일견 작자가
기대고 있는 사료적 전거성에 공신력을 높이기 위한 서사전략으로 해석
될 수 있다. 자신의 이야기가 일연선사로부터 직접 전해들은 사실임을
혼구가 반복적으로 강조하는 것 역시 같은 맥락에서임을 알 수 있다.

담화구조가 중층으로 계열화되는 액자구성에서 일반적으로 속이야
기의 전개는 곧 과거 시간으로의 역행을 뜻한다. 그리고 대과거의 사
건이 종결되는 순간 서사는 출발점으로 이내 복귀하여 작가와 독자로
하여금 현재적 소통구조 안에서 과거를 새롭게 재구하게끔 만든다. 그
러나 김동리 특유의 역사 전유 경로를 보여주는 '혼구 연작'의 시간은
가상의 한 시점('혼구'와 그의 동료 승들이 빚어내는 담화 공간)에서 일방 대과
거로 열려 있다. 겉이야기에서 속이야기로의 전개만이 있을 뿐 속이야

---

9 「源花」, 『김동리 역사소설』, 182~183쪽.

기에서 겉이야기로의 회귀는 이루어지지 않는 것이다. 평면적이고 단선적이라는 지적을 면키 어려운 불완전한 액자구성인 셈이다. 그러나 평소 액자구성을 즐겨 쓰는 김동리의 창작 행태를 생각할 때, 이는 예외적이라기보다는 의식적인 배치로 보아야 옳을 듯싶다. 「등신불」과 같은 작품이 완결된 액자구성을 보이는 것과 달리 역사소설 창작에서는 하나 같이 그 결말이 과거로 열리는 서사 구조가 나타나고 있기 때문이다. 이러한 담화구조가 의도된 기획이라는 사실은 다음과 같은 효과를 통해서도 간접적으로 입증된다. '혼구 연작'의 경우 '혼구'라는 인물이 거주하는 가상의 과거는 이야기하는 시점(겉이야기)과 이야기되는 시점(속이야기)을 연결시키는 유용한 방편이 된다. 이 같은 매개의 결과 고대세계 신라와 현재 사이에 자연스럽게 시간적 연속성이 가정되고, 독자는 객관적인 위치에서 역사를 인식하는 듯한 착시 현상을 경험하게 된다. 불완전한 서사구조가 오히려 역사소설 독자의 시간의식을 효과적으로 통어하는 전략이 되는 것이다.

또 다른 세부 기법의 하나는 복수의 사료적 전거들을 재구성하는 방식이다. 김동리가 참조하고 있는 사료는 대체로 『삼국사기』와 『삼국유사』이다. 그러나 두 텍스트의 내용과 상치되지 않는 범위 안에서 김동리는 기록에 결락된 부분을 허구의 일화로 능숙하게 마름질해낸다. 예컨대 「수로부인」에서 '수로부인'을 신라 성덕왕조의 견당사(遣唐使)로 다녀온 '김지량(金志良)'의 딸이라 밝히고 있는 것과 그녀가 '순정공'의 재취였다고 서술한 부분은 사료와 무관한 내용들이다. 이는 당대 상황을 고려하여 추정해낸 일종의 허구이다. 기록적 사실과 다르게 부분적인 변개를 행한 예 역시 빈번하다. 「원왕생가」에서는 모본인 『삼국유사』의 내용과 달리 '광덕'의 부부에게 아이가 있는 것으로 설정하고 있다. 그런가 하면 대대적인 변형을 꾀한 예도 적지 않다. 「최치원(崔致遠)」의 경우 『삼국사기』'열전' 편에 전해지는 '최치원'에 관한 전기(傳記)적 사실이 그 모태가 된 작품이다. 그러나 소설의 내용은 그보다는 『수이전(殊異傳)』의 「선녀홍대(仙女紅袋)」 전기소설을 참조한 혐의가 짙다.[10] 특히 「선녀홍대」의 서사 골격을 차용하는 가운데 새로운 가공의 인물들을 창조하여 이를 전체적으로 윤색한 흔적이 역력하다.

본래 「선녀홍대」에서 최치원은 쌍녀문 석문에다 시를 지어 쓰고 여관으로 돌아오는 길에 홀연히 나타난 여인을 만나 무덤에 얽힌 자매의 사연을 듣고 그들과 하룻밤 연을 맺는다. 그녀들의 부모는 두 딸의 혼기가 차자 시집보낼 의논을 하여 언니는 소금장수와 혼인을 정하고 동생은 차 장수에게 시집보내기로 결정한다. 하지만 두 자매는 매양 세상을 떠날 것을 말하고 마음에 차지 않아 답답한 울결을 풀지 못한 채 그만 요절하고 만다. 이 설화는 소설 「최치원」에서 다음과 같이 각색된다. 친구 '진덕'의 집에 초대 받은 최치원은 거기에서 그의 사촌 누이인 '수랑'과 '유랑' 자매를 만난다. 그리고 수랑으로부터 동생 유랑의 미모를 질투하여 그녀의 눈을 멀게 만든 사연을 듣게 된다. 유랑은 자신의 과오를 반성하고 모든 혼담을 거절하며 동생과 한날한시에 죽자고 약속한 바 있다. 자신 때문에 언니 수랑이 사모하는 최치원과 혼인을 맺지 못한다는 사실을 알게 된 유랑은 자살하고, 이에 언니 수랑 또한 동생을 따라 목을 맨다. 이렇듯 역사적 인물인 '최치원'을 역사소설의

---

10 『殊異傳』이 전해지고 있지 않은 상태에서 김동리가 참조했을 '仙女紅袋' 설화의 출처는 『殊異傳』을 대본(臺本)으로 하여 성임(成任)이 찬(撰)한 『太平通載』로 추측된다.

대상으로 삼은 이상 전기적(傳奇的) 색채가 강한『수이전』의 「선녀홍대」에서 소설적 모티프를 선별적으로 차용하는 일은 불가피했을 것이다. 그 같은 방식을 통해 김동리는 전기소설의 전기적(傳奇的) 요소를 소거하고 역사소설로서의 서사적 개연성을 확보하고자 했던 것으로 보인다. 즉, 설화를 역사소설의 영역 안으로 끌어들이기 위해 전기적(傳奇的) 요소를 최소화하는 가운데 전기적(傳記的) 요소를 최대한 복원해내려 한 것이다.

사료적 전거에 대한 김동리의 부채의식은 일부 작품에서 작자의 주석에 해당하는 부기(附記)로 표출되기도 한다. 일례로 「눌기왕자(訥祇王子)」 말미에 김동리는 다음과 같은 설명을 덧붙여 놓고 있다.[11]

附記—實聖, 實海, 美海, 세 사람의 나이와 볼모로 가게 된 年代와 朴堤上이, 實海와 美海를 찾아온 年代에 대해서는 三國史記와 三國遺事에 記錄된 것이 같지 않다. 또 實海와 美海의 이름에 대해서도 그 表音한 글자가 각각 다르고, 朴堤上의 姓字에 대해서도 같지 않다. 이 소설은 이러한 差異와 矛盾을 前提한 史料의 범위 안에서 潤色과 取捨選擇을 自由로이 하였다.[12]

그런가 하면 「왕거인(王巨仁)」의 부기에서와 같이 "「三代目」은 그 뒤에 다른 많은 古典과 함께 분실되고 말았다. 만약 이것이 전해졌던들

---

11 「昔脫解」에는 '附記'라는 별도의 표식 없이 다음과 같은 내용을 작품 말미에 덧붙이고 있다. "三國史記에 脫解가 辰韓阿珍浦口에 대인 해를 赫居世在位三十九年(出生年에 該當)이라 하고 그가 王位에 오른 것이 六十二歲라 했는데 朴氏三王의 年代로 헤아리면 約 二十五年의 차이가 생긴다. 이 小說에서는 三十九年의 出生으로 보고 計算되어 있다. / 새뚝……李丙燾博士의 昔脫解에 대한 풀이에 依據(三國史記 譯註參照)" 「昔脫解」,『김동리 역사소설』, 306쪽.
12 「訥祇王子」,『김동리 역사소설』, 178쪽.

우리는 漢族의 「詩經」이나 日人의 「萬葉集」을 凌駕하는 혹은 「古代歌謠集」을 가지게 되었을 것이다"[13]라고 서술함으로써 일종의 편집자적 논평을 펼치기도 한다. 사료에 충실한 문학적 재현과 역사 서술을 일면 동일시한 김동리 역사소설관의 일단을 이에서 목도하게 된다.

한편 김동리 단편 역사소설에서 발견할 수 있는 특징적인 서사 기법의 하나로 가상의 텍스트 제시하기를 들 수 있다. 소설 「우륵」에는 속이야기 화자 혼구가 스승 일연선사의 저서로 『우륵전』의 실체를 언급한다. 혼구는 이 책의 내용을 바탕으로 세상에 알려지지 않은 이야기를 동료 승들에게 들려준다. 『우륵전』은 가상의 텍스트로 일종의 서사적 소품이다. 이 가상 텍스트의 등장은 독자로 하여금 해당 작품을 상상의 서사가 아닌 사실의 기록으로 믿게끔 만드는 효과를 발생시킨다. 가상 텍스트가 사적 사실과 허구를 분별해주는 시금석이 아니라 허구를 사실로 순치(馴致)하여 자연화하는 서사적 전술 기제로 기능하고 있는 것이다.

「우륵」과는 달리 「석탈해(昔脫解)」에는 가상 텍스트로 문서가 아닌 인물의 증언이 등장한다. 고향 경주를 방문한 작자의 서술로 시작되는 이 작품에서 내포작가는 실제 작가 김동리를 연상시킨다. 작자가 반월성을 방문하는 장면이 겉이야기이며, 우연히 만난 박씨 성의 흰 두루마기 사내로부터 듣게 되는 그 곳 내력이 속이야기에 해당한다. '표공'의 후예인 그 사내, 즉 속이야기 화자의 목소리에 진정성을 부여하는 이 같은 방식은 결과적으로 「우륵」에서 사용된 서사 기법과 원리상 다

---

13 「王巨仁」, 『김동리 역사소설』, 136쪽.

르지 않다. 가상 텍스트의 형식을 문자에서 음성으로 치환시켰을 뿐 그 기능과 작동 방식, 그리고 발생되는 사실 효과 면에서 별다른 차이가 없는 것이다.

「우륵」과 「석탈해」의 이 같은 서사 기법을 혼용한 작품이 「최치원」이다. 작품에서 겉이야기의 화자로 등장하는 '나'는 작가 자신을 모델로 삼은 허구적 존재다. 소설가로 등장하는 '나'가 당선되었다고 말한 「화랑 이야기」와 김동리의 등단작 「화랑의 후예」가 다른 점, 작품 속 『쌍녀분후지』를 전해주는 백련암의 '청뢰선사'가 실존인물이 아니라는 점 등이 이를 뒷받침한다.[14] 뿐만 아니라 그가 '청뢰선사'로부터 전해 받은 책을 순 문예지 『문장』에 원문과 함께 역문을 연재하려 했던 일 역시 허구이다. 이는 그 일이 순조로이 행해질 수 없었던 이유를 '나'가 밝히는 대목에서 드러난다. 작품 속 화자 '나'의 회고와는 달리 김동리는 일경에 검거되어 6개월 동안의 옥살이를 한 적도, 자신의 서적을 압수당한 경험 역시도 없다.[15] 따라서 『쌍녀분후지』라는 최치원의 저서가 실체로서 자신에게 전해졌다는 진술은 허구임을 알 수 있다. 최치원이 말년을 지리산에서 보낸 사실을 근거로 그의 유작이 해인사 고승들을 통해 면면히 전해졌을 가능성에 신빙성을 부여하려는 의도에서 꾸며낸 것이다. 이처럼 소설 「최치원」은 가상의 문서 텍스트와 음성 텍스트가 동시에 삽입되어 있는 작품으로 볼 수 있다. 그리고 그 결합 과정은 곧 전체 서사구조에 고스란히 조응된다. 『쌍녀분후지』를 중심

14 백련암 조실 '용봉스님'이 '청뢰선사'의 모델이었던 것으로 추측된다. 이에 대해서는 다음의 글을 참조하기 바란다. 김동리, 「대법(大法)·대덕(大德)」, 『김동리 인생수필 ─ 밥과 사랑과 그리고 영원』, 사사연, 1985, 38~40쪽.
15 이 부분은 아마도 그의 백씨 '김범부'의 경험을 모델 삼은 듯하다.

으로 청뢰선사의 스승, 청뢰선사, 그리고 '나' 사이에는 시간적 거리, 즉 시간의 서열이 존재한다. 가상 텍스트와 이를 증언하는 인물들의 계보라 할 수 있는 이 구도는 음성 텍스트의 삽입을 통해 문서 텍스트의 실체에 접근해 가는 방식을 취하고 있다. 일종의 추리기법인 셈이다. 겉이야기가 연출해내는 긴장감과 속이야기가 발산하는 사실 효과는 바로 이러한 서사 전략의 결과라 할 수 있다.

'신라혼의 재현'을 주제의식으로 내건 단편 역사소설 창작에서 김동리는 그 주요한 미학적 형식으로 액자식 서사 구성을 선택했다. 그리고 구체적 전략으로 실존인물을 속이야기의 화자로 설정하거나 복수의 사료적 전거를 재구성하는 방식, 가상의 텍스트를 제시하는 방식 등을 혼용했다. 이들 세부 기법은 하나같이 허구적 세계의 창조로써 역사적 사실(寫實) 효과를 기도하는 소설미학들이라는 점에서 그 지향하는 바가 다르지 않다. 허구를 통해 사실에 가 닿으려는 역설적인 역사 전유 방식인 것이다. 김동리로 하여금 역사소설 창작을 실천케 한 인식론적 배후 기제 가운데 하나가 바로 이에서 발견된다. 즉, 현재의 시점에서 역사를 고정된 타자로 상정하고 상상력의 발휘를 통해 재현 가능한 실체로 대상화하려는 시도가 그의 역사소설 글쓰기의 욕망이었던 것이다.

설화적 세계의 재생으로서 역사소설

김동리의 문학은 근대 이전 혹은 근대 이후 가운데 어느 한 세계를 증언하는 데 매어 있지 않다. 그의 역사소설과 설화적 세계를 재생시킨 소설들은 근대의 한 가운데서 근대성에 대한 응전의 형식으로 행해진 글쓰기였다. 근대 이전 세계와의 거리 두기가 피할 수 없는 전제조건이었던 것이다. 그러나 그의 글쓰기는 대안적 근대의 휴머니즘 찾기의 일환으로 추구되었다는 점에서 근대 이후를 상상한 작업으로 규정하기 또한 어렵다. 김동리 문학이 일본 근대초극론자들의 논의를 거울삼아 서구적 근대를 뛰어넘으려 한 기도로 풀이된다 할지라도, 이 역시 근대의 구심력과 역방향에 놓인 원심력에 불과할 뿐 근대의 관성으로부터 온전한 탈주는 못 된다. 서양의 사유 구조를 뛰어 넘어 근본적인 의미에서 새로운 원리의 제시에 이른 것으로 그의 논리를 파악하기 어려운 것이다. 김동리 역시 근대적 주체성의 원리에 입각해 있으며, 이러한 원리가 발현되는 과정에서 파생되는 역설적 결과를 거부하고자 한 것이지, 근대성과의 전면적인 단절을 꾀하였던 것은 아니다.[16]

서구로 표상된 근대에 대항하여 안출해낸 시공간으로서의 초월적 세계, 곧 설화적 무대가 바로 김동리가 안거했던 문학적 근대였다. 일시적인 것과 영원하고 불변적인 것의 불가능한 통합에의 꿈은 모더니즘의 영역으로부터 나왔음에도 불구하고, 이처럼 고대성의 개념과 긴

---

16 진정석, 앞의 글, 473~744쪽.

밀한 관련성을 모순적인 형태로 드러낸다.[17] 그러나 김동리의 소설문학은 이 근대성을 정면에서 관통한 근대 경험의 산물이 결코 아니었다. 모더니즘 미학 일반의 잣대로 측정이 간단치 않은 사정이 있는 것이다. 김동리 소설문학이 지닌 설화적 성격이 전근대적인 양식으로서의 설화와 변별되는 이유가 여기에 있다. 설화가 아닌 설화성이라는 측면에서 바라본 김동리의 소설문학은 당연히 근대적인 자장 안에서 배태된 글쓰기이다. 김동리 소설문학의 설화적 성격은 전근대성에 대한 대타항으로서가 아니라 서구적 근대성을 비판하기 위한 인식적 도구로서 근대적인 것이었다. 김동리는 역사소설 창작에서 이러한 설화적 성격을 의식적으로 배제해나가는 포즈를 취한다. 문서상의 역사적 공백을 역사적 상상력을 동원한 글쓰기로 대체해가는 전략이 바로 그것이다.

　김동리는 중층의 담화 형식인 액자구성을 역사소설 창작에 의식적으로 즐겨 사용했다. 역사적 시간과의 공존 가능성을 보여주는 데 더없이 유용한 이 기법은 '시간적 타자성'을 효과적으로 발현한다. 이러한 타자성은 현재를 객체화하여 바라보게 만드는 미덕을 지니게 마련이나, 그와 동시에 현재적 욕망이 투사된 문학적 허구에 의해 매개될 경우 과거의 사실을 의도적으로 간과하거나 왜곡하는 상황을 불가피하게 연출한다. 기존 문헌 텍스트를 디딤돌 삼아 과거를 전유하는 탓에 역사소설이 마주하는 과거의 타자성이 결코 투명하지 않은 것이다. 이중으로 간접화되고 뒤틀린 형태로 역사소설의 타자성이 획득될 수

17　Colin Mercer, *Literature, Politics, and Theory*, London and New York : Methuen, 1986, p. 29.

밖에 없는 사정이 여기에 있다.[18]

김동리의 역사소설이 가정하는 시간적 타자성은 '순환론적 시간의
식'에 따른 서사원리를 통해 구현되곤 한다. 이러한 시간의식은 초기
영문학 모더니스트들의 역사관을 이룬 토대이기도 했다. 그러나 양자
의 귀결점은 상반된다. 김동리가 근대성에 회의적이었듯이 영문학의
모더니스트들 역시 동시대 세계에 대한 깊은 환멸과 그것을 개선시킬
수 있는 가능성에 대해 비관론적 시각에서 역사의 순환을 사실주의적
이며 낙관론적인 대안이라 믿었다. 무질서의 불가피성을 받아들이는
한편 질서를 부여함으로써 변화의 혼란스러운 시기에 안정성과 의미
를 보증해 줄 온전히 이성적인 방법으로 순환론적 이론을 간주하였던
것이다. 이들의 역사관은 (진보의 개념을 추구하는) 파시스트들의 그것과
는 근본적으로 다른 전제에서 출발하고 있다. 비서구적 문화들이 그들
의 순환론적 관점의 구성 요소가 되고 있다는 사실이랄지, 그들 자신
의 문학적 실천이 (파운드의 반유태주의는 별도로) 민족주의나 파시즘에 별
다른 관심을 보이지 않는다는 사실 등이 그 증거다. 특히 그들의 관점
은 미래의 위대성에 다다르기 위해 종족의 순수성과 연계되게 마련인
파시스트들의 신화적 민족주의와는 거리가 멀었다. 그들은 대중정치
학 혹은 민족주의를 포함하여 그 어떤 군중의 광란도 원치 않았다. 그
들은 인종적 혹은 대중적 획일성이 아닌 문화적 다양성과 개인주의를
높이 평가했다. 뿐만 아니라 민족주의의 신화적 감각 혹은 종족적 소

---

18 그럼에도 불구하고 현재가 파악되고 이해되기 위해서는 시간적 타자성과의 조우가 실상 유
    일한 방법이라는 데 딜레마가 있다. David Gross, *The Past in Ruins-tradition and the critique of
    modernity*, University of Massachusetts Press, 1992, p.87.

속감의 중요한 요소인 불합리(부조리)를 매우 의심어린 시선으로 바라보았다. 이들은 자신을 질서, 조절, 그리고 이성의 전통을 재생시킬 주체로 생각했으며, 유약하고 감상적이라는 이유로 비이성, 감정, 그리고 직관에 대한 낭만적인 강조를 경멸했다.[19] 서구 모더니스트들의 이같은 비판이 곧 김동리 역사소설의 주요한 특질에 해당한다는 사실은 아이러니가 아닐 수 없다.

이 같은 시간의식 아래 김동리는 파편화와 혼돈, 이질적인 것들의 충돌과 소음으로 가득 찬 세계를 분열된 시선으로 응시했던 1930년대 한국의 모더니스트들과는 달리 총체적인 서사시적 세계로의 회귀(?)를 대담하게 감행했다. 특히 김동리의 역사소설은 신화로부터 계몽된 근대 세계, 그리고 그로부터 산출된 부정성을 부정성의 원리가 아닌 신화의 논리로 재주술화해낸 세계를 담고 있다. 김동리 역사소설에서 재주술화된 고대 신라는 신을 정점으로 하여 모든 것이 원환처럼 연결되어 조화로운 질서가 잡힌 세계이자, 대우주와 소우주가 서로를 감싸고 비추면서 조응하는 세계이다. 시공을 초월한 세계, 신과 인간과 자연, 육체와 영혼, 자아와 세계가 서로 구분되지 않고 평화롭게 합일된 세계가 김동리가 역사소설 창작을 통해 지향한 세계였던 것이다.[20] 그러나 김동리가 기도한 총체적인 서사시적 세계의 복원, 곧 세계의 재주술화가 곧 고대 서사시의 재생으로 곧 바로 낙착되지는 않는다. 그가 신화적 세계의 원형 모티프들을 통해 서사시적 세계로의 귀환(세계의

---

19 Louise Blakeney Williams, *Modernism and the Ideology of History*, Cambridge University Press, 2002, p.12.
20 문흥술, 「신, 인간, 자연의 합일을 지향하는 설화소설」, 『소설 신라열전』, 청동거울, 2001, 310쪽.

재주술화)을 꾀하고자 했을 때, 그 형식은 서구 부르주아 문화의 산물인 소설이었기 때문이다. 다른 시간 층위의 두 세계가 혼재해 있는 지점에서 그의 역사소설은 비로소 물질성을 획득한다. 이렇듯 김동리의 역사소설은 서사 시간상의 비동시적 동시성 이전에 내용과 형식 사이의 비동시적 동시성을 횡단하고 있는 것이다.

김동리에게 동양은 지역적 경계를 빌미로 실체의 상상을 요구하는 민족 단위의 집합체를 뜻했다. 그것은 서구적 근대를 철저히 반사함으로써 구성될 수 있는 세계였다. 그런데 이 과정에서 근대성에 대한 경험은 오롯이 회피된다. 근대의 부정성에 대한 철저한 혐오와 부정이 그의 시선을 현실로부터 과거로 퇴거시켜 대안적 세계를 꿈꾸게끔 만든 것이다. 신화적 회귀의 불가능성을 자각한 근대인이 선택하게 되는 경우의 수 가운데 하나가 '근대적인 노스탤지어'라 한다면,[21] 김동리의 역사 인식, 곧 '신라혼'의 발견은 그러한 대안적 세계의 전범에 해당한다. 그리고 그것은 서양을 대타항으로 동양의 우월성을 상상하는 역오리엔탈리즘(reverse orientalism)의 관점 아래 고대의 서사시적인 세계를 축조해낸 역사소설로 구체화되었다. 이러한 맥락에서 김동리가 말한 '동양정신'은 일련의 역사소설 창작을 균질적인 세계로 호명하기 위해 사후적으로 고안해낸 주어였다고 말할 수 있다.

고대 동양의 역사가 김동리에게 더없이 매력적인 세계로 인식되었던 것은, 그것이 서구적 근대에 맞설 과거의 타자이면서 동시에 공간적 타자였기 때문이다. 이러한 타자성의 재발견을 토대로 그만의 대항

---

21 Svetlana Boym, *The Future of Nostalgia*, Basic Books, 2001, p.8.

적 주체 세우기는 가능했다. 현재적 시공간과의 절연을 거쳐 진입한 새로운 세계, 곧 초월적 위치에서 동양적 근대의 주체가 구성되었던 것이다. 그러나 김동리가 시도한 근대 초월은 결코 서구적 근대의 양가성을 따져봄으로써 얻어진 인식 지평이 아니었다. 오히려 근대성에 대한 경험적 이해는 철저히 폐색된 상태에서 신화적 세계로의 상상의 월경만을 기도했을 따름이다. 김동리 역사소설 문학의 이율배반, 곧 설화적 세계의 전근대성과 양식적 근대성 사이의 모순은 이러한 가장적(假裝的) 근대 지향을 증언한다. 의사초월적(擬似超越的) 모더니즘이란 수식어로 그의 역사소설 문학을 규정하게 되는 근거가 여기에 있다. 그리고 그 근저에는 근대성을 발판 삼지 않은 근대 초월의 포즈와 역사소설이라는 근대적 글쓰기 형식 간의 아이러니가 놓여 있다. 미적 근대성, 다시 말해 이중으로 간접화된 서사의 굴절성과 이질적인 시간의 혼종성이 김동리 역사소설문학의 실체인 것이다.

3장

역사소설과 신불(神佛) 사상

'신라연작'은 불교문학인가?

홍기삼은 불교문학을 "불타의 가르침을 세계관으로 수용한 창작문학"으로 정의하는 가운데 단순히 소재의 문제가 아닌 불교 사상을 내적으로 수용한 문학 정신이나 방법에서 그 준거를 찾아야 한다고 주장한 바 있다.[1] 이러한 규정에 부합하는 대표적인 불교문학으로 거론되는 작품의 하나가 김동리의 「등신불(等身佛)」이다. 김동리 자신도 초기의 「불화(佛畫)」를 비롯하여 「등신불」, 「극락조(極樂鳥)」, 「눈 오는 오후(午後)」, 「까치소리」 등을 불교계열의 작품으로 분류한 바 있다. 그는 이들 작품의 창작을 통해 자신이 이해한 불교의 인과업보(因果業報)라든가 윤회전생(輪廻轉生)의 사

---

1   홍기삼, 『불교문학연구』, 집문당, 1997, 22~23쪽.

상을 문학적으로 구현함으로써 인간의 새로운 구경을 찾아보고자 했다.[2]

김동리의 소설문학이 일정 부분 불교와 갖는 관련성은 여러 작품에서 쉽게 확인되는 사실이다. 그러나 이들 작품은 '불교적 외피로 감싸여져 있을 뿐이지 그 속에 내재된 정신이나 사상, 그리고 불교에 관한 이해도 등에 있어 현저히 그 본질에 미치지 못한다'[3]는 것이 연구자들의 대체적인 평가다. 일각에서는 이를 두고 애초부터 김동리에게 불교 그 자체가 문학적 탐구의 대상이 아니었다는 주장을 내놓기도 한다. 단지 김동리는 '생의 구경'으로 압축되는 항구적 과제를 풀어나가는 데 있어 여러 화두 가운데 하나를 불교에서 찾았을 뿐이라는 것이다.[4] '죽음에서 출발하여 새 생명을 맞이하는 순환구조를 통해 구경적 삶의 구현을 증거하고 있는 「솔거(率居)」, 「잉여설(剩餘說)」, 「완미설(玩味說)」 3부작 연작소설에 내포된 불교적 함의'가 바로 그에 해당한다.[5] 「불화」, 「등신불」에서는 동사형 사유에 입각하여 인간의 구원 문제를 다루었는가 하면, 「등신불」, 「까치소리」, 「저승새」에서는 무(無) 혹은 허(虛)라고 이를 만한 절대 영역과 마주한 인간의 존재 문제를 또한 심도 있게 탐색하고 있다. 이렇듯 불교 관계를 다룬 김동리의 작품들은 '구경적 삶'의 추구라는 그의 창작 지향에 그대로 들어맞는다.[6]

2　김동리, 「샤머니즘과 佛教와─젊은 평론가 A·B와의 對話」, 『문학사상』, 문학사상, 1972.10, 264~268쪽.

3　장영우, 「김동리 소설과 불교」, 『불교어문논집』 6호, 한국불교어문학회, 2001, 61쪽.

4　실제로 김동리는 '죽음'의 문제를 문학적 관점으로 해명하는 과정에서 불교뿐만 아니라 한국의 전통적 무속, 기독교 등 동서양의 종교를 적극적으로 참조하고 활용하였다(위의 글, 48쪽).

5　「巫女圖」와 「等身佛」에서 운명 타개 방식이 죽음이라는 현실 초월적 성향을 보인데 반해 「率居」, 「剩餘說」, 「玩味說」 3부작은 죽음과 애별리고(愛別離苦)의 상황이 유한한 인간 실존에 결부되어 주체적 결단에 의한 현실적인 방식으로 타개된다(방민화, 「김동리 연작소설의 불교적 접근」, 『문학과종교』 12권 1호, 한국문학과종교학회, 2007, 66쪽).

6　홍기돈, 「김동리의 구경적(究竟的) 삶과 불교사상의 무(無)」, 『인간연구』 25호, 가톨릭대 인

임영봉의 주장처럼 '구경'의 탐구라는 문학적 이념을 상재한 이래 김동리 소설문학에서 불교는 여타 사상정서에 비한다면 사실상 부차적인 요소에 불과한 것이었다. 임영봉은 '솔거(率居)연작' 이후 김동리가 다시 불교에 깊은 관심을 보이기 시작하는 시점을 1955년 장편 『사반의 십자가(十字架)』 집필 이후로 파악하면서 창작집 『까치소리』를 그 결실로 평가한다. 이 작품집에 문학적으로 재현된 인연관과 윤회설이 후기의 김동리가 세속적 현실 세계와 인간의 비극적인 운명을 초극해 나가는 데 정신적 근거 역할을 했다는 것이다.[7] 그러나 『사반의 십자가』의 연재 종료 후 일명 '신라연작'으로 불리는 일련의 역사소설 창작 과정에서 김동리는 자신의 불교관을 지속적으로 피력해 나간다. 신라연작과 시간상 원거리에 놓여있는 창작집 『까치소리』는 그 소실점이라 할 수 있다. 실제로 신라연작은 1957~1959년 사이에 집중적으로 창작되었으며, 『까치소리』 수록작들은 1964년부터 1968년 사이에 창작된 작품들이다. 이러한 사실을 근거로 김동리의 불교 관련 소설문학의 계보를 그리자면, 신라연작이 솔거연작과 『까치소리』 사이의 연결고리에 해당한다는 것을 알 수 있다. 이에서 주목할 점은 솔거연작과 『까치소리』 수록작들이 당대적 현실을 배경으로 하고 있는 것과 달리 신라연작은 고대 신라를 주요한 배경으로 삼고 있다는 사실이다. 이렇듯 두 소설세계의 시공간이 상이한 만큼 서사 안에 수용되고 있는 불교의 성격 역시 확연한 차이를 보인다.

간학연구소, 2013, 163쪽.

7   임영봉, 「김동리 소설의 구도적 성격―불교와의 관련성을 중심으로」, 『우리문학연구』 24집, 우리문학연구회, 2008, 367쪽.

김동리 문학의 핵심어는 익히 알려진바 '구경(究竟)'이다. 김동리는 인간에게 부여된 공통된 운명을 발견하고 타개하는 것을 '구경적(究竟的) 삶'이라 부르고, 문학은 구경적 생의 형식이어야 한다고 누차 강조했다.[8] 구경적 삶이란 인간이 천지와 유기적 관계를 가진 존재로서 그 천지에 동화하는 것을 이르거니와, 본시 불가(佛家)의 용어인 '구경'은 '부처님의 깨달음'을 가리킬 때에만 사용되며 '절대적 차원'을 의미한다. 김동리는 이 말을 통해 '물질'과 '공식'으로는 설명할 수 없는 '정신'과 '초합리(超合理)'의 세계를 역설하고자 했다.[9] 이러한 구경적 삶의 추구는 곧 그의 문학세계에서 최고의 자리를 차지하기에 이른다.[10] 특히 불교 관련 작품들에서 그 같은 주제의식이 전경화되는 것을 볼 수 있다.

그런데 김동리 소설에 나타난 불교는 우리가 사상적, 학문적으로 이해하고 있는 정통 불교가 아니라 민간의 기복신앙과 습합된 의사(擬似) 불교라 할 수밖에 없는 것들이었다.[11] 이는 비단 작가 스스로가 불교 계열 소설로 분류한 작품들에서만 확인되는 사실이 아니다. 신라연작과 『삼국기(三國記)』, 『대왕암(大王巖)』 등의 장편역사소설 속 고대 삼국의 불교 역시 무교와 융합된 형태를 보인다. 신라연작에서는 이러한 무불신앙(巫佛信仰)이 화랑도의 밑바탕을 이루는 세계로 그려지고 있다.[12] 이 장에서는 바로 이 신라연작이 고대국가 신라의 종교적 원형을 문학적으로 복원하는 작업에 다름 아니었으며, 김동리 자신의 역사의식을

---

8 방민화, 앞의 글, 52쪽.
9 임영봉, 앞의 글, 357쪽.
10 홍기돈, 앞의 글, 162~163쪽.
11 장영우, 앞의 글, 32쪽.
12 조회경, 『김동리 소설 연구』, 국학자료원, 1999, 252쪽

피력하기 위한 창작이기도 했다는 잠정적 결론을 확증해 보이고자 한다. 실제로 김동리는 그와 같은 기획의 성공적인 실현을 위해 서사적 모티프의 차용 차원에서 실존인물의 이력을 역사적 상상력으로 재구하고 그에 걸맞은 소설미학을 창출하는 데 노력을 기울였다. 아울러 사료에 근거한 글쓰기임을 수차례 밝히는 가운데 기록되지 않은 역사의 행간에 다채로운 연애담을 매개로 서사적 개연성을 부여하기도 했다. 이 연애담의 적극적인 수용이야말로 신라연작이 역사이기 전에 소설로 기획된 글쓰기였다는 사실을 방증한다. 대중 추수라는 역사소설의 오랜 관습적 굴레로부터 신라연작 또한 자유롭지 않았던 셈이다. 따라서 신라연작에 대한 정확한 이해와 엄정한 평가를 위해 김동리 역사의식을 규명하는 일 못지않게 그것의 소설미학적 어법이라 할 담화에 관한 분석이 선결되어야 할 과제라는 것을 알 수 있다.

담화구조로 재현된 생의 구경적(究竟的) 형식

신라연작은 단순히 같은 시대를 배경으로 한 이야기들의 묶음이 아니다. 이들 단편 하나하나는 큰 이야기 틀 속에서 서로 교섭하는 가운데 고대 신라의 역사를 현재로 소환하여 재구해낸다. 흥미롭게도 그 이야기의 발원지는 대개 작자 김동리의 개인사에 닿아 있다. 작자가 고향 경주 반월성을 방문했을 때 그곳에서 우연히 만난 '표공(瓢公)'의 후손으로부터 전해들은 이야기, 혹은 해방기 사천에서의 좌우 갈등을 피해 일시 해인사에 머물 당시 '청뢰선사(淸籟禪師)'가 건네 준 책이 창작의 시발점이 되기도 한다. 신라연작의 다수 작품은 이 같은 중층의 이야기 전달구조를 표면적으로든 암묵적으로든 전제하고 있다. 일례로 「최치원」에서는 김동리 자신을 모델로 한 실제작가가 역사적 실존인물을 겉이야기의 내포작가로 내세우는데, '일연선사(一然禪師)'의 제자 보감국사(寶鑑國師) 혼구(混丘)라는 인물이 바로 그다. 이에서 특기할 만한 사실은 이 겉이야기의 내포작가인 혼구와 실제작가 사이에 사료제공자로서 일연선사라는 인물이 거론된다는 점이다. 일연선사가 엄밀히 말해 첫 번째 겉이야기의 내포작가로 상정되는 셈이다. 그리고 이때 혼구는 해당 텍스트의 내포독자에 놓이게 된다. 이 숨은 서술자로부터 전해들은 이야기를 혼구라는 제삼의 인물이 동료 승들에게 들려주는 순간 드디어 작중 청자는 속이야기와 마주하게 되는 것이다. 이러한 담화구조는 다음과 같이 도식화해 볼 수 있다.

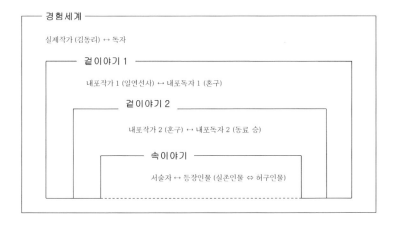

〈그림 15〉 신라연작의 담화구조

이와 같은 담화구조는 신라연작 개개 작품에 따라 그 양상이 조금씩 다르게 나타난다. 겉이야기의 존재 여부, 즉 표면상 액자구성인가 아닌가에 따라 일차적으로 차이를 보인다. 그리고 이와 연동하여 서술자에 따라서도 양상이 다른 것을 볼 수 있다. 작품별 서술자를 기준하여 그 특질을 개괄하면 다음의 표와 같다.

〈표 4〉 신라연작의 서술 양상 및 담화적 특질

작품명	서술자	비고
崔致遠	·겉이야기 : 내포작가 ·속이야기 : 최치원	·액자식 구성 ·사료 제공자 : 청뢰선사 ·사료 전승자 : 혜석
昔脫解	·겉이야기 : 내포작가 ·속이야기 : 박성(朴誠)	·액자식 구성 ·사료 제공자 : 박성
源花	·겉이야기 : 내포작가 ·속이야기 : 혼구	·액자식 구성 ·사료 제공자 : 일연선사
于勒	혼구	·액자식 구성 ·사료 제공자 : 일연선사
願往生歌	·겉이야기 : 내포작가 ·속이야기 : 엄장(嚴莊)	·액자식 구성 ·사료 제공자 : 엄장
水路夫人	혼구	·액자식 구성(유추) ·사료 제공자 : 일연선사
彌勒郎	혼구	·액자식 구성 ·사료 제공자 : 일연선사
耆婆郎	내포작가	
阿尸良記(아리랑기) ——名阿尸良國興亡記	내포작가	
王巨人	내포작가	
張保皐	내포작가	
金陽	내포작가	
良禾	내포작가	
訥祇王子	내포작가	
會蘇曲	내포작가	
强首先生	혼구(추정)	
虎願寺記	내포작가	

3부_신라, 불교, 그리고 역사소설

이 표에서 가장 눈에 띄는 특징은 「기파랑」 이전, 그러니까 1957까지의 작품들이 하나같이 액자식 구성을 취하고 있다는 사실이다. 이들 작품은 겉이야기와 속이야기의 서술자가 다른데, 「최치원」과 「석탈해」의 경우 김동리 자신이 실제작가로 등장한다. 한편 「최치원」의 속이야기 서술자는 '최치원'이고, 「원화」의 속이야기 화자는 '일연선사'의 제자 '혼구'이며, 「원왕생가」의 속이야기 화자는 '원효대사(元曉大師)'에게 도(道)를 물으러 가 자신의 반생에 대한 참회담(懺悔談)을 고하는 '엄장(嚴莊)'이다. 그리고 「석탈해」의 속이야기 서술자는 '박성(朴誠)'이다. '박성'은 실제작가로 등장하는 김동리에게 사료를 제공해주는 인물로 '석탈해'에게 집을 빼앗긴 '표공(瓢公)'의 후손이다. 이 사실을 겉이야기 서술자인 내포작가가 전지적 시점에서 전하고 있는 것이다. 그러나 이 내포작가는 박성으로부터 제공 받은 사료를 간추려 전언하는 것으로 그 역할이 한정된다. 실질적인 속이야기의 서술자는 박성인 셈이다. 이 같은 사료 제공자는 「최치원」에도 등장하는데, 최치원의 제자로 해인사에 승적을 둔 '혜석(慧石)'과 최치원의 저서를 실제작가에게 전해주는 '청뢰선사(清籟禪師)'가 바로 그들이다. 그러나 이들은 최치원이 쓴 가상의 텍스트 『雙女墳後志』를 후대에 전해주는 존재들일 뿐 본격적인 서술자는 아니다. 「최치원」의 속이야기는 명확히 일인칭 주인공 '나'로 등장하는 최치원의 시점에서 서술되고 있기 때문이다.

외견상 액자구성을 취하지 않은 여타 작품들의 서술자는 내포작가이거나 혼구이다. 혼구가 서술자로 등장하는 작품은 「우륵」, 「수로부인」, 「미륵랑」, 「강수선생」이다. 이 가운데 「우륵」과 「미륵랑」은 최초 발표될 때 「원화」와 함께 '진흥대왕' 3부작으로 기획되었던 작품들이다. 본시 「서장, 제일화 원화」, 「제이화 악사우륵」, 「제삼화 미륵랑-미시랑」으로 구성된 연작이었던 것이다. 그런데 연작 전체의 겉이야기에 해당하는 최초본의 '서장' 부분은 『김동리 역사소설』에 수록되면서 「원화」에 포함된다. 따라서 「원화」가 「우륵」과 「미륵랑」의 겉이야기를 담고 있는 텍스트이자 「우륵」과 「미륵랑」이 「원화」의 또 다른 속이야기들이라 할 수 있다. 결과적으로 「우륵」과 「미륵랑」 역시 「원화」처럼 액자구성의 작품들인 셈이다. 비록 독립된 텍스트로 분화되면서 표면상 액자식 구성을 탈각하였다고는 하나, 「우륵」과 「미륵랑」은 애초에 불도와 화랑도를 진흥시키려 한 '진흥대왕'의 이상에 대한 문학적 탐찰이라는 공통의 주제의식 아래 「원화」와 동일한 사료에 근거해 구상된 작품들으로 액자식 틀 안에 놓여 있었던 것이다. 이러한 맥락에서 사료 제공자와 서술자가 일연선사와 혼구로 동일한 「수로부인」 역시 「우륵」과 「미륵랑」처럼 겉이야기가 생략된 액자구성의 텍스트라 할 수 있다.

한편 「강수선생」의 경우 혼구가 서사 표면에 서술자로 등장하지 않는 작품이다. 그러나 서술자를 혼구로 추정할 만한 뚜렷한 물증이 작품의 첫 문장과 마지막 문장에서 발견된다. 이 작품의 결말은 "나무아미타불. 나무아미타불"로 마감되고 있다. 혼구가 서술자로 등장하는 「우륵」과 「미륵랑」에서도 이와 유사하게 "나무아미타불, 나무관세음보살"이라는 표현이 마지막 문장을 장식하는 것을 볼 수 있다. 뿐만 아니라 혼구가 서술자로 등장하는 경우 그 청자가 동료 승들로 설정되어 그들과의 대화적 상황을 자연스레 가정하는 가운데 이야기가 전해지는데, 「강수선생」의 첫 문장 또한 "강수선생이 누구냐구요? 참 딱한 일입니다"라는 서술로서 앞서의 작품들과 동일한 구도를 취한 것을 볼 수 있다.

액자구성이 아닌 신라연작의 여타 작품들에 역사가와 같은 포즈의 내포작가가 서술자로 등장하는 경우 그 배후에 중층의 시공간상의 분절이 암묵적으로 전제된다는 사실은 유의미한 대목이 아닐 수 없다. 근대의 선조적인 시간의식으로는 쉽게 설명될 수 없는 담화구조이기 때문이다. 이들 작품에서 서사의 최초 발화 지점은 선명히 제시된다. 그러나 출발 지점으로 회귀하지 않는 담화구조가 서사의 결말을 항구적으로 유예한다. 그리고 그 순간 복수의 겉이야기와 비공시적으로 놓여 있던 속이야기는 이내 공시적 세계로 화한다. 결과적으로 역사적 시간이 소거된 역사소설이 출현하는 것이다.

흥미로운 사실은 위와 같은 담화구조 안에서 재구성되는 사료의 출처가 앞서 언급한 대로 실제작가 김동리의 개인적 경험에 기반하고 있다는 점이다. 「최치원」에서 거론되고 있는 『쌍녀분후지』의 경우 그 제공자는 청뢰선사이며, 이는 최치원의 제자 혜석과 그의 제자들에 의해 전해진 것으로 밝혀지고 있다. 그 진위 여부를 떠나 사제관계의 승들을 통해 해당 문헌이 전승되었다는 이야기 구도는 다분히 의도적인 설정으로 주목된다. 복수의 화자와 청자를 매개로 한 이 같은 중층의 서사구조, 즉 액자구성이 바로 신라연작의 특징적인 소설미학이기 때문이다. 김동리는 이 같은 서사기법에 더불어 역사적 개연성을 강화하기 위해 또 하나의 기제를 동원한다. 작품의 서두에 역사적 전거를 인용하여 첨부하는 방식이 그것이다. 그 중심 문헌은 『삼국사기』와 『삼국유사』인데, 일부 작품의 경우 말미에 역사적 설명을 부기(附記)함으로써 서사의 신뢰도를 보족한다.

이렇듯 신라연작은 허구적 텍스트를 제시하거나 다양한 경로의 사료를 적극 수용하여 이를 십분 활용하는 방식의 서사전략을 구사한다. 특히 전반기 작품들에서 그와 같은 경향이 두드러지는데, 그 서술자가 혼구라는 인물로 동일한 점, 그리고 그가 전하는 이야기의 사료적 전거가 대개 그의 스승 일연선사라는 점은 특기할 만한 일면이다. 신라연작의 주요 등장인물이 불도와 화랑도를 대표하는 역사적 위인이라는 점과 함께 그들의 역사적 행적을 전언하는 서술자의 성격에서 이들 작품에 깊이 투영되어 있는 불교적 세계관을 충분히 감지할 수 있기 때문이다. 대체로 신라연작 이전 김동리의 불교 관련 소설이 불교의 외피를 두른, 말 그대로 소재적 차원에서의 접근이었던 것과 이는 확연히 다른 양상이다. 더욱이 그 배경이 고대 신라라는 사실, 아울러 화랑도를 매개로 무교와 불교 간의 융합을 문학적으로 유추코자 한 것은 신라연작이 단순히 역사소설의 범주 안에서만 논의될 텍스트가 아니라는 사실을 단언케 한다.

수차례 언급했듯이 신라연작에서 김동리는 주요한 미학적 형식으로 액자구성을 선택했다. 그리고 그 구체적인 장치로 역사적 실존인물을 속이야기의 화자로 설정하거나 복수의 사료적 전거를 재구성하는 방식, 그리고 가상의 텍스트를 제시하는 방식을 혼용했다. 이들 세부 기법은 하나같이 허구적 세계의 창조를 통해 역사적 사실(寫實) 효과를 기도하는 소설미학들이라는 점에서 그 지향하는 바가 다르지 않다. 허구를 통해 사실에 가 닿으려는 역설적인 역사 전유 방식인 것이다.[13]

---

13 김병길, 「김동리의 역사소설과 동양정신」, 『현대문학의 연구』 38집, 한국문학연구학회, 2009, 23~24쪽.

김동리로 하여금 역사소설 창작을 실천케 한 인식론적 배후를 이에서 목격하게 된다. 즉, 고정된 타자로 상정된 과거를 현재적 시점에서 상상으로 재현하는 일이 역사 이해와 해석의 한 방편으로서 충분한 의의를 갖는 것이다.

이에서 주목해야 할 또 하나의 사실은 작자 김동리가 일연선사 혹은 혼구와 같은 역사적 메신저들의 입을 빌어 '신라연작'의 여러 사건 현장에 독자들을 직접 호출한다는 것이다. 이들이 행하는 서사 전승에 동참하는 독자는 부지불식간 윤회로 일컬어지는 시공(時空)의 끝없는 순환을 떠올리게 되거니와, 김동리의 상투적 수사를 빌자면 그것은 '생의 구경적 형식'으로 일컬을 만한 장면이다. 앞서 도식화한 신라연작의 공통된 담화구조야말로 실은 그와 같은 '구경'을 가시화한 은유에 다름 아니었다고 할 수 있다. 개방형 액자구성은 김동리 소설세계 전반에 걸쳐 빈번하게 목격되는 서사기법이나, 유독 그것을 신라연작과 관련하여 심상히 볼 수 없는 이유는 이 때문이다. 최소한 역사소설 신라연작에서만큼은 연대기적으로 위계화된 시공의 경계는 존재하지 않는다. 그로써 수천 년에 걸쳐 전승된 서사가 매번 당대적 사건으로 환기되고 여전한 현재적 관심사로 반추된다. 그 순간 신라연작의 서사는 역사의 개별성, 즉 있었던 사실로서의 단독성을 양해하는 대신 충분히 있었을 법한 허구로서 극적 보편성을 획득하기에 이른다. 흡사 만다라(曼茶羅)를 연상시키는 신라연작의 (결코 최초의 발화 지점으로 되돌아감 없이 일방 과거로만 열려 있는) 이 불완전한 담화구조야말로 특정 시공간에서 벌어진 하나의 사건이 아닌 생의 전형적 사건으로서의 역설(歷設)을 역설(力說)하는 역설(逆說)적 형식이라 할 수 있다.

무불(巫佛)의 연애서사

「수로부인」의 두 주인공 가운데 한 사람인 '응신'은 『삼국유사』에 '월명사'라는 이름으로 등장하는 인물이다. 김동리는 「수로부인」에서 응신이 '월명'이라는 이름으로 출가하게 된 사연을 전한다. '응신랑'과 '수로랑'은 서로를 깊이 사모하는 사이였다. 그러나 상대등댁과 혼담이 오가는 중이었던 수로랑과 부부의 연을 맺기 어려운 처지에 있다는 사실을 깨달은 응신랑은 수로랑을 취하여 아내로 삼기보다 항상 멀리서 그녀를 생각하며 살기 위해 출가를 결심한다. 그와 같은 사실에 슬픔을 이기지 못하는 수로랑에게 응신랑은 그들이 부부가 될 경우 자신의 피리와 수로랑의 가무가 다함께 꽃피기 어려울 것이니 차라리 그리움 속에서 길이 잊지 않느니만 못할 것이라 말한다. 당시 응신랑의 피리와 수로랑의 가무는 신라인들에게 그 명성이 자자했다. 그 같은 서로의 재능에 깊이 감명된 바 있었기에 두 사람은 연을 맺을 수 있었다. 결국 응신랑은 마지막으로 피리를 불어 수로랑과 세속에서의 인연을 정리한다.

두 사람이 다시 만나게 된 것은 신라에 큰 가뭄이 들어서였다. 본시 신라에서는 무슨 변괴가 있을 때마다 제사를 지내는 것이 그 독특한 풍습이었는데, 나라에서는 거국적인 기우제를 지내기 위하여 제일가는 도사를 찾았다. 그 결과 강릉 용명산에 있는 '이효거사'를 모시게 된다. 이효거사는 왕(성덕왕)의 특명을 받고 기우제를 맡아 임천사 앞의 못가에 제단을 쌓게 하였다. 그런 뒤 '월명거사(응신랑)'와 '수로부인(수로랑'의 피리와 춤으로써 신명의 응감을 받고자 했다. 이효거사는 그 자리에 두 사람을 청해 다음과 같이 말한다.

> 월명과 수로가 처음 만난 것도 신명의 인연이요, 둘이 헤어진 것도 또한 신명의 시키심이요. 그때 만약 둘이 헤어지지 않고 한 몸을 이루었던들 오늘의 이 비를 보기는 어려웠을 것이요. 이 비는 이제 우리 나라 모든 사람들의 생명수가 되었소. 두 분의 공덕이 얼마나 큰 것인가를 깨달으시오. 한 사람과 한 사람의 만남과 헤어짐이 또는 가물도 되고 또는 비도 되는 것이요. 나는 오늘 두 분에 나리신 신명의 사랑을 빌어 이 비를 얻게 하였거니와 내가 설령 그것을 오늘에 쓰지 않더라도 그 인연은 그대로 남아 선한 풍토를 이룩함에 이바지 했을 것이요, 이란 법이 없다면 길가던 늙은이가 한 부인을 위하여 층암절벽에 올라가 꽃을 꺾어 내려온 그 공덕을 무엇으로 헤아리며, 그때 그 부인을 태워서 나의 암자로 모신 그 암소의 머리가 오늘의 이 비를 빌기 위한 제물로 제단 위에 놓이게 된 인연을 무엇으로 헤아린다 하겠소.[14]

세속과의 연을 끊고 부처의 제자가 된 월명거사와 본시 '검님'을 모시는 여사제였던 수로부인이 위기에 처한 나라를 구하기 위한 자리에서 상봉하게 된 것이다. 국가적 의식으로 치러지는 이 기우제에서 월명거사와 수로부인의 춤이 어우러진 이 예술적 향연은 불교와 무교의 이상적인 융화를 보여주는 상징적인 사건이라 할 수 있다. 월명거사와

---

14 「水路夫人」, 『김동리 역사소설』, 99쪽.

수로부인의 해후가 아주 오래 전의 이별로부터 예비된 것이며, 이들이 재회하는 자리에 제물로 바쳐진 암소의 머리가 과거 수로부인을 태웠던 바로 그 암소였다는 사실은 불교의 윤회(輪廻)와 연기(緣起)로 맺어진 월명거사와 수로부인의 인연을 증언한다.

한편 신명의 응감을 불러일으키고자 마련된 월명거사와 수로부인의 제의의식은 피리와 춤의 향연, 곧 풍류도의 구현이다. 이 풍류도의 다른 이름이 화랑도이거니와, 월명거사와 수로부인의 만남은 극심한 한해(旱害)로 도탄에 빠진 나라를 구하기에 이른다. 결국 순국무사로 심미화된 화랑도의 이념을 이들의 재회가 실현하고 있는 것이다. 두 사람이 벌이는 이 제의에서 '부처'와 '검님'은 구분되지 않는다. 월명거사와 수로부인이 '신명'을 불러일으키기 위해 하나가 되듯 무불(巫佛)의 두 절대적 존재가 '신불(神佛)'로 하나가 된 것이다. 후일 김동리는 이 무불이 결합된 화랑도의 풍류사상에 대해 다음과 같이 설명한다.

화랑의 비밀은 무교에 있었다. 사람들은 풍류로써 그들이 명산대천을 찾아다닌 줄 알지만 그것이 아니다. 신(神名, 神靈)을 찾고 신명과 접하고 신명과 통하고자 사원이나 교회를 찾는 정신으로 산천을 찾았던 것이다. 당시의 무교로서는 명산대천 영산영지(靈山靈地)에 신이 있다고 믿었던 것이다. 오늘날 일반사람들은 소원 성취를 위해서는 산에 들어가 빈다. 화랑의 춤과 노래도 오락이나 풍류가 아니고 제의행위(祭儀行爲)였던 것이다. 무교의 제의행위가 가무(歌舞)로써 행해진다는 것은 오늘까지 무격(巫覡)의 굿을 통해 내려오고 있다.[15]

위 인용문에서 보듯 김동리는 화랑들의 현세적인 풍류보다 제의적 속성에 주목한다. 산천을 유람하며 춤과 노래를 즐기기 위한 것이 아니라 신명과 접하기 위한 일종의 종교적 행위로 풍류의 성격을 파악한 것이다. 그와 같은 풍류가 곧 김동리가 이해한 화랑정신의 실체였다. 그 결과 더 이상 화랑도는 속된 신앙으로서 무속이 아니라 종교에 그 정신적 지향을 둔 무교로 승화된다.[16] 실제로 최치원도 풍류도를 가리켜 "실내포함삼교(實乃包含三敎)"라 함으로써 화랑도가 무엇보다도 종교적 현상임을 시사한 바 있다. 김동리는 이 삼교, 특히 그 가운데서도 불교적 세계가 무교에 습합됨으로써 '신불신앙(神佛信仰)'이 형성된 것으로 이해했다. '진흥왕'의 숭불정신에 대한 「원화」의 아래와 같은 서술에서 그 일단을 확인할 수 있다.

> 그러나 진흥왕의 숭불정신(崇佛精神)은 그의 백모인 왕태후와 반드시 꼭 같은 것이 아니었다. 왕태후의 숭불정신은 어디까지나 불도본위(佛道本位)요, 불도숭상이요, 불도귀의(佛道歸依)에 있었으나 진흥왕의 그것은 글자 그대로 '신불(神佛)'에 있었고 '불교본위'로만 되어 있지 않았다. 다시 말하자면 '부처님'이거나 다른 '검님'이거나 아무튼 신명(神明)과 신령(神靈)과 신이(神異)에 속한 것이면 다 숭상하고 싶었던 것이다. 그렇다고 물론 '신명'과 '신령'과 '신이'에 속한 것이 불도 외에 또한 여러 가지 있었던 것은 아니다. 국조(國祖) 박혁거세왕으로 구현(具現)된 '검님'을 숭상하고 그것을 진작(振作)시키는 길이 있을 뿐이었던 것이다.[17]

---

15 김동리, 『밥과 사랑과 그리고 영원』, 사사연, 1985, 332쪽.
16 김주현, 『김동리 소설 연구』, 박문사, 2013, 284~285쪽.

「수로부인」과 「원화」 외에 무교와 불교의 융합이 사상적 배경을 이루는 작품들로 「석탈해」, 「미륵랑」, 「호원사기」 등을 들 수 있다. 이 중 「미륵랑」은 본격적인 서사 전개에 앞서 '미륵랑'이란 이름의 유래를 밝히는 것으로 그 상징적인 주제의식을 피력한다. '미리랑'이라는 인물을 처음 발견한 이는 일연의 『삼국유사』에 등장하는 '진자사'라는 스님이며, 이 미리랑은 미륵랑과 같은 뜻을 담고 있다.[18] 보통 '미륵선화'로 불리는 미리랑은 '미륵'이라는 이름의 화랑을 가리키는데, 혼구는 화랑의 이름에 미륵이 붙게 된 사연을 청자인 동료 승들에게 소상히 설명한다. 그런 후 부처님의 이름인 미륵이 화랑에게 씌워진 내력을 속이야기로 풀어낸다. 이에서 혼구는 그것이 진자 스님의 염원이요, 진흥왕의 이상으로 부처님을 통해서 화랑을 찾고자 했던 것이라 설명한다. 다시 말해 진자 스님과 진흥왕이 공히 불도를 통해 풍월도로서 화랑도를 찾으려 했다는 것이다.

사료적 전거에 따르면 진흥왕은 불교와 중국문화를 도입하여 원시적인 전통사회로부터 높은 문화사회로 비약적인 발전을 꾀하고자 했다. 그 과정에서 이를 감당할 새로운 역군이 필요했는데, 이를 위해 새로운 제도로 설정한 것이 화랑도였다. 전통문화에 뿌리를 가진 주체적

---

17 김동리, 「源花」, 앞의 책, 181~182쪽.
18 『三國遺事』의 「彌勒仙花 未尸郎傳」(제3권 제3탑상, 彌勒仙花 未尸郎 眞慈師)은 대표적인 화랑전의 하나다. 진자(眞慈)가 미륵하생(彌勒下生)을 기원했더니 나무 밑에 신동(神童) 미시랑(未尸郎)이 놀고 있었다. 일연은 '未尸'를 '彌力', 곧 '彌勒'으로 읽어야 한다는 이야기를 이에 덧붙임으로써 화랑이 곧 미륵이라는 사실을 분명히 했다. 한편 신라에는 호국의 용신(龍神) 신앙이 있었는데, 용을 '미리' 또는 '미르'라고 불렀다. '미리'는 '미륵'과 그 음이 비슷할 뿐만 아니라 '호국'이라는 맥락적 측면에서도 비슷하다. 따라서 화랑 '未尸郎'은 하생한 미륵인 동시에 호국 용신적 존재였다는 것을 알 수 있다. 무교와 불교 신앙이 상호 습합된 전형적 국면이라 할 것이다(유동식, 『韓國巫教의 歷史와 構造』, 연세대 출판부, 1975, 95쪽).

3부_신라, 불교, 그리고 역사소설

청년을 기리려 했던 이 기획은 다른 한편으로 불교문화와 중국문화를 흡수하여 새로운 인격을 지닌 청년 엘리트를 기르려는 제조이기도 했다. 화랑도는 바로 이러한 청년 양성을 위한 제도와 정신 운동에 대한 칭호였다고 할 수 있다.[19]

진자 스님이 미륵선화를 찾아서 풍설을 무릅쓰고 헤매는 동안 진흥왕이 돌아가시고 '진지왕'이 즉위하게 되었다. 진지왕은 진자 스님이 미륵선화를 찾고 있다는 소문을 듣고 매우 기뻐하며 많은 무리를 보내어 그 일을 돕는다. 그러던 어느 날 영묘사 동북쪽 길가 나무 밑에서 얼굴이 뛰어나게 아름다운 소년 하나를 발견하게 되는데, 진자는 그가 미륵선화임을 깨닫고 성명과 가족관계를 묻는다. 일찍이 부모를 잃어 성을 모르는 소년은 자신을 미리로 소개한다. 미리는 그 음성이 미륵과 흡사하니 그가 곧 미륵선화임을 알아차리고 진자 스님은 소년을 진지왕에게 인도한다. 진지왕은 기뻐하며 그 소년을 화랑으로 삼았고, 많은 낭도들이 그를 흠모하여 모여 들었다. 그는 자기를 흠모하는 많은 낭도들과 더불어 놀되 그 화목함과 예의풍교가 또한 다른 사람과 달라서 지극히 화평했다. 자연 화랑들의 사기는 크게 진작되었다. 그렇게 칠년이 지난 뒤 이 미리랑은 홀연히 사라진다. 미리랑의 등장에서부터 종적을 감추기까지의 이력을 근거로 혼구는 당시의 풍월도(화랑도)와 불도 간의 깊은 관계를 다음과 같이 설파한다.

'우리 대성(大聖)이신 부처님이시여, 화랑으로 화신(化身)하여 이 세상에

---

19 유동식, 위의 책, 83쪽.

나타나시어 저로 하여금 항상 곁에서 시종들게 하소서'하고 빌었던 것입니다. 그가 이렇게 특히 부처님으로 하여금 화랑이 되어 나타나줍시사고 빌게 된 데는 또 한 가지 다른 까닭이 있었습니다. 그것은 불도를 통하여 화랑도(풍월도)를 앙양시킴으로써 화랑도와 불도의 마찰을 해소시키고 양도(兩道)의 조화와 교류를 성취시키려 했던 것입니다.[20]

이처럼 김동리의 「미륵랑」은 미륵화현(彌勒化現)의 염원과 그 실현과정을 그리고 있다.[21] 본시 진자가 미륵화현을 염원한 미륵사상은 고대 성왕(聖王)인 전륜성왕(轉輪聖王) 사상과 미래불(未來佛)인 미륵불 사상, 그리고 이상세계 불국토 사상이 함께 결합된 사상이다.[22] 영토 정복으로 국토를 수호할 필요를 느꼈던 진흥왕은 인재를 양성하여 이상 국가를 건설하고자 하는 방안으로 화랑도를 창설하였는데, 이에 미륵사상을 응용하고자 했다.[23] 말하자면 미륵을 국선화랑(國仙花郎)으로 현실화시켜 신라의 국가사회에 참여케 한 것이다.[24] 김동리는 『삼국유사』의 이 같은 기록에 주목했다. 그 결과 「미륵랑」 창작을 통해 미륵신앙의 불교와 무교를 접목시키는 방식으로 화랑도의 정신적 원천을 밝히고자 한 것이다.

화랑도가 지닌 가장 깊은 종교적 근거는 무교와 함께 불교였다. 무

20 김동리, 「彌勒郎」, 앞의 책, 1977, 230쪽.
21 방민화, 「김동리의 「미륵랑」에 나타난 화랑과 미륵신앙의 상관성 연구」, 『한국문학이론과비평』 45집, 한국문학이론과비평학회, 2009, 198쪽.
22 옥경호, 「미륵사상(彌勒思想)과 삼국의 사회적 이상 형성」, 『종교학연구』 14집, 서울대 종교학연구회, 1995, 97쪽.
23 방민화, 앞의 글, 205쪽.
24 김영태, 「신라불교와 화랑도」, 『수도사대』 6, 수도여자사범대학학도호국단, 1973, 12쪽.

교가 불교를 영합(迎合)함으로써 화랑도의 기본 사상은 마련될 수 있었다. 불교 사상 중에서도 특히 화랑도 형성에 영향을 준 것은 미륵하생(彌勒下生) 신앙이었다. 기록에 따르면 6세기경 문화의 융성기를 맞이한 신라의 신흥 귀족층들은 극히 현실 긍정적이었다. 그때 유행한 불교에서 그들은 자신들의 의향에 맞는 사상을 우선적으로 받아들였는데, 현실세계에서 이상이 실현되기를 기원하는 미륵하생 신앙이 그것이었다. 도솔천(兜率天)으로부터 미륵불이 이 세상에 하생하여 용화수 밑에서 세 번 법회를 열어 280억 중생을 모두 제도하고 이 세상을 이상경으로 만든다는 미륵신앙은 당시 신라인들을 크게 움직였던 것으로 보인다. 한편 무교의 세계관은 그 자체가 현실 긍정적이요 현실 지향적이었다. 하느님이 자신의 아들을 이 세상에 보내어 왕국을 건설하게 하였다는 것이 무교의 신화이다. 따라서 이러한 무교의 사상과 불교의 미륵하생 신앙은 쉽게 융합할 수 있었다. 신흥왕국의 귀족층들은 이 습합된 신앙을 받아들여서 화랑을 '미륵'의 위치에 놓으려고 했다. 화랑이란 국가의 번영과 수호에 봉사하는 젊은 지도자들이었다. 그러므로 당시의 불교 사상의 입장에서 본다면 화랑은 마땅히 '미륵보살'의 화신이어야만 했다. 바로 이 지점이 무불이 습합되는 현장이며, 그 같은 사실을 전해 주는 것이 화랑 미시랑 전설이다.[25] 김동리의 「미륵랑」 창작은 이 설화를 역사소설 글쓰기로 소환하여 역사의 무대로 귀환시킨 작업에 해당한다.

「미륵랑」의 주인공 '구지'의 경우 출가를 결심하게 된 동기가 이생에

25　유동식, 앞의 책, 94쪽.

서 이루지 못한 새달과의 인연을 다음 세상에 가서 성취하고자 한 데 있었거니와, 구지는 출가한 뒤에도 세상에 대한 미련을 끝내 버리지 못한다. 결국 그는 속세에 대한 애착을 애국심으로 승화시킨다. 부처 님에게 화랑이 되어 현현하기를 비는 그의 간절한 기원에는 나라를 생각하는 마음과 새달이 있는 속세에 대한 그리움이 동시에 깃들어 있다. 한 여인에 대한 사랑을 불도의 가르침 안에서 끌어안고자 이를 애국심으로 전화시킨 것이다. 화랑도(풍월도)의 융성을 무교와 불교 간의 조화를 통해 기도한 셈이다. 결과적으로 검님을 숭앙함으로써 신이적인 무용(武勇)으로 무장하게 된 화랑도가 불교를 통해 보다 견고한 정신적 기틀을 마련하게 됨으로써 삼국통일의 위업을 달성하는 원동력이 되었다는 이해가 김동리의 역사의식이었음을 이에서 알 수 있다. 이는 무교의 여신적(與神的) 인간관과 불교 윤회설의 만남, 곧 현세주의와 내세주의의 이상적 결합으로서 김동리의 종교관에 고스란히 합치되는 국면이기도 하다.[26]

김동리가 무불의 조화로 파악한 신라의 신불신앙을 문학적으로 재현한 또 하나의 작품이 「아시량기(阿尸良記, 아리랑기) ─ 일명아시량국흥망기(一名阿尸良國興亡記)」이다. 이 작품은 '아리랑국', 곧 '아나가야(阿那伽倻)'의 마지막 왕인 '취등왕(吹登王)'이 강방대국(强邦大國)을 꿈꾸며 여섯 가야의 화합단결을 도모하다 결국 실패하고 신라에 나라를 잃게 된다는 내용의 망국사이다. 「아시량기(아리랑기)」는 『김동리 역사소설』에 수록되지 않은 중편 역사소설로 실존인물 중심의 신라연작과는 다소

----

26 조회경, 앞의 책, 253~256쪽.

다른 성격의 서사이다. 그럼에
도 불구하고 신라연작이 한창
진행되고 있을 무렵 창작 및 발
표되었고, 사상적 배경과 주제
의식 역시 신라연작과 같은 궤
에 놓여 있다는 점에서 신라연
작의 한 텍스트로 보아도 무방
한 작품이다.

아리랑국의 취등왕은 금관국
의 '구해왕'이 신라군의 공격을
받은 지 보름을 넘지 못하여 항
복한 것을 보고 놀라 아리랑국
으로 망명하여 온 금관국의 장
수 '밀쇠(密金)'에게 신라군의 왕
성한 사기(士氣)가 무엇으로부
터 기인한 것인지를 묻는다. 이

〈그림 16〉「아시랑기(아리랑기)―일명아시랑국흥망기」
(『아담』, 희망사, 1958.1)

에 밀쇠는 죽음을 각오하고 적진으로 뛰어드는 나이 불과 열 예닐곱밖
에 안 된 '소년결사수(少年決死手)'가 있어 당해내기 어렵다고 답한다. 이
어 취등왕이 '중구(대아간)'를 불러 같은 질문을 하자, 그는 '법흥왕'이 사
오년 전부터 불도를 받아 들여 그로부터 많은 영험(靈驗)을 본 것이라
답한다. 이에 취등왕은 그 불도와 꽃이라 불리는 소년결사수가 관계가
있는 것인지 재차 묻는데, 중구는 그것이 신이(神異)에 속한 것이라면
모두 불도에서 나온 것이라 말한다.[27] 그로부터 얼마 지나지 않아 신라

사람으로서 아리랑국에 들어와 불도를 전하는 자가 나타나자 취등왕은 그를 궁으로 부른다. 그는 신라의 승려 '원광(圓光)'으로 아리랑국에서는 법사(法師)로 불리게되는 인물이다. 원광은 제자와 함께 아리랑국에 들어왔는데, 그의 이름은 '신발(信勃)'이었다. 신발은 법흥왕의 중신(重臣) 각간(角干) '우덕(于德)'의 아들이다. 원광이 아리랑국에 불도를 전하러 간다는 소식을 듣고 이찬(伊湌) '철보(哲夫)'가 소개하여 '원광'의 상좌(上佐)겸 제자가 되었던 것이다.

취등왕은 원광을 통해 불도를 배우고자 한다. 그 이유인즉, 첫째로 '가리공주'가 병석에 누운 지 오래이나 약효가 없어 신불(神佛)께 빌어 공주의 병을 낫고자 함이요, 둘째로 불도의 영험을 빌어 다섯 가야를 통일함으로써 신라나 백제의 위협으로부터 아리랑국을 안전하게 지키고자 에서였다. 그러던 중 신발이 무술대회에서 우승하자 취등왕은 그것이 불도의 신이력 덕택이라 믿고서 이에 대해 원광의 동의를 구한다. 원광의 답변은 이러했다.

---

27 「阿尸良記(아리랑기)――名阿尸良國興亡記」에서 '소년결사수'의 신이(神異)가 불도에서 비롯된 것으로 그린 것과 달리 후일 김동리는 다음과 같이 그 원천을 무신(巫神)에서 찾고 있다. "화랑과 그 낭도들은 명산대천에서 신명과 만나고 신명에 접하고 신명과 통했던 것이다. 어느 나라 어느 시대에나 결사대 특공대는 대개 소년무사들이다. 그때라고 해서 싸움마당의 결사대 특공대로 나갈 소년무사가 신라에만 있었을 리 없다. 그들이 다른 특공대 소년무사들과 달리 특히 무용에 뛰어나고 죽음을 두려워하지 않았다면 그것은 그들의 넋 속에 신(神)이 들어 있었기 때문이다. 신이 들어 있었고 신에 통해 있었기 때문에 죽음의 마당에서도 신이 났던 것이다. 그것이 바로 명산대천에서 접했던 무신(巫神)의 신(神)이었던 것이다." 김동리, 『밥과 사랑과 그리고 영원』, 사사연, 1985, 332쪽.
외래 종교인 불교보다는 토속신앙으로서 무교가 화랑정신 형성에 더 직접적인 영향을 미쳤다는 김동리의 판단 변화를 확인할 수 있는 대목이다. 이는 『三國史記』의 화랑제도 형성에 관한 최치원의 언급(新羅本紀, 第4, 眞興王)과 상통하는 바가 있다. 최치원에 따르면 화랑도는 결코 유불선 삼교를 종합해서 만들어낸 새로운 종교문화가 아니라 이미 있었던 종교 문화, 즉 전통적인 종교라 할 무교(巫敎)가 주체가 되어 유불선을 흡수하는 가운데 새로이 형성된 것이었다.

네에, 발수좌의 무예에 신불의 가호가 없었다고 하지는 않겠소이다. 그러나 그는 본디 어려서부터 스스로가 무예를 신불께 빌었소이다. 신라에는 본시 불도가 들어오기 전부터 신불에 통하는 '발그 검'(밝의 검)이 있었사와 무예를 닦는 소년들은 모두 '발그검'께 신기(神技)를 빌었사외다. 발수좌로 말씀하오면 일찍이 불문에 들어오기 전부터 '발그검'께 무예를 빌어 신라에서도 으뜸이란 소문이 있었나이다.[28]

원광의 설명에 의하면, 신발의 비범한 능력은 신불의 가호에 '발그검', 곧 검님에게 빈 신기가 더해진 결과였다. 말하자면 무불의 조화 속에서 신불의 도움으로 신발이 영웅적 자질을 갖추게 되었다는 주장이다.

그렇게 아리랑국에서 발수좌로 불리며 뛰어난 무예 실력으로 주목 받게 된 신발은 가리공주와 인연을 맺게 된다. 처음 신발을 대면한 순간부터 가리공주는 깊은 사랑에 빠지고 만다. 「아시량기(아리랑기)」는 바로 이 두 사람, 아리랑국의 셋째 공주 가리공주(嘉尸公主)와 승려 신분으로 불교 전파를 명분 삼아 아리랑국에 첩자로 잠입한 신라 화랑 신발이라는 가상의 인물이 벌이는 사랑과 갈등을 서사 전개의 주요한 모티프로 삼고 있다. 그들의 인연은 결국 신라의 침략으로 아리랑국의 멸망이 목전에 닥친 밤 끝을 맞는다. 신발은 가리공주의 도움으로 탈출하여 신라군 진지로 도주하기 직전 "아아 가리님, 이런 밤에 우리가 서로 헤인다는 것은 서로 만난다는 거와도 같은 것이오"[29]라는 말로 이별을 고한다. 그렇게 떠난 신발은 이내 자신의 도주를 후회하며 아

28 김동리, 「阿尸良記(아리랑기)——名阿尸良國興亡記」, 『野談』, 野談社, 1958.1, 256쪽.
29 위의 글, 262쪽.

리랑국 궁으로 발길을 돌려 공주를 찾고자 한다. 그러나 그때는 이미 취등왕이 가리공주를 죽이고 왕비와 함께 자결을 한 뒤였다. 이러한 사실을 외치는 군사들 틈 속에서 신발은 공주의 시신을 찾으려다 누가 쏜 것인지 모르는 화살에 맞아 말에서 떨어지고 만다. 순간 신발은 가리공주를 떠나며 남겼던 말을 되뇌게 된다. 자신이 말한 '회즉리(會卽離) 이즉회(離卽會)'의 이별사가 결국 스스로의 운명을 구속하고야 만 사실을 죽음에 이르러 깨달은 것이다. 이렇듯 「아시랑기(아리랑기)」에서 '회자정리(會者定離) 거자필반(去者必返)'의 철리는 주인공 신발의 운명을 통해 재차 확인된다. 김동리가 평생을 두고 천착했던 창작의 화두, 거역할 수 없는 운명으로서 생의 구경적 형식이 신발의 비극적 최후로 강조되고 있는 것이다.

일찍이 신라의 불교와 무교, 그리고 이를 배후 삼아 제도에 이른 화랑도 간의 역학관계를 유동식은 다음과 같이 갈무리한 바 있다.

신라 문화는 단순한 佛敎文化는 아니었다. 그것은 오히려 전통적인 巫敎的 風土 위에 성장한 土着化된 불교문화였다. 다시 말하면 예로부터 있었던 巫敎文化가 불교적 요소를 받아들여서 創造的으로 발전하게 된 巫佛習合文化요 巫敎의 複合的 展開의 결과로 형성된 문화였다. 外來的인 佛敎文化와 在來的인 巫敎文化와의 創造的인 邂逅를 통해 새로운 문화의 꽃을 피운 것이 신라 문화의 특색이라 하겠다. 그리고 이러한 신라 문화의 전형적인 것이 花郎道이다.[30]

---

30 유동식, 앞의 책, 82쪽.

고향 경주에 남다른 애정을 지녔던 김동리는 그 공간의 찬란했던 과거, 곧 신라의 문화와 역사에 대해 오랜 기간 집착에 가까운 관심을 보인 작가다. 그의 역사소설 창작은 바로 그러한 작가적 사명감에서 발로된 문학적 성과에 다름 아니었다. 불교와 무교의 착종으로부터 배태된 제도로서 화랑도를 신라문화의 정수로 바라보았던 김동리의 역사의식은 '외래적인 불교문화와 재래적인 무교문화의 창조적인 해후'로 신라문화를 갈파했던 유동식의 위 설명에 그대로 합치된다. 그리고 신라연작은 바로 이 같은 역사적 전유를 사실로 공증하려는 의도의 기획에 다름 아니었다. 그 구체적인 실천이 대중을 향한 문학적 재현이어야 했던 만큼 김동리는 역사소설 특유의 통속성을 적극 수용했던 것이다. 고귀한 인물들의 연애담을 중심으로 불교적 깨달음이라는 결말을 설정한 서사 구도가 바로 그 한 예인 바, 거기에 궁극의 숭배대상으로 검님이 등장하는 것을 보게 된다. 김동리는 이 검님의 신력을 통해 역사와 공존했던 초월적 세계를 현실화하고자 했다. 이때 불교는 지근거리에서, 아니 그 세계 안으로 들어가 신이력을 발휘하며 무교와의 융화를 꾀하게 된다. 이른바 '신불신앙'의 신화다. 신라연작의 다수 작품들이 바로 이 종교적 깨달음으로 귀결되고 있다는 사실은 따라서 결코 우연이 아니다. 그리고 그 무불의 조화로부터 잉태된 신불신앙의 아포리즘이 겨누는 궁극의 지점이 구경적 삶의 형식이라는 데서 신라연작은 김동리 소설문학 세계의 본령으로부터 한 치도 벗어남이 없다.

4부

|

멜로드라마의 구경

1장
소실된 작품들의 재생

　　해방기에서 한국전쟁기에 이르기까지 김동리는 많은 소설 작품을 창작하였고 다양한 지면에 이를 발표하였다. 그러나 이 시기는 한국근현대사의 최대 격변기로 그만큼 많은 문헌들이 소실되었던 시간이었다. 김동리의 작품들 역시 예외가 아니었다. 전집 간행 과정에서 원본이 확보되지 못했거나 발표 지면이 확인되지 못한 탓에 빠질 수밖에 없었던 작품들이 이 시기에 집중되어 있음을 보게 된다. 「이맛살」, 「절한 번」, 「풍우가(風雨歌)」 이외에 『급류(急流)』, 「남로행(南路行)」, 「풍우기(風雨記)」 등이 그 대표적인 작품들이다.

　　이 중 『급류(急流)』는 원본 확인은 이루어졌으나 이를 완전한 발굴로 처리하는 데 몇 가지 문제가 있다. 우선 '급류'라는 제목의 두 작품이 존재한다. 전집의 소설연보에 나타나 있는 것처럼 첫 번째 『급류』는 『조선교육(朝鮮敎育)』에 처음 연재된 작품이다. 원본 확인 결과 1949년

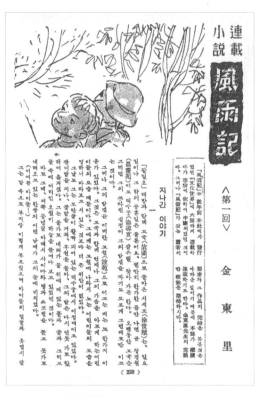

〈그림 17〉『풍우기』(『문화세계』, 희망사, 1953.7)

4월호를 시작으로 같은 해 7월 호까지 총 4회가 연재되었다. 단편이라 밝히고 있는 전집의 서지와 달리 이 작품은 장편으로 판단된다. 4회분 마지막에 이 작품의 연재가 계속될 것이라는 내용이 기록되어 있는 바에 근거하여 추정한 사실이다. 그러나 애석하게도『조선교육』은 이 호를 마지막으로 폐간된 듯하다. 필자의 추론이 맞다면『급류』는 미완성작인 셈이다. 두 번째『급류』는『혜성(慧星)』에 발표되었다. 전집은 그 연재시기를 1950년 2월에서 5월까지로 밝히고 있다. 그러나 필자가 확인한 자료에 따르면 1950년 5월호에는 3회가 연재되었다. 2월호부터 연재가 시작된 것이라면 중간에 결호가 있었거나 전집의 서지가 틀렸을 가능성이 있는 것이다.『혜성』의 전호를 접할 수 없는 현재로서는『조선교육』에 발표되었던『급류』의 경우처럼 단편이 아닌 장편이었을 것이라고만 추정할 따름이다.

「이맛살」은 1947년『문화(文化)』 10월호에 발표되었던 작품으로 김동리 소설선집과 창작집은 물론 전집 간행 과정에서도 원 발표지가 확

4부_멜로드라마의 구경

보되지 못해 묻혀 있었다. 발표 당시가 해방기였음을 고려할 때, 대중소설의 성격이 강한 이 작품이 크게 주목받기 어려웠을 것으로 짐작된다. 이러한 이유로 작자와 연구자 모두의 관심에서 이후 멀어졌고 발굴 가능성은 그만큼 더욱 낮아질 수밖에 없었으리라. 그러나 김동리 문학의 궁극적인 지향과 관련하여 이 작품은 적지 않은 시사점을 던져 준다. 생의 구경적 형식이라는 김동리의 세계인식이 소설문학에 나타난 대중적 성격과 긴밀한 상관관계를 지니고 있기 때문이다.

한편 「절 한 번」은 『평화일보』에 1948년 8월 6일부터 12일까지 총 6회에 걸쳐 연재되었다. '납량단편소설(納凉短篇小說) 릴레이'라는 기획 하에 총 6명의 작가가 각기 한 주간에 걸쳐 연재한 작품들 가운데 세 번째 연재작이다. 김동인, 최정희, 김송, 최태응 등이 참여하게 되었음을 알리는 광고에는 김동리가 연재할 작품이 미정으로 소개되고 있다. 이로 미루어 기획 단계에선 아직 그가 집필을 시작하지 않았음을 알 수 있다. 작자의 치밀한 사전 준비과정을 통해 구상된 작품이 아니었다는 이야기다. 남녀 간의 사랑이라는 이 작품의 주제는 납량특집이라는 기획 의도에도 그다지 어울리지 않을 뿐만 아니라, 흥미 본위에서 크게 벗어나지 않은 소설이 될 것임을 예견케 한다. 신문연재소설이라는 특성상 대중성이 중시된 통속소설이라는 평가가 무색하지 않은 작품인 것이다.

이 작품에 관한 기존 연구서들의 서지사항에서 한결 같은 오류가 발견된다. 민음사 간행 전집은 발표일 1948년 8월, 발표지 『평화신문』으로 원 발표지를 확보하지 못해 간행 과정에서 이 작품이 빠졌음을 밝히고 있다. 문학사상사에서 김동리 창작 및 비평 목록을 추가하여 내놓은『김동리가 남긴 시』(권영민 편, 문학사상사, 1998)의 서지 내용 역시 동일하다. 이 작품의 신문연재 기간을 정확히 밝힌 이는 홍기돈이다. 홍기돈은 이 작품이 1948.8.6~12까지 납량 특집 릴레이 기획작으로 『평화신문』에 발표되었음을 언급하면서 소략하게나마 줄거리를 소개했다.[1] 그러나 참고문헌란에 자료발굴로 등재한 이 작품의 서지 역시 발표지면을 정확히 검토하지 않는 채 앞선 텍스트들의 기록을 그대로 따랐음을 알 수 있다. 이 작품의 발표지는『평화신문』이 아닌『평화일보』이다.

제이국민병 문제를 소재로 전쟁의 허구성과 그 이면을 날카롭게 들추어내고 있는「귀환장정(歸還壯丁)」의 원명은「귀향장정(歸鄕壯丁)」이었다. 그러던 것이 김동리 소설 창작집 제목이『귀환장정』으로 내걸리면서 이후 '귀향장정' 대신 '귀환장정'이 공식적인 제목이 되었다. 전집이 채택한 판본은 앞의 두 텍스트 중의 하나가 아니라『김동리대표작선집』1(삼성출판사, 1967)에 수록된 판본이다. 이 작품은 원래「귀향장정」이란 제목으로『신조(新朝)』1951년 6월호에 처음 발표되었다. 그랬던 것이 같은 해 출간된 김동리의 세 번째 소설 창작집이『귀환장정』으로 이름 붙여졌기 때문에 전집은 최초 수록지에 관해 '「귀환장정」, 『신조』, 1951, 6'이라는 서지상의 오류를 범할 수밖에 없었다. 흥미로운 사실은 두 텍스트 모두 본문에 쓰이고 있는 표현이 '귀환장정'이 아닌 '귀향장정'이라는 점이다. 작자가 처음 의도했던 작품명이 '귀향장정'이었음을 짐작케 하는 대목이다. 그러나 고향으로 돌아갈 수 없는

---

1 홍기돈, 「김동리 연구」, 중앙대 박사논문, 2003.

4부_멜로드라마의 구경

두 주인공이 제이국민병 장정대기소에서 제대하여 향하는 곳은 피난지 부산이다. 따라서 서사 내적인 측면에서 보자면 '귀환장정'이 옳다. 작자 역시 이점을 뒤늦게 깨달아 「귀환장정」으로 개제했던 것이리라.

대중소설에서 성취한 삶의 구경적 형식

　「이맛살」은 '나'가 일인칭 주인공으로 등장하는 회고 형식의 단편이다. 쌀 배급이 줄어 국수나 수제비를 그만큼 자주 먹어야 하는 처지가 되면서 나는 밀가루 냄새와 함께 떠오르는 한 소녀를 생각한다. 화자인 나는 이십여 년 전 열 여덟 살 무렵 일종의 방랑성(放浪性)이 일어 어려서부터 들은 슬픈 미인들의 족적을 찾아 여기저기를 떠돈다. 남원을 거쳐 논개의 자취를 더듬을 요량으로 진주를 향해 가다 곤양 땅에 접어들었을 때, 비를 만난 나는 지나가는 마차를 잡아탄다. 병전에 도착하여 타고 온 마차가 속해 있던 객줏집에서 하룻밤을 보내던 날 나는 한 소녀의 노래를 듣게 된다. 주인집 딸의 노래 소리는 호기심과 신비감으로 나를 밖으로 이끌었으며 예상치 못한 광경을 목격하게 만든다. 사환꾼 아이 '상돌'의 허리에 올라타고 앉은 소녀가 손으로 자신의 뒷머리를 만지며 하늘의 달을 쳐다보고 있었던 것이다. 그 순간 나는 상돌이 대신 그 행복을 독점하고 싶다는 욕망에 사로잡힌다. 그날밤 열이 오른 나는 결국 며칠을 더 그곳에 머무를 수밖에 없었다. 사흘째 되는 날 간신히 몸을 추스르게 되자 소녀가 칼국수 한 그릇을 가지고 찾아왔다. 소녀는 나의 고향을 물었고 계속되는 그녀의 질문에 말문이 막힐 무렵 집을 비웠던 사람들의 인기척이 들리자 소녀는 미간에 약간 살을 지어 보이고 안집으로 들어가 버린다. 그때 아무런 맛을 모르고 먹었던 밀가루 냄새의 기억이 스무 해가 지난 지금도 나의 이마에 긴 금으로 새겨져 찌뿌듯한 일이 마음에 있을 때면 으레 이맛살이 밀리곤 하는 것이다. 숱한 세월이 흘렀지만 여전히 그 소녀는 나의 생애에 가장 밀도 있는 행복을 표상하는 존재로 기억된다. 이런 사정을 모르는 아내는 나의 이맛살 표정만을 보고서 오해한다. 밀가루 음식이 싫거든 쌀을 팔아다 달라며 아내는 이마 한 가운데 금이 흉측하다면서 투덜대는 것이다.

「이맛살」은 한 소녀를 향한 사모의 염을 담아낸 대중소설이다. 하지만 김동리의 전형적인 창작기법은 이 작품에서도 예외 없이 발휘되고 있다. 작품의 첫 장면에서 나는 쌀 배급이 줄면서 밀가루로 연명해야 하는 생활고를 이야기한다. 밀가루 냄새는 주인공 화자를 잠시 자신만의 비밀스런 추억담에 빠져들게 한다. 그러나 비난어린 아내의 불평은 이내 주인공 화자를 다시금 현실로 불러내고야 만다. 현재-과거-현재로 이어지는 이러한 역순행적인 플롯은 김동리가 즐겨 사용한 액자식 구성과 유사한 형식을 보여준다. 화자의 시선을 과거세계에서 현재의 무대로 이동시키는 밀가루 냄새와 그 추억을 현재와 이어주는 나의 이맛살이 곁 이야기에 매개적 소재로 배치되어 있는 것이다. 그렇게 주인공 나와의 짧은 대면을 아쉬워하듯 찌푸렸던 소녀의 미간은 어느덧 나의 이맛살로 전이되어 내밀한 흔적으로 남아 있다.

이처럼 소녀와의 한순간 조우는 나의 생애의 가장 중요한 자리를 점령해 버린 사건이다. 그리고 여전히 현재진행형의 형태로 나를 사로잡는다. 십대 시절 방랑성이라는 이름으로 과거의 슬픈 미인들의 체취를 따라 무작정 떠났던 길 위에서 나는 그녀들의 환생을 보듯 소녀를 만났다. 그 순간 비를 만나 마차를 타게 되어 소녀의 집에 머물게 되고, 그녀의 노래에 매료되어 몸져눕게 되기까지의 일련의 예기치 않은 사건들은 예정된 여정으로 나에게 이해된다. 따라서 나의 굵은 이맛살은 우연한 만남을 가장하여 나타나는 삶의 궁극적인 형식, 곧 운명의 통제를 과시하는 표징이다.

일본의 제국주의 전쟁이 기세를 올리고 있을 무렵인 1939년을 배경으로 「절 한 번」의 두 주인공 '명순'과 '종수'의 사랑 이야기는 시작된다. 그러나 전시체제하에 있는 식민지 조선을 시간적 배경으로 하고 있음에도 불구하고 이 작품에서 그 같은 시대 분위기를 감지하기란 쉽지 않다. 명순이 병으로 며칠 간 결근을 하며 고향으로부터 예정보다 늦게 돌아왔을 때, "전시하(戰時下)에 잇는 교직원으로서는 일선장병(一線將兵)의 로고(勞苦)를 생각하여 좀더 긴장하지 안흐면 안 된다"[2]는 교장의 훈시만이 이를 암시해 줄 따름이다.

종수는 너무 이른 나이인 열일곱에 열아홉 살이던 지금의 아내와 결혼하여 세 아이를 둔 아버지이다. 고향에 가족을 두고 떠나와 교사 생활을 하고 있으나 종수는 사랑 없는 아내와의 관계에 회의감을 느낀다. 결혼이 자신의 꿈을 포기하게 만들었기에 때늦은 후회는 더욱 컸

2   김동리, 「절 한 번」, 『평화일보』, 1948.8.7.

다. 그러던 차에 종수와 십여 년 차이가 지는 명순이 신출내기 교사로 같은 학교에 부임해 온다. 두 사람은 타지에서 겪는 외로움 탓에 서로에게 호감을 가지게 된다. 그리고 연인 사이로까지 가까워진다. 명순은 종수가 유부남임을 알면서도 그를 사랑했다. 집안에서 강권해오던 이와의 결혼을 누차 거부했던 것도 그 때문이었다. 그러나 고향에 두고 온 노부모와 아내, 그리고 자식들에 대한 부채의식 때문에 종수는 명순에게 확신에 찬 결심을 보여주지 못한다. 마침내 종수가 음악가로서의 자신의 꿈을 뒤늦게나마 이루겠노라고 할빈을 향해 떠날 결정을 하였을 때, 그와 같은 길을 떠나기로 마음먹었던 명순은 고향으로부터 어머니의 위독을 알리는 전보를 받는다. 할빈으로의 출발을 준비하며 종수는 돌아오겠노라는 다짐과 함께 잠시 고향으로 떠난 명순을 기다린다. 그러나 죽음을 앞둔 어머니와 늙은 아버지, 그리고 아직 어린 동생을 차마 저버릴 수 없다는 명순의 사연이 전해진다. 편지에는 진실했던 명순의 감정이 담겨 있었다. 그렇게 사랑이 빗겨간 뒤 육 년의 세월이 흘러 해방과 함께 귀국한 종수는 우연히 명순의 소식을 듣게 된다. 그녀는 이모가 소개한 식산은행 직원과 결혼하여 금실 좋은 부부로 살고 있었다. 한 번쯤 명순을 만나길 원했던 종수는 어느 날 우연히 풍문여중 앞을 지나다 전혀 변한 것이 없는 그녀와 조우하게 된다. 아무런 말없이 정중하게 고개를 숙이는 명순에게 종수 역시 답례로 절 한 번을 나누고 두 사람은 스쳐 지나간다.

이처럼 서사는 두 중심인물의 불륜관계를 공감 어린 심리묘사를 통해 애틋한 사랑으로 그려내는 데 집중함으로써 대중성을 노골적으로 표방하고 있다. 사랑을 알기 전에 결혼이라는 성년의 관문을 지나면서 자신의 이상을 접어야했던 종수가 그러하듯 부모의 결정에 맞서 자신의 의지에 따라 반려자를 선택하겠다는 자유연애 의식을 지닌 명순 역시 근대초기 우리 소설문학의 비극적 인물 유형을 전형적으로 보여준다. 사랑이 극적으로 성취되려는 순간 어머니의 병세를 알리는 전보 한 장이 날아드는 설정 또한 우연한 사태에 의한 반전이라는 고전적 플롯의 반복임을 알 수 있다. 이러한 서사적 특징들만으로도 이 작품에 내장된 대중연애소설로서의 성격은 충분히 입증되고도 남음이 있다.

통속소설의 범주를 벗어날 수 없는 「이맛살」과 「절 한 번」이 김동리의 문학세계 지형에서 환기시키는 의미는 무엇인가? 좌우익의 이념 갈등과 정치적 혼란으로 점철된 해방기에 「윤회설(輪廻說)」(1946), 『해방(解放)』(1949) 등을 발표하며 사회주의 이데올로기의 허구성을 정면으로 비판했던 그의 이력에 비추어 볼 때 이 두 작품은 다소 예외적이라 할 수 있다. 더욱이 이 시기에 활발히 전개시킨 순수문학론을 통해 김동리는 현실 정치에 적극적인 개입과 발언을 지속하지 않았던가? 당시 김동리의 주요 비평들은 문학의 반도구화 혹은 탈이념화에 그 초점이 맞추어져 있었다. 그는 순수문학의 본질을 휴머니즘에서 찾았으며,[3] '문학하는 것'의 궁극적 지향을 '구경적 생의 형식'에서 찾았다.[4] 구경적 생을 그려야 한다는 이러한 김동리의 문학적 이상을 고려할 때, 비로소 이 작품들은 '대중의 야비한 취미에 아부하기 위하여 예술성을 상실한 소설'[5]이라 그가 규정했던 통속소설의 오명에서 벗어날 수 있다.

[3] 김동리, 「순수문학의 진의─민족문학의 당면과제로서」, 『서울신문』, 1946.9.14.
[4] 김동리, 「문학하는 것에 대한 사고─문학의 내용적 사상적 기초를 위하여」, 『白民』, 1948.3.
[5] 김동리, 「대중소설과 본격소설─그 성격적 차이에 관한 열가지 문답」, 『한국평론』, 1958.5, 168쪽.

한편 김동리는 「대중소설과 본격소설―그 성격적 차이에 관한 열가지 문답」이란 글에서 대중소설과 통속소설, 그리고 순수소설과 본격소설이 같은 범주에 속하는 것으로 간주하면서 양자를 각각 별개의 성격 위에 입각하는 것으로 바라본 바 있다. 대중소설과 본격소설을 구분하는 네 가지 중요한 조건으로 김동리는 주요인물의 성격 창조 여부, 주제의 독창성 여부, 플롯의 독창성과 인과관계에 의한 유기성 여부, 그리고 작자의 개성적 문장을 내세운다. 이러한 기준에 근거하여 보자면 「이맛살」과 「절 한 번」은 모두 지극히 통속적인 소설이라는 혹평을 면하기 어렵다. 그럼에도 불구하고 이 작품들을 단순히 통속소설이라고만 폄하할 수 없는 이유를 굳이 들자면, 본격소설의 요건으로 김동리가 내세운 작자 특유의 인생관내지 새로운 윤리의 시험이라는 주제의 요건에 부합하기 때문이다.

김동리의 인생관이기도 한 구경적 삶의 형식은 우연과 운명으로 집약된다. 「절 한 번」의 종수가 오랜 번민 끝에 할빈행을 결심하게 되었을 때, 그리고 명순이 사랑하는 가족을 뒤로한 채 종수의 길에 동참할 것을 주저하던 바로 그 순간, 그녀 어머니의 병세를 알리는 전보 한 통은 그렇듯 우연을 가장하여 날아들었다. 그리고 해방이 되어 그들이 다시 만나게 된 순간에도 그들은 운명이 지시하는 서로 다른 삶의 방향을 향해 스치듯 절 한 번만으로 예기치 않은 만남을 정리해야만 했다. 「이맛살」의 나 역시 밀가루 냄새와 이맛살로 기억되는 한 소녀를 평생 마음속에 간직해 온 인물로 그녀와 맺게 된 인연을 우연이 아닌 운명으로 여기며 살아가는 존재다. 방랑벽에 이곳저곳을 떠돌게 된 사연, 여행 도중 비를 맞아 병이 든 사건, 그리고 몸져누워 소녀의 집에 며칠을 더 머무르게 된 일 등이 모두 그녀와의 연을 위해 짜인 각본으로 지금의 나에게 이해된다. 이렇듯 명순과 종수, 소녀와 나의 빗긴 사랑은 바로 그 우연과 운명이라는 삶의 구경적 형식을 벗어날 수 없는 필연이었던 것이다.

> 운명이란, 우연성으로만 이루어진다는 것, 그 때문에 우연성이란 '운명'이란 말을 가운데 둔 필연성이 아닐 수 없다는 것, 그 때문에 우연성·운명·필연성의 등위관계랄까 균형감각이 성립하는 것이 아닐까. 소설 창작에서 플롯과 인물(성격)에 최대의 비중을 둔 김동리가, 그러니까 플롯의 본질을 필연성이라 본 그가, 「偶然性의 硏究—小說에있어 偶然性과 虛構面」과 眞實面에對한 考察」(『新思潮』, 1950.1)을 구상하지 않을 수 없었던 것은 이 사정과 관련된다.[6]

우연성이 필연성으로 전화되어 인식되는 순간 이상적인 플롯은 김동리에게 우연성과 동의어가 되며 이는 대중성에 가장 근접한 서사미학이 되는 것이다. 따라서 결과적으로 김동리 소설의 대중적인 면모는 이러한 세계관에 우연성의 플롯이라는 소설미학이 부응한 결과였다고 말할 수 있다.

---

6   김윤식, 『김윤식 선집 1—문학사상사』, 솔, 1996, 571쪽.

한국전쟁을 바라보는 또 하나의 시각

「상병(傷兵)」은 『한국공론 걸작단편 소설특집 전시호 제삼집』(한국공론사, 1951.9)에 발표된 것과 거의 동시에 「풍우가(風雨歌)」(『협동』, 1951.11 ~1952.1)로 개제 및 개작되었다, 다시 「순정기(純情記)」(『서울신문』, 1952.1. 6~14)로 신문에 연재된 화려한 이력을 자랑한다. 한국전쟁기 김동리의 현실대응 의식을 가늠해볼 수 있는 유용한 통로가 된다는 점에서 그 의의가 적지 않은 작품이다.

피난지 부산에서 안과 병원을 개업 중인 '이정수'에게 '미리'가 찾아온 것은 알 수 없는 무엇인가에 이끌려서다. 이정수의 아내인 '영숙'이 미리와 친구 사이기도 하려니와 미리 역시 연인이었던 '석운'을 통해 이정수와는 익히 아는 처지였다. 부산에 아무런 연고지가 없던 미리로서는 '이정수 안과병원'을 찾는 일이 불가피했다. 미리는 영숙으로부터 석운이 작년 여름 중부전선에서 부상당해 제○육군병원에 입원해 있다는 소식을 접한다. 영숙의 주선으로 미리는 석운을 병문안할 수 있었다. 그러나 정작 미리를 본 석운의 태도는 냉정하기만 하다. 석운은 미리를 한 번 더 보겠다는 간절한 생각을 부상을 당했을 때 했으며, 그 바람이 이루어졌기에 불평이 없노라 담담히 이야기한다. 석운의 이같은 태도를 이해할 수 없었던 미리는 석운이 다리 하나를 잃은 것을 목도한 뒤 그 이유를 비로소 깨닫는다. 퇴원 후 다시 만난 석운은 더욱 냉담한 반응을 미리에게 보이고, 그녀는 결국 고열과 함께 몸져눕고 만다.

미리는 불구자가 되어 버린 석운과 일생의 반려자로 늙어가야 한다는 사실에 고뇌한다. 그러나 그녀는 모든 꿈과 희망과 행복을 단념하고 석운을 위하여 희생하자는 결심과 함께 직업부인이 되기로 마음먹는다. 그러고서 만난 석운에게서 받은 것은 비웃는 듯한 눈길과 약혼 기념으로 자신이 주었던 시계였다. 석운은 부상을 당해 의식을 잃어가던 순간에 그 시계가 자신을 살아나도록 만든 힘이었다고 고백한다. 모든 것을 감내하고 희생할 결심을 연인이 미리가 했듯이 자신 역시 그녀를 구속하지 않고 해방시켜 줄 결심을 했다고 석운은 말한다. 그러나 석운이 되돌려준 시계를 가지고 돌아온 미리에게 예상치 못한 사건이 일어난다. 영숙의 남편 정수가 진맥을 핑계대고 미리의 방에 들어와 그동안 혼자서 간직해 온 감정의 기록이라며 일기장을 내놓고서 사랑 고백을 한 것이다. 난감해진 미리는 한 번 읽어보겠다는 말로 위기를 모면하나 이후 이정수의 애정 공세는 계속된다. 결국 정수의 치근덕거리는 행위가 영숙에게 목격되면서 미리는 그 집을 나올 결심을 한다. 비가 멎는 대로 병원을 뛰쳐나가리라 마음먹은 미리에게 "그 시계가 없어도 내 가슴속에는 언제나 쩰깍 쩰깍 하는 소리가 들리고 있읍니다"는 석운의 말이 떠오르면서 그녀는 어두운 밤 빗속으로 뛰어든다.

「상병」처럼 개인적 사랑과 애국심을 연계시킨 애정 모티프는 한국 전쟁기의 주요한 창작 소재 가운데 하나였다. 그 대표적인 예가 정비석의 「간호장교」[7]다. 이 작품은 애국심을 통한 이기심 극복의 정당성이 남녀 간의 사랑을 매개로 형상화된 작품 가운데 첫손 꼽힌다. 남녀

---

7   정비석, 『戰線文學』, 육군종군작가단, 1952. 12.

간의 사랑이 애국심으로 승화될 수 있는, 혹은 전화되어야 하는 논리적 근거를 대변한 작품인 것이다. 한편 이 시기 북한의 소설문학에서도 유사한 서사 구도를 지닌 작품들이 다수 창작되었다. 리종민의 「궤도 위에서」(1951), 황건의 「불타는 섬」(1952), 한설야의 「황초령」(1952) 등이 그 대표적인 작품들이다. 리종민의 「궤도 위에서」는 해방 후 당과 수령으로부터 교양 받은 새로운 세대의 상징인 두 남녀 주인공이 자신들의 애정 불화의 원인이 미제국주의의 침략에 있음을 깨달은 뒤 더욱 견결해진 애국심으로 이를 극복해낸다는 내용의 작품이다.

「간호장교」와 「궤도 위에서」가 예증하듯이 한국전쟁기 남녀 간 애정 모티프의 작품들은 한결같이 개인적 사랑을 애국심으로의 승화시키는 도식적인 결말을 보여준다. 이 같은 창작 경향이 국가주의 이데올로기에 포섭된 이야기 방식임은 의심할 여지가 없다. 전쟁 독려와 애국심 고취의 차원에서 그와 같은 서사전략의 상투화는 어떤 측면에서 불가피했을 것이다. 따라서 이 계열의 창작이 전쟁기의 대표적인 서사구도로 대중성에 힘입어 번성했으며, 남북한 소설문학의 공통분모격이 된다는 사실 역시 그리 놀랄 만한 일이 아니다. 김동리의 「상병」이 주목되는 점은 이러한 서사문법을 뒤틀어 놓은 데 있다.

나라와 민족을 위해 몸을 받친 석운을 위해 일하고 위로할 의무가 있다는 영숙의 말에 미리는 다음과 같은 내적 독백으로 답한다.

그만한 걸 너만 알고 나는 모르니? 나라와 민족을 위해서 싸우다 다리를 잃었다. 그것은 숭고하고 아름다운 일이다 …… 그리고 다리 하나보다도 바로 목숨을 송두리채 잃었다면 더욱 숭고하고 더욱 아름답지 않는가? 그러나 목숨이 아깝지 않단 말인가? 다리가 아깝지 않단 말인가 목숨을 잃어도 불행이 아니란 말인가? 불행이면 불행이 있을 뿐이지 무엇이 있단 말인가? 나는 행복을 원한다! 세상에 행복을 원하지 않는 사람이 있는가? 행복은 언제나 내곁에 있었다! 행복은 언제나 내 것이었다 …… 아아, 행복은 어디로 갔단 말인가?[8]

미리에게는 민족이니 국가니 하는 거창한 대의보다도 개인적인 행복이 더욱 소중한 가치였다. 그렇기에 석운이 불구가 되었다는 사실을 알게 된 뒤 그녀가 심한 고뇌에 휩싸일 수밖에 없었던 것은 당연했다. 국가와 민족을 위한 희생이라는 숭고한 이념은 다리 하나가 없어진 사람을 일생의 반려로 늙어가야 하는 무거운 십자가의 짐을 결코 덜어줄 수 없기 때문이다. 이처럼 김동리의 「상병」은 정비석의 「간호장교」나 리종민의 「궤도 위에서」와 같은 전시소설들과 그 소재적 측면에서는 유사하나, 중심인물을 통해 피력되고 있는 작가의 현실의식 면에서 상이한 양상을 보여준다. 개인적 이기심을 국익에 복속시키는 교의적 답변 방식에 이의를 제기하고 있기 때문이다. 이러한 차별성은 미리라는 인물의 정신적 분열상을 극대화시키는 방향으로 서사가 전개되는 지점에서 두드러진다. 목적론적 주제의식에서 벗어난 인물을 창조해 냄으로써 작자 스스로 한국전쟁의 현실을 보다 사실적인 층위에서 접근할 수 있는 길을 연 것이다.

그러나 한국전쟁을 바라보는 비판적 관점의 새로움에도 불구하고,

---

8 김동리, 「傷兵」, 『韓國公論 傑作短篇 小說特輯 戰時号 第三輯』, 韓國公論社, 1951.9, 207쪽.

「상병」 역시 전쟁기 소설문학에서 흔히 나타나는 선정성과 통속성이 문제시되는 작품이다. 대중성을 크게 의식한 작품이라는 인상을 지우기 어렵게 하는 서사 장치가 곳곳에서 발견되기 때문이다. 미리와 영숙, 그리고 이정수 사이의 어설픈 삼각관계도 그렇지만, 몸에 흠집이 없는 사람을 결혼 상대자로 꿈꿔왔던 미리에게 약혼자인 석운이 불구자로 나타난다는 설정 또한 다분히 원색적이다. 뿐만 아니라 김동리 문학의 화두가 되어 온 우연과 운명의 교차가 이 작품에서도 예외 없이 반복된다. 이는 통속성을 대중성으로 견인해 가는 동력이 된다. 동무가 붙잡는 것도 뿌리치며 미리가 이정수의 병원에 오게 된 것은 그녀의 마음속을 쉴 새 없이 꼬여내며 손짓하는 그 무엇이 부산에 있었기 때문이었다. 그리고 그곳에 와 그녀는 왼쪽 다리 정갱이 아래가 덩겅 끊어진 철학가 석운을 돌려준, 짓궂은 운명의 조롱을 받는다. 이렇듯 지속되는 우연이 운명으로 선회하는 순간 아이러니의 비극은 잉태되게 마련이다. 예측할 수 없는 삶의 미궁과 그 곳으로 끌어들이는 불가항력적인 운명의 힘이 곧 구경적 생의 형식일 터, 김동리 소설문학의 대중성을 설명하고자 할 때 이와 같은 세계 이해 방식이 그 주요한 단서로 발견된다. 이렇듯 김동리 정신세계의 인식론적 배후를 면밀히 밝히게 될 때, 그의 소설문학이 지닌 대중 감화력의 원천은 설명 가능해진다.

2장

시간의 월경과 생의 구경(究竟)

김동리는 1950년대 중반 일명 '신라연작'으로 불리는 단편 역사소설들을 집중적으로 쏟아낸다. 이들 작품은 후일 『김동리 역사소설』(지소림, 1977)로 묶이는데, 「아시량기(阿尸良記, 아리랑기)—일명아시량국흥망기(一名阿尸良國興亡記)」는 이 작품집에 빠져 있다. 신라가 작품의 직접적인 배경이 아니라는 점, 그리고 중편으로 여타 작품들과 그 체제를 달리한다는 점이 편집 과정에서 배제된 이유였을 터다. 그러나 창작 시기와 발표 지면, 그리고 역사소설이라는 공약수에서 「아시량기(아리랑기)」는 『김동리 역사소설』에 수록된 작품들과 동일 선상에서 이해되어야 마땅한 텍스트이다.

이 작품이 게재된 『야담(野談)』은 1955년 7월호 창간을 기점으로 1965년 4월까지 발간된 오락지로 대중적 인기가 대단히 높은 잡지였다. 야담과 실화는 물론 사화와 사담에서부터 역사소설에 이르기까지

〈그림 18〉「아시량기(아리랑기)-일명아시량국흥망기」,
『야담』, 희망사, 1958.1）

다양한 형태의 고전물과 역사물로 구성된 이 잡지는 월간 형태로 10년 이상 발간되었다. 김동리는「원왕생가(願往生歌)」,「정의관(情義關)」,「국사왕거인(國士王巨人)」,「청해진대사(青海鎭大使)」,「의사김양(義士金陽)」,「양화랑애화(良禾娘哀話)」등 다수의 단편 역사소설을 이 잡지에 최초 혹은 재발표하였다. 김동리의 유일한 중편 역사소설「아시량기(아리랑기)」역시 그 연장선상에서 이 잡지에 최초로 게재되었던 것이다. 이렇듯 『야담』의 주요 필자로 참여함으로써 김동리의 성공적인 역사소설계 진출은 이뤄질 수 있었다. 『야담』과 같은 전문오락지의 출현이 단편 역사소설 번성의 결정적 도약대였다는 사실을 『야담』을 통해 여러 작품을 발표했던 김동리의 사례는 여실히 증언한다. 그것은 대중문학으로서 역사문학과 잡지저널리즘의 공모적 관계를 재차 확인케 만드는 물증이기도 하다.

특히「아시량기(아리랑기)」의 『야담』 게재는 잡지의 주요 필자로서 김동리의 위상이 어떠했는지를 단적으로 말해주는데, 이 작품의 게재와 관련하여 편집후기는 다음과 같은 뒷이야기를 전하고 있다.

『野談』을 아껴주시는 여러분께 보내드릴 신년선물(新年膳物)도 이것저것 골라 보다가 결국 金東里선생의 중편역작(中篇力作) 『阿尸良記』三백매를 전재(全載)함으로써 선물로 삼았습니다. 새삼스러이 金東里선생을 소개할 필요는없겠지만 선생은 이나라 민족문학(民族文學) 진수(眞粹)를 국제무대(國際舞臺)에 과시(誇示)할 수 있는 문단(文壇)의 거장(巨匠)으로 이미 『野談』지에 게재된 주옥편(珠玉篇)들로 해서 애독자 여러분과는 친숙한 사이입니다. 『阿尸良記』를 집필하시느라고 한달동안을 두문불출하시고 애써주신 선생께 지상을 빌리어 심심한 사의를 표하는 바입니다.[1]

이 작품은 총 4개 장(章), 11화(話)로 이루어진 중편이며, 성격상으로는 '역사소설'에 속한다. 작품 말미에 김동리는 "(註) 尸는 鄕札 吏讀等에서 「라」行으로 읽는다. 「未尸郞」을 「미리랑」으로 읽는따위"[2]라는 주석을 덧붙여 향찰(鄕札)과 이두(吏讀) 표기 방식에 따라 이 작품을 '아리랑기'로 읽도록 요청하고 있으며, 이를 제목에 병기하고 있다.

이 작품은 '일명아시량국흥망기'라는 부제가 말해주고 있듯이 육가야의 하나인 아나가야(阿那伽倻)의 망국사를 다루고 있다. '아리랑국'의 마지막 왕인 '취등왕(吹登王)'이 강방대국(强邦大國)을 꿈꾸며 육가야의 화합단결을 도모하나 결국 실패로 돌아가고 신라군의 공격에 나라를 잃게 된다는 역사적 사실이 그 배경이다. 그러나 실질적인 서사는 아리랑국의 '가리공주(嘉尸公主)'와 승려 신분으로 불교 전파를 명분삼아 아리랑국에 첩자로 잠입한 신라 화랑 '신발(信抜)'이 펼치는 사랑과 내

---

1   「엮고 나서」, 『野談』, 1958.1, 264쪽.
2   김동리, 「阿尸良記(아리랑기)──名阿尸良國興亡記」, 『野談』, 1958.1, 263쪽.

적 갈등에 초점이 맞추어져 있다.

신라의 침략으로 아리랑국의 멸망이 목전에 닥친 밤 가리공주의 도움으로 옥을 탈출한 신발은 신라군 진지로 도주한다. 그러나 자신의 지난 행적에 회의를 느낀 신발은 공주를 찾아 싸움이 한창인 아리랑국의 궁전으로 이내 되돌아간다. 공주를 찾아 이곳저곳을 헤매던 신발은 결국 누군가의 화살에 뒤통수를 맞고야 만다. 엇갈린 사랑이 잉태한 이 최후의 순간 신발은 가리공주와 헤어지며 자신이 했던 "아아, 이런 밤에 헤인다는 것은 서로 만난다는 것과도 같은 것인가"라는 말을 되뇐다. 일찍이 거역할 수 없는 운명의 힘 앞에서 생의 구경적 형식을 발견했던 김동리는 이렇듯 신발의 입을 빌어 이별과 만남이 하나이지 않느냐 묻듯 답한다. 그것은 운명과의 한판 대결로 요약되는 김동리 문학의 항구적 과제가 시간을 월경하여 서사시의 세계로 풀려나는 찰나에 다름 아니다.

역사적 전거를 후경화하고 고귀한 신분의 인물들이 얽어내는 비극적 사랑을 전경화한 점에서 이 작품은 한국 근대 역사소설의 전형적인 연애담 계보를 잇고 있다. 이 작품이 발표된 1958년은 김동리가 단편 역사소설 창작에 자신의 역량을 집중하였던 때로, 해당 시기를 전후하여 발표된 여러 편의 작품들에서도 이와 유사한 서사구도를 빈번히 목격하게 된다. 그러나 일명 신라연작이 『삼국사기』 열전에 등장하는 신라 위인들의 행적을 서사의 골간으로 삼아 '신라혼의 재현'에 창작의 목적을 둔 데 반해 「아시량기(아리랑기)」는 일국의 흥망성쇠에 관한 상상적 재현이라는 점에서 명백한 차이를 갖는다.

4부_멜로드라마의 구경

3장

생과 사의 경계, 인연과 우연의 조우

「비연(悲緣)」은 1964년『철도(鐵道)』(철도협력회) 6월에 '단편소설'이라는 목차 타이틀과 함께 게재된 김동리의 단편 역사소설 가운데 하나다.『김동리 역사소설』에 「호원사기(虎願寺記)」로 수록된 작품의 선행 판본에 해당한다. 그간 「호원사기」의 서지에 관해서는 알려진 바가 없었다. 개제 사실조차도 확인되지 않았던 차에 그 최초 판본으로 추정되는 「비연」이 발굴된 것이다.

「비연」을 「호원사기」의 최초 판본으로 단정 짓기에는 몇 가지 석연치 않은 점이 있다. 첫째로 「비연」의 발표 시기가 문제된다. 김동리가 신라연작의 단편 역사소설을 집중적으로 창작하여 발표한 시기가 1950년대인데 반해 「비연」의 발표 시기는 1960년대 중반으로 여타 작품들과 약 5년여 이상의 시간적 격차가 있다. 신라연작으로서 동일한 창작 지향 아래 행해진 작업이라는 맥락에서 보자면, 「비연」만이 시기상 예

외적으로 동떨어져 있는
셈이다.

둘째로 「비연」은 동일
작품의 이본이라 할 『김
동리 역사소설』 수록 「호
원사기」와 여러 층위에서
상이한 면모를 보인다. 개
작되었다고 할 정도로 그
낙차는 현저하다. 「비연」
에서 「호원사기」로 개제
되는 과정에서 서술상의
전면적인 수정이 함께 행
해진 것이다. 그 결과 그
로부터 파생된 서사적 변
화 역시 적지 않은데, 문
제는 그것이 역사적 사건

〈그림 19〉 「비연」(『철도』, 철도협력회, 1964.6)

에 대한 상이한 해석을 환기시킨다는 점이다. 한 예로 아래 두 인용문
의 경우 외견상 판본 간 차이가 그리 크지 않은 듯하나, 자세히 살펴보
면 아예 문맥 자체가 달라졌다는 것을 알 수 있다.

① 한편 김주원과 그를 미는 사람들이 이러한 불평과 반감을 품고 있다는
사실은 신왕인 원성왕(元聖王-敬信)과 그의 측근자들에게도 알려졌다. 특
히 그(경신)를 적극적으로 왕위에 추대했던 이찬 세강(世强)들은 이 기회에

4부_멜로드라마의 구경

김주원의 무리를 그대로 둘수 없다고 수군거렸다. 만약에 그들(김주원 일파)이 반란을 일으키기라도 하면 큰 일이요, 더욱이 그것이 성공되는 날엔 자기들은 대역죄로 몰리기 마련이었기 때문이었다. 그들은 신왕을 배알하고

"그와 같이 딴 마음이 있는 사람에게 시중이란 대직을 맡기는 것은 나라의 전도로 보아서도 위험천만한 일인 줄 아뢰오"

하고 충렴이 아뢰자 세강도

"옳은 말인줄 아뢰오"

하고 맞장구를 쳤다.

여기서 왕은 김주원에게 주려던 시중의 자리를 세강에게 주기로 하였다.[1]

② 신왕은 이러한 불평들을 일소하기 위하여 김주원 계열에게도 관직을 안배한다는 원칙을 세우고, 이 원칙에 따라 일찍이 김주원을 받들던 이찬 제공에게 시중이란 대직(大職)을 주었다. 그러나 이 일이 처음부터 경신(현왕)을 받들던 사람들의 반발을 사게 되었다. 처음부터 경신을 받들던 사람들이라고 하면 충렴(忠廉)과 세강(世强)이 그 대표자들이었다. 본디 그들은 충렴이 상대등으로 된다면 세강은 시중이 되리라고 믿고 있었다. 그런데 충렴은 예상대로 상대등이 되었으나 시중의 자리는 제공에게 빼앗긴 것이다.

신왕을 배알하고

"제공과 같이 첨부터 딴 마음이 있었던 사람에게 시중이란 대직을 맡기는 것은 나라의 전도로 보아서도 위험천만한 일인 줄 아나이다."

하고 충렴이 아뢰자 세강도

---

1   김동리, 「悲緣」, 『鐵道』, 鐵道協力會, 1964.6, 107쪽.

"옳은 말인 줄 아나이다."

하고 맞장구를 쳤다.

여기서 왕은 제공에게 주려던 시중의 자리를 세강에게 주기로 하였다.[2]

두 판본의 이와 같은 차이와 관련하여 그 사료인 『삼국사기』는 "이찬(伊飡) 병부령(兵部令) 충렴(忠廉)에게 관작을 수여하여 상대등(上大等)으로 삼았다. 이찬 제공(悌恭)을 시중(侍中)으로 삼았다가 제공을 파면하고, 이찬 세강(世强)을 시중으로 삼았다"[3]라고 기록하고 있다. 김동리는 바로 이 전거에 대한 재확인을 바탕으로 앞선 판본에서 범한 인용문 ①에서의 서술 오류를 인용문 ②와 같이 바로잡는다. 말하자면 역사적 상상력에 기반한 해석상의 오류를 최소화함으로써 사적 전거성에 충실하고자 개작을 행한 셈이다. 이러한 두 가지 근거만으로도 「비연」에 앞서는 판본의 존재 가능성을 완전히 배제하기는 어려울 듯하다. 하지만 분명한 사실은 재차 말하거니와 「비연」이 바로 「호원사기」의 선행 판본이라는 것이다.

그렇다면 「호원사기」의 모본이라 할 「비연」은 구체적으로 어떤 역사적 전거에 기대고 있는가? 「비연」의 서사적 모태는 『삼국유사』에 나오는 전기적(傳奇的) 감통설화 「김현감호(金現感虎)」이다. 그리고 여기에 다시 『삼국사기』의 사적 기록이 그 배경으로 덧대어졌다. 기록에 의하면 「비연」의 시간적 무대가 되고 있는 원성왕대에는 거의 매년 천재(天災)가 있었다. 우박과 가뭄으로 백성들은 기근에 허덕였고, 메뚜기가

---

2   김동리, 「虎願寺記」, 『김동리 역사소설』, 智炤林, 1977, 319~320쪽.
3   김부식, 『三國史記 新羅本紀』, 상고사학회 편저, 고대사, 2008, 348쪽.

창궐하여 흉년이 들었다. 그 결과 유랑민과 도적떼가 늘어나 국정을 흔들어 놓았다. 이 난국을 틈타 원성왕 791년에 시중을 지낸 이찬 '제공'이 역모를 꾀하다 도중에 발각되어 그 주역들이 처형당한다. 이러한 역사적 사실을 수용한 가운데 김동리는 소설 「비연」에 반역을 도모하는 이찬 제공 아들의 무리로 '호임'의 세 오빠를 등장시킨다. 「김현감호」 설화의 세 마리 호랑이가 역사적 인물로 화한 것이다. 그리고 이들과 대립하는 세력으로 나마(奈麻─제11관등) '김뇌'가 자리하고 있거니와, 호임의 연인 '김현'이 바로 그의 아들이다. 기록적 사실에 허구적 인물과 사건을 결합함으로써 역사적 개연성을 부여하는 역사소설 창작의 전형적인 서사전략을 보여주는 장면이다.

이렇듯 「비연」은 왕권 계승과 그로 인한 신분적 갈등 및 대립이라는 당대의 현실 문제를 이면의 주제로 다루고 있다.[4] 작자 김동리는 이 숨은 메시지를 독자가 흥미롭게 부감하도록 설화로 전해지는 사랑 이야기를 소설적 허구로 차용하여 공적 역사에 덧씌워 놓고 있다. 흥륜사(興輪寺) 복회(福會)에 참석했던 김현과 호임은 처음 보는 순간 서로가 그토록 간절히 찾던 배필임을 직감한다. 호임을 놓치고 싶지 않은 김현은 그날 밤 그녀의 집에까지 동행하게 되는데, 그곳에서 호임의 오빠들에게 죽임을 당할 위기에 처하게 된다. 호임의 오빠들이 관여하고 있던 역모의 계획을 염탐하러 왔다는 오해를 받은 것이다. 애초에 많은 이들이 희생될 역모에 부정적이었던 호임은 김현으로 하여금 그 사실을 조정에 알려 공을 세우도록 기지를 발휘한다. 그것은 호임이 스

---

4   방민화, 「「김현감호설화(金現感虎 說話)」의 소설적 변용 연구─김동리의 「호원사기(虎願寺記)」를 중심으로」, 『문학과종교』 14, 한국문학과종교학회, 2009, 54쪽.

스로 희생을 각오한 결정이었고, 결국 그녀는 오빠들의 손에 죽임을 당하기에 이른다. 그렇게 호임을 떠나보낸 김현은 평생 그리움 속에서 그녀의 유언을 받들어 호원사를 세우고 출가한다. 설화적 존재에서 김현과 호임이라는 역사적 인물로 재탄생한 바로 이 두 남녀 간의 비극적 사랑이 「비연」의 표면적 주제에 해당한다. 독자는 이들의 슬픈 인연이 빚어내는 안타까움에 취해 역사적 무대로의 소환에 기꺼이 응하게 되는데, 첫날밤이자 마지막 밤 그들이 나눈 다음과 같은 대화는 그 안타까운 인연을 대변한다.

> "지금 생각하면 모든 것이 인연인걸요. 낭군을 만난 것도, 죽고 사는 것도, 모두가 다…. 이몸은 이렇게 죽을 마련이기에 관세음보살님께서 나타나 이몸을 낭군께 인도하신 거지요"
> "아아, 낭자 무슨 인연이 그렇게도 짧고 그렇게도 무참하단 말이요? 어제 저녁에 만나서 오늘 새벽에 헤어지다니, 그것도 영원히 다시 볼 수 없는 길로 헤어지고 말다니…"[5]

김현과 호임의 이 마지막 인사는 일찍이 「아시량기(阿尸良記, 아리랑기)—일명아시량국흥망기(一名阿尸良國興亡記)」에서 주인공 '신발'이 '가리공주'를 그리며 죽음의 순간 되뇌던 "아아, 이런 밤에 헤인다는 것은 서로 만난다는 것과도 같은 것인가"[6]라는 독백을 떠올리게 한다. 그처럼 일찍이 김동리는 신발의 입을 빌어 이별과 만남이 하나이지 않느냐

5 　김동리, 「悲緣」, 『鐵道』, 鐵道協力會, 1964.6, 106쪽.
6 　김동리, 「阿尸良記(아리랑기)——名阿尸良國興亡記」, 『野談』, 希望社, 1958.1, 262쪽.

물은 바 있다. 그리고 이에 대해 「아시량기(아리랑기)」 창작이 있은 지 7년여 후에 발표된 「비연」에서 호임을 통해 김동리는 답한다. 모든 것이 '거역할 수 없는 운명의 힘 앞에서 발견하게 되는 인연'[7]이라고 말이다. 그 깨달음의 순간이 바로 김동리가 목도한 하룻밤의 연(緣)만으로도 능히 품어낼 생과 사의 구경(究竟)이었던 것이다.

---

7   김병길, 「시간을 월경하여 만나는 생의 구경적 형식, 그 비극적 운명과의 한판 대결」, 『현대문학』, 현대문학, 2013.3, 293쪽.

4장

역사문학의 새 지평을 찾아서

김동리는 역사소설 창작에 남다른 열의를 가졌던 작가다. '신라연작'으로 지칭되는 단편 역사소설과 『삼국기(三國記)』, 『대왕암(大王巖)』 등의 장편 역사소설이 그 실체로 남아 있다. 이와 더불어 「화랑(花郞) 이야기―귀산랑(貴山郞)과 추항랑(箒項郞)」과 같은 사담(史談), 『(정본)삼국지(三國志)』, 『용마적토(龍馬赤兎)』와 같은 중국 고대 역사물의 번역과 번안 창작은 역사 글쓰기에 대한 김동리의 관심이 어느 정도였던가를 그대로 웅변해준다. 동시에 이는 김동리 역사문학의 지평과 그 외연에 대한 명백한 물증이기도 하다.

「花郎 이야기－貴山郎과 箒項郎」

김동리는 1957년과 1958년 이
태에 걸쳐 신라연작을 『야담』(희
망사)과 『체신문화』(체신문화협회)
에 집중적으로 발표한다. 주목할
만한 사실은 「화랑이야기－귀산
랑과 추항랑」이 바로 이 무렵 발
표된 글이라는 것이다. 이 텍스
트는 1958년 『교통』(교통교양조성
회) 5월호에 발표되었다. 같은 해
같은 달 김동리는 「청해진대사
(靑海鎭大使)－장보고(張保皐)와
정년(鄭年)」을 『야담』에 발표했다.
이 같은 사실은 「화랑 이야기－
귀산랑과 추항랑」 역시 애초에 단
편 역사소설로 기획되었을 가능
성을 시사한다. 당시 김동리는 신

〈그림 20〉 「화랑 이야기－귀산랑과 추항랑」
(『교통』, 교통교양조성회, 1958.5)

라연작을 통해 고대 신라 인물들에 관한 역사적 탐색과 서사적 재현을
창작의 주요한 모티프로 삼고 있었다. '귀산랑과 추항랑'라는 부제를 보
건대, 이 글이 그와 같은 창작 흐름과 괘를 같이 한다는 것을 알 수 있다.

그러나 엄밀히 말해 「화랑 이야기－귀산랑과 추항랑」은 소설이 아

닌 사담(史談)이다. 이 글이 실린『교통』1958년 5월호의 목차에는 게재된 여타 글들의 제목 앞에 장르 혹은 양식명이 내걸려 있다. 그런데 유독 이 글에는 그와 같은 타이틀이 첨부되어 있지 않다. 앞뒤에 배치된 글들이 칼럼이거나 여행기, 논문인 점을 감안한다면, 이 글 역시 그와 성격이 크게 다르지 않다는 것을 짐작할 수 있을 따름이다. 소설이라기보다는 역사에 관한 이야기, 즉 사담 정도로 편집자가 판단했으리라는 추정이 이로써 힘을 얻는다. 실제로도 글을 세세히 들여다보면 소설로 보기 어려운 점이 많다. 오히려『삼국사기』의 기록을 한글로 풀어 놓은 편에 가깝다. 소설로서의 구성을 갖추었다기보다는 사적 전거에 충실한 글쓰기인 셈이다. 따라서 독자 입장에서는 서사적 흥미보다 역사 지식을 얻는 데 더 큰 관심을 가질 법하다.

화랑 '귀산(貴山)'과 '추항(箒項)'이 '원광법사(圓光法師)'로부터 세속오계(世俗五戒)를 받기까지의 사정과 이들이 그 가르침을 실천한다는 것이 이 글의 주요한 내용이다. 백제 '무왕(武王)'이 '해수(解讐)' 장군을 앞세워 신라의 변경을 침범토록 한 싸움에서 귀산과 추항은 스승의 가르침대로 임전무퇴(臨戰無退)를 외치며 진두에 나선다. 그들은 적진 깊이 헤치고 들어가 수십 명의 맹장(猛將)을 물리치나 끝내 죽음을 맞이한다. 수적 열세로 전의가 상실되어 있던 신라군은 이 두 화랑의 죽음에 자극받아 일천여기의 결사대로 4만여 백제군을 물리치게 된다. 신라군이 귀산과 추항의 시체를 거두어 개선했을 때 '진평왕(眞平王)'과 신하들은 친히 아나들(阿那野)까지 나와 이들을 맞이한다.

이처럼「화랑 이야기―귀산랑과 추항랑」은 세속오계(世俗五戒)로 압축되는 화랑도의 이념적 기원과 그 중심인물로서 귀산과 추항의 행적

4부_멜로드라마의 구경

을 연대기적으로 나열해 놓고 있다. 김동리는 이를 "~하였다고 합니다"와 같은 전언 형식의 경어체를 사용해 서술하거니와, 담화의 측면에서 볼 때 이는 사적 기술에 가까운 진술 방식이다. 이러한 사실들이 이 글을 사담으로 규정하는 또 하나의 근거가 된다. 현재까지 확인된 바, 김동리 문학에서 유일한 사담인 만큼 흥미로운 사례가 아닐 수 없다.

『龍馬赤兎』

일찍이 『춘추(春秋)』, 「용(龍)」 등의 창작을 통해 김동리는 역사소설의 무대를 고대 중국으로까지 넓힌 바 있다. 그 시발은 1954년 『학생계』라는 잡지에 연재한 『소년삼국지』라 할 수 있다. 그 연장선에서 김동리는 1958년에는 황순원, 허윤석 등과 공역으로 『(정본)삼국지』(박문사, 1958)를 출간하기도 했다. 중국문학, 정확히 말해 중국 고대사에 대한 김동리의 관심이 그만큼 컸다는 방증일 것

〈그림 21〉『용마적토』
(『교통』, 교통교양조성회, 1955.5)

이다. 그런 김동리는 1955년 『교통』 5월호에 애초에 장편으로 기획한 역사소설 『용마적토』의 연재를 개시한다. 이 작품은 1956년 7월호까지 총 15회가 연재되었다. 『교통』 1956년 8월호 편집후기는 이 작품의 연재와 관련하여 다음의 사실을 밝히고 있다.

오랫동안 연재 집필에 애써주시던 金東里 선생은 바쁜 사정에 따라 예고 할 짬 없이 먼저 달로서 끝냈음을 늦게나마 알려드리며, 그동안에 선생의 수고에 사의를 표한다.[1]

편집자의 위와 같은 고지대로 『용마적토』는 완결을 보지 못한 채 연재가 종료되었다. 작가의 개인적인 사정으로 사전 예고 없이 연재가 중단된 것이다. 앞서 언급한 것처럼 이 작품의 연재 한 해 전 『소년삼국지(少年三國志)』가 연재된 바 있고, 아울러 이태 뒤에 『(정본)삼국지』가 발간된 사실을 보건대, 이들 세 작품이 상호텍스트성을 지닌다는 것을 알 수 있다. 『용마적토』와 『(정본)삼국지』만을 비교해보아도 이같은 사실은 손쉽게 확인된다. 『용마적토』의 연재분에는 '동탁(董卓)'이 적토마를 얻는 내용에서 시작하여 이를 통해 '여포(呂布)'의 변심을 이끌어냄으로써 권력을 잡는 과정이 그려져 있다. 이어 '여포'가 몰락하고 '유비(劉備)'를 '조조(曹操)'가 견제하는 대목에 이르러 연재가 중단된다. 이는 『(정본)삼국지』(박문사, 1958)의 '군성편(群星篇)'에 해당하는 것으로 두 텍스트의 유사성을 여실히 증언하는 대목이다. 냉정히 말하

---

1 「編輯後記」, 『交通』, 交通教養助成會, 1956.8.

4부_멜로드라마의 구경

자면『삼국지』를『용마적토』가 번안했던 셈이다. 따라서『(정본)삼국지』의 출간 직전에 그 번역 결과를 각색하여 연재했다는 추정이 가능하다.

번역물에 가까운『용마적토』의 글쓰기 양상과 흡사한 창작을 우리는 약 10여 년 후「감람수풀」이라는 작품에서 재차 만나게 된다. 1967년『신동아』9월호에 발표된 이 작품은 소포클레스의 비극 〈오이디푸스 왕〉, 〈안티고네〉, 〈클로노스의 오이디푸스〉, 그리고 희랍 신화 전설 중 '테베의 전설'을 참조하여 쓰인 단편이다. 물론 이 작품은 일인칭 시점을 통해 새로운 서사 전략을 구사하고 있다는 점에서 번역 혹은 번안에 가까운『용마적토』와는 차이가 있다. 그럼에도 불구하고 모본 텍스트에 대한 재구성, 즉 원형서사를 전제한 글쓰기라는 점에서 두 텍스트의 유사성을 발견하게 된다.

5부
|
발굴 작품

心情[*]

一

균(均)의 어머니는 올해 일흔 여덟이었다.

본래 잔약한 체질인데다 너무 고생을 많이 겪게 되어, 회갑 전까지는 이렇게 여든 가까운 수를 하리라고도 꼭은 믿지 못했을 정도였었다. 그것이 회갑을 순순히 치르고 일흔도 넘어, 이제 여든 고개를 턱 앞에 바라보게쯤 되니, 그지 요행 같기만 해서, 균의 남매들은 무턱 어머니가 놀랍고 장하고 고맙게만 여겨졌다. 이렇게 균의 남매들이 그 어

---

[*] 『學風』 1949년 3월호에 발표된 판본이다. 이후 「觀親記」로 개제 및 부분 개작되어 1957년 『아리랑』 5월호에 재발표되었다. 『김동리 전집』에는 『等身佛』(正音社, 1963)에 수록된 「觀親記」 판본이 채택되었는데, 『아리랑』에 실렸던 「觀親記」와 동일 판본이다. 이 판본에는 초본 「心情」의 결말 부분 일부가 생략되어 있다.

머니의 수가 늘어짐을 끔직히 놀랍게, 장하게, 고맙게 여긴다 함은, 그들의 마음속에 깊은 효성이 있다거나 또 현재 효도를 하고 있었기 때문이 아니라, 그와는 반대로 그들이 아직 한 번도 효도다운 효도를 해 본 적이 없기 때문이라 하는 편이 옳았다.

'어머니가 일흔만 살면 내가 마음껏 한번 모셔 보지.'

그의 어머니가 회갑이 되던 해, 균은 혼자 속으로 이렇게 생각했던 것이다. 그 때 그의 나이 열여섯이었다.

십년.

그러나 허사였다.

'이제 다섯 해만 더 참으시면 내가 힘껏 한 번 모셔 보지.'

그 다섯 해가 또 지났다. 그것이 바로 一九四五년, 저 八・一五의 해방이 되던 해였다.

균의 가슴은 새로운 희망과 용기와 환희로 차게 되었다. 효성뿐이랴, 노래도 부르고 춤도 추고, 문학도 하고 아아, 그리고 이제야 무엇을 못하랴.

그 해 겨울 균은 상경하여 여러 친구들과 상의한 뒤, 이듬해 봄, 그러니까 一九四六년 二월에 서울로 이사를 했다. 그 때 균의 큰 형이 부산에 있었으므로 어머니는 우선 큰 형에게 가 계시다가 날씨가 따뜻해지면 서울로 모셔 가려니 균은 속으로 생각했던 것이다.

그래 역까지 진송을 나온 어머니에게 균은,

"엄마, 봄 되거던 내 모시러 올게."

겨우 이 한 마디를 남기고는 어머니의 얼굴은 거들떠 보지도 않고 그냥 개찰구를 빠져 나왔던 것이었다.

그러나, 봄이 되어 개나리가 피고, 창경원엔 벗꽃이 이울어져 피었어도 균은 어머니를 모셔 올 생각은커녕, 그만한 여비가 있으면 우선 서울서 쌀을 사고 나뭇개비를 사야 할 형편이었다.

이렇게 한 해 동안을 경황없이 보내고, 작년, 一九四七년 八월에 균이 신문사의 용무로 잠간 부산까지 갔을 때엔, 어머니는 균들의 본 고장인 경주로 가 계시다는 소식만을 듣고 돌아 왔을 뿐이었다.

"너무 편지 안한다고, 어마님, 되령 패씸타 크시네."

큰 형수가 어머니의 의사를 전달하여 간접으로 균을 꾸짖는 말이었다.

하기야 균이 부산역에서 어머니를 작별하던 때에도 거듭 거듭 신신 당부하던 것이 그 '편지'였다.

"편지나 자주해라."

"……"

"부디 편지만 잊지 마라."

"……"

그러나 그 때도 균은 어머니에게 편지하겠다는 대답을 하지는 않았다. 편지보다 그 자신이 직접 와 보이고 또 모셔도 가리란 생각을 가졌었기 때문이었다.

'이렇게 와 보일 수도 모셔 갈 수도 없을 줄 알았다면 편지라도 가끔 했을걸.'

그때 형수의 꾸지람을 듣자, 균의 머리 속엔 새삼스리 이러한 생각도 들지 않는 것은 아니었다.

그러나 그 뒤 다시 일 년, 균은 역시 전과 마찬가지로 가 보일 수도, 모셔올 수도 없었을 뿐 아니라, 편지 한 장도 역시 올려 보지 못한 채 말았다.

'올해가 일흔 여덟이라 여든까지만 사시면 그 때는 내가 한번 ……'

균은 이해에 들어서도 또 이런 생각을 하게 되었다. 균의 생각에는 균의 어머니가 세상을 떠나시기 전에 균이 반드시 한 번 효도를 해야 하는 것이며, 그리고 균의 어머니가 요행히도 이렇게 수를 하게 되는 것은, 어쩌면 균으로 하여금 그의 어머니에게 마음껏 한 번 효도할 기회를 주시느라고, 균의 어머니가 그렇게 독실히 믿으시는 여호와 하느님께서 그 무진장한 은덕을 균에게까지 미치게 하시는 건지도 모른다고 은근히 믿기도 하며, 그러기 때문에 그러한 하느님을 모시는 어머니가 균에게는 무턱 고맙고 장하고 거룩하게만 여겨졌던 것이다.

二

올해는 이른 여름부터 어머니가 경주서 다시 부산으로 나와 계신다는 소식을 듣고, 균은 이번엔 기어히 가 보이리란 결심을 하였다. 늘 별르기만 하는 그 효도를, 한번 실행하려다가는 생전에 다시 생면조차 어려운 것 같으니, 인제 그 효도할 것은 잠간 연기를 하더라도, 우선 가 보이기나 하리라 생각하고, 그것도 마침 당지 동아대학주최의 하기대학 강좌에, 몇 시간의 강의를 약속한, 강사 교통비란 명목에서 여비를 변통해서야, 겨우 길을 떠날 수 있게 되었던 것이다.

천안인가 대전인가에서 왜떡 한 봉지를 사고, 대구에서 사과 한 꾸러미를 사서, 기차가 부산역에 닿았을 때는, 오후 여섯시 반 가량, 의외로 많은 친구와 동지들이 풀렙포옴에까지 나와 있었다.

큰형 댁은 역에서 꽤 먼 거리에 있었으므로 균은 왜떡과 사과를 마중 나온 조카에게 돌려서 먼저 집으로 들여보내어 할머니 — 균의 어머니 — 에게 전갈을 하게 하고, 균 자신은 여러 친구와 동지들의 권고대로, 우선 가까운 식당에 들려, 땀을 들이기로 하였다. 우선 땀을 들인다는 것이, 이왕이면 아주 온천장으로 가서, 목욕을 하자는 통에, 워낙이 모두가 땀을 흘린 뒤이요, 특히 균 자신이 피곤도 하던 차이라, 그렇게 한 번 깨운한 몸으로 푹 쉬어 보고 싶은 욕망도 있고 하여, 여러 사람의 의견을 좇아 슬그머니 동의를 표해 버렸다.

"그렇지만 모욕이 있을까?"

자동차가 거의 동래 읍에 들어가려 할 때에야 일행 중의 박이 비로소 이런 말을 불쑥 하였다.

옛날 꽃밭 같이 전등 휘항하던 동래 읍도 그러나 지금은 다만 새캄안 어둠속에, 희미한 등잔불이 여기저기 반딧불처럼 몇 군데 비칠 뿐이었다.

"전등이 이 지경인데 모욕이라니?"

곁에 앉은 윤의 대거리였다.

균은 속으로 이미 실망을 하면서 그러나 겉으로 별 관심이 없는 체,

"자가발전 하는 덴 없읍니가?"

하고 한 마디 던저 보았다.

"없을걸요."

역시 박의 대답이었다.

동래(東萊) 에서는 제일 크다는 집엘 들려도 역시 목욕은 없다는 대답이라, 할 수 없이 냉수를 길어다 온천에서 냉수욕을 하였다. 냉수욕을 한 탓인지 이층의 넓은 방도, 서늘한 맥주도 달갑지 않고, 무언지 곧장 가슴이 멍클하며, 외로운 생각이 들기만 하였다.

이튿날은 오전에 강의가 있어 아침밥을 치르기가 바쁘게 자동차를 몰아 도로 부산으로 들어 왔다. 강당엔 이미 수강생들이 강사 나타나기를 기다리고 있었다. 정각에서 십오분이 지나 있었다.

균은 주최측의 소개 인사가 끝나자 곧 강당으로 올라갔다. 미리 예고되어 있었던 "민족문화의 근본문제"란 제목을 내어 걸기는 하였으나 강의라기보다는 이미 어느 잡지사에 기고하기로 되어 있는 원고의 노오트를 그냥 내어 놓고 읽는 편에 가까웠다. 원고 채로 그냥 읽기만 해서는 도저히 의미가 통할 수 없는, 그야말로 부득이한 대목을 제외하고는, 그것을 더 자세히 설명하거나 주석하는 일도 없이, 그는 다만 천천히 그리고 정확하게 한 마디 한마디씩 읽어만 주었다. 그렇게 한 시간 남짓 읽고 났을 때, 그는 극도로 피곤하여, 그 이상 더 강단에 서 있을 수가 없게 되었다.

균은 강의를 다음날로 미루기로 하고 강단에서 내려 왔다. 또 많은 사람들이 몰려 와서 모두 악수들을 해 주곤 하였다.

한바탕 악수가 끝나자, 이번엔 또 같이 점심을 먹게 마련되어 있었다. 그는 갈증이 몹시 나서 찬 것을 자꾸 들이 켜곤 하였다.

"밥을 좀 드시죠."

곁에 앉은 윤이 주의를 시켰다.

그는 밥알을 입에 넣을 생각은 조금도 없었다.

"찬 것이 자구 키이는군요."

균은 어지께부터 가슴이 멍클한 것을 역시 더위 때문이려니만 생각하고, 얼마든지 찬 것에만 손을 대일 뿐이었다.

점심이 끝나고는 또 몇몇 친구의 특별한 호의로 송도 구경을 가게 되어 있었다. 균은 당황히 거절을 했다. 두통이 나고, 속이 편하지 않다는 구실이었다.

"그럴기야, 어지께부터 줄창 쉬지 못했으까."

이번 강좌의 책임자 격인 한이 균의 말을 도왔다.

"그러니까 이번엔 시원한 바다 바람이나 쐬자는 거지요."

하는 것은 처음부터 송도 노리를 계획한 윤의 말이었다.

그러자 균은 이것이 자기를 위한 그의 호의에서 나온 계획이요, 권고인 줄은 번연히 알면서도 갑자기 화가 치밀었다.

"이 근처에 병원 없읍니까."

균은 갑자기 이렇게 물었다.

한참 동안 모두들 잠잠해졌다.

윤이 행길 쪽으로 몇 걸음 뛰어 나오더니 마침 그 앞을 지나치는 자동차 한 대를 세웠다.

"자 타십시요."

윤이 자동차 문을 열어 주며 말했다.

"내일 강의 시간 될 대까지 쉬겠읍니다."

균은 밖을 내다 보며 말했다.

모두 미안한 얼굴을 하고 서 있었다.

三

균의 큰 형의 집은 본래 일인의 주택으로 이층까지 있는 여름 한 철은 꽤 쓸모 있게 지어진, 소위 문화주택이라는 것의 하나였다. 해방 직후 감옥에서 나와 방 한 간 없이, 이리 저리 다니며 가족마저 분산되어 있는 것을, 친구들이 딱하다고 해서, 이 지방의 출옥동지회의 이름으로 이 집을 접수하여, 큰 형과 그 가족들을 우선 들게 해 준 것이었다.

자동차가 집 앞에까지 닿았을 때에는 시계가 벌써 오후 네 시나 되어 있었는데, 균은 이제 어머니를 보입다는 생강보다도, 뒤가 무겁고 머리가 어지러움에 얼른 들어 가 쉬었으면 하는 생각이 앞섰다.

바깥문을 열고 들어서자 기다리고 있었든 듯이 조카들이 곧 뛰어 나오며 인사들을 했다.

"할매 어디 계시노."

하는, 균의 말이 채 떨어지기도 전에 이층에서,

"어얄꼬, 되령 목소린가배."

하는, 형수의 목소리가 들리었다.

균은 바로 이층으로 올라갔다. 이층은 큰 형의 서재로 되어 있었으나, 그 즈음 형이 마침 지방으로 내려가고 없을 때라 빈 방에 어머니와 형수가 누어 쉬고 있었던 모양이었다.

"보자, 얼마나 예웠노."

균의 어머니는 그 주름살 투성이 된 얼굴을 균에게로 가까이 가져오며 처음 이렇게 말했다.

"차에 오느라꼬 얼마나 고생했노, 어젯밤엔 참 어디 가 잤능기요."

이렇게 인사와 힐문을 겹쳐 한꺼번에 묻는 형수는, 올해 쉰 다섯이라고는 좀 보기 어려우리만큼 거진 늙은이가 되어 가고 있었다.

"잠을 못 자 그런가배, 저 눈 들어 간 거 봐라, 얼른 좀 눕거라, 거기."

하며, 어머니는 자기가 베고 누어 있었든 듯한 베개를 균에게로 밀어 주었다.

"잠은 그렇게 못 자지도 안했늬이더."

균이 겨우 한 마디 하자,

"암만 그래도 눕거라, 그만."

하고, 어머니는 자꾸 균에게 누으라고만 우기었고, 형수는 또,

"아이들은, 참 모도 잘 크는기요.

하고, 물었다.

"정월달에 난 것도 벌써 기발하제?"

어머니가 또 겹쳐 묻는다.

"그것도 꽤 맹랑해요."

균의 대답이 채 떨어지기도 전에, 어머니는 또,

"젖은 모자라찮나."

하고, 묻는다.

"그래도 이건 순한 편이지, 아마."

"아이고, 그러니 다행이다."

고, 하는 건 형수의 말,

"그 때 병원에 댕긴다크던거는 어떻게 됐노."

이건 또 어머니의 말,

"아즉도 그냥 안 다니는기요."

하는, 균의 대답을 듣자,

"아이고 저런 수가 있나."

먼저, 형수가 혀를 차고, 그 다음엔 어머니가,

"늬도 샛뼈 같은 게, 그 많은 식구 거느리고 얼마나 등꼴이 빠지노, …… 그래 놓오니 저렇게 눈이 자꾸 들어 가는가배."

하고, 또 그 주름살 투성이인 얼굴을 균에게로 가까이 가져 온다.

"엄마, 인제 그만 거기 좀 누으소."

균이 외면을 하며 이렇게 말하자,

"내사 지금까지 누어 있었다. 늬나 얼른 좀 눕거라."

"그래 되령이나 좀 누으소 …… 우리사 예배당에 갔다와서, 점심 먹고 지금까지 되령 기다리느라꼬 누어 있었다."

형수가 균에게 부채질을 해주며 말했다.

"형수 거기 휴지 좀 주소."

"와 변소 갈래, 배 아픈기요?"

균은 그의 형수로부터 휴지를 얻어 쥐고 변소로 내려갔다. 설사가 났다.

손도 씻는 둥 마는 둥 하고 이층으로 올라가니, 형수는 좀 걱정스럽게,

"설사가 나는가배."

하였다.

균은 어머니가 아까 밀어 주던 그 베개를 베고 자리에 누었다. 갑자기 방안이 뻥 돌리었다. 역시 탈이 나는구나 했다. 어쩌면 꽤 난처해질는지도 모른다는 생각이 들곤 하였다. 형수가 사탕물을 좀 마셔 보지

272

않을랴느냐고 하였다. 역시 불은 켜졌다. 균은 형수의 손에서 사탕물 그릇을 받아 마시었다.

"능금 집을 좀 내 줄까"

형수가 또 물었다.

균은 손을 내저었다.

"소 야앙을 좀 사다 고어 먹도록 해라"

어머니의 말이었다.

균은 또 손을 내저었다.

어머니가 다가 앉으며, 손으로 균의 이마를 짚었다.

"이마가 이렇게 뜨겁구나."

어머니가 혀를 찼다.

균은 또 일어나 변소로 내려 갔다. 먼저보다도 더 심한 설사였다.

이번엔 손도 씻지 않은채 그냥 이층으로 올라 와 누었다.

두어 시간 동안에, 옛일곱 차례나 변소엘 갔다. 그때마다 설사였다. 열이 나고 두통이 심해질쑤록 정신도 흐려지기 마련이었다.

어머니가 벼룩 걱정을 했다. 올해는 유달리도 비가 잦아 벼룩이 몹시 끓는다는 것이었다. 그러자 문득 균의 머리 속에는 옛날 중학 때 하숙방에서 벼룩에게 고생하던 생각이 왈칵 떠올랐다. 균은 돌연히 일어나 앉으며,

"아, 그러면 난 저 밖으로 나가 누을란다."

불쑥 이런 말을 했다. '저 밖으로'란 것은 이층의 노대(露台)를 가리키는 것이었다. 서재에서 문을 열고 나가면 나무로 란간만 정방형으로 둘른 방 한 간만한 노대가 있었다.

형수는 곧 노대에 초석과 요를 깔고 나가 누울 수 있는 자리를 만들어 주었다. 베개와 이부자리도 옮기었다.

마침 보름 무렵이라 거기서는 훤한 달빛이 그대로 이마에 느껴졌다.

의원도 와서 보았다. 속이 너무 차워진 것이라고 하였다. 사실 균은 어지께 아침을 차 속에서 먹고는 지금가지 거의 찬 것만을 먹다 싶이 하여 왔다.

구토질이 몹시 나기 시작하였다. 내장이 송두리채 위로 쏟아질 것만 같이 뒤틀려 오르며, 머리가 어지러웠다. 어머니가 요강을 대어 주었으나 좀처럼 왁 토해지는 것도 아니었다. 균은 곧 숨이 넘어 갈 듯이 손을 내저으며 그저 몇 번이나

"아이고! …… 아이고!"

하고, 소리를 질렀다.

형수가 곁에 와서 등어리를 몇 번 두드려 주었다. 이에 호응하듯 균은 또 "왁 왁"하고 구토질을 해보았다. 역시 시큰한 물이 좀 올라 왔을 뿐 대단한 건덕지는 토해지지 않았다.

균은 냉수로 입을 헤운 뒤, 곧 자리에 쓰러지듯 누었다. 호흡이 곤난하여 끙 끙 절로 신음 소리가 났다. 그렇게 누은 지 삼분이 못 되어, 또 토해질 것만 같아서, 자리에 일어나 앉았다. "왁"하고 이번에는 먼저보다 행결 수월하게 구토질이 되었다. 역시 대단한 건덕지는 없었으나, 먼저보다 많은 신물과 더러는 밥알도 섞이어 나왔다. 그리고는 이내 속이 좀 후련해졌다.

동시에 곧 잠이 들어 버렸다.

四

　이튿날 밤도 역시 노대에 나와 이불을 덮고 누어 있었다.

　설사는 이미 새벽녘에 멎었고, 저녁때엔 위장도 완전히 정제되어,
균은 가장 편안한 마음으로 하늘의 달을 쳐다보고 누었을 수 있었다.

　어머니는 곁에서 쉴 새 없이, 찬송가를 부르다 기도를 올리다 하며,
손으로 균의 이마를 짚어 주고 있었다. 팔십이나 가까이 된 늙은 어머
니를 이렇게도 괴롭히고 수고를 끼치는 것이, 균에겐 그러나 송구스럽
고 미안한 생각보다 어이한 노릇인지 형언할 수 없는 만족과 든든한
생각이 들었다. 더구나 몇 번인가 잠결에 눈이 뜨이자, 바로 이마 위에
휘언한 달이 있고, 또 곁에 어머니가 누어있는 것을 발견했을 때마다,
지나 간 어느 소년 시절에 꾸다 둔 꿈을 마저 꾸는 듯한, 그러한 행복감
에 잠기곤 하였다.

　"이래 가지고는 오늘 못 떠난다, 하로 더 쉬어 가거라."

　이튿날 새벽, 어머니는 균의 손목을 쥐어 보며 이런 말을 했다.

　"괜찮은데요."

　균은 나직하나마 가장 부드러운 음성으로 이렇게 대답했다.

　어머니는 혼자서 혀를 끌끌 차드니, 일어나 서재 쪽으로 들어 가려
하였다. 아래로 내려 가, 균이 떠나기 전에 먹고 갈 새벽 참을 준비시키
려는 모양이었다. 균에게도 그만한 것쯤은 곧 짐작이 들었다. 그러나
아직도 날이 채 새이기 전이라, 이렇게 어둑컴컴한데, 이층에서 어떻
게 층계를 내려가나, 그러다 만약 한 발을 잘 못 내어 디디어 실족을 한

다면, 층계에서 떨어져 운명을 하시게나 된다면, 아아 이렇게도 무참하고 원통한 노릇이 또 어디 있겠는가— 균은 지극히 짧은 동안에 이러한 모든 생각을 한꺼번에 느끼며, 자리에서 뛰어 일어나기가 바쁘게, 어머니의 뒤를 따라 나갔다. 자리에서 뛰어 일어나 어머니의 뒤를 따라 나가는 그 한 순간이었다. 그 한 순간이 그의 일생에 있어서 어떠한 의미를 가졌던 겐지 그 자신도 물론 깨닫지는 못했다. 다만 어머니의 한 쪽 팔을 잡고, 혹은 어머니를 등에다 그냥 업고, 층계를 내려가리라 생각한 것은 분명하였다. 그러나 어머니의 곁에까지 갔을 때, 그렇게 되지는 않았다. 균의 손은 어머니에게 대어지지 않았다. 그는 어머니의 한 쪽 팔을 붙잡을 수도, 어머니를 등에 업을 수도 없었다. 어머니는 걸상에 걸터앉듯, 층계에 앉아서는 한 층씩 한 층씩 발을 내려 딛고 손을 내려 짚고 하여 천천히 몸을 끌어 내리며 있는 것이다.

그러나 균의 입에서는,

'엄마, 내 붙잡고 내려갈게.'

하는 이 한 마디가 나와지지 않았다.

그는 우연히 이 층계를 어머니 뒤따라 내려 오게된 것처럼, 그러면서도 만약의 경우에 혹시나 알 수는 없다고 한 걸음 어머니보다 아랫층계에 내려는 서서, 어머니가 발을 내려딛고 손을 내려 짚고 하여, 한 층계씩 몸을 끌어 내릴 때마다 앞서 한 층 계씩 한 층계씩 내려가는 것이었다.

층계를 다 내려오자 어머니는

"벌써 불을 때이나?"

하며 부엌 쪽으로 들여다보는 모양이었고, 균은 할일 없이 변소엘 잠간 들렸다가 침을 한 번 뱉고는, 곧 이층으로 도로 올라오고 말았다.

이층에 올라온 균은, 조금 전 그가 자리에서 뛰어 일어나, 어머니의 뒤를 따라 층계를 내려서고 있었을 때보다, 완연히 딴 사람이 되어 버린 듯하였다. 하기는 조금 전, 어머니의 뒤를 따라, 뛰어 일어나고, 또 어머니의 앞에서, 한 발씩 층계를 내려서고 했을 때의 균이, 어쩌면 딴 사람이었을는지도 모를 일이었으나, 어쨌든 이층에 도로 올라 온 균은 언제나와 같은 균이었다. 그리고 이제는 더 희망도 없었다.

어머니가 실 한 꾸리와, 사탕가루 봉지를 들고 올라 와, 그것을 균의 손가방 속에 넣어 주고 있었다.

"경주로 돌아서 갈래?"

"뭐 할라꼬요, 엄마 여깄는데."

균은 어머니를 보고난 이제 다시 고향으로 들를 까닭은 조금도 없을 것 같았다.

"늬가 이렇게 와서 뵈 주니 인제 죽을 때까지 못 봐도 되겠다."

어머니는 고개를 들어 앞 바다를 바라보며 이런 말을 했다. 그러고 나서 또,

"나도 늬가 아마 한 번은 더 댕겨 가지 싶었다."

이런 말도 했다.

균은 무엇이라고 할 말이 없었다. 균이 지금까지 그의 어머니에 대하여 품었던 생각은 그냥 한두 번 단지 가고 어쩌고 하는 여부가 아니었기 때문이었다.

"댕겨 가는 거사 뭐, 가끔 댕겨 가지 뭐"

균은 분이 찬 듯한 목소리로 혼자말 같이 중얼거렸다.

"이거 올 봄에 난 애기 저구리란다."

하며, 형수가 신문지에 싼 것을 들고 올라 왔다. 형수의 말 뜻으로 보아, 질부가 주는 것인 모양이었다.

"그런 거 자꾸 넣지 마소"

균은 성난 사람처럼 소리를 질렀다.

그러자 균은 자구 성이 나서 견딜 수 없었다. 그 자리에서 손가방을 뺏어 들고 그냥 층계를 뛰어 내려 가 버리고 싶은 충동을 누르느라 그는 할일 없이 또 변소엘 내려갔다.

五

어머니와 형수도 전차 정류장까지는 기어코 따라 나올 모양이었다.

균은 한 순간이라도 속히 어머니에게서 떠나고만 싶었다.

"엄마 그만 나오지 마소."

균은 문 밖에 나서며 이렇게 하직인사를 했다.

"오냐."

어머니는 이렇게 대답은 하면서도 그냥 전차 정류소로 향해 걸음을 옮기고 있었다.

이번에는 전번에와 같이 편지를 자주하라는 둥 또 언제나 다녀가게 되겠느냐는 둥 하는 말도 한 마디 하지 않았다.

균과 그의 조카들은 어머니와 형수보다 한 스무나문 걸음이나 앞서 전차정류소에 닿았다. 그리하여 마침 전차가 와 닿아 있기에 어머니와 형수에게는 따로 하직도 없이, 그냥 전차에 오르고 말았다.

형수는 전차에 이미 올라타고 있는 균에게, 잘 가라고 인사를 했다.

어머니는 전차 속에 들어 있는 균의 얼굴이 잘 보이지 않는 모양이었다. 막연히 전차의 창문 쪽을 바라보고만 서 있었다. 하얗게 세인 머리, 주름살투성이인 얼굴, 조그마한 몸집, 대체로 이것이 마지막이 될는지도 모른다는 생각은 처음부터 균의 가슴 속에도 있었기 때문에 그러한 어머니에게 어떻게 하직을 해야 될는지 알 수 없었다.

전차가 움직이기 시작하였다.

균의 눈에는 물론 어머니가 잘 보이었다. 어머니 쪽에서도 그 얼굴이 그냥 균에게 보여 주고만 있다는 것이 잘 나타나 있었다.

'그래도 송장보다는 날께다, 한 번 더 보아 둬라.'

어머니의 얼굴은 이런 말을 하고 있는 듯하였다.

전차가 움직이는 것과 함께, 균은 곧 외면을 해 버렸다.

열차가 삼랑진(三浪津)을 지나고 대구(大邱)를 지나고, 김천(金泉)과 대전(大田)을 다 지나서, 충청도 하고도 북도 어디 쯤을 달리고 있을 때까지, 균의 머리 속은 그저 어머니의 생각만으로 가득 차 있을 뿐이었다.

어머니가 좋다든가 그립다든가 효도를 하고 싶다든가 괴롬을 끼쳐서 송구스럽다든가 하는 것도 아니었다.

그저 막연히 느껴지는

"어머니!"

였다. 그저 막연히 느껴지는 이 "어머니!"가 그의 머리 속과 가슴 속을 하나 가득 채우고 있을 뿐이었다.

처음 기차가 부산역을 떠나기 시작했을 때엔 오히려 가뜬한 생각까지 들었던 것이었다. 그것이 초량(草梁)을 지나 부산진을 지나, 구포(龜浦)에 접어들면서 부터는 차츰 목이 뿌듯해지기 시작하여, 갈수록 자꾸 더 정체 모를 통분감(痛憤感) 에 잠겨질 뿐이었다. 그것은 흡사 옛날 균이 첨으로 공부를 하러 집을 떠나던 때에 겪었던 듯한 그러한 정체 모를 통분감이었다.

그러자 균은 지금도 그가 집을 떠나 어디로 가고 있는 사람 같기만 하였다. 조금도 시방 집을 찾아가는 사람 같은 생각은 들지 않았다. 집으로 돌아간다느니 보다는 분명히 집에서 얼마든지 멀고 낯선 곳으로 떠나가고 있는 사람 같이만 생각되어 머리를 들어 창문 밖을 내다보려 했을 때,

"삐익!"

하고, 기차는 목 멘 듯한 기적을 불며 충청북도에서도 다시 더 북쪽 어느 산 모롱이를 돌아가고 있는 것이었다.

未遂[*]

"내 제사는 누가 지내 주나?"

퇴색된 회색 저고리에 때 저른 무명베 통치마를 두른 노파는 우중충
하고 누루스름 하게 세인 머리에 불거진 광대뼈와 주름살 투성이인 눈
시울을 숙으리며 가만히 한숨을 내쉬었다. 한해 한 번씩 섯달 초 하로
가 닥처 올 때마다, 이날이 딸의 제삿날이란 기쁨보다도 노파에게는
언제나 자기의 사홋일 생각으로 아득하고 답답한 날이였다. 젊어서 죽
은 딸이 가엾다고 해도, 원통 하다고 해도 자기 신세에 견준대서야, 그
래도 몇 갑절 나흔 편일는지 모른다고 생각 하였다.

서방이 있어, 소생이 남매라, 게다가 덕이 될는지 해가 될는지는 몰

---

* 1946년 『白民』 12월호에 발표된 판본이다. 전집에 수록된 「未遂」 판본의 출전은 작품집 『等
身佛』(正音社, 1963)이다. 이 작품집에 '未遂'라는 제목으로 수록된 판본은 실은 『希望』(希望
社, 1952.5)에 '祭祀'라는 제목으로 게재된 판본이다.

라도 그래도 어미라고 살아 있어 이렇게 한해 한 번씩 빠트리지 않고 제사만은 꼬박꼬박 지내 주지 않는가. 이에 비긴다면 자기는 비록 환갑 진갑 다 지내도록 살아는 왔지만 어느 하로 보람 있게 살아 본 날이 없으며 그리고 오늘이라도 죽어 버리면 그만, 영감이 있나 자식이 있나, 묻기는 대체 누가 갖다 묻어주며, 아아, – 그리고 누가 제사를 지내준단 말인가. 사람이 살아서야 여간 고생을 하더라도 죽은 뒤의 복을 타야지, 한해 한 번씩 떳떳이 제사 지내줄 사람도 없다면 그 무궁한 세월을 또 어떻게 굶주리며 도라 다닌단 말인가, 노파는 마당 쓸던 비를 멈추고 고개를 들어 아까 딸의 제사 장ㅅ거리를 사러 나간 윤성이네가 도라오는가 동네 앞 한길 쪽을 바라보았다.

비록 눈에는 보이지 않는 혼령이라 할망정 한해 한 번씩 잊지 않고 이 외로운 어미의 품을 찾어 오는 딸의 얼굴이, 음성이, 숨소리가 눈에 아삼거리고 귀에 도란거리는 것만 같다. 아아 그 어여쁘고 올바르고 착한 마음씨, 남들은 딸이라고 해도 어미에게 있어서는 아들이기도 했다. 아니, 아들보다도 몇 배나 더 고맙고 살들코 소중키만 했다. 일즉이 남편을 여히고 어디다 별로 의탁할 곳도 없이, 남의 방아 품을 든다삯 바느질을 한다 하여 홀어미의 손으로 간신히 길러낸 그 딸자식 하나가 마츰 얌전도 하였기에 비록 후실이라고는 할망정 그래도 그대로 지낼만하다는 지금의 박서방을 사위로 볼 수가 있었던 것이요 또 자기의 몸까지 여기 의탁할 수도 있었던 것이다.

그때 나이 설흔 남짓한 박서방은 싹싹한 낯으로,

"장모님도 인제부터 저이들과 함께 새 마당으로 나가시도록 하십시다."

하였고, 그렇지 않어도 달리는 의지할 데 없던 몸이라, 사위가 이렇게

점잖고 유식한 말로 인사를 하는 것이 어떻게나 놀랍고 고맙고 즐거웠던 겐지, 그래, 자기도 사위처럼 이렇게 유식하고 훌륭한 맘씨로 이에 대한 화답을 한다는 것이,

"딱도 하지, 온, 저런 인심은 ……"

했던 것은 이 노파에게 있어서는 마땅히 기렴할만한 것이어서 지금도 가끔 자랑삼아 이야기를 하고 웃군 하는 것이다. 이렇게 하여, 딸이 시집을 가자 딸을 따라 사위의 집에 가 지낸 십년 동안은 그다지 모진 노동을 하지 않고도 헐벗고 굶주리는 일은 없이 지냈던 것이니, 성준이와 옥순이들이 혹 보체이고 트집을 부면, 이걸 달래이노라고 '뒷산에 실가지다' '꾕이가 야웅한다'하는 따위로 잇다금 없는 재간을 짜내고 하는 것이, 그러나 별반 고역이라고 까지는 할 것도 없는데, 곁의 사람들은 흔히,

"애들아 너이 외조모님 애 다타신다"

이렇게들 위로의 말을 하는 것이었고, 그럴 때마다 자기도인제 이렇게나 남의 아낌과 존대를 받는 것인가고, 암만해도 미안코 송구스럽기만 하여,

'온, 시상에도, 내 복에 과하지 과해' 진실로 이렇게 생각 했던 것이다.

그러나 딸은 결코 어머니의 이러한 말을 용서하지 않았고,

"복에 과하다니 거 무슨 거지같은 생각이유, 환갑 진갑 다 지낸 노인이 손자 둘 길러, 살림사리 돌보아, 그러고도 밤낮 복에 과하다니, 그럼 나가서 시방이라도 방아품을 들고, 삯바느질을 하고 해야 속이 시원하겠다는 말인 게지."

아주 얼굴이 밝아케 되어 분개 하는 것이었으나, 어머니는 어머니대로

"얘, 그러지만, 딸자식한테 나만치 호강 하는 사람도 드물게다."

어디까지 딸의 속은 몰러주는 말 투였다. 이렇게 되면 아주 속이 상할 대로 상하는 딸은,

"밤낮 그 딸자식 딸자식 하는 소리 제발 고만 둬요, 딸자식은 자식 아뉴 자식이 아니기에, 밤낮 일해주고 먹는 밥을 가지고도 호강이니 복에 과하니 그따위 천덕스런 소릴 하는 게지, 그럼 아예 아들을 낳지, 왜 누가 못 낳래서, 나같은 년은 만날가야 자식이 아니니까"

이러고는 흔히 어머니의 원통한 신세를 생각하고 눈물까지 흘리고 하던, 그 딸이, 늙은 어머니와 어린 자식들을 앞에 남겨둔 채 갑작히 장질부사란 것을 앓다가 세상을 떠나 버린 것이다.

○

"이번엔 성준 에미도 와 보면 반가울 게다, 조선 독립이 되서…"

몇일전 노파는 일부러 사위가 들으란 듯이 그의 곁에서 이렇게 중얼거렸다. 그는 매년 딸의 제삿날이 가까워 오면 그 몇일 앞두고 이렇게 사위 앞에서 죽은 딸을 들먹여 두는 것이었다. 그래서 그런지 사위는 오늘 아침,

"이것 가지고 제삿장 보지요."

하며 백원짜리 지폐 두 장을 노파에게 건니는 것이었으나,

"웬걸 비싼 물까에 이백환씩이나 ……"

곁에 있던 윤성이네가 분명히 남편에 대한 불만을 나타내자,

"그럼 윤성이네가 알어서들 보지."

노파는 선선히 지폐 두 장을 다시 움딸에게 건넜던 것이다.

처음 딸이 죽은 지 얼마 되지 않아 노파는, 그래도 사람의 마음을 알

수 없고 또 체면도 생각하지 않을 수 없고 하여,

"속히 면한을 하잖구…… 어린것들 데리고 난 속이 시끄러 ……"

인사 삼아 이만치 말했던 것이나, 사위는 노파가 생각 한 것보다는 의외로 빨리 세 번째 결혼을 했고, 그것이 지금의 윤성이모다. 윤성이네는 본래 기생 출신으로 금년엔 어느 항구에서 홀몸으로 요리업을 경영하고 있었다는데 전하는 사람들의 말을 들으면 그는 재산도 상당할 뿐 아니라 마음씨도 어질고 너그러워 남의 첩사리를 들려면 여간 좋은 자리가 많지 않았으나, 남에게 저악이 된다고 해서 이것을 모다 물리치고 후실을 찾어 든 것이라 하였다. 그래서 그런지도 모르나 소위 시집이라고 오는데 화류 장농 가구 기명, 모다 으리으리 한 거로만 화물자동차로 하나 가득 실고 와서 이웃 사람 일가 친척 할 것 없이, 쟁반이랑 화병이랑 혹은 옷감이랑 골고루 하나씩 그 '미야게'란 것을 야단스리 하곤 하였다. 노파도 그 판에 비단저고리 가음으로 그 '미야게'란 것을 받았는데 너무도 놀랍고 과람하여,

"이 비싼걸 웬걸 이처럼씩이나."

하고 인사를 하긴 했지만 실상 속속드리 고맙기만 한 것도 아니었다. 여자란 것이 아끼고 알뜰할 줄 알어야지, 제것 아낄 줄 모르고야 어찌 남의 공인들 아랴, 푸지고 헤픈 여자일스록 변덕이 많다. 그러고 보니 또 죽은 딸이 절로 생각나지 않을 수 없어 죽은 딸은, 이웃 사람이거나 일가 친척간에 무엇을 풍덩풍덩 집어 주거나 인심을 사려고 애쓴 적은 한 번도 없지만, 오래 두고 지내는 동안 절로 다 그 한결같이 고룬 마음씨를 미듬직 하다고들 기리지 않었던가. 첫째 그 생김새부터가, 윤성이네 같이 이렇게 남자 체격 모양으로 키가 크고 모습이 굵직굵직 한

것이 아니라, 그는 여자다운 몸 맵시에 옥으로 깎은 듯한 눈과 코와 입, 두고 지내 볼스록 정답고 자상하고 착한 마음씨 그러기에 윤성이네가 처음 그 '미야게'란 것을 푸지게 써서, 쉽사리 거두울 수 있던 여러 사람들의 호의와 인정이 대부분 비방과 오해로 변해진 오늘에 와서도 오히려 죽은 성준이 에미만은 모모들 그리워하고 불상해 구는 것이, 그냥 자기에 대한 동정만은 아니리라하였다.

"아니 그 꼴이 머유."

"아주 행낭 할멈으로 아는게쥬."

요새는 모도 이렇게들 인사를 한다. 그때마다, 그는

"아따, 행낭 할멈이믄 어떠우."

하는 것이 대답이고, 사실 그는 그렇게 생각하는 것이다. 죽은 딸의 집에서 자기가 대접 받을리는 없지 않은가. 친 딸이 살었을 때도 자기는 외손자들을 길르고 살림 사리를 돌보고 하여 왔다.

이제 아이들도 커서 적은 놈이(옥순이) 유치원에 다니게쯤 되었으니, 자기는 이것들의 치닥거리를 해주고 살림 사리를 돌보고 하는 것이 마땅하며, 이 세상에 자기를 가만히 앉어 놓고 먹여줄 사람은 아무데도 없을 것이라 하였다. 그보다도 움딸이 자기를 아주 보기 싫어만 해서 아무런 일도 식히지 않고 소용없으니 아주 이 집에서 나가버리라고 할가보아 그것만이 늘 걱정이요 근심인 것이다. 그것은 무어 사위나 움딸이나 이집이나에 애착이 짓다거나, 다른데 가면 일이 더 고될게라던가 하는 것이 아니라 첫째, 이집에서 나간다면 성준이와 옥순이들을 매일 볼 수 없을 것이니 이일을 어쩐단 말인가 여간, 일이 좀더 고되고 움딸의 하는 양이 사납다 할지라도 성준이와 옥순이들의 치다꺼리를 하고 있는 것은 오히려 다행하고 보람 있는 일이라 하지 않을수 없으며, 그보다도 그가 만약 이집을 나간다면, 그리고 다시는 거름을 할 수 없게 된다면, 아아 그리운 딸을, 한해 한 번씩 닥처오는 섣달 초하로의, 비록 혼령이라고는 할망정, 자기에게 있어서는 한해 삼백예순 날이 오즉 그 하로를 위해서만 있는 이 딸의 제삿날을 어떻게 한단 말인가.

남들은 괘니 남의 속도 모르고, 괘씸한 년이니 발칙한 년이니 하고들 저 윤성이네만 욕을 하지만 그런 건 모다 겉만 보고들 하는 소리지 속속드리 매물스럽고 암상궂은 게집 같으면 첫째 자기와 같은 전실의 친정 어미를 집안에 두게 할 리가 있는가.

"시상에 인심이사 그만하믄 장하지 그리."

하고 노파가 도려 마땅찮이 굴면,

"할머닌 고인야."

"할머닌 먹퉁이지."

하고들 입을 비쭉거리고 분개해 하는 것이 '할머니'에게는 암만해도 딱하고 민망스럽게만 생각되는 것이었다.

○

노파는 움딸이 사실 장하고 무던한 편이라고도 생각 하였지만 그보다도 그가 이제 이 집에서 제일 권세 잡은 사람이란 것을 알고 있었으므로 어쩌든지 그의 비위를 거슬르지 않으려고 하였다. 오늘 아침에만 해도, 그 돈 이백 원을 선선히 그의 손에 건너주긴 하였지만, 꼭 한 가지 딸의 제사 장거리만은 자기가 손수 보아야 하는 것을, 뜻에도 없는 짓을 부득이 하고 나니, 잊을래야 잊혀지지도 않고 생각할스록 뼈가 아픈 것이다. 첫째 저이들이 죽은 딸의 식성을 어떻게 안단 말인가. 그

조아하는 생복과 생미역과 수시(水柿)들을 다 어떻게 알고 어디가 해온단 말인가.

금년 여름 '조선독립'이 되면서부터 사위는, 매일 아침에 나가면 밤이 늦어서 도라오고 하느라고 살림 사리에는 정신이 떠난 사람처럼 되어 있으면서도, 그래도 오히려, 섣달 초하로가 성준 에미 제삿날이란 것은 잊지 않은 모양으로, 특히 그 돈 이백원 을 자기에게 바로 건너주는데는 그만치 사위로서의 요량이 있은 것이라고 하겠는데 이것을 몰라주는 움딸이야말로 참 딱하고 민망 하다고나 할까.

마당을 다 쓸고난 노파는 다시 시렁우의 제기 상자를 내루어 먼지를 닦고 있으려니까 그때야 움딸이 장바구니를 들고 들어온다.

"수시가 없그던 건시라도 사지그리"

노파는 돌연히 이렇게 외치며 뛰어가 장바구니를 들어다 보았다.

그러자 윤성이네도, 아까 자기가 장바구니를 들고 문밖으로 나가려 할때, 뒤에서 노파가 '수시나 건시나 생복이 없그던 전복이라도……' 하고 혼자말같이 중얼거리던 생각이 나며, 오라, 그러면 그것이 바로 제사 장거리 부탁이었고나 하는 생각이 이제 들었다. 그러나 그런 줄 알리 없었던 장바구니 속에 그러한 생복과 생미역과 수시와 건시와 그리고 또 누깔사탕과 그런 것이 있을리 만무하고, 이건 무어냐…… 버쩍 마른 유과 한 장과 얼어서 시들어진 조고만 사과 한 개와 밤대추가 서너 개씩, 그밖에 나물이 몇 가지, 그리고 신문지에 싼 건 소고기인 모양, 거기다 엉뚱스리도 어이한복 한마리가 배가 불룩해서 들어있는 것이다. 성준 에미는 본래 복을 즐기지 않았고, 또, 쓴다고 하드라도 이걸로 국을 끄려 놋는단 말인가 지져서 놋는단 말인가, 도대체 이건 죽은 사람의 제사 장거리가 아니라 제 구미에 맞도록 잔치 장거리를 보아 온 것쯤 되는 모양이다. 곧 엉엉 울고 싶도록 분하고 원통하고 섭섭한 것을 억지로 참고 겨우 한마디 한다는 것이, 볼멘소리로

"이건 복이 알을 밴 게지."

했던 것이다.

노파의 볼멘 소리쯤야 아랑곳이 무어랴, 그동안 벌서 권연을 피어 문 윤성이네는 담배 연기만 몇 번 후─하고 내불면 그만, 모든가지 모순과 난처와 불행은 절로 살아지는 것… 그에게는 벌서 이렇게만 습관이 들고 말았던 것이다. 그보다, 슬그머니 바구니를 끄어드려, 복부터 먼저 척 집어내어 노파에게로 밀쳐 놓고는, 신문지로 싼 소고기 뭉치는 슬적 제 앞에 놋는다. 이것으로써 일은 이미 분담이 된것이고 분담이 된 바에야 칼과 도마를 찾어 들고 우물ㅅ가로 갈수밖에 …….

노파는 우물가 수채 곁에 앉어서 복을 씻어 장만하며 곰곰이 생각하니, 다른 사람들은 이제 조선 독립이 되었다고 해서, 그동안 몇 해 왜놈의 전쟁판에 허는 수 없이 대강 이리저리 치러 넘겨오던 묵은 제사들까지도 들처내서, 산(生) 사람들의 기쁨을, 죽은 혼령들에게도 알린다고 하여 아주 동네가 떠들썩하도록 야단스리들 지내는데 우리 성준 에미만은 도려 이 꼴이 되었으니 제도 인제 먹으러 와서 보면 섭섭하려니와 우선 동네 사람들한테 남부끄러워 어찌한단 말인가. 더구나 이 섯달 초하로 제사만은 왼 동네 사람들이 특별 유의 해서들 직혀보는 터이다. 작년에만 해도 하긴 헐 수 없어 집안 식구들만 알고 조기 한 마리 굽고 밥 한그릇을 간단히 담어놓고 말았더니, 이튿날 당장 앞 골목 귀남 할머니와 뒷집 순녀 어머니들이 찾어 와서,

"죽은 사람 대접 그러는 거 아닙네다."

라고들 하였다. 그때 윤성이네 대답이라는 것이,

"글세 말이지요, 이놈의 전쟁이 언제나 끝이 날는지, 그땐 한번 큰 고기 사서 동네 할머니들 섭섭잖이 지내들이지요"

했던 것이고, 그 동네 할머니들 섭섭잖이 지낼 큰 고기 한 마리란 것이 틀림없는 이 알밴 복이 되어 나타난 것이다.

복을 사왔던, 돗을 사왔던 딸의 제사는 또 딸의 제사지만, 자기는 장차 어떻게 된단 말인가, 노파는 문득 손에 들었던 칼을 놓고 한숨을 내쉬었다. 살어서 헐벗음과 굶주림을 받는 것은 불과 칠십 미만이요, 설영 남다른 장수를 한다손 치드라도 백년 넘지는 못할 것이니 이걸 사후 세상에 가서 누릴 그 무궁무진한 세월에 비한다면, 눈 한번 깜박할 사이와 같은 것이고, 더구나 이승에서는 제 눈으로 보고 귀로 듣고 하는 것이라 아프면 아프달 것이고 고프면 고프달 수도 있겠지만, 저승에 가서야 제 손으로 약을 구해 쓸 수가 있나 밥을 지어 먹을 수가 있나, 제 속에서 난 자식이나, 혈연으로 맺히인 일가친척이 명심해서 자기만 청해주지 않는 바에는 말 못하고 손 못쓰는 혼령으로서 어찌할 도리도 없을 것이니, 그 무궁무진한 세월에, 외진 골목, 찬바람 부러치는 고목 둥치 곁으로만 휘휘 도라다녀야 할 자기 사후의 외로운 신세를 누구에게 의탁 한단 말인가. 옷고름으로 눈물을 닦고, 때가 저른 무명베 통치마를 걷어 올려 또 코를 풀고 나서 다시 생각해도, 이승에 있어서나 저승에 가서나 자기의 몸 의탁할 곳은 오즉 한사람, 자기 손으로 태(胎)를 가리고, 자기 손으로 마즈막 눈을 감겨준, 저 성준 에미 하나 뿐일 것 같다. 아모리 저승과 이승이 다르다고는 할망정 에미 딸 사이에야 변함이 있으랴, 일만 사람이 자기를 업수히 녁인다 할지라도 제 하나만이야 설마 이 외로운 어미를 괄씨한다 하겠는가, 노파는 이까지 생각을 하고 나서 다시 한 번 코를 풀었다. 그러고는 매년 섣달 초 하로마다 자기의 그리운 딸과 함께 나란히 와서는 성준이들이 정성껏 채려놓은 음식을 고루고루 맛나게 많이 먹고 함께 돌아가고 할 앞날의 환상에 가슴이 닳아 자칫하면 간신히 도려낸 알 주머니를 수채에 버릴 번 하다가 다시 정신을 가다듬어 자못 소중한 물건처럼 짚꾸러미에 싸서 남 몰래 나뭇단 사이에 감추어 두었다.

"섯달 초 이튼날 오시(午時)."

하고, 노파는 몇번이나 자기 자신을 다지곤하였다.

○

이튼날은 파젯 날이라 낮때 짐짓해서 윤성이네가 큰 방에서 낮잠을 자고 있으려니까 무엇이 건넌방 앞에서,

"아이고, 아이고"

하며 몹시 앓는 소리와 함께 또 왜액 왜액 하고 토하는 소리가 났다.

무슨 일인가 궁금한 생각은 들었으나 워낙 몸이 고단해서 그냥 누은 채로 은은히 잠이 드는데,

"어머니,"

"어머니,"

하고, 아이들이 자기를 불으는 소리와, 이웃 사람들의 왁자짓껄 떠드는 소리에 잠을 깨고 이러나 밖을 나와 보니, 이웃집 옥남 할머니와 장수 아주머니와 돌쇠 어멈들이 둘러 싸고는,

"아니 이게 뭐유."

"무얼 잡수섯게."

하고들 허리를 굽흐려서 무엇을 드려다 보는 중이고, 성준이와 옥순이들은 짜정 눈물을 흘리며 저이 할머니의 옷자락을 잡고 울고 있는 것이다.

"복의 알이구려, 복의 알."

장수 아주머니가 처음 이렇게 외쳤다. 그러자 옥남 할머니와 돌쇠 어멈들이 아주 놀라서 손바닥을 치며

"아이구 어쩔거나."

"이 일을 어떻개―"

하고들 당황히 군다.

장수 아즈머니는 섬돌 아래서 그 붉언 물건을 다시 한 번 뒤적뒤적 저어보고 난 꼬챙이를 버리며,

"복알애요. 복알애요"

하고, 또 한 번 외쳤다.

윤성이네는 정신 나간 사람처럼 멀거니 앉어 먼 산만 바라보고 있다가 떨리는 입술에 권연을 피어 물었다.

"더 토하세요, 더."

돌쇠 어멈은 노파에게 이렇게 권했다.

"아주 토해 버려야지."

옥남 할머니도 입을 열었다.

노파는 잠자코 고개만 흔들었다.

장수 아주머니가 부엌에 가서 냉수 한 그릇을 떠와 노파에게 주니 노파는 그것을 받어서 입을 씻었다.

"툇마루로 올라가 좀 누서야지."

옥남 할머니가 이렇게 말하자, 장수 아주머니와 돌쇠 어멈들이 노파

를 부축해서 툇마루에 올려 노았다.

옥남 할머니와 장수 아주머니와 돌쇠 어멈들은 모도 흥분들 해서 무엇을 서로 이야기 하고 자꾸 지끄리고 싶었다. 그러나 윤성이네의 얼굴을 한 번씩 치어다 보고는 모도다 입을 담으러 버린채, 이내 그들은 모도다 도라가 버렸다. 이웃 사람들이 모다 도라간 뒤 윤성이네는 곁에 놓인 냉수 그릇을 들어, 그것이 금시 노파의 입을 씻고 남은 물이란 것도 게의치 않고 벌컥벌컥 숨이 막히도록 드리키고 나서, 벍어케 충혈된 눈으로 노파가 누어 있는 쪽을 바라보았다. 노파도 그새 잠이 든 모양으로 햇살 바른 작은방 툇마루 우에서 쌔근쌔근 하고 평온한 숨소리가 들려온다.

"누구를 원망해 소용 있나 모도가 이년의 팔짜 소관인걸."

어느듯 두 개째 피어문 담배 연기를 후ー내불며 윤성이네는 혼잣말로 이렇게 중얼거렸다. 그는 지금까지 자기가 노파에게 그다지 몹쓸 짓을 했다고는 생각하지 않는 것이며, 그보다는 금년 신수에 구설수가 들었던가부다고 그러니 모든 것이 결국은 자기의 팔자 소관이라고 생각 하는 것이며, 그러므로 한시 바뻐 덮어놓고 잊는것만 같지 못하다고, 그래 언제나 하는 버릇으로 두 눈을 지긋이 내리 감으며 후ー하고 담배 연기를 내부는 것이었다.

두어 시간쯤 뒤이다.

겨울이라고 해도 봄날 같이 따뜻한 저녁 햇살이었다.

노파는 부들부들 떨리는 손에 모닥비와 부삽을 들고 섬돌 아래를 쓸고 있었다.

亂中記[*]

第一章

　일천구백 오십년 겨울, 한국의 서울은 예년보다 추위가 일렀다. 십
일월 하순인데 벌서 산에는 눈이 하야케 쌓이고 옷깃으로 슴여드는 바
람은 소스라치게 차가웠다. 서울보다 북쪽에 더 많은 눈이 쌓인 때문
이었다.

　구월 중순에 연합군이 총반격을 시작한지도 이제는 벌서 두 달이 지
나 있었다. 전국은 바야흐로 결정적 단계에 이르고 있었다. 청진에서
혜산진에서, 정주에서 각각 진격을 계속하고 있는 연합군(국군과 유엔

_*　「避亂記」(『花郎彙報』, 1952.5)를 개제 및 개작하여『遞信文化』(1952.12)에 재발표한 판본이
　「亂中記」이다.

군)이 '자유한국의 통일'이란 빛나는 사명을 환수할 날도 멀지 않은 것이라 했다. 이와 같은 전국에 호응하듯 십일월 이십칠일에는 또 다시 맥아더 원수의 총공격 명령이 나렸다. 이리하여 전쟁은 확실히 최종 단계에 들어가는 것인가 했다.

그러나, 이 연합군의 총공격은, 전란을 승리적으로 종결 시키리라는 오인의 기대와는 어긋나서, 다만, 중공군 오십만의 음모 작전을 '조기(早期)에 탐지'하므로서 연합군의 손실을 경감 시킬 수 있었다는 소극적인 성과 밖에 거둘 수 없었다. 이와 동시 전군은 일변하여, 연합군의 대부대는 여러 지역에서 혹은 포위로 혹은 후퇴로, 일대 혼란상태에 빠지게 되었다. 적의 워낙 압도적인 다수에다, 또 급격한 혹한과 강설(降雪)은, 본래 지리(地理)를 얻지 못했던 연합군에게 불리하였다. 연합군의 전면적인 철수작전이 시작 되었다.

처음, 연합군은 사십도 선에서 방어진을 구축할 것인가 했다. 사십도 선이 폐기 되었다. 다음엔 삼십구도 선이 방어선인가 했다. 삼십구도선도 돌파 되었다.

중공군이 삼팔선에서 다시 침략을 계속할 것인가 아닌가 하는 것은 세계적 화제 거리요 관심거리였다. 정치적으로나 전략적으로나 중공군이 삼팔선에서 다시 이남 침공을 계속한다는 것은 저 자신에 있어서나 세계적으로나 지극히 중대하고 또 위험한 일이었기 때문이었다. 이에 대처하는 유엔의 태도는 당황과 비명 그것이었다. 이 '당황'과 '비명'은 유화(宥和)와 타협안을 대두 시켰다. 세계 기구인 '유엔'이 일개 침략군에 대하여 유화와 타협으로써 미봉지책을 강구 하기에만 급급한 꼴은 차라리 비굴에도 가까운 것이 있었다. 처음부터 단호한 징벌을 주창하여 나온 미국을 위시한 호주(濠洲) 비률빈(比律賓) 등 일련의 의연(毅然)한 국가들이 없었던들 '유엔'의 위신은 땅에 떨어지고 악의 열정(情熱)은 이미 그 판도를 넓혔을 노릇이었다.

왼 세계는 중공군이 삼팔선을 넘지 않을 것을 희망 했다. 중공군으로 하여금 삼팔선을 넘지 않게 하기 위하여는 '유화'와 '타협'도 사양치 않을 듯한 것이 '유엔'의 공기였다. 중공군이 인도를 통하여 전파시킨 유설로는, 중공군의 목표는, 삼팔선 까지라 했다. 연합군에 투항하여 온 중공군 포로병 또한 같은 것을 진술 했다. 이것이 중공군의 '양도류 작전'이란 것으로 일테면 정치적으로 '유엔'의 위신을 땅에 떠러트리고 또 한편, 군사적으로는 연합군의 삼팔선 방위계획에 공극(空隙)을 주자는 수작이었다.

미국도 정치적으로 시종 의연한 태도를 취하고 있었으나 군사적으로는, 은근히, 중공군이 '삼팔선'에서 더 침공하지 말아 주기를 희망하는 듯한 표정이었다. 그만치 현지 사정은 곤난한 점도 있는 듯 했다. 중공군이 삼팔선을 넘어서 또 침공 해 오는 경우 미국은 단호한 조치를 취할 것 같이 연일 얼러대이고는 있었으나, 어딘지 당황한 기색도 비최지 않는 배 아니었다. 그러는 중에서도 중공군은 진남포를 내어 주고 철원을 내어 주고 계속적으로 후퇴 작전을 썼다. 중공군은 중공군 식대로 저희들에게 적당한 시기라고 생각 되는 시기에 진남포에 들어오고 철원에 들어오고 했다.

연합군이 평양에서 철수한다 했을 때 어느듯 서울에서 가족과 재산을 남쪽으로 소개시킨 인사가 없었던 바도 아니지만 진남포로 철원으로 끈기 있게 들어미는 오랑캐들을 상대로, 그러나, 아직도, 개인의 철수 문제는 전혀 고려할 필요조차 없다고, 허세를 피우거나, 시치미를 따보려는 서울 시민도 오히려 드물었다. 소개 문제가 부쩍 서울 시민의 신경을 날카롭게 만들기 시작한 것은 이때부터다. 그리고 병수(丙洙)도 처자를 거느린 서울 시민의 한 사람이었다.

第二章

십이월 칠일 '유엔' 군이 고토리(古土里) 까지의 철수를 보도 하던 날이었다. 병수가 신문사에서 퇴근하여 다방(보헤미야)에 나와 있으니까, K대학 영문학부 교수로 있는 S씨가 곁으로 오더니, 소개 문제에 대하여 어떻게 생각 하느냐고 물었다. 병수는 가야 한다고 대답 했다.

첫째 중공군이 과연 三八선을 넘어서 올는지 안 올는지, 또, 온다고 하드래도 서울 까지가 그들의 발굽에 짓밟히게 될는지 안 될는지 그것은 모른다. 모르기 때문, 넘어 오지 않으리라는 요행을 바라고 앉아 있을 수는 없다. 또, 모르기 때문, 넘어 오지 않으리라는 요행을 바라고 앉아 있을 수는 없다. 또, 모르기 때문, 알고 나서 넘어 오는 것을 보든지 듣든지 하고 나서 움직여도 늦지 않다고 생각하는 사람도 있지만, 그것은 우리 같이 잘 걸을 수도 있고 짐도 없는 경우에만 가능하지 병자와 노유와 그리고 짐이 있는 사람들에게는 불가능한 노릇이요, 그다음 둘째는, 설녕 삼팔선에서 일단 정전 된다 하드라도 그것이 근본적인 해결이 아닌 이상 대개는 다시 터지기 마련이니, 어차피 옮길 판이면 하루라도 바삐 서둘러서 내려 가야만 방 한간이라도 얻어 볼수 있지 않을까

"제 의견도 그렇습니다."

S씨가 동의를 표했습니다.

실상은 S씨도 소개 할 것을 결심은 했는데, 이왕이면 행동을 같이 할까 해서 그러는 것이라고 했다. 그의 말을 들으면, 그의 친구가 한사람 해군에 있는데, 그 친구한테 부탁을 했더니, 모레나 글피나 그러니 구일이나 선일에 인천서 떠나는 배가 있다 이 배에 교섭을 잘 하면, 어쩌면 한 열사람까지는 가능할 것 같다. 그런데 자기네 가족이 모다 다섯 사람이니 앞으로 한 오륙 명은 여유가 있을 듯 하다 만약 병수가 이것을 희망 한다면 같이 움지겨 보는 것이 어떠냐 하는 것이다.

병수는 곧 희망 한다고 대답 했다.

그렇지 않아도 병수는 기차편이나 트럭편보다 선편을 희망하고 있었던 것이다. 트럭은 부산까지 한 대에 이백만원이니 얼마니 하는 판이라 한 대를 몇 사람이 어울려서 쓴다 하드라도 병수의 형편으로는 도저히 셈이 닿지 않는 숫자요, 또 차임은 둘째 문제라 하드라도 어린 것들이 트럭 위에서 어떻게 여러 날 여러 밤을 그 독한 눈바람 속에 견딜수 있으랴 했다. 물론 기차편이 되면야 더 말 할 나위도 없지만 그 지음은 일반적으로 기차편이 중지 되어 있었고, 또 기차가 통한다 하드라도 그 수많은 피란민들 속에 그 같이 소극적인 사람이 무슨 재주로 어린 것들을 넷이나 태우며 자리 잡아 주며 할 수 있으랴, 이에 비하면 아무래도 배는 족 넓을 것 같고 모든 의미에서 조금은 여유도 있지 않

으랴 했던 것이다.

　이런 점에서 S씨가 말한 선편이란 가장 병수가 기대하고 있었던 바라 할 수 있었다. 그러나, 여기 그로서는, 또, 좀 간단치 못한 점도 없었던 것은 아니다. 그것은 극작가 H씨와 더부러 거취를 같이 하자고 맺어둔 약속이 있었기 때문이었다. H씨는 S씨와도 물론 친한 사이다. 그러나 친한 사람들끼리라고 해서 반드시 반드시 소개를 같이 한다는 법은 아니었다. 설령 친하지 않는 사람들끼리라 하드라도 한번 약속을 한 이상 약속은 어디 까지나 약속으로서 존중되어야 할 터인데, 지금 병수가 편승할 수 있다는 자리는 다섯뿐이다. 어린 것들이 많다 아니면 여덟 일 것이다. 그런데 이건, 병수의 식구만이 일곱이요, H씨도 다섯은 떠나야 했다. 그러니, 이 사람들이 다 간다고는 참아 입을 뗄 수 없었다. 그리고 사실 또 병수는 일곱 식구 전부가 한꺼번에 떠나갈 마음의 준비나 경제적 주선이 되어 있는 것도 아니었다.

　병수는 말 했다.

　"모르는 일곱 사람인데 이번 기회에 세 사람 내지 다섯 사람만 갈수 있었으면 좋겠습니다."

　"네, 그 정도 같으면 넉넉할 것 같습니다, 그리고 짐도 이불 정도는 가저갈 수 있겠습니다."

　"짐은 뭐 ……."

하고, 병수는 그의 말이 떨어지기가 바쁘게 말을 이었다.

　"짐은 뭐 형편 없이 간단합니다, 그런데,"

　여기서 병수는 말을 잠간 끊었다가, 끝내 H씨 이야기를 했다.

　S씨도 H씨 같으면, 하긴 어쩌든지 같이 가긴 가야 할 친구라고 했다.

그리고, H씨는 모두 몇 사람이냐고 했다. 모다 다섯이라고 했더니, 그 다섯이 한꺼내에 떠나야 할 형편이냐고 물었다.

"거기도 우선 세분만 떠나면 될 겝니다."

하고, 병수가 적당히 대답을 했다.

여기서, S씨는 병수의 가족을, 셋과 다섯의 중간으로 넷을 잡고, H씨를 셋으로 보고, 도합 일곱이면 어떻겠느냐고 하여, 병수도 그만 하면 훌륭할 것이라고 대답 했다.

第三章

칠일날 밤, 집에 돌아가서도, 그러나 병수는 그날 S씨와 이야기한 소개 문제를 아내에게 말 하지는 않았다. 모레나 글피나 까지는 아직도 이삼일 여유가 있으니, 그동안 혹은 안 가도 되게 될는지 모를 일이 아니냐, 하는, 낮에 S씨 앞에서, 옮겨야 하는 것이라고 역설(力說) 하던 것과는 반대되는 어처구니없는 미신적인 미련을 아직도 가슴 속에 품고 있었기 때문이다. 그렇게도 움직인다는 것이 병수에게는 싫은 일이었다. 오막이나마 피와 땀을 짜서 장만 한 집과, 간장, 된장, 김장 모다 우선을 먹을만치 들어 있는 항아리들과, 그리고 특히 이것만은 진정 병수에게 있어 금덩어리 보다도 소중한 천여 권의 서적까지 다 버리고, 거지가 되어, 헐벗은 그의 아이들이, 역시 가난하고 고달픈 시골 연구자들을 찾아내려 간다는 것이 그렇게도 싫었다. 그리고 무서웠다. 그의 입에서 한번 말이 떨어지기만 하면 곧 일어나기 시작할 동요(動搖)가 무서웠다. 책들은 다 어떻게 하나, 독 단지들은 어떻게 하나, 먹던 쌀과 옷 보퉁이들과 그림 족자와 골동품들은 또 어떻게 하단 말인가. 아내는 대관절 무엇부터 착수할 것이며, 어떻게, 얼마나, 꾸릴 것인가. 우리 살림의 대부분은 책과 그림과 골동품과 이런 등속이다. 그리고 이것의 경중과 고하(高下)는 단면코 병수가 아는 것이며 병수만이 아는 것이다 그 밖에 누가 이것의 취사 선택을 하며 분량의 전형과 포장을 할 수 있단 말인가. 그러나 병수의 머리 속에는 무엇을 어디 부터 얼마나 어떻게 꾸려보겠다는 계획이 세워저 있는 것도 아니었다. 그저 칩고 성이 가시고 골이 날 뿐이었다.

"어쩌면 우리도 이삼리 후에 몇 사람 떠나야 될 꺼야."

병수는 이불 속에 들어 누은 채 우선 이 따위로 말을 던졌다. 그러나 이 말이 던지는 모든 의미를 아내는 즉시로 포착 하였다. 이것은 병수가 이미 머리 속에서 모든 것을 생각하고 정리한 결론이라고, 그러므로 아내는,

"나도 암만 생각해 봐도 이번에는 여기 못 있겠어, 인제 동네서도 다 알아 버렸고 그 놈들이 또 들어오기만 하면 당장 잡아 죽일려고 할 테니, 죽든지 살든지 거창(居昌)으로나 내려가야지. 설마 굶어 죽지야 않겠지."

이렇게 대답하는 것이었다. 지난 여름 육, 이오 사변 때 병수가 도강(渡江)에 실패를 했기 때문에 그의 목숨을 지키노라고, 여러 가지 신고를 겪은 아내라, 그런 일을 두 번 또 당한다는 것은 생각만 해도 지긋지

긋한 모양이었다. 게다가, 병수가 그 뒤, 아내의 은공에 보답 했다기보다 배반 했다고 그의 아내는 간주하는 것이며, 그렇도록 병수는, 이번 피란 문제에 있어서도, 자기 자신이나 어떻게 떠나갈 것 같은 그따위 걱정만을 있다금 풀숙풀숙 몇 마디씩 던졌을 뿐이요 아내나 아이들을 어떻게 하겠다는 계획에 대해서는 일언반구도 그와 더부러 일찍기 상의가 없었으므로 저이들은 거기서 다 죽어버리라는 뱃장이라고, 아내는 속으로 병수를 자못 괘심하게 생각하는 점도 있었던 것이다. 사실 그때까지 병수는 그 무서운 흑한 속에서 가족과 살림을 옮긴다는 어마어마하고 벅찬 사업에 착수할 용기를 내지 못하고 있었던 것이 사실이며, 그것은 다만 여비(旅費)가 없다는 이유만으로 설명할 수 있는 일도 아니었다. 그때 이미 병수의 수중에는 현금이 칠팔만 원이나 있었고, 책과 세간들을 다 쓸어다 팔면 아무리 썩은 개값이래도 사오만원은 될 터이니 그 돈이면 어떻게 일곱 식구가 트럭이나 배 한구석에 붙어 가지 못할 배도 아니었건만, 그러나, 가는 동안 어린것들이 그 무서운 추위와 주림을 어떻게 견디며 또 가서는 뷘손으로 어떻게 살아가느냐 하는 것이 우선 그를 그렇게도 비굴한으로만 만들어 주었던 것이었다. 부산에는 병수의 당숙이 있고 거창에는 처가가 있어, 그리하여, 아내는 당숙 집에서 견디기가 정 아프면 자기 친정으로라도 아이들을 데리고 가보겠단느 뱃심이었지만, 또 그런 일은 이런 경우 그다지 파렴치 하고 추악한 생각도 아니었지만, 원체 병수가 친구나 척당간에 후의를 베픈 적이 없는 터이라 이제 이 지경 되어서 그들을 찾아간다는 것은 너무나 야비하고 뻔뻔스러운 노릇이라고 병수는 병수대로 또한 생각 하지 않을 수 없었다. 물론 그의 당숙이나 처갓 사람들이 그와 그의 가족에 대하여 언제나 너그럽고 고맙지 않은 것은 아니었지만, 그래서, 이런 경우 병수가 이렇게 되어 그들을 찾아 간다고 해서 면 대해서 보기 싫다거나 구박을 주거나 할리도 천만 없겠지만, 그렇지만, 만약 발도 못 부치게 하고 면박을 주면 어떻게 하나, 하는 부질없는 공포감이 그에게 전율을 깨닫게 하곤 하였다. 그것도 당숙이나 처가가 아주 넉넉하다면 또 모를 일이지만 거기서도 모두 근근히 견디는 형편 인데 게다가 병수들 까지 덮어 놓으면 더욱 골몰이 심할 것은 정한 이치요, 골몰이 심하면 자연히 방이 좁다 쌀이 딸린다 숯이 없다하는 등속의 짜증이 날 것이요, 이렇게 되면 거기 얹히어서 얻어먹는 병수네 들이 얼마나 고달플 것인가 병수는 그가 무능하고 루우즈 하니만치 이런 데만 각별나게 신경이 씨였다. 그리고 또 총액 십여만 원으로 계상(計上)되는 여비만 것도, 그에게서와 같이 아이들 넷이 모다 오오바와 모자는 물론, 똑똑한 속옷 한 벌도 없이, 대개 이불이나 쓰고 가지런히 누어 있는 형편에서는 우선 떠나기 이전의 준비에도 부족한 액수가 아닐 수 없었다.

그리고 이러한 사정을 아내 역시 모르는 바도 아니었지만, 그렇다면 죽든지 살든지 거취를 같이 할 일이져 혼자서만 살려고 하는 것이 비겁하지 않은가, 더구나 여름에 자기들(아내와 순애)이 아니드면 이미 죽고 없어졌을지도 모르는 목숨을 가지고 도루 가족을 방기할려는 것이 배은망덕 아니고 무엇이냐, 하는 것이었다. 이러한 아내의 말이 옳다고 생각 되면서도, 그러한 용기를 내지 못 하고 그러한 행동을 취하지 못하는 것이, 병수의 루우즈 하고 소극적이고 무책임 하고 무능력 하고 이기적인 기질인지도 알 수 없었다. 그리고 또 그러한 그의 운명인지도 알 수 없었다.

병수는 자기의 이러한 기질과 운명에 대하여 스스로 불만이었다. 불만이면서도 그는 그것을 탈각하려는 노력보다 그것에 쫓기며 사는 편에 속했다. 그러기 때문 그는 아내의 그러한 옳은 의견에 대하여 이에 상부(相副)할 그의 행동을 약속 한다기보다 그것의 부정과 변명에 힘을 썼다. 이러한 부정과 변명에서, 병수는, 우선 그들과 병수 자신의 형편이 꼭 같지 않다는 것을 역설 했다. 여름에도 이미 당한 바와 같이 공산군이 들어오면 나는 당장 지명수배를 받게될 소위 '반동작가'의 한사람이지만 가족들이야 아무리 '반동작가'의 가족이라 한들 당자와 같으냐, 거리에서 굶고 얼어서 죽을는지 모르는 길을 택하기 전에 좀 더 생까해 볼 여지가 있지 않느냐, 하는 것이 그의 눈감고 야옹하는 격의 반박이었다. 그렇다고 해서 물론 병수도 그들을 꼭 서울에 남겨 두자는 복장인가 하면 그런 것도 아니었다. 무엇인지 최후까지 기적 같은 것을 바라보고 싶은 그러한 심사는 너무나 절실했다. 다만 그 '기적 같은 것'이 오지 않을 때 병수는 가족과 더부러 최후까지 거취를 같이 할 굳은 결심이 있었느냐 하는 것이 문제였다. 그것을 당했다면 응당 그는 그렇게 했기 쉬울 것이다. 그러나 그러한 결의를 그는 그의 아내에게 선언한 적은 없었다. 오히려 그와는 반대로 말을 했고 이것을 가르쳐 그의 아내는 병수를 배은망덕이라 했다. 그리고 사실 병수의 '무능' '무책임' '루우즈' '이기힘' '소극성' 등등은 배은망덕과 그다지 먼 것이 아니기는 했다. 그의 이 배은망덕에 대항하여 그의 아내는 그 '몇 사람' 가운데서 제일 먼저 자기 자신을 추천한 것이었다. 그는 그 몇 사람이란 누구 누구가 되느냐든가 그런 것은 묻지도 않았다. 그리고 병수의 생각으로도 아내의 태도는 틀린 것이 아니었다. 병수는 더 말하지 않았다.

　이튿날 아침 병수는 돈 이만 원을 아내에게 주며 이것으로 아이들의 모자와 내복과 오오바 등은 작만 하라 하고, 짐 꾸리는데 대해서는 어떠한 요령도 말하지 않은 채 그냥 밖으로 나와 버렸다.

第四章

　팔일날 저녁때 S씨와 H씨와 병수는 또 '보헤미아'에서 만났다. S씨의 말에 의하면, 교섭은 성공이요, 배는 십일날 오전 열시 경에 떠나는데, 우선 서울서 인천까지 우리가 편승 할 수 있는 트럭은 구일 오전 일곱시라 했다. 세 사람은 다 같이 구일 오전 일곱시 트럭으로 서울을 떠나 인천서 하루밤을 묵기로 합의 되었다. 트럭은 S씨 집에서 출발하여 H씨 집 앞을 지나 맨 나중 병수의 집을 다녀가기로 정해졌다.

　그 날 밤 병수는 집으로 들어가자 곧 아이들의 내복과 오오바와 모자에 대해서 물었다. 그의 아내는 무표정한 얼굴로 벽에 걸린 새까만 빛갈의 조그만 오오바를 손으로 가르키며,

　　"저것과 천을 좀 삿어."

했다.

　　"천은?"

하고 병수가 물은즉,

"저걸 하나 사고 나니 털 모자도 둘을 살 돈이 안 돼, 그래서 천을 사서 만들면 집에 있는 헌겊과 보대서 아이들 고깔 모자를 하나씩 될 것 같애서 …… 장갑도 사야 되겠드구만, 모자, 오오바 장갑 내복 그런걸 모다 한 벌씩 사 줄라면 십만 원 더 있어도 모자라겠든걸 뭐."

한다.

"그럼 오오바는 누가 입나?"

"재혁이가 입지."

재혁이는 제일 위엣 놈이다. 그리고 이런 경우 이건 의례히 재혁의 것이다. 그러자 방 한가운데 가지런히 누어 있던 재혁이와 의혁(義嚇)이 두 아이가 얼굴을 찾혀 누은 자리에서 병수을 처다 보는 것이다. 새까맣안 눈동자 네 개가 못 박이듯 병수의 얼굴에 살아진다. 병수의 입에서 무슨 말이 떨어지나 하는 것을 보자는 눈들이다. 의혁이는 재혁이보다 두 살 아래인 여덟살자리이지만 재혁이가 좀돼서 재혁이 거라고 사온 옷이나 모자가 곧잘 의혁이에게 맞을 때도 있어, 그럴 때 흔히 병수의 발안으로 재혁이는 다시 새 것을 사 가지기로 하고, 그러한 옷과 모를 의혁이에게 양보하는 수가 곧잘 있었다. 그것도 아주 적어서 저의 몸에는 도저히 어림도 없다거나 그러한 경우 같으면 또 모르지만 이건 조금 끼인다는 정도로 그대로 쓰면 넉넉 쓸 수 있을 때라도, 병수가, 다음에 다른 것을 사 준다고만 하면 그를 한번 처다 보고 나서는, 선선히 양보를 하곤 했다. 재혁이는 그것이 반드시 제한테 맞지 않아서 보다도 '다음에 새 것'을 사 준다는 말에, '다음의 새 것'을 바라고 기다릴려는 재미로 양보를 하는 것이었다. 푼돈 같은 것이 생겨도 먹을 것 보다 작난감이나 노리개 따위, 사기를 좋아 했다. 먹을 것은 먹어 버면 고만(이 애는 '그만'을 '고만'이라고 한다)이지만 작난감은 오래 갖고 놀 수 있다는 것이 그의 의견이었다.

오늘 저녁에도 병수가 불쑥 '오오바는 누가 입나?' 했기 때문에, 이런 경우 그 것의 소유자가 가끔 변동될 수도 있는지라 이렇게 두 아이의 긴장 된 눈동자가 한꺼번에 병수의 얼굴로 집중된 것이다.

"모양 있든? 어디 재혁이 한번 일어나 입어 봐."

병수의 이 말이 밎어 끝나기도 전에, 재혁이는 또 무슨 생각을 했는지 자연히 뛰어 일어나, 저이 오오바란 것을 자신 만만하게 입어 보인다. 완연히 품이 좁고 기리도 짧은 편이었다.

"자아."

하며 재혁이는 병수를 향해 돌아 섰다.

"어디 ……"

겨드랑이 밑에 손을 대어 보니 댕겨서 빳빳하다.

"작군, 품이 좁아서 못 쓰겠어. 이건 의혁이 주고 넌 담에 새 걸 사 줄께."

"싫어, 내일 떠난담서 언제 새 걸 사 줘? 또 안 사줄랴고 ……."

"왜 안 사 줘? 사 준다."

"싫어."

재혁이와 병수가 이런 말을 주고받고 있는 동안, 어느덧 자리에서 슬그머니 일어나 앉은 의혁이가 두 눈에 날카로운 광채를 띠며 두 사람의 얼굴을 번갈아 보고 있다.

"어디 의혁이 너 한번 입와 봐라."

병수 말이 떨어지자마자 의혁이는 만면에 웃음을 띠우며

"정말?"

하고 일어선다.

"싫어."

재혁이는 오오바를 입은 채 전신을 좌우로 흔들어 거절을 한다.

"작은 걸 어쩌니? 너는 요담에 마치 맞는 걸 다시 사 입어야지."

"그래도 마치맞어, 난 싫어 ……"

"마치맞는 게 뭐야? 품도 좁고 기리도 짧은데, 응?"

"그래도 싫어."

"마치 맞는 걸 사 준다는데 왜 그래? 그럼 넌 시골 안 데리고 간다."

"……"

그러자 재혁이는 갑자기 얼굴 빛이 확 변해서 버린다.

"그래도 싫어? 시골 못 가도 ……?"

"……"

재혁이는 고개를 푹 숙으린 채 대답을 하지 않았다. 시골 안 데리고 가 준다는 말은 그에게 그렇게도 결정적인 타격을 주는 모양이었다.

"아부지가 너한테 꼭 맞는걸 다시 사준다고 그러찮나?"

"또 안 사 줄랴고?"

이렇게 불멘 소리로 입을 비죽거리며 재혁이는 오오바를 벗어 던졌다. 그러나 의혁이도 체면 불고하고 거기 뛰어 들지는 않았다.

"엄마, 내 입어? 언니 약 오르찮나?"

이번에는 저이 어미를 돌아다보며 그는 이렇게 물었다. 이미 병수의 승낙은 난 것이라고 믿는데서 그러는 모양이었다.

"……"

아내는 대답도 하지 않고 헌겁만 뒤적이고 있었다. 재혁이가 가엽다는 것보다도 병수가 둘쨋 놈의 편역을 드는 것이라고, 평소부터의 불평을 가진 데서 나오는 태도인 듯 했다.

"언니는 더 좋은걸 사 줄 테야, 그건 네가 입어봐."

"그래."

의혁이는 기뻐 못 견디겠다는 듯이 연성 입을 빵실거리며 오오바를 들처 입었다. 병수의 예측대로 오오바는 의혁에게 꼭 맞았다. 이때,

"나도 시골 갈 테야, 우리 시골 참 멀어."

지금까지 아랫목에서 어른들이 흔히 그렇게 하듯이 머리에 손을 고이고 비스듬히 누어 그 광경을 보고 있던 무혁(武爀)이가 부스스 일어나 앉으며 불쑥 이런 말을 했다. 그는 올해 여섯 살이다. 그러므로 첫째와 둘째가 오오바 하나를 두고 치열한 쟁탈전을 전개하고 있는 이 마당에 제마저 한목 끼이자고 할 주제는 감히 못 된다. 그렇지만 왜 하필 이런 말을 하는 것일까? 누가 저더러 데리고 가지 않는다는 말을 했단 말인가? 단연코 했을 리가 없다. 이 문제에 대해서 병수는 아직 아내와도 의논한 적이 없다. 병수는 다만 '몇 사람'이라고만 했고 그 '몇 사람'이란 말을 듣자 아내가 제일착으로 자기 자신을 그 한사람으로 자원했을 뿐이지 나머지 '몇 사람'의 인선에 대해서는 아직 누구의 입에서 아무런 의견도 표명되지 않은 터이다. 그럼에도 불구하고 '나도 갈 테야' 하고 나서는 것은 무슨 까닭인가? 가족들이 저 혼자를 따돌렸단 말인가? 그러나 이것은 모다 그 다음에 일어난 생각이다. 처음 병수는 그 말을 듣자 가슴이 뜨끔 했다. 그 말이 그의 가슴을 바로 찔렀기 때문이었다. 병수는 그 자신도 완전히는 모르게 맘속에서 이미 그를 따돌려 두고 있었기 때문이다.

第五章

병수는 처음부터 웬 까닭인지 그의 식구 일곱 사람이 다 피란을 갈 수는 없다고 생각하고 있었다. 그것은 몇 사람이 남아 있어서 집과 세간을 지켜보자는 집요(執拗)한 타산에서 오는 점도 없지는 않았다. 일곱 사람이나 다 내려간다면 어디 가 누구 집에 얹혀서 어떻게 얻어먹나 하는 불안과 공포에서 오는 점도 없지는 않았다. 그러나 이런 것은 모다 중요한 이유가 될 수는 없었다. 성루서 부산까지 트럭이나 배나 기차나 간에 그 복잡하고 많은 사람들 가운데서 어떻게 떼밀고 짓밟고 대우고 내리고 어디다 무슨 재주로 자리를 잡아 준단 말인가? 병수는 이런 난리판이 아닌 평상시라도 조금만 복잡한 짐을 가지고 떠나면 반드시 그 여행은 실패로 돌아가고 하였다. 두 개 이상의 짐을 가졌을 경우에는 반드시 한두 개 잃고야 만다. 아이들인 경우 화물에서보다 병수의 신경은 곱절도 더 당황해진다. 저것들이 얼마나 치워하며 얼마나 지루해 할까? 목이 마르다거나 오줌이 마렵다고 하면 어쩌며 또 뒤를 보겠다면 어쩐단 말인가? 병수는 그가 주변이 없고 보호할 능력이 없느니만치 이런 일이 모다 그에게는 절망적인 대사건들만 같았다. 더구나 그 많은 사람들이 밀고 당기고 하는 통에 잘 못 돼서 밟히거나 떨어지거나 혹은 잃어 버리거나 하면 어떻게 한단 말인가? 이번에도 어찌할 수 없는 보퉁이 몇 개는 기어히 들고 길을 떠나야 하겠고, 그리하여 보퉁이 몇과 아이 몇은 반드시 잃어 버리거나 다른 사고를 내고야 말 것만 같았다. 그가 처음부터 일곱 식구 전부가 떠날 수도 없다고 생각한 것은 주로 이러한 데서 왔던 것이다.

그래서 어저께 S씨와 상의할 때, 일곱 식구 전부를 말 하지 않고 셋에서 다섯 까지만, 이번에, 떠나면 되겠다고 한 것도, 자리가 부족해서만은 아니었다. 그보다도 그 자신이 그렇게 무작정으로 일곱 식구 전부가 한꺼번에 왈칵 떠난다고 할 용기가 나지 않았기 때문이었다. 이것은 물론 그의 루우즈하고 소극적이고 이기적(利己的)인 기질의 탓이기도 하였지만, 그러나, 거기엔 기질로만 돌릴 수도 없는, 무언지 그의 운명에 대하여 항거하고 싶은, 트집을 부리고 싶은, 매운 눈바람에 모질게 터져 나오는 꽃봉오리처럼 어딘지 파나게 맺힌 슬픔의 덩어리가 있어 그의 의지를 이렇게 찢어 주는 것 같기도 했다.

거기서 S씨가 셋과 다섯의 중간으로 넷을 택한 것은 의당 그럴 수 있는, 현명하고 온당한 조치라 하지 않을 수 없었고, 또 이왕 이렇게 제한된 인원인 바에야 아내가 무엇을 위하여 자기 자신을 양보한단 말인가? 아내가 제일착으로 자기 자신을 취천한 것은 오히려 당연한 노릇이 아닐 수 없었다. 이에 남은 셋에서도 또 하나는 이미 정해진 것과 다름이 없었다. 세 살자리 치혁(致爀)이를 제 어미에게선 떼어 생각할 수는 없었기 때문이었다. 그리고 보면 결국 두 사람 외 자리 밖에 더 남은 것이 없었다. 이제 다섯에서 누구 둘이 가고 누구 셋이 남나 첫째 그는 그 자신이 남기로 했다. 아내와 그와 두 사람 가운데서 누가 하나는 남아야 할 형평인데 아내가 먼저 떠나기로 되었으니 병수가 남을 수밖에 없었고, 또 아내와 순애(順愛) 사이도 그랬다. 누구든지 하나는 있어야 밥도 짓고 살림도 살터인데 이 역시 아내가 떠나게 되니 순애는 남을밖에 없었다. 최후로 재혁, 의혁, 무혁, 세 아이가운데서 누구 하난만

떨어지고 싶어 하는 놈은 한놈도 있을 리가 없다. 성미가 더구나 큰 놈은 좁고 강하고 둘째 놈은 급하고 날카로워서 이런 경우 기어히 못 가게 해 놓으면 이 두 아이는 그 자리에서 파랗게 질리고 말거나 그렇지 않으면 뒤에 제 혼자라도 찾아 간다고 집에서 기어히 다라나고야 말 것이다. 이 점, 셋쨋 놈은 제 현들보다 딴판으로 성미가 누구럽고, 또 병수와 함께 남기로 된 순애에게도 잘 따르므로, 그는 처음부터 네 아이 가운데서 남을 수 있는 놈은 무혁이뿐이라고 혼자 속으로 은근히 차부를 하고 있었던 것이다. 그것을 이 놈은 또 빤히 드려다 보기나 하는 것처럼, 이렇게 불쑥 저도 보내 달라지 않는가? 병수는 잠자코 있었다.

"왜? 나는 안 보내 줄 테야? 왜?"

무혁이는 이런 것을 조금도 절실하지 않게, 반 농조로 얼굴에 웃음까지 벙글벙글 띠운 채 재촉하는 것이다.

"이마, 너 같은 건 안 데리고 가는 거야, 너 같이 조그만 애들은 시골 가면 혼나."

둘째 놈이 오오바를 얻어 입고 나니 신명이 나는지, 이렇게 저는 큰 애가 된 것처럼 까부린다.

"이마, 나도 시골 갈 줄 알아, 우리 시골, 참, 멀어."

"너 같은 꼬마들은 우리 시골 못 가는 법이야. 엄마 그지? 무혁이 같은 꼬마들은 우리 시골 못가지, 그지?"

"왜 못 가? 왜 못 가? 무혁이는 너보다도 더 잘 간다. …… 이 녀석이 오오바 하나 얻어 걸쳤다고 어지간히 까부린다."

아내가 고깔모자 말던 손을 쉬고 이렇게 두쨋 놈을 닦아 세우자, 무혁이도 다시 용기를 얻는지,

"그지, 엄마, 의혁이는 우리 시골 못 가지?"

하고 기세를 올린다.

두 아이가 이렇게 다투는 것을 듣고 있자 그는 속으로 또 은근히 걱정이 되었다. 내일 아침 무혁이가 기어히 따라 가겠다고 억지를 부리면 어떻게 하나 하는 것이었다.

그러나 무혁이는 이튿날 아침, 뜻밖에도 수얼하게 떨어져 남았다. 처음, 트럭이 대문 앞에 왔을 때, 여러 사람들이 짐을 들고 한꺼번에 와아 몰려 나가자, 무혁이는

"나도 가."

하며 방에서 마루로 훌쩍 뛰어 나오기는 했지만 이것을 순애가 붓잡으며,

"너는 안 가, 넌 나하구 집에 있어."

한즉, 울상을 하며

"싫어, 이마, 나도 가는 거야."

하며 순애를 떠밀어내었다. 그때, 병수가 준비 해 두었던 엿과 껌과 돈을 주며,

"넌 이런 거 가지고 집에서 먹고 놀아 나도 안가."

한즉, 무혁이는 의외에도 간단히 그런 것을 모다 손에 받아 들었고, 그리하여 뜰 아래로 뛰어 내리려 하지도 않고 마루 위에 그냥 선채 몸을 꼬부려 저이 어미와 형제들 물려나가는 대문께를 내다보고 있을 뿐이었다.

아내는 무혁이에게 하직 인사도 하지 않았다. 무혁아 잘 있거라 우리는 간도 또 무혁아 나중 오너라 우리는 먼저 간다 하는 그러한 인사말이 참하 아내의 입임에서는 이오지 않는 모양이었다. 재혁이 의혁이

는 너무나 당황한 나머지 밀어 트럭에 오르기도 바빠서 그냥 뛰어나가 버리고, 이리하여, 여섯 살자리 무혁이만을 남긴 채 트럭은 우르르 떠나가고 말았다.

第六章

세 아이가 떠나간 뒤에야 무혁이의 존재가 병수의 관심의 대상이 되기 시작 하였다. 네 아이가 있을 때엔 그는 다른 아이들에 묻히어 존재가 없었다. 다른 세 아이가 각각 별난 성머와 저의들의 특유한 장기들을 자졌었기 때문이었다.

맞 놈은, 첫째 맞 놈이래서 맞이의 자리를 가졌을 뿐 아니라, 아래턱이 동그스럼하고, 감으잡잡한 얼굴에 파고 묻은듯한 새까만 두 눈동자는 끝없는 호기심에 언제나 여념 없이 반짝거리었다. 그는 아침에 한 번 나가면 언제나 저물어서야 집으로 들어 왔다. 날마다 점심도 잊은 채 거리로 산으로 돌아다니며 벌레를 잡고 꽃을 꺾고 뷘 병을 줍고 종이 쪽 쇠 뿌스러기 같은 것을 줍고, 온갖 거리에서 퍼지는 이야기 노래 욕질 같은 것을 다 들어서 들어 옹기에만 열중하곤 하였다. 그것도 거죽으로 옮겨 오는 것이 아니라 마음속으로 새겨 들어오는 편이라. 보기 보다는 속이 밝기도 하였으나 그러면서도 가장 어린애다운 순진성을 충분히 보유하고 있어, 그는 향상 호의와 애정으로써 이 애를 지켜

보는 것이었다.

둘째 아이는 그 둥그스름 하고 기름하게 생긴 머리 모양에서 창백한 얼굴 빛 하며, 높고 둥근 이마 아래 그 깊숙하게 빛나는 두 눈 하며, 게름하게 빠진 아래ㅅ 턱 까지 이건 일견에 두뇌와 양심과 신경질 계통의 아이란 것이 또렷하게 느껴졌다. 그리고 이 애는 잠이 없었다. 다른 아이들이 다 잠든 뒤에도 오래ㅅ 동안 그 깊고 큰 두 눈을 가만히 뜬 채 누어 있곤 했다. 새벽에도 언제나 남 먼저 잠이 깨어 있다. 새벽에도 언제나 남 먼저 잠이 깨어 있다. 눈을 드려다 보기 전에는 잠을 자고 있는지 깨어 있는지 모르리만치 언제나 말이 없이 누어 있곤 했다. 무슨 특별한 생각을 하고 있는가 하면 별로 그렇지도 않은 모양으로 그렇게 누어 있다가 문득 무슨 말을 한다는 것이 도무지 엉뚱한 소리로,

"아부지 우리 대문 단단히 잠거 놔야 해 …… 아아 따, 어저께 그 문둥이 꽤 무지 무지 하더라."

혹은

"아버지 신문사에서 월급 타 왔어?"

하는 따위 들이다. 어쨋던 애는 무엇을 생각하기 좋아하는 아이다. 그리고 말도 문법적(文法的)으로 정확하게 한다.

그러나 이 두 아니는 모다 선병질 계통으로 몸이 약하다. 특히 심장이 약하다 그런데 넷째놈은 그렇지 않고 첫째 몸이 건강하며, 또 인물도 일반적으로 그중 잘 생겼다고 들 하는 얼굴이다. 그리고 맨 끝이니까 자연 왼 식구의 애호와 관심의 대상이 된다. 그런데 무혁이만이 성미도 별나지 않고 말도 잘 못하고 마음도 어딘지 수얼한 데 가 있다.

무혁이는 귀가 꽤 어둡다. 다섯 살 나던 해 정초에 중이염(中耳炎) 수

술을 해서 오른 쪽 귀바퀴 뒤에는 그 자리에 아직도 구멍이 빠끔 뚫어져 있다 이즘도 가끔 거기 물이 나고 해서, 만약의 경우에는 재수술을 하게 될는지도 모른다. 하여 당분간 그대로 버려두고 있는 것이다. 그의 귀가 좀 어두운 것이 이 구멍 나 있는 쪽을 전혀 쓰지 못하기 때문만이 아니라 다른 쪽 귀도 역시 성치 못 한 까닭 듯하다. 왜 그러냐 하면 그 쪽 귀에서도 있다금씩 고름이 나고 있기 때문이다.

무혁이가 말을 잘 못하는 것은 물론 이 귀가 잘 들리지 않기 때문이지만, 그의 마음이 분명치 못하고 성미가 누구러운 것도 모다 이것 탔인지 모른다.

"아이도 참 어쩌면 혼자 떨어져서 저렇제 울지도 않고 잘 놀아요?"

이웃집 아즈머니들이 모다 탄복을 했다.

"무혁아 어머니 보고 싶잖니?"

"무혁이 너의 애기 어디 갔니?"

아즈머니들이 이런 말을 물어도 무혁이는 못 들은척 시치미들 뚝 따고 가만히 누어있거나 그렇지 않으면 싱글벙글 웃음을 띠운 얼굴로 그것도 작난 삼아,

"보고 싶다, 왜?"

하고 큰 소리를 지르거나 한다. 병수집 아이들이다 그렇지마는 특히 이애는 경어 쓰는 것을 몰랐다. 누구에게나 이 놈아 이 자식아 하는 것이 보통이다. 저이 형제들끼리 놀면서, 그것도 대개는 다투고 낙난 치고 하면서 익힌 말 버릇이기 때문일 것이다.

이웃집 아주머니들 뿐 아니라, 사실, 그도 무혁이의 마음속을 몰라 궁금했다. 늘 말이 싱글벙글 하고 그렇지 않으면 드러 누어 자고 있기

때문에 그가 저이 어미와 형제들에 대하여 어떻게 생각하고 있는지 상상할 건덕지가 별로 없었다. 물론 답답하고 그리울 것은 정한 이치겠지만 그것이 어느 정도인지 또 그렇다면 왜 롱히 그것을 입에 담지 않는지 마음속엔 절실해도 그것을 겉으로 나타내지 않는지 절실 하다면 왜 울지도 않고 태연히 누어만 있는지 또 그렇다면 그 마음이 어떻게 생긴 아인지 …… 병수는 혼자서 무혁이를 볼 때마다 여러 가시 생각을 일으키곤 했다.

그러나 무혁이도 아침에 자고 일어났을 때만은 언제나 버릇처럼 혼자서 소리를 지르며 베개를 안고 놀았다.

"자 의혁아 너는 이걸 갖고 저리로 가는 거야 그리고 치혁이 너는 여기 서 있어, 다라나면 안 돼 집 잃어버림 큰 일 나 …… 자 이 놈의 말이 쩟! 쩟!"

저이 형제들이 모다 있을 때 같이 하던 그 말노리를 이제는 제 혼자 의혁이 치혁이들 대신 제가 베고 잔 베개와 재혁이가 벗어 던지고 간 흙 묻은 검정 잠뱅이와 인두판과 그런 것을 안고 부지런히 소리를 지르려 왔다 갔다 하는 것이다.

그러면서도 입으로 의혁이들은 어디로 갔느냐든가 어머니가 보고 싶다든가 그런 것을 말 하는 적은 없다. 그는 막연히 그들이 시골로 갔으려니 하고 있을 뿐이며 그러나 왜 갔는지, 왜 제 혼자만이 여기 남아 있는지 그런 것을 물으려 하지는 않았다.

第七章

　십이월 초순부터 시작된 서울 시민의 소개 짐은 트럭으로 달구지로 혹은 지게로 리야카로 하루도 뻔한 날이 없이 골목마다 꾸역꾸역 잇달아 나갔다. 이달 초에 생각 했던 것보다는 의외로 전세가 누구러져서 어쩌면 삼팔선은 넘어 오지 못 하리라는 둥, 넘어 온다 하드라도 서울의 방위는 철통이라는 둥 하고, 입으로는 대개 낙관적인 말들을 하고 있었으나, 그러면서도 말하는 쪽에서나 듣는 쪽에서나 그것을 꼭이 믿으려는 것 같이 뵈지도 않았다.

　이십일날 오후 일곱 점에 국회의원 가족을 위하여 낸 특별열차가 용산역에서 떠나기로 되었다. 병수는 형의 직계 가족이 아니므로 둥녹은 되어 있지 않았으나 조카의 표를 양보 받아서 이 차편을 이용할 수 있게 되었다.

　십구일 날 밤 순애의 내복 아래 위 한 벌을 사서 집으로 들어 간 그는
　"너 이거 입고 내일 나하고 같이 떠날련?"
하고 물었더니 순애는 먼저 그것을 집어들고
　"이거 제거에요?"
하고 힛죽 웃으며,
　"전 안 가요, 그릇 하고 옷 하고 죄다 묻은 뒤에, 나중 무혁이랑 같이 떠날 테에요."
한다.
　이 애는 해방 되던 해, 그러니까 제 나이가 아홉 살 될 때부터 병수의

집에 와서 무혁이 치혁이들을 업어 길르고 부엌일을 거들고 하며 자라
난 아이로, 올해 열 다섯 살이다. 여름에 병수가 숨어 있었을 때는 제가
자하무 밖으로 뚝섬으로 다니며 능금과 배도 받아다 팔고, 우거지도
주워 날르고 하여 일곱 식구를 벌어 먹이다 싶이 했던 것이다. 폭격이
심할 듯한 날, 위험하니 하루 쉬라고 병수,

내외가 만류를 해도 저녁거리가 어떠니 하며 듣지 않고 뛰어 가고
했다. 죽는다는 것, 그것의 공포를 전혀 모르는 아이 같았다. 게다가
한 오륙년 간 워낙 지독한 간나에 치어서 그런지, 이렇게 먹든 양식과
장독간과 옷 보퉁이들을 버리고 떠나간다는 것을 어른들(병수와 그 아내)
이상으로 더 몹시 아까워했다.

그래서 그런지 그는 병수네들이 다 떠난 뒤라도 제 혼작 남아서 이
집과 살림들을 지키겠다는 생각을 처음부터 자기고 있었다.

"무혁이 하고 같이 있을 테에요."

순애는 몇 번인가 이렇게 말 했다. 무혁이만 제한테 남겨 주면 하는
눈치었다. 병수는 속으로 이 애들 쯤 되면 여기 남아 있는 편이 오히려
안전 할는지 모른다는 생각이 들기도 했다.

"비행기 폭격이 오면 어쩌나?"

"비행기 오면 다라나지요."

순애는 간단하게 대답했다. 여름에 비행기가 기총사를 하는 아래서
도 늘 우거지를 주워 오곤 한던 아이라 비행기의 폭격을 보고서라도
넉넉 다라날 수 있을 것 같이 생각 하는 모양이었다.

"너 비행기 와서 다라날 땐 무혁이 업고 가얀다."

한즉, 의외로, 순애는

"싫어요, 아부지 데리고 가세요."

했다. 이 말에 병수는 찔끔 해서,

"무혁이 너 나하고 갈테야?"

한즉, 무혁이도 고개를 끄덕끄덕하여 같이 간단는 데 찬의를 표했다.

병수는 입을 닫쳐 버렸다. 순애가 혼자 남아서 외로워 어떻게 사나 하는 생각보다 그는 그가 그 떼밀고 짓밟고 하는 기차간에 무혁이를 데리고 어떻게 가나, 하는 것이 무서웠던 것이다.

"그럼 무혁인 효자동 오빠 떠날때 보내."

"……"

순애는 잠자코 있었다. '효자동 오빠'란 사회부에 근무하는 병수의 조카 집이 효자동이라 하여, 순애가 그렇게 부르는 것이었다.

이튿날 아침 병수는 돈 이만 원을 순애에게 주며 하직을 했다.

"비행기 오거든 이 돈 가지고 있다 다라나 와."

"……"

순애는 물코를 한번 훌썩 하며 돈을 받아 쥐었다. 무혁이도 그거 저를 버리고 간다는 것을 아는지 모르는지 어리뚱한 얼굴로 말없이 병수를 물끄러미 처다 보며 앉아 있었다.

第八章

　손가방 하나를 들고 눈 길 위에 몇 번이나 미끄러지며 병수가 용산 역 까지 닿았을 때는, 아직도 시간은 일곱시에서 이십분 전이었지만 정거장 앞마당과 '풀랠으폼'은 사람과 짐으로 덮여 있었다. 병수는 벌서 당황 했다. 어쩌면 이렇게도 많은 사람이 벌서 이렇게 모다 나와 있을까 하는 생각이었다.

　기차는 연결까지 되어서 레일 위에 서 있다. 뿐만 아니라 기차 안에는 어느 칸을 물론하고 가뜩 가뜩 사람이 차 있다. 그는 두 번째 당황하며 또 실망 했다. 잘 가면 오륙일, 그렇지 않으면 열흘도 더 간다는 피란민 열차, 누가 자리에 앉아 가기를 희망하지 않을까마는, 여름 이래 신경통을 잃는 그는 무리하게 서서 갈수는 도저히 없었다. 그런데 이것은 서서 갈 것이 걱정이 아니라 어떻게 발을 붙이고 올라서느냐가 문제였다. 그렇다고 해서 도로 집으로 돌아들어 갈수도 없다. 지금까지 무수히 별르다가 큰 용기를 내어서 눈을 딱 감고 결행한 이차편이 아닌가. 아무리 좁고 붐빈다 하드라도 국회의원 가족을 위하여 낸, 명색이 그래도 특별열차가 아닌가. 이 차가 이럴 때, 서울역에서 매일 떠나는 일반열차야 오직 하랴…… 그는 이를 악물고 그 많은 사람들을 비비고 기어히 숭강대에 발을 붙이고 말았다. 처음엔 겨우 발을 붙이고 올라 선 것이, 그는 다행이 짐이 없고 또 통에 이럭저럭 밀리고 해서 결국은 숭강대 위 또어 앞까지 올라서게 되었다. 그러나 거기에도 이미 짐들이 가뜩 쌓아저서 운신을 잘 할 수도 없었을 뿐 아니라 차실 안은 이중 삼중으로 사람들이 포개지다싶이 되어 있어 그 안에를 다시 들어간다 할 용기는 감히 나지 않았다.

병수는 가마때기로 싼, 비교적 딴딴하지 않은 누구의 이불 보퉁이 같은 것 위에 엉둥이를 좀 대이고 두 발은 그 틈바구니에 어떻게 처 넣은 뒤, 한쪽 손으로 역시 가방을 붙들고 또 한쪽 손으로 다른 짐의 매끼(새끼)를 잡았다.

"자, 인제 얼른 자 바뀌만 굴러 다오."

그는 눈을 감고 앉아 가만히 한숨을 마셨다.

그러나 기차는 좀처럼 움직이지 않았다. '플랱으롬'에 가득 찬 사람들은 차칸마다 사람이 포개지다싶이 되어 있는 차실 속을 드려다 보면서도 연성 그 곳을 떠나려 하지는 않았다.

통행금지 시간이 가까워 올수록 '플랱으롬'에 서있는 사람들의 눈에는 핏대가 솟는 모양이었다. 여기 저기서 꽝, 꽝, 꽝, 꽝 …… 하고 차창 두드리는 소리가 났다. 차창들은 혹은 열리이고 혹은 부셔져 구멍의 나는 대로 처음엔 옛일곱살 쯤 나뵈는 어린애의 머리를 디밀며,

"자아 어떠카갔오? 이애 좀 받아 주시라요, 같이 가야 찮갔되오?"

한다. 안에 들어 있는 사람들의 생각은 누구나 다 같다, '저건 무리'라고 ……. 그러나 아무도 그것은 무리라고 적극 황거할 사람은 없다. 다만 그것이 부당하다는 것을 침묵으로만 표시한다. 그러나 창문 바로 아래 앉은 사람까지가 침묵으로서만 표시할 수는 도저히 없다. 바로 그의 머리나 어깨 위에 어린애가 떨어지니까 말이다. 좋아서도 싫어서도 아니고, 어찌할 수 없어, 자기 자신의 머리와 어깨를 보호하기 위하여 손을 처드는 것이, 그 손에 어린 애가 얹어지고 뒤 이어 남비를 받게

되고, 보퉁이를 받게 되고, 침입자의 일제 행위에 협조하는 결과가 될 뿐 아니라 최후에는 당자의 침입에 까지 협력하지 아니지 못하게 되는 것으로 이리하여 산 살마도 화물처럼 얼마든지 포개질 수 있다는 것이 또 한 번 증명되어 지는 것이다.

이러한 침입은 그러나 차실에서만 행해지는 거이 아니라 그가 앉은 차실 밖의, 승강대 위에서도 끊임없이 강행되고 있는 광경이다. '광경' 이 아니라 고통이다. 왜 그러냐 하면 그 '광경'을 그가 바로 당해야 하기 때문이었다. 한쪽 손으로 가방을 붙들고 다른 한쪽 손으로 짐 묶은 새끼를 잡고, 두발은 짐과 짐의 틈바구니에 끼인 채, 앉은 것도 아니요 선 것도 아니요 누은 것도 아니게 비스듬히 쓸어질 듯 말 듯한 짐과 함께 운명을 같이 하고 있는 거의 넓적다리 위로, 팔 위로, 어깨 위로, 여기서도 또한 어린 애와 냄비의 보퉁이와 사람이 얼마든지 짓밟고 넘어오며 포개지며 있는 것이다.

"제발 얼른 차 바뀌만 굴러 다오."

그는 역시 눈을 감은 채 또 한 번 가만히 한숨을 마신다.

통행금지 시간 전후하여, '풀랠으폼'에 가뜩 실린 피난민들은 움지김이 자못 활발해진다. 그들의 움직임은 대개 다음의 세 가지로 나눌 수 있다. 첫째는 짐과 아이들을 이고 지고 집으로 되돌아가는 패를 둘째는 내일의 승차에 또다시 패배를 거듭하지 않기 위하여, '풀랠으폼' 또는 역 마당 한 귀퉁이에서 담요와 푸대를 뒤쓰고 앉아 지구전으로 들어가는 패들, 그리고 셋째가 오도 가도 못할 형편에서 죽도 살도 못하는, 거기서도 더 절박한 패들인데, 그들은 산사코 이밤에 떠나가야 하는 것이다. 이때 가장(家長) 되는 자 하번 비장한 결의를 하고, 그러고는 숭강대에서 창문께로 해서 차개 위로 올라가는 것이니, 그러나 이때는 이미 선착한 동료들이 중요한 위치에 다수 진을 치고 있어 결코 외로울 형편은 아니다. 이에 그 아내가 머리로 여다 떠받치는 이불 보퉁이와 옷상자와 쌀자루와, 그리고 아이들을 받아 올리면 되는 것이나, 짐을 다 올리고 나서 아이들을 날르기란 결코 용이한 것이 아니다 뻣뻣한 의욕 대신 사랑과 애련(哀憐)에 찬 새로운 표정이 서린다. 먼저 세 살자리부터, 혹시나 혹시나 떨어뜨릴까 하여 겨드랑이 밑에 줄까지 매여서 조심스레 안아다,

"자 단단히 잡으세요, 엣소, 줄부터 꼭 잡으세요."

발꿈치를 세우고 두 팔을 힘껏 뻗쳐 세 살자리를 떠받쳐 올리는 아내의 가슴은 걷잡을 길 없이 후둘거린다. 위에서 말없이 내려 보내는 남편의 시커먼 손도 역시 좀 떨린다. 이리하여 다섯 살 자리 일곱 살자리 대개는 열 살 전후까지 네댓씩 되는 아이들을 차례대로 올린 뒤 이번에는 또 잠결에 떨어지지 않도록 하나씩 하나씩을 허리끈 같은 것으로 짐 보퉁이와 어머니의 허리와 그런데다 매어 두는 것이다.

'제발 얼른 자 바뀌만 굴러 다오.'

병수는 세 번째 마음속으로 합장을 한다. 그러나 차는 떡 뻗치고 우은 채 꼼작할 것 같지도 않다.

열시, 열 한시, 밤이 깊어 갈수록 눈바람은 살을 어일 듯 차거워진다. 그리고 그의 맘속에는 그 눈바람보다도 더 시리고 아픈 것이 있었다.

第九章

　이십일 오후 일곱점에 떠나기로 되었던 특별열차는 이튿날 새벽 세시도 지나서 겨우 움직이기 시작 하였다. 움직이는 열차는 그러나 달리는 것이 아니었다.

　우루룩 우루룩 시럭 시럭 하며 한 오분간 앞으로 나가는가 하면 별안간 꽝, 삐익, 왈카닥, 하며 멈칫 서 버린다. 또 다시, 꽝, 꽝, 룩 우룩, 하는가 하면 이번에는 뒷걸음을 치고 있다. 이리하여 이 차가 안양에 도착 했을 때는 그날 오전 열한시도 지난 뒤다. 출발한 시간에서 여덟 시간, 승차한 시간에서는 진실로 열 여섯 시간만에 겨우 사십 리를 온 것이다. 열 여섯 시간 동안 틈바구니에 끼이고 남의 엉뎅이에 깔린 그의 손과 발은 얼대로 얼고 저릴 대로 저려서 이제는 감각마저 잃은지도 오래다.

　그러나, 감각을 잃은 지도 오래인 팔 다리보다 더 시리고 아픈 것이 있었다. 세 살자리 다섯 살자리 일곱 살자리들 혹은 고깔 모자를 쓰고 혹은 두루마기를 입은 어린 것들 그의 집 무혁이 같은 것들 울지도 않고 눈 위에 서서 저이 아빠 엄마를 따라 차개 위로 올라지기를 기다리고 있던 재혁이 의혁이 치혁이 같은 것들, 이 수많은 무혁이들이 가슴 속에 맺친 채 풀어지지 않았다. 차개 위에나 눈구덩이 속에나 그가 가는 곳까지는 끄을고 가야할 무혁이를 그는 버리고 가는 것이 아닌가.

　"나도 시골 갈 테야, 우리 시골 참 멀어,"
하며 조금도 절실하지 않게 싱글벙글 하던 무혁의 얼굴이 눈앞에 어른

거려 살아지지 않았다.

기차는 또 여기서 언제나 떠날지는 삼십 분이 지나고 한 시간이 지나야 꿈직일 것 같지도 않았다. 그는 감각 잃은 팔 다리를 한 십 분간이나 주물른 뒤 기차를 내렸다.

밖은 겨울이래도, 눈부시는 해 빛과 신선한 공기와 맘대로 걸을 수 있는 넓은 길이 있었다. 그리고 그의 가방 속에는 현금 칠만 원이 들어 있었다. 그리고 그의 가방 속에는 현금 칠만 원이 들어 있었다.

'걸어서 가지, 한 달이 되던 두 달이 되던 걷는 대로 걸어서 가지.'

그는 맘속으로 이렇게 부르짖으며 흔들흔들 서울을 향해 도로 걸어 들어가고 있었다.

……

사흘 뒤다.

병수는 이만삼천 원에 아직도 '니이므'가 새하얀 자전거 한 대를 샀다.

고깔모자에 두루마기에 조그만 장갑까지 얻어 낀 무혁이는 이제 저도 시골로 간다고 너무 좋아서, 뜰에 나와 일부러 척척 눈 위에 드러눕곤 했다.

"옷 버려, 일어나."

순애가 말했다.

"사탕 가루야, 이거 먹어."

무혁은 손으로 눈을 집어서 순애에게 내밀며 연성 벙걸거린다.

"그게 사탕가루야? 눈이저."

순애는 무혁의 옷에 묻은 눈을 떨어 주며 이렇게 응수해 주었다.

"자, 무혁이 빨리 나와 자전거 타."

병수가 대문 앞에서 소리를 지르자 순애가 무혁의 손목을 잡고 나와 자전거 위에 안아 올려 주며,

　"무혁아 잘 가."

했다.

　"순애, 너는?"

　무혁이가 순애를 처다 보며 물었다.

　"나는 나중 효자동 오빠 하고 같이 갈테야, 너는 아부지하고 가고 ……."

　그러면서 순애는 코물을 훌적 마신다.

　"너."

하고 병수가 순애를 보았다. 순애의 두 눈에 눈물이 핑그레 돌았다.

　"조심 해,"

　"……"

　순애는 또 코물을 훌적 마시었다.

　"무혁이 잘 가."

　순애의 볼멘 목소리와 함께 조용히 굴르기 시작하는 자전거 '니이므'에 햇갈이 번쩍 했다.

　(四二八五年十一月六日)

雅歌*

1

장의숙(張義淑)이 A은행 조사부(調查部) 도서과(圖書課)에 취직하게 된 것은 스물세 살 나던 해 유월 초순께였다. 대학을 나오던 해, 한창 신록(新綠)이 무르익을 무렵이었다. 남쪽으로 환히 열린 유리 창문으로는 쉴 새 없이 훈풍이 불어오고, 창문 밖으로 마주 바라보이는 은행나무의 새로 돋는 잎새들은 무수한 황금조각처럼 햇볕속에 반짝이고 있었다. 그 잎새 하나 하나가 모두 새로운 생명이오, 새로운 기쁨이었다.

---

* 1957년『新太陽』4월호에 발표된 「雅歌」는 작품집『等身佛』(正音社, 1963)에 동명의 다른 판본이 수록되었다. 전집에는 이 판본이 채택되었다. 그러나 후자는 전자를 상당 부분 개작한 판본이다. 여기에 수록하는 판본은『新太陽』에 발표된 초본이다.

그리고 그것은 어느듯 그녀의 마음이기도 하였다.

"선생님, 카아드만 있고 책이 없는 건 어떻게 할가요."

의숙은 같은 과의 상석(上席) 직원(職員)인 이정수(李禎洙)에게 물었다.

"네, 그런 건 먼저 '도서대출부(圖書貸出簿)'를 펼쳐서 대조해 보십오. 그래서 대출 중인 건 카아드를 잿겨놓고, 아주 없는 것은 카아드를 빼어내다 따로 모으세요."

이정수는 펜을 잡은 채 고개를 돌려서 의숙을 쳐다보며 이렇게 가르쳐 주었다. 노리께한 얼굴에 검정테 안경을 쓴, 나이 한 설은 가까이 보이는 청년이었다. 은행원이라기보다는 학교 교원타잎이라는 인상이었다. 그것은 그의 이마가 넓고 눈섭이 솟은 데서 오는 겐지도 몰랐다.

점심시간이었다. 통계과의 조일봉(趙一鳳)이 그녀의 곁에서 담배를 피어 물며, 싱글벙글 웃는 얼굴로,

"미쓰 장, 은행은 학교가 아닙니다. 선생님은 학교에서나 찾는 거지 이군 같은 사람한테는 아예 당치 않습니다."

하고, 턱으로 이정수를 가리켰다.

"어마나."

이숙은 그저 이렇게만 응수를 했다. 그러나 당사자 격인 이정수는 지극히 무표정한 얼굴로 조일봉을 잠간 건너다보았을 뿐, 아무런 댓구도 없이 그냥 '오므라이쓰'만 입에 떠 넣고 있었다.

"'어머나'도 여학생 용어죠. 미쓰 장은 이제 당당한 사회인이니까 '어머나'와 같은 여학생 용어로서는 통과 되지 않아요."

"그럼 뭐라고 하나요?"

"그럼 그렇다. 아니면 아니다 해야죠."

"어머나는 못 쓰나요, 네, 이선생님."

이번에는 의숙이 또 이정수를 바라보며 물었다. 그에게서 조일봉과 다른 의견을 들어 보겠다는 속이었다.

이정수는 숟가락을 놓고 찻종을 집어들며,

"글세 올시라. 말은 의사표시니까 분명할수록 좋지 않겠어요?"

"그렇지만 시(詩)에서는 일부러 말을 애매하게 돌려서 쓰는 경우가 많지 않아요?"

"글세, 시는 잘 모르겠읍니다."

이정수는 이렇게 대답하자 의자에서 일어나 사무실로 가버렸다.

의숙도 그의 뒤를 따랐다.

조일봉도 담배를 끄고 의자에서 일어났다.

"미쓰 장은 시를 좋아 하세요?"

조일봉이 의숙의 뒤를 따라 오며 물었다.

"학교에 있을 적엔 조금 좋아 했어요. 그렇지만 ……"

의숙은 갑자기 말을 끊어 버렸다. 사무실 문이 바로 눈앞에 보였기 때문이었다.

이렇게 하여 의숙은 직장에 나타나던 첫날부터, 그 수많은 동료들 가운데서 이정수와 조일봉을 먼저 사괴이게 되었던 것이다. 조일봉은 이정수보다 키도 후리후리하게 크고, 성격도 쾌활하여 누구를 대하든지 늘 싱글벙글 웃는 얼굴이었다. 처음엔 좀 싱거운 사람이거니 했는데 두고 겪어 보니 그렇지도 않아 직무에 성실하고, 남의 치닥거리 잘 해주기로도 부내(部內)에 정평이 있었다. 나이는 이정수보다 두 살 아래인 스물다섯이었다.

이정수는 얼굴보다 나이 젊은 편이었다. 그냥 보아서는 한 설흔 살 가까이 보였다. 의숙도 늘 그렇게 보고 있었다. 그런데 한번은 한강에 뱃놀이를 나갔다가 통계과에 있는 예경(禮卿)이로부터 그의 신상에 대한 이야기를 듣게 되었다. 그녀의 말에 의하면, 이정수는 스물한 살에 결혼하여, 스물넷에 상처를 한 채, 지금까지 독신으로 지냈다는 것이다.

"애기는 없다니?"

"오뉘를 뒀대. 큰 애는 여섯 살, 작은 애는 네 살이래."

예경은 여니 때보다도 진지한 태도로 이야기 해 주었다.

의숙이 A은행에 들어온 뒤, 동료들에 대한 여러 가지 지식을 얻어 듣게 된 것은 대부분 예경이의 덕택이라 하겠지만 본래 익살을 잘 부리는 예경이도 이날만은 꽤 으젓한 말씨였다.

의숙은 좀 망서리다가,

"왜 재혼하지 않는대?"

하고, 물어 보았더니,

"그런 걸 누가 안다니? 갑갑하믄 네가 물어 보렴."

하고, 예경은 사정없이 무안을 주고 나서, 그것이 짜장 신이 나는지 손으로 입을 가린 채 킬킬 웃기까지 하였다. 의숙은 맘속으로 '아뿔사' 하며, 역시 입 떼기를 잘못 했다고, 혼자서 뉘우치고 있었다.

2

    의숙은 이정수가 독신이란 것을 알게 된 뒤부터 한결 더 직장이 달가워졌다. 처음엔 막연히 조용하고 착실한, 학교 교원 타잎의 유능한 직원이거니 했던 것이 같이 지나는 동안에 그냥 '조용하고 착실'할 뿐만 아니라 무언지 다른 사람과는 다른 '깊이'라고 할가, '멋'이라고 할가, 그런 것이 느껴졌다. 그런대로 그것이 무엇인지 깊이 분석을 해 본다거나 따지어 보는 것도 아니었다. 그 뒤에 예경이와 더불어 영화 이야기를 하는중, 누구는 무슨 영화를 좋아하고, 누구는 무슨 영화를 좋아하지 않으니 하다가, 사람의 취미도 가지각색이란 말끝에, 조일봉이는 골프를 좋아하고, 윤계장(尹係長)은 '삘리아드'를 좋아하고, 신과장(辛課長)은 춤에 미쳤고, 또 누구는 바둑 밖에 모르고, 또 누구는 술 밖에 모른다고, 동료들 ― 그것도 주로남자직원들 ― 의 취미를 느려 놓는데, 이정수의 취미는 독서뿐이라는 말이 나왔다.

    "그이는 다방이나 극장 같은 데도 잘 안가나 봐. 은행에서 나오면 언제나 바로 집으로 행차니까 그래 첨엔, 예편네도 없는 집구석에 뭐 할라고 그렇게 빨리 들어가느냐고 친구들이 놀려 주었대. 그랬는데 나중 알고 보니, 그렇게 밤마다 독서와 씨름을 한다고 하잖아?"

    의숙은 이 말을 들었을 때, 혼자 속으로, '그것은 정말 그렇겠다'는 생각이 들었다. 자기가 그에 대하여 무언지 다른 사람과 다른 '깊이'라든가 '곡절' 같은 것이 느껴진 것도 그렇다면 이 '독서'와 관련 된 것이라는 생각이 들었다. 그러나 그런 것을 예경에게는 눈치 채지 않도록

"그렇지만 무슨 책을 그렇게 읽는대? 무슨 고시(考試) 준비나 하나부지?"

하니까, 예경도 그것까지는 정말 모르는 모양으로 그저,

"아마 그런가 봐."

하고 시덥잖게 대답했다.

의숙도 그 이상 더 묻지 않았다. 예경에게 공연한 오해를 받아도 곤난하다고 생각했기 때문이었다. 그리고 그때만 해도 아직 의숙은 이정수가 독신이란 것을 모르고 있을 무렵이었다. 따라서 의례껀 가정을 가진 사람이거니 했던 것이다. 그리고 동료들끼리 한강에 뱃놀이를 나갔다는 것은 그 뒤의 일이었다.

그때 예경은 의숙이더러,

"너는 같은 행원(行員)끼리 결혼하고 싶니?"

하고, 익살스런 눈을 떠 보이며 물은 일이 있었다.

"너는?"

"나는 하고 싶어."

하고, 예경은 대담스럽게 나왔다.

"누구와?"

"그건 비밀야."

예경은 배난간에 손을 얹으며 모래밭 쪽으로 시선을 돌렸다. 의숙은 맘속으로, 예경의 시선은 신과장을 찾는 것이라고 느꼈다. 그렇지만 신과장은 버젓이 처가 있는 사람이 아닌가.

"너는 가정 있는 사람과도 사괴이니?"

의숙이 물었다.

"결혼 말이냐?"

"우선 사괴이는 거 말야."

"결국 마찬가지 안야? 사괴이다 보믄 결혼까지도 갈 수도 있고 그렇다고 해서 처음부터 기혼한 남자와는 딱 짤러서 사괴이지 않는달 수도 없고 ……. 인간이란 다 그렇고 그런 거지 뭐."

예경은 제법 세상을 다 안다는 듯한 말씨였다.

'그렇지만 그것은 극력 피해야지?'

의숙은 이런 말이 목구멍까지 올라온 것을 꿀꺽 참았다. 자기는 무슨 자격으로 예경에게 그러한 아버지 같은 말을 할 수 있겠느냐 싶었기 때문이었다.

의숙이 잠잠하고 있으려니까 이번에는 또 예경이 공세를 취하기 시작하였다.

"그래서 너는 밤낮 미혼자와 독신자만 골라서 사괴이니?"

"어머나."

의숙은 깜짝 놀랐다. 처음엔 예경이 핀잔을 주느라고 하는 말인 줄로만 알았다.

"왜 그렇게 놀라니? 너의 맘속을 꼭 들어 맞춰서 그러니?"

"애는 별 소릴 다 헌다. 내가 무슨 '미혼자와 독신자만 골라서' 사괴인다니?"

"내가 바로 대일가? 미안 하지만 ……."

"나는 모른다."

"정말이냐?"

"그럼."

"그렇담 들어 봐. 너 젤 좋아하는 사람이 '미쓰터 이'와 '미스터 조' 아냐?"

"그렇지도 않지만, 이정수씨가 어디 미혼자나 독신자에 해당하니?"

"이정수씨? 독신자지 뭐야? 그리고 '미스터 조'는 이혼자고."

"정말이냐?"

"넌 그럼, 여태 같은 계(係)에 있음서 그것두 몰랐니? 맹추 같으니라고."

"……"

"애, 한턱 내라. 정말 신나잖니?"

"……"

"이 길로 바로 수도극장으로 가자니? 내 축복해 주마."

"애 너 혼자 좋아서 그러니?"

"그만 둬. 너의 속 빤히 알어. '미스터 조'에게는 좀 미안하지만……"

"……"

의숙은 무어라고 댓구를 해야 좋을지 알 수 없었다. 허물 없는 동무 앞이지만 여간 난처하지 않았다. 얼굴이 새빨개졌다.

3

이정수가 독신이란 것을 알게 된 뒤부터 의숙은 좀 더 팽창한 가슴으로 직장에 나다녔다. 얼굴화장, 옷맵시도 날이 갈수록 더욱 빛나게 세련되었다.

그러나 이정수에게는 아무런 반응도 나타나지 않았다. 그는 언제나 마찬가지로 정한 시간에 출근하여 정한 시간에 퇴근하였고, 또한 언제나 마찬가지로 가장 유능하고 성실한 행원이었다. 그는 누구와 더불어 다투는 일도 물론, 농담 한번 번드레하게 건네는 일도 없었다. 양복도 언제나 일정해 있었다. 봄과 가을엔 흑감색(黑紺色), 겨울엔 검정 계통의 다갈색, 여름이면 회색과 흰 빛갈, 언제나 그 양복이었다.

이렇게 변통도 변덕도 없는 사람이라 부내에서도 별반 친하게 지내는 친구도 없는 모양이었다. 혹시 과장(도서)이나 조일봉의 권유로 다방이나 영화구경 같은 것을 가는 일은 있으나 그것도 한해에 몇 차례 정도였다. 그와 반면에 그와 사이가 나쁜 사람이라고는 부내에 한 사람도 없었다. 그는 누구에 대해서도 별로 상관하지 않았으나, 누가 그에게 무슨 일을 묻거나 도와달라고 하면 지극히 친절하게 또한 투철하게 가르쳐 주었고, 도와도 주었다. 그러자니까 아무도 그를 미워하거나 싫어할 까닭이 없었다.

예경의 말에 의하면 그의 별명은 '철학자'였다. 하긴 이정수뿐 아니라, 다른 행원들에게도 대개 별명이 있는 것이라고 예경은 가르쳐 주었다. 가령 신과장은 '멋쟁이', 윤계장은 '총쟁이', 조일봉은 '목사님' 등등…… 그런데 다른 사람들의 별명은 모두 그 연유를 들어야 알겠는데, 이정수의 '철학자'만은 그 연유를 설명 듣지 않아도 곧 짐작이 갔다. 그의 모든 행동거리가 모두 그러할 뿐 아니라, 특히 그가 일을 잠간 쉬는 동안, 담배 한대를 피어 물고 우두커니 창문 밖을 내다보고 있는 모습이란 '철학자'란 별명 그대로였다.

다른 사람들은 이 '철학자'란 별명을 '무미건조(無味乾燥)'란 뜻으로 이해하는 모양이었지만 의숙에게 있어서는 그렇지도 않았다. 그것은 오히려 '깊은 맛'이라는 뜻으로 해석 되었다. 그의 차림이나, 행동이나, 취미나, 그 어디에도 멋을 부린 흔적은 찾아 볼 수 없으나, 무언지 의숙에게 있어서는 그렇게(깊은 맛으로) 느껴졌던 것이다. 그에 비하면 무언지 다른 사람(행원들)들은 모두 싱겁고, 무의미한 것 같이만 느껴졌다. 그래서 의숙은 그와 같이 무어라고 형언할 수 없는 '깊은 맛'을 가리켜 '철학자'란 별명으로 부르거니 하고 혼자서 별도 해석을 가졌다.

이렇게 일 년 남짓 지나는 동안에 의숙은 A은행에서도 제일급에 속하는 미모의 여직원이란 정평을 받게 되었다. 따라서 직접 간접으로 많은 남성들에게서 연애편지 비슷한 것도 받고, '파트너' 교섭도 받았다. 그러나 그럴 때마다 곧장 이정수만이 눈앞에 떠올라서 모주리 거절해 버렸다. 이정수 이외의 사람들은 웬 까닭인지 모두 '싱겁고 무의미한 것' 같기만 했던 것이다.

차를 먹으러 가자거나 영화 구경을 가자는 사람은 매일같이 있었다. 의숙은 그럴 때마다 혼자 속으로, 상대자가 신과장이나 윤계장이 아니고 이정수라면 오죽 좋으랴, 생각을 하며, 일행 중에 예경이나 '미쓰 한'이나 또 다른 여성이 끼어 있을 때에만 한하여 동행을 하곤 하였다.

이러한 남성 직원들은, 의숙이나 예경이 같은 여성 직원들 앞에서는 가장 고상하고 또한 풍류적인 화제를 택해야 한다고 스스로 믿는 취지에서 언제나 〈맨발의 백작부인〉〈심야의 탈주〉〈제 삼의 사나이〉〈로마의 휴일〉〈인생유전〉하는 따위 서양영화 이야기를 끄집어내기 마련이었다. 의숙도 영화 구경을 싫어하는 편은 아니었지만 그들과 같이 거기에 무슨 그렇게 깊은 인생문제가 들어 있는 것 같이 생각되지는 않았다. 대개는 여자가 다리를 내어놓고 춤을 춘다거나 남녀가 껴안고 입을 맞춘다거나, 그렇지 않으면 남자들이 말을 타고 달리며 서로 권총을 쏜다거나 하는 따위 — 학교쩍부터 늘 보아 온, 모두 비슷한 이야기들 이라고 생각 되었다. 그래서 어떤 때는 차라리 집에서 수를 놓고 있는 편이 훨씬 더 재미나다고 생각되기도 하였다. 그것은 '미쓰 한'이나 예경이라면 또 모르겠지만 신과장이나 윤계장같이 나이든 남자들까지 그렇게 신이 나서 야단들인, 그녀의 주위 사람들에 대한 막연한 반감인지도 몰랐다.

"애, 넌 그러다 성격조차 닮겠구나."

예경이 이렇게 놀려 주면 의숙이 대답할 사이도 없이, 곁에 있던 미쓰 한이 대개는 받아서,

"뭐, 여류철학자가 되게"

하고, 눈을 째긋해 보이기도 한다.

"아냐, 누군 영화구경을 싫다니? 그렇지만 너무 극장에만 다니지 말고 차라리 조일봉씨처럼 남자답게 골프나 치러 다니는 게 오히려 좋을 게라고 하는데 무슨 철학자가 어쩌고 하니?"

"그이는 다치지 말고 슬쩍 싸 둔단 말이지? 그럼 알았다. 안심해라."

예경의 익살과 말 주변에는 당할 수 없었다.

"오냐, 니들 맘대로 해라."

의숙은 이렇게 한마디 던지면 곧 자기의 자리에 와서 앉아 버린다. 그리고는 이내 일에 몰두해 버린다.

이와 같이 예경이나 '미쓰 한'은 이정수를 두고 의숙을 놀려 주곤 하지만, 당사자인 이정수는 의숙에 대하여 조금도 다른 관심이 있는 것 같지 않고, 뿐만 아니라, 예경이나 미쓰 한들이 자기를 두고 의숙을 놀

려 먹는다고는 꿈에도 모르는 듯한 얼굴이다.

　의숙으로서 볼 때는, 그동안 자기는 이정수에게서 거의 일을 배우다 싶이 하였고, 또 겉으로는 그가 서둘러 친절이나 호의를 베풀지 않는 척 하나 실속으로는 여러 가지로 친동생 같이 걷우어 주긴 하였지만, 이것은 누구에 대해서나 마찬가지로 취할 수 있는 그의 성실한 성격의 탓이오, 그녀에 대한 특수한 관심이나 개인적인 호의라고 해석할 성질의 것은 아니라고 믿어졌다. 그러니까 의숙이 A은행에 처음으로 취직해서 금년 크리스마쓰까지 일년반이 되는 동안, 그와 그녀 사이에 맺어진 개인적인 관계라고 한다면 의숙이 그에게서 책을 두 번 빌려 본 것과 영화 구경을 한번 같이 간 것뿐인데, 생각하면 그것도 모두 의숙이 쪽에서 먼저 청을 해서 상대자가 응했던 것뿐이다. 처음 의숙이 그에게서 빌려 본 책은 '룻소'의 『에미일』을 축소 시켜서 영어와 일본말로 대역(對譯)한 것이라, '룻소'의 연구보다도 영어공부를 목적하고 빌려 보았던 것인데, 책을 빌려 주신 사례로 영화구경을 인도하겠노라고 조건을 붙여서 동행하게 된 것이 '국도극장'의 〈쿼봐디스〉였었다. 구경을 마치고 나중, 다방에 나와 앉았을 때 이정수는,

　"나는 저 작품을 소설로서 읽은 일이 있읍니다. 그래서 그런지 화면이 모두 선명하군요."

하였다. 그때 이정수는, 지금까지 그의 눈꺼풀 속에 묻어 두었다가 처음으로 닦아서 내어 놓는 듯한, 새까만 진주알 같은 빛나는 눈동자로 의숙을 건너다보며 말했던 것이다. 의숙은 가슴이 찌릿하는 쾌감과 함께 그의 그러한 시선을, 대담하게, 눈 한번 깜박이지 않고 완전히 흡수했으나, 그 순간 그는 무엇을 생각 했던지 이내 건너편 바람벽을 향해

한눈을 팔기 시작하였다. 그러고 보니 그렇게 그가 그의 빛나는 '진주알'을 들어내 보이며 정면으로 그녀를 바라본 것은 그때 한번 뿐이었다고, 의숙은 지금도 생각되는 것이다.

그 뒤에도 의숙은 그에게서 '랏셀'의 『교육과사회질서』라는 책을 또한 번 빌려다 본 적이 있었으나 이번에는 그냥 책만 돌려주고 말았다. 그만 하면 저쪽에서도 차를 한잔 마시자거나, 무슨 인사 비슷한 것이라도 있어야 할 터인데 통 감감소식이니 그러다 보면 공연히 자기 쪽에서만 서두는 것같이 되어 혼자서 망신을 당하거나 그렇지 않더라도 상대자에 대해서 도리어 폐를 끼치는 결과가 될는지도 모른다고 믿어졌던 것이다.

이렇게 하여 금년 크리스마쓰까지 꼭 일년반이 되도록 두 사람의 사이에는 아무런 진전도 후퇴도 없이 언제나 같은 나날이 되풀이 되어 왔던 것이다. 이제 며칠만 더 있으면 이정수는 스물아홉, 조일봉은 스물일곱, 그리고 의숙의 나이도 스물다섯이 된다. 대학을 마치고 직장에 있는 처녀의 나이가 스물다섯이라면 무어 그리 끔직할 건 없지만 이럭저럭 하다 혼기(婚期)를 놓쳐 버리고 '올드미쓰'가 된 그녀의 사촌 언니를 생각하면 너무 청처짐하게만 생각할일도 아닌 상 싶었다.

4

그러한 어느 날이라기보다도, 그것은 바로 금년 크리스마쓰 이틀 전이었지만, 조일봉이 그녀에게, 자기들 두 사람만의 정중한 동석(同席)을 청하여 왔다. 지금까지는 그러한 '일대 일'의 동석은 원칙적으로 피하여 왔지만, 상대자가 조일봉이와 같은 목사님의 아들이요, 그 자신마저 '목사님'이란 별명을 듣느니만치 착실한 교인이고, 게다가 특별히 요담할 것이 있다니까 거절할 수 없었던 것이다.

조일봉은 H크릴로 의숙을 인도하여, 저녁을 같이 한 뒤 나중 커피와 과실이 나오자 그때야 새삼스레 의숙을 향해 앉은 자리에서나마 머리를 숙으려 경의를 표하고 나서,

"제가 이렇게 의숙씨를 모시게 된 것은, 바로 말씀 드리면, 제가 의숙씨에게 긴요한 청이 있어서 그렇습니다."

하며, 무척 힘이 드는지, 평소의 싱글 벙글 하던 쾌활한 얼굴이 아주 어색하게 굳어지려고만 한다.

"……"

의숙은 잠자코 그의 얼굴만 쳐다보고 있다.

조일봉이 상기된 얼굴로 아랫입술을 자근자근 씹고 나더니 새로 용기를 내어,

"다른게 아니라, …… 제가 실례 되는 말씀을 하더라도 용서 해 주십시오. 저 ……"

"……"

"용서해 주시겠읍니까."

"네에."

"감사합니다. 그럼 안심하고 말씀드리겠읍니다. 저 …… 다른게 아니고, 제가 의숙씨를 모시고자 합니다. 저의 반려(伴侶)로서. 그보다도 제가 의숙씨의 반려가 되고자 합니다. 의숙씨 곁에서, 저의 목숨이 있는 날까지, 그리고 의숙씨의 목숨이 계시는 날까지, 의숙씨를 위로 하고 도와 드리고, 함께 손을 잡고 하느님 앞에까지 나아가고자 합니다. 이것이, 저 …… 오늘 저녁 의숙씨를 모시고 의숙씨에게 드리고자 하는 저의 청이 올시다."

조일봉은 말을 마치자 고개를 약간 숙으린 채 눈만 치떠서 의숙의 얼굴을 겨누어 보고 있었다.

"……"

의숙도 고개를 약간 숙으린 채 얼른 대답을 하지 못 했다. 가슴 속은 방망이질을 하듯 뛰놀았다. 그런 가운데서도, 그래서 저이가 저렇게 말쑥하게 채리고, 이발까지 하고, 그렇게 말하기 어려워서 쭈볏거리고 했구나, 신랑감으로서야 만점이지, 마음씨가 어질어, 직장이 착실 해, 가정환경도 좋고 …… 그렇지만 …….

"대답해 주십시오. 아니 그보다도 허락해 주십시오."

"……"

"일년 반이나 같은 직장에 있었기 때문에 상대편의 인격이나 가정환경까지도 서로 알만 치 아는 터입니다. 더욱이 의숙씨의 오빠 되시는 영훈씨는 저의 대학 선배이기 때문에 여러 가지로 지도를 받고 있읍니다. 그러므로 가정환경에 대해서는 결코 의숙씨에게 실망을 끼치지 않을 줄 믿습니다."

"……"

"의숙씨! 허락해 주십시오. 저의 소원이 올시다."

조일봉의 목소리는 처음부터 약간 떨리어 나왔으나 '저의 소원이 올
시다' 했을 때는 그냥 목메인 소리가 되어 버렸다.

"조일봉씨, 용서해 주세요. 저는 대답 못하겠어요."

의숙의 잠긴 듯한 가는 목소리는 그냥 조일봉의 가슴속에 새겨지는
듯하였다. 그러면서도 그는 그녀의 말뜻을 잘 알아듣지 못하는 사람처
럼 두 눈을 부릅뜨듯 하여, 그녀의 얼굴을 지켜보았다.

"저는 조일봉씨에게 아무런 불만도 없어요. 저에게는 오히려 과분하
다고 생각해요. 이것은 정말이에요. 그렇지만 전 대답하지 못하게 ……"
하다가 갑자기 의숙의 두 눈에서 눈물이 주르르 쏟아져 버렸다. 그녀
는 손수건을 내어 두 눈을 가리었다. 그리고는 일어나 화장실로 갔다.

5

그런지 달포 지난 뒤, 조일봉은 하루바삐 의숙에 대한 상처를 가시
려는 듯이, S여고에 교편을 잡고 있는 '미쓰 김'이란 여자와 약혼을 했
다. 이와 동시에, 그가 의숙에게 구혼을 했다가 거절을 당했다는 소문
이 부내에 퍼지기 시작하였다. 부내의 동향과 기미(機微)에 대해서는

무엇이든지 샅샅이 다 알고 있는 예경이 이번에도 눈치를 채어 내었는지, 그렇지 않으면 조일봉이 그 암큼하지 못한 성격으로, 그의 친구인 윤계장이나 이정수에게 신세타령을 했던 겐지 그 점은 분명치 않으나, 아무튼 의숙이 자신이 그런 말을 한마디라도 입 밖에 비치지 않았던 것 만은 확실하였다. 의숙은 조일봉에 대해서도 미안하지만 자기 자신에 대해서도 여간 난처하지 않았다. 이런 기회에 그만 직장을 쉬어 버릴가 하는, 터무니없는 감상(感傷)까지 치밀었다.

"얘, 너 울었대지, 미스터 조 앞에서 ……?"

예경이 또 의숙을 붙잡고 물었다.

의숙은 전혀 모르는 이야기라고 딱 잡아 뗄 수도 없고, 그렇다고 해서 무어라고 댓구를 할 수도 없어서 잠자코 있으려니까,

"근데 그 '목사님'이 쑥은 쑥이야. 윤계장한테 모주리 다 털어 놓고 신세타령을 한 모양인데 '미쓰 장'에게서 깨끗이 미역국을 먹었다고, 근데 '미쓰 장'이 울긴 왜 우는지 모르겠더라고, 무슨 곡절이 있는가 보드라고, 그랬대잖아?"

하고 혼자서 얼마든지 이야기를 늘어놓는다.

의숙은 맘속으로, 아무래도 자리를 옮겨야 되겠다고 생각을 하며 엉시 잠자코 있으려니까 예경은 예경이대로 더욱 익살을 떨며,

"어디 내가 이정수씨에게 말을 해 보랴? 그렇게 눈물까지 질질 쏟을 량이면 왜 좀 더 대담하게 부딛혀 보지 못한단 말이냐?"

하고 바짝 대어든다.

의숙은 이렇게 남의 비밀을 싸 주려고는 하지 않고 어디까지나 파헤치려고만 드는 예경이 얄밉다고 생각은 하면서도, '이정수씨에게 말을

해 보라'하는 말이 일면 솔깃하기도 하여, 빨갛게 물이 든 듯한 얼굴로 예경을 쳐다보았다. 예경은 의숙이 약간 솔깃해 하는 눈치를 살피자 더욱 신을 내며,

"애, 그렇게 우물쭈물 하는 건 구식이야. 예~쓰냐, 노오냐, 한번 부딪쳐 보고 얼른 판단을 짓고 나가는 것이 현대여성의 특징이지 머야? 네가 좋다면 내가 한번 기회를 만들어 볼테니 어떠냐? 괜찮니?"

하고 조아드는 판에, 의숙도 엉겁결에 고개를 끄덕이며, 그와 동시에, 또 두 눈에서는 눈물이 가득 고여 버렸다.

그런지 한 일주일 지난 뒤였다. 의숙이 은행에서 나와 집으로 돌아가니 그녀의 큰 오빠가 어머니와 무슨 이야기를 하고 있다가, 마침 네 말을 하고 있는데 잘 들어 왔다고 하면서 자리에 앉으라고 하였다.

"너 이정수라는 사람 아니?"

오빠가 대뜸 이렇게 물었다.

의숙은 오빠의 입에서 '이정수'란 말이 나왔을 때 웬 까닭인지 가슴이 바짝 오그라드는 듯 했다. 그래 미처 입을 떼지도 못하고 어리둥절해 있으려니까. 이번에는 또

"조일봉이란 사람은 알지?"

하고 묻는다.

"네."

의숙의 잠긴 듯한 낮은 목소리였다.

"조군은 나의 동창후배야. 그런데 그 사람이 오늘 오래간만에 나를 찾아오더니 이정수란 사람의 말을 하는구나."

"……"

"이정수란 사람의 부탁을 받고 왔다면서, 그 사람과 조군과는 친한 친구일 뿐 아니라 같은 직장에 있다면서, 하는 말이, 그 사람이 너에게 구혼을 한대는구나."

오빠의 말에 이번에는 곁에 있던 어머니가,

"그럼 그 사람이 그걸 너에게 일러주러 온 거냐?"

하고 참견을 한다.

"아니에요. 말하자면 조군이 이정수란 사람의 중매를 드는 게죠. 나와 조군과는 동창 관계가 있으니 친구의 중신을 들어 주는 셈이죠."

"하기야 요새 사람들은 모두가 생 법이니까 ……"

"요새는 보통이에요, 그런 건 ……. 그런데 너의 말을 들어 보겠다고 말해 두었다. 어떠냐? 사람은 무던하냐?"

이번에는 의숙을 건너다보며 묻는다.

"……"

의숙은 빨갛게 물이 든 듯한 얼굴을 아래로 떨어뜨린 채 대답이 없다.

"너도 나이 스물다섯이나 된 애가 그런 거쯤 말하는 게 뭐 그리 부끄러우냐? 더구나 같은 직장에 있다니까 사람도 알만치 알 터인데 ……. 가정환경도 들었다마는 우선 너의 생각은 어떠냐?"

"착실해요."

의숙의 목이 메인 듯한 낮은 소리였다.

"상처를 했대지?"

"네에."

"그래도 괜찮니?"

"……"

"아이도 달렸다지?"

또 어머니의 참견이다.

"네에, 둘이나 있답니다."

"그러니 어디 자리가 없어서 하필 그런 델 주겠니?"

"어머니는 잠자코 계세요. 그렇게 말씀 하신다면 우리에겐 흠이 없나요? 아버지가 돌아가시고 안계시니 옛날 같음 그것도 흠이지 뭐에요?"

"그렇다면 네가 알아서 하려므나. 내가 요샛 법을 아니?"

"그러니가 얘 말을 들어 보는 거에요. …… 그래 어쩌냐, 네 생각은?"

"오빠가 작정해 주세요."

"그럼 승락해도 좋단 말이냐? 어머니 앞에서 네 태도를 분명히 해 다오."

"네."

6

A은행 조사부에서는, 새 봄을 맞이하여, 두 쌍의 결혼식을 그 직원들 중에서 갖게 되었다. 한 쌍은 이정수와 장의숙, 한 쌍은 조일봉과 미쓰 김.

그러나 이정수는 끝가지 장의숙에게 직접 '푸로포즈'를 하지는 않았다. 말하자면 철두철미 중매결혼의 형식을 취하는 태도였다. 그는 언제 변함없이 출근하여, 일하고, 퇴근할 뿐, 의숙의 얼굴 한번 거들떠보

지 않았다. 혹시 윤계장이나 예경이가 곁에 와서 농담을 걸면,

"너무 그러지 마세요. 부끄럽소이다."

하고, 슬적 일어나 복도로 나가 버리곤 하였다.

　직장에 있어 자기들의 관계를 어디까지나 들어내지 않으려고 하는 것은 의숙으로서도 이해할 수 있는 일이라고 생각하였다. 그러나 의숙이 자신에게까지 그 문제에 대해서 아무런 말 한마디 없이 시치미를 떼고 있는 것은 무슨 까닭인지 이해하기 곤란하였다. 여기엔 무슨 곡절이 있지 않은가 하는 생각도 들었다. 가령, 먼젓번에 예경이가 그에게 자기(의숙)의 이야기를 했을때, 의숙이 당신과 결혼하지 못하면 자살하려 하고 있다. 하는 식으로 협박과 연극을 놀아서, 별로 내키지 않는 결혼을 무리로 승락을 하고 추진을 시키자니까 자연히 그러한 태도가 취해지는 것이 아닌가 하는 생각도 들었다. 그렇더라도 자기는 이정수와 결혼을 해야 하는가 하는 생각도 들었다. 공연히 분하고 서러운 생각도 들었다. 의숙은 이러한 생각에 잠긴 채 혼자 우두커니 저무는 창문 곁에 서 있었다. 우수가 내일 모레라고 하는데 창문 밖에는 함박눈이 평평 쏟아지고 있었다. 이제는 결혼 날짜도 사흘 앞으로 닥아와 있다고 생각 하니 의숙은 견딜 수 없이 서글프고 외로운 생각도 들었다.

　이정수는 그때 자기 자리에 앉은 채 같은 창문 밖을 내다보고 있었다. 의숙은 이정수가 이때만이라도 자기의 이름을 불러 줄 것인가 하고 맘속으로 초조하게 기다렸으나 결국

"실례 합니다."

하는 인삿말 한마디를 던지고는 먼저 돌아가 버렸다.

결혼한 뒤에야 의숙은 이 때의 일을 원망 삼아 남편인 이정수에게 물었다.

　"아, 그때만은 나도 망서렸다오. 같이 이야기나 할가 하고 ……. 그렇지만 며칠만 더 참으면 곧 부부가 될 터인데 그것을 못 참도록 급한 이야기냐 싶어서 그만 나가 버렸오."

　"그렇지만 갑갑하잖아요?"

　"그거야 결혼을 정하기 이전보다도 더 갑갑했을라구? 하긴 내야 아무 때고 그렇게 갑갑해 하는 위인도 아니지만 ……"

　"그럼 결혼은 왜 청했어요?"

　"그거야 귀하가 내 마음에 꼭 들어서 한 게지만 ……"

　"정말이에요?"

　"물론."

　"그럼 왜 처음부터 그렇게 쌀쌀하게만 굴었서요?"

　"거기엔 약간의 이유가 있었오. 첫째 내 자격에 결함이 있었기 때문에 귀하에게 무턱 욕심을 내기엔 나로서 좀 주제 넘는 일이었고, 둘째로, 귀하를 처음 보았을 때부터 귀하가 너무 마음에 들어 버렸기 때문에 모처럼 평온해진 내 마음의 호수에 새삼스레 거센 파도를 일으킬가 두려웠고, 셋째로, 내 친구 조군이 처음부터 귀하를 사모하기 시작한다고 느꼈기 때문에 예경씨로부터 그동안의 모든 전말을 이야기듣기 전까지는 나는 기어이 그와 경쟁을 해서는 안 된다고 결심했었고, 넷째로, 직장의 분위기를 조금이라도 흐리게 만들어서는 미안한 일이라고 믿었고, 다섯째로, 나는 아무리 맘에 드는 여자를 보더라도 내가 직접 가서 나는 당신이 마음에 드오, 나와 결혼하면 어떻겠오, 하는 식의 구혼방법이 내 성미에는 몹시 맞지 않았고, 여섯째 ……"

"인제 그만 하세요. 도대체 '선생님'의 성격이 소극적이고, 수동적이고, 보수적이 되어서 그렇지 뭐에요? 아무리 그런 이유들이 있기로서니 눈이 펑펑 나리는 황혼에, 낼 모레 자기의 아내가 될 여자를 그렇게 팽개치고 다라나는 법이 어딧겠어요? 것두, 부내에서는 이미 다 양해하고 있는 사인데 ……"

"그렇게 도맷금으로 넘기면 모든 것이 다 무의미가 되기 쉽다오. '선생님'의 '미쓰 장'께서는, 부내에서도 이미 양해하고 있었다고 하셨지만, 조군으로 말하면 나의 친구요 또 직장의 동료인데, 그로 하여금 쓴 잔을 들게 한 귀하에 대하여 이제 됐오, 미쓰 장은 내 것이오, 하는 식으로 승리자연(勝利者然)하게 노는 것도 용렬스런 일이오, 그래서, 더구나 중매결혼의 형식을 취하고, 당자들 끼리 직접 덤비는 일은 삼가 하기로 한 것이 그 이유의 절반이었고 ……"

〈끝〉

참고 문헌

1. 1차 자료

『花郎彙報』,『東光』,『韓國公論』,『建國公論』,『泗川郡鄕友會報』,『協同』,『野談』,『遞信文化』,『白民』,『希望』,『新太陽』,『小說界』,『國防』,『新天地』,『朝鮮教育』,『慧星』,『知性』,『현대문학』,『史談』,『鐵道』,『地方行政』,『戰線文學』,『交通』,『한국평론』,『태양신문』,『매일신보』,『空軍旬報』,『서울신문』,『嶺南日報』,『매일신문』,『평화일보』

김동리 외,『文壇六十人集 勝利를 向하여 第一輯』, 全國共産主義打倒聯盟, 1951.

_____ 외,『傑作小說選集』, 玄岩社, 1952.

_____ 외,『農民小說選集』1, 大韓金融組合聯合會, 1952.

_____ 외,『海兵과 上陸』第一輯, 啓文出版社, 1953.

_____ 외,『香花 外六篇』, 慧文社, 1957.

_____ 외,『短篇四人集』, 友生出版社, 1957.

_____ 외,『傑作野談選集』上卷, 希望社, 1960.

_____ 외,『韓國文學全集』19, 民衆書館, 1960.

_____ 외,『韓國歷史小說全集』8, 乙酉文化社, 1960.

_____ 외,『韓國短篇文學大系』4, 三省出版社, 1969.

_____ 외,『韓國三大作家全集』7, 三省出版社, 1970.

_____,『歸還壯丁』, 首都文化社, 1951.

_____,『實存舞』, 人間社, 1958.

_____,『等身佛』, 正音社, 1963.

_____,『김동리대표작선집』1, 삼성출판사, 1967.

_____,『김동리 역사소설』, 智炤林, 1977.

_____,『꽃이 지는 이야기』, 泰昌文化社, 1978.

_____, 『꿈 같은 여름』, 자유문화사, 1979.

_____, 『김동리 전집』 1, 민음사, 1995.

_____, 『김동리 전집』 2, 민음사, 1995.

_____, 『나를 찾아서』, 민음사, 1997.

_____, 『문학과 인간』, 민음사, 1997.

_____, 『김동리가 남긴 시』, 문학사상사, 1998.

_____, 『소설 신라열전』, 청동거울, 2001.

김범부, 『花郎外史』, 해군본부정훈감실, 1954.

김부식, 『三國史記』, 상고사학회 편저, 고대사, 2008.

이광수, 『元曉大師』, 生活社, 1948.

_____, 『나의 고백』, 春秋社, 1948.

일　연, 이가원·허경진 역, 『三國遺事』, 한길사, 2006.

2. 논문

강현조, 「『혈의누』의 원전 비평적 연구」, 『우리말글』 41, 우리말글학회, 2007.

곽　근, 「김동리 역사소설의 신라정신 고찰」, 『新羅文化』 24, 동국대 신라문화연구소, 2004.

김광명, 「나의 아버지 김동인을 말한다」, 『대산문화』 35호, 대산문화재단, 2010.

김동환, 「초본(初本)과 문학교육―「소나기」를 중심으로」, 『문학교육학』 제26호, 한국문학교육
　　　학회, 2008.

김병길, 「해방기, 근대 초극, 정신주의―김동리의 「劍君」을 찾아 읽다」, 『한국근대문학연구』 5,
　　　한국근대문학회, 2004.

_____, 「김동리의 역사소설과 동양정신」, 『현대문학의 연구』 38집, 한국문학연구학회,
　　　2009.6.

_____, 「한국전쟁기 김동리 소설 연구 (1)―서지 사항 확인과 판본 비교를 중심으로」, 『현대소
　　　설연구』, 한국현대소설학회, 2011.

김성태, 「난중기(亂中記)에 비춰진 김동리 삶의 편린」, 『디지털포스트』, 우정사업본부, 2010.2.

김주현, 「김동리 문학사상의 연원으로서의 화랑」, 『語文學』 77, 한국어문학회, 2002.

_____, 「떨림과 여운―김동리의 미발굴 소설 찾아 읽기」, 『작가세계』, 세계사, 2005 겨울.

_____, 「김동리 소설 「아카시야 그늘 아래서」 외 2편 발굴」, 『근대서지』 제5호, 근대서지학회,

2012.

_____, 「김동리 소설의 자료발굴과 새로운 해석」, 제8회 동리목월문학 심포지엄 자료집『김동리문학을 재조명한다』, 동리목월기념사업회, 2013.

박상진, 「정전 (연구)의 새로운 지평―정전성의 정치학」,『민족문화연구』55호, 민족문화연구원, 2011.

방민화, 「김동리의「원왕생가(願往生歌)」에 나타난 원효의 정토사상(淨土思想) 연구」,『문학과 종교』11, 한국문학과종교학회, 2006.

_____, 「김동리 연작소설의 불교적 접근」,『문학과종교』12권 1호, 한국문학과종교학회, 2007.

_____, 「김동리의「미륵랑」에 나타난 화랑과 미륵신앙의 상관성 연구」,『한국문학이론과 비평』45집, 한국문학이론과비평학회, 2009.

_____, 「「김현감호설화(金現感虎說話)」의 소설적 변용 연구―김동리의「호원사기(虎願寺記)」를 중심으로」,『문학과 종교』14, 한국문학과종교학회, 2009.

_____, 「「水路夫人」 설화의 소설적 변용 연구―김동리의「水路夫人」을 중심으로」,『한중인문학연구』27, 한중인문학회, 2009.

_____, 「불이사상과 보살적 인간의 동체대비심 발현―김동리의「최치원」을 대상으로」,『문학과 종교』15, 한국문학과종교학회, 2010.

_____, 「신라인의 사랑의 미학과 선비 정신―김동리의「강수 선생」을 대상으로」,『한중인문학연구』30, 한중인문학회, 2010.

신영덕, 「1950년대 공군 기관지 소설의 담론 양상」,『한중인문학연구』19호, 한중인문학회, 2006.

신정숙, 「김동리 소설의 문학적 상상력 연구」, 연세대 박사논문, 2011.

옥경호, 「미륵사상(彌勒思想)과 삼국의 사회적 이상 형성」,『종교학연구』14집, 서울대 종교학연구회, 1995.

이희환, 「김동리와 남한 '국민문학'의 형성」, 인하대 박사논문, 2007.

임영봉, 「김동리 소설의 구도적 성격―불교와의 관련성을 중심으로」,『우리문학연구』24집, 우리문학연구회, 2008.

장도준, 「문학 비평의 역사적 방법」,『한국말글학』28, 한국말글학회, 2011.

장영우, 「김동리 소설과 불교」,『불교어문논집』6호, 한국불교어문학회, 2001.

정규복, 「原典批評의 理論과 實際」,『陶南學報』7~8호, 陶南學會, 1985.

정인모, 「정전화와 탈정전화」,『독어교육』제43집, 한국독어독문학교육학회, 2008.

조회경, 「김동리 소설 연구」, 숙명여대 박사논문, 1996.

진정석, 「역사적 기록의 변형과 텍스트의 저항」, 『살림작가연구 김동리』, 살림, 1996.

최유찬, 「채만식 장편소설의 신문·잡지 연재본과 단행본 비교—『탁류』와 『태평천하』를 중심으로」, 『한국학연구』 47, 고려대 한국학연구소, 2013.

한명환, 「한국전쟁기 신문소설의 발굴과 문학사적 의의—전시 대구경북지역 신문소설을 중심으로」, 『현대소설연구』 20호, 한국현대소설학회, 2003.

허련화, 「김동리 소설의 현실참여적 성격 연구」, 서울대 박사논문, 2007.

_____, 「김동리 불교소설 연구」, 『한국현대문학연구』 25, 한국현대문학회, 2008.

_____, 「김동리의 장편역사소설 『삼국기』와 『대왕암』 연구」, 『한국현대문학연구』 31, 한국현대문학회, 2010.

홍기돈, 「김동리 연구」, 중앙대 박사논문, 2003.

_____, 「김동리의 구경적(究竟的) 삶과 불교사상의 무(無)」, 『인간연구』 25호, 가톨릭대 인간학연구소, 2013.

3. 단행본

권영민 교열·해제, 『이인직 『혈의누』 : 서울대 인문학연구소 고전총서—동양문학 7』, 서울대 출판부, 2001.

김동리, 『趣味와 人生』, 문예창작사, 1978.

_____, 『밥과 사랑과 그리고 영원』, 사사연, 1985.

김윤식, 『해방공간 문단의 내면 풍경』, 민음사, 1996.

_____, 『김윤식 선집 1—문학사상사』, 솔, 1996.

김주현, 『김동리 소설 연구』, 박문사, 2013.

김 철, 『국문학을 넘어서』, 국학자료원, 2000.

송 무, 『영문학에 대한 반성』, 민음사, 1997.

신영덕, 『한국전쟁과 종군작가』, 국학자료원, 2002.

신형기, 『해방기 소설 연구』, 태학사, 1992.

유동식, 『韓國巫教의 歷史와 構造』, 연세대 출판부, 1975.

이광수, 김철 교주, 『바로잡은 『무정』』, 문학동네, 2003.

이동하, 『金東里—가장 한국적인 작가』, 건국대 출판부, 1996.

이상섭, 『문학 연구의 방법』, 탐구당, 1972.

조회경, 『김동리 소설 연구』, 국학자료원, 1999.

홍기삼, 『불교문학연구』, 집문당, 1997.

홍문표, 『현대문학비평이론 ─ 비평의 이론과 실제』, 창조문학사, 2003.

레이 초우, 정재서 역, 『원시적 열정 ─ 시각, 섹슈얼리티, 민족지, 현대중국영화』, 이산, 2004.

루카치, 이영욱 역, 『역사소설론』, 거름, 1987.

마루야마 마사오, 김석근 역, 『현대정치의 사상과 행동』, 한길사, 1997.

三木清, 한정석 역, 『구상력의 논리』, 문사, 1991.

월프레드 L. 게린 외, 최재석 역, 『문학 비평 입문』, 한신문화사, 1994.

조셉 칠더즈 · 게리 헨치 편, 황종연 역, 『현대 문학 · 문화 비평 용어사전』, 문학동네, 1999.

하루오 시라네 · 스즈키 토미 편, 『창조된 고전』, 소명출판, 2002.

히로마쓰 와타루, 김항 역, 『근대초극론』, 민음사, 2003

Andrew Hewitt, "Fascist modernism ─ Aesthetic, Politics, and the Avant-Garde", Stanford Univ. Press, 1993.

Colin Mercer, *Literature, Politics, and Theory*, London and New York : Methuen, 1986.

David Gross, *The Past in Ruins-tradition and the critique of modernity*, University of Massachusetts Press, 1992.

Louise Blakeney Williams, *Modernism and the Ideology of History*, Cambridge University Press, 2002.

Svetlana Boym, *The Future of Nostalgia*, Basic Books, 2001.

색인

정전(正典)의 질투－김동리 소설문학외사(小說文學外史)